KB272811

中國古代文學史

金學主 著

明文堂

▲**거연한간**(居延漢簡)**의 책서**(冊書)
거연 출토.

▶**한대**(漢代)**의 붓과 벼루**
돈황(敦煌) 출토.

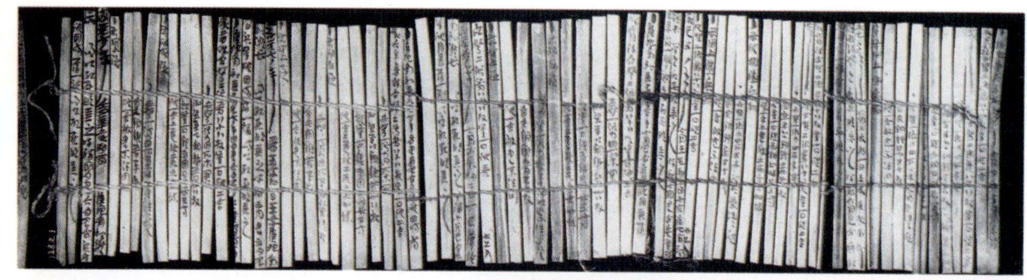

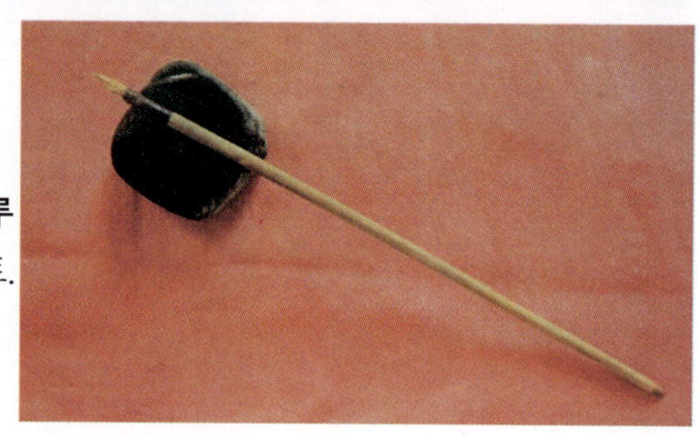

▼**죽간용문방구**(竹簡用文房具)
죽간에 글씨를 새기거나 잘못된 글씨를 정정하는 데 사용했다.
하남성 신양현(信陽縣) 전국시대의 묘에서 출토.

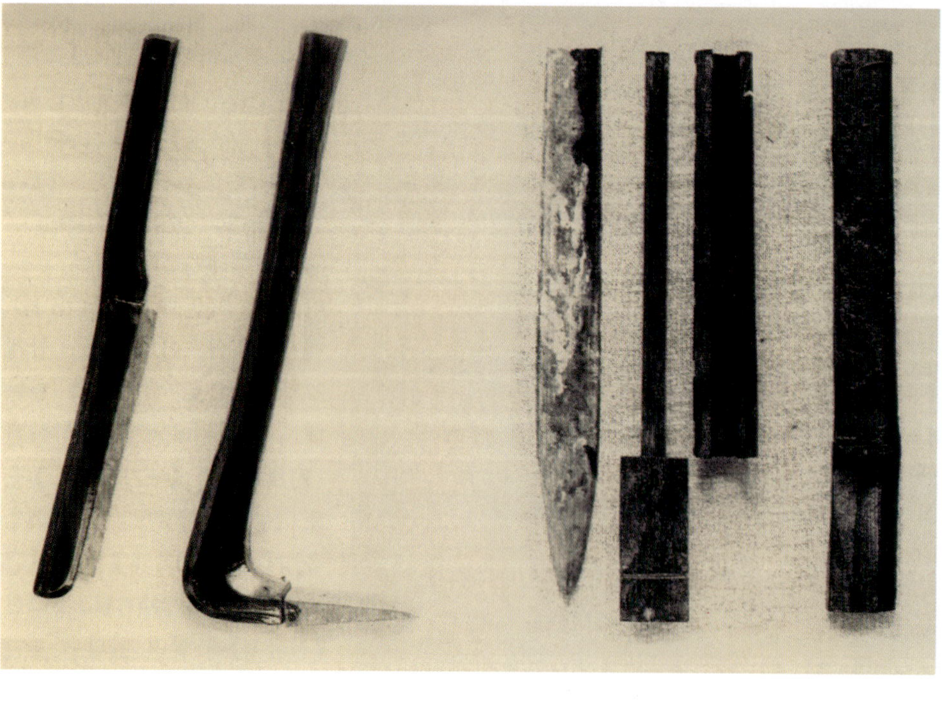

머 리 말

이 《중국고대문학사(中國古代文學史)》는 중국 사람들의 자기네 고대문화에 대하여 지닌 선입견으로부터 탈피하여, 객관적인 입장에서 중국문학사의 원류라 할 수 있는 '고대' 문학의 성격과 흐름을 밝혀 보자는 의욕에서 착수하였다.

그러나 여기에서 다루고 있는 '고대'는 지금으로부터 대략 3천년 전에서 2천년 전에 이르는 1천여 년간에 걸친 시대여서, 지금 우리에게 전해지고 있는 그 시대의 문학사 자료들은 모두 어느 정도까지 믿어야 할는지 갈피를 잡기조차 어려운 지경이다. 이미 이 '고대'에도 한자(漢字)가 상당한 발전을 이루고 있었던 것은 사실이지마는, 아직도 한자의 자체(字體)가 통일되지 못하고 있던 '고문자시대(古文字時代)'를 조금도 벗어나지 못한 시기이다. 이것은 중국고대문학의 자료들이 모두 본시는 제각기 다른 자체의 한자를 사용하여 서로 다른 문법 아래 쓰여졌을 것임을 뜻하는 것이다.

그 위에 이것들은 대체로 대쪽이나 나무쪽에 써서 책으로 엮은 것들이어서, 오래 전해 내려오는 동안에 많은 혼란이 일어날 수밖에 없는 성질의 것이었다. 따라서 우리에게 지금 전해지고 있는 고대문학의 자료들이란 전해 내려오는 동안에 수많은 변혁을 겪었을 것이다. 그 중 가장 결정적인 변혁은 모두 적어도 한대(漢代) 이후에 새로 통일된 자체로 다시 베껴지고, 또 책의 체계도 모두가 다시 정리하여 편정(編定)되지 않은 것이 없다는 점이다.

그 위에 또 이들 자료는 모두가 1천년이란 긴 '고대' 중의 어느 시기를 대표하고 있는 작품인지 확정하기도 어렵다. 심지어 전국시대(戰國時代) 제자(諸子)들의 책까지도 모두 그 작자가 알려지고 있기는 하지만, 실제로 그 책이 한 시기에 한 사람의 손에 의하여 이루어진 것이라 생각되는 것이란 하나도 없다. 그것은 이 책들이 그 저자로 알려진 사람들보다도 훨씬 후세에 지금 우리가 보는 것과 같은 형식의 책으로 이루어진 것임을 뜻한다. 그리고 이것들은 어떤 부분이 얼마만큼 후세 사람들에 의하여 쓰여지고 고쳐진 것이지 확언할 길이 없다.

이러한 여러 가지 사정 때문에 《중국고대문학사》를 객관적·과학적인 태도로 쓴다는 것은 의욕과는 달리 거의 불가능에 가까운 일이었다. 다만 이전의 《중국문학사》를 쓴 분들이 '고대' 문학을 에워싸고 있는 여러 가지 문화적 특징들에 대하여 소홀했던 점을 약간 보충한 것으로 만족하는 수밖에 없을 것 같다. 중국 '고대'에 있어서의 한자의 발달상황 및 고대인의 문장의식, 작가와 독자의 성격 같은 것은 그 시대 문학의 성격을 파악하는 데 무엇보다도 중요한 요소일 것인데도, 이제껏 대부분의 사람들이 이에 대하여 크게 주의를 하지 않았던 듯하다. 이러한 여러 가지 문학의 성격을 결정하는 문화적인 특징을 올바로 파악한 위에 그 시대의 문학은 올바로 이해할 수가 있을 것이다.

그러나 이러한 새로운 각도에서 《중국고대문학사》를 쓴다는 일은 필자에게는 능력에 비하여 지나친 욕심인 듯하다. 본시는 중국 고대 문학의 몇 가지 문제점만을 제시하려는 뜻에서 《중국고대문학론》을 쓰고자 하였다. 그런데 이 책을 쓰는 데에 경제적인 후원을 한 '대우학술문화재단' 기획부의 다른 분야의 저술들과의 균형을 위한 조정에 따라 '문학론'이 '문학사'로 바뀌어지고 만 것이다. 그러나 필자의 본

래의 목적에는 변함이 없었다. 다만 어느 정도의 성과를 거두었는가
하는 것이 내심 두려울 따름이다.

　어떻든 중국의 고대문학은 중국문학의 바탕이 되는 것이다. 이러한
시도는 중국의 고대문학뿐만이 아니라 중국문학사 전체를 올바로 이
해하고 연구하는 데 얼마간이라도 도움이 되리라 믿는다. 틀림없이
있을 것으로 생각되는 잘못에 대하여 여러분의 거리낌없는 가르침이
있기를 간절히 빈다.

1983년 5월 8일

金 學 主

수정본 서문

필자의 《중국고대문학사》는 1983년에 초판이 나온 것이다. 그 사이 중국문학사에 대한 필자의 견해에 적지 않은 변화가 있어서 늘 이 책을 수정해야겠다고 마음먹고 있었다. 그러나 중국문학 발전에 대한 기본 태도에는 큰 변화가 없는 셈이어서 결국 수정작업은 비교적 간단하게 마무리지을 수가 있었다. 그리고 그 사이 달라진 가장 중요한 문학사에 대한 견해는 〈제5장 여론(餘論)〉에 그에 관한 중요한 논문 두 편을 추가함으로써 문제를 해결하였다.

곧 그것은 〈여론〉의 '1. 서한(西漢) 학자들의 《시경(詩經)》 해설에 대한 새로운 이해—희곡(戲曲)의 시각(視角)에서'와 '2. 중국 고적(古籍)의 또다른 성격(性格)에 대하여'의 두 편의 논문이다. 앞의 논문은 모전(毛傳)과 삼가시(三家詩) 같은 서한 학자들의 《시경》 해설의 본뜻을 지금 사람들은 전혀 이해하지 못하고, 그 해설들을 우곡(迂曲)한 이론이라고 하며 모두 거들떠보지 않는 잘못을 바로잡으려 한 것이다.

곧 서한 학자들이 《시경》 해설에 시의 본문과는 아무런 관련도 없어 보이는 많은 고사(故事)들을 인용하고 있는 이유를 추구하여, 그것은 《시경》의 시들이 여러 가지 고사를 설창(說唱)하거나 그것을 연극처럼 연출을 할 적에도 노래불렀기 때문이라고 결론을 내린 것이다. 그리고 뒤의 논문은 중국 고대에는 글을 쓰는 전문가뿐만이 아니라 글을 읽어주는 전문가도 있었음에 착안하여 선진(先秦) 고적들의 특수한 성격을 밝혀본 것이다.

고대문학사 자료에 대한 기본인식이 달라졌다는 것은 그 문학의 성격이나 발전에 대한 이해에도 큰 변화가 있음을 뜻하는 것이 될 것이다. 이에 대한 독자 여러분의 고견이 절실히 요구된다. 여러분들의 거리낌없는 가르침이 있기를 간절히 바란다.

2003년 3월
인헌서실에서   저자 씀

차 례

제1장   서설(序說)

제2장   《시경(詩經)》

제3장 《서경(書經)》

제4장 전국시대(戰國時代)의 문학

제5장 여론(餘論)

제 *1* 장
서설(序說)

　이미 우리나라에도 대여섯 가지 《중국문학사》가 나와 있고, 중국을 비롯하여 일본 및 구미 여러 나라에서도 일일이 헤아릴 수 없을 정도의 많은 수의 《중국문학사》가 나와 있다. 그리고 근년에는 중국에서 사회·경제사나 유물사관을 바탕으로 한 새로운 《중국문학사》가 나와 많은 사람들에게 읽히고 있다.

　그러나 이들 문학사들의 거의 모두가 중국사람들의 전통문화에 대한 선입견으로부터 크게 벗어나지 못한 입장에서 문학사의 전개를 파악하고 있다. 그것은 고대문학사의 경우 더욱 두드러진다. 중국 고대문학에 있어서는 거의 모든 작품의 완성연대와 작가의 생애가 분명하지 않은데도, 대체로 지금 전해지고 있는 고대의 작품을 중심으로 그대로 그 시대의 문학을 이해하고 문학 발전의 흐름을 파악하려 하고 있다는 것이다. 심지어는 그 시대의 문화적인 성격이나 작품을 쓴 작가들이나 그것을 읽은 독자들의 사회적 성격 및 작품을 쓰는 방법 같은 것에 대한 고려도 매우 소홀한 듯하다.

　따라서 고대의 작품들을 전통적인 학설대로 그 시대의 문학을 대표하는 것으로 받아들여도 좋은가, 또는 그 시대의 작가들이 이 작품들을 어떤 의식 아래 썼는가 하는 문제조차도 별로 따져본 예가 드문 것 같다. 근래에 중국에서 나온《중국문학사》중에는 새로운 입장에서 문학사의 흐름을 정리하려고 애쓴 것들이 여러 가지 나왔지마는, 아직도 모두 자기네 전통문화에 대한 중국인의 고정관념으로부터 크게 벗어나지 못한 듯하고, 또 현대인의 입장에서 고대 문학 작품들을 그대로 받아들이며 새로운 해석이나 하려는 태도도 크게 바뀌지는 않은 듯하다. 따라서 여기에서는 먼저 이런 종전의 문학사들이 지닌 문제점들을 감안하면서, 이 문학사를 쓰는 입장을 정리하고자 한다.

1. '고대'의 문학사적 특징

여기에서 말하는 고대문학의 '고대'는 이른바 선진시대(先秦時代)와 대략 맞먹는 시대이다. 그러나 실제로 여기에서 다루어진 시대는 주(周)나라 초기(기원전 1027 무렵)부터 진시황(秦始皇)이 천하를 통일한 무렵(기원전 246)까지인 서주(西周)·동주(東周)시대이다.[1]

중국에는 이미 상(商)나라 시대(기원전 16세기~기원전 1027)[2]에도 한자(甲骨文, 金文)가 통용되었고, 그 한자의 발생은 다시 5천년 이상을 거슬러 올라간 태고시대에 이루어졌을 거라는 것이 문자학자들의 거의 공통된 견해이다. 이것은 곧 중국문학의 기원은 삼황(三皇)

---

1) 拙著《중국문학사》(신아사, 2001, 개정판)에서는 중국문학사의 시대를 크게는 '고대'와 '근대'의 두 시기로 나누고 있다. 그 分界點은 北宋 말년 (1126)이며, '고대'는 중국의 전통문학이 이루어져 계속 발전해온 시기이며, '근대'는 시를 중심으로 발전해온 전통문학의 발전은 停滯되고 대신 小說과 戱曲의 창작이 두드러진 시기이다(《중국문학사론》Ⅱ. 고대와 근대 ; 서울대출판부, 2001 발행, 참조). 여기의 '고대'는 그 '고대'와는 다른 개념의 것이다.

2) 劉澤華 등 編著《中國古代史》(人民出版社, 1979) 의거.

오제(五帝) 같은 전설적인 임금이 다스리던 태곳적까지도 소급할 수 있음을 뜻한다.

그러나 주나라 이전의 상나라 때만 하더라도 우리가 문학으로 다룰 만한 구체적인 기록을 전혀 남기지 못하고 있다. 갑골문(甲骨文)은 모두가 간단한 점(占)을 친 기록이니 문제삼을 만한 글이 못되고, 여러 전적들 속에는 요(堯)·순(舜)임금 때의 격양가(擊壤歌)3)·경운가(卿雲歌)4)를 비롯하여, 은(殷)나라 말엽의 맥수가(麥秀歌)5)와 채미가(採薇歌)6) 등도 전해지고 있으나 모두 믿을 게 못된다. 상나라 때에는 무(巫)가 성행하여7) 여러 가지 귀신을 섬기며 갖가지 제사를 지냈는데, 노래와 춤으로 강신(降神)을 하기도 했거니와 그 밖의 노래와 춤도 퍽 유행했었으니 상당한 수준의 시가(詩歌)가 있었을 것임을 추측할 수 있다. 그리고 《서경(書經)》 상서(商書)의 〈반경(盤庚)〉·〈고종융일(高宗肜日)〉·〈서백감려(西伯戡黎)〉·〈미자(微子)〉 같은 편에는 상나라 사(史)의 유문(遺文)이 어느 정도 담기어 있을 것으로 보이니, 상나라 때의 산문의 수준도 상당했을 것이다. 그러나 지금 우리에겐 확실한 자료가 남아 있지 않으니, 이 시대도 문학사에서 떼어 버리는 수밖에 없다.

따라서 중국문학사는 주(周)나라 때의 《시경》·《서경》에서 그 출발을 잡는 수밖에 없게 된다. 《시경》에는 상송(商頌)이 들어 있지만 그것은 송(宋)나라의 노래였음이 분명하고, 《서경》에는 〈요전(堯典)〉을 비롯하여 〈하서(夏書)〉·〈상서(商書)〉가 들어 있지만 모두

---

3) 見於《帝王世紀》. 晉 皇甫謐 編.
4) 見於《尙書大傳》.
5) 見於《史記》宋微子世家.
6) 見於《史記》伯夷列傳.
7) 심지어 太戊 때에는 巫咸, 祖乙 때에는 巫賢이 나라를 다스렸다《史記》〈殷本紀〉).

주나라 때의 사관(史官)들의 손에 이루어진 것이라 보아야 할 것이다.8) 따라서 확실한 《중국문학사》는 주(周)나라에서 시작된다고 보아야만 할 것이다.

주나라 시대는 봉건사회(封建社會)의 초기 단계로서 처음에는 크고 작은 수백 개의 국가와 부락의 집단이었으나, 뒤에 가서는 영주(領主)들 사이에 서로 뺏고 빼앗기는 전쟁이 벌어져 종말에는 일곱 개의 큰 나라만이 남게 된다. 이 때의 천자(天子)는 온 세상의 예악(禮樂)과 정벌(征伐)을 관장하게 되어 있었으나, 뒤에 벌어진 약육강식(弱肉強食)의 혼란 속에서는 다만 질서를 대표하는 상징적인 존재에 불과하였다.

그리고 이 때의 주나라 영역이란 것도 황하(黃河) 유역을 중심으로 한 일부 지역에 불과하였고, 뒤에 장강(長江) 유역이 중국 역사의 무대 위에 등장하였지만 아직도 미개한 상태를 벗어나지 못하였다. 그러나 진시황의 통일로 말미암아 정치권력이 황제에게로 집중되고, 그 영토도 지금 우리가 생각하는 중국의 크기로 거의 굳어졌다.9) 따라서 '고대'를 계승하는 진한시대(秦漢時代)란 정치적으로나 지리적으로나 후기 중국 봉건사회의 터전이 마련되었던 시대이다.

선진시대엔 황하유역을 중심으로 한, 제한된 지역 안에 봉건 지배 계급인 사대부 중심의 문화가 발달하였다. 특히 주나라 말기의 전국시대(戰國時代)에는 유가(儒家)를 비롯한 제자백가(諸子百家)들이 나와 한문화와 학술이 다양하고 화려한 발전을 이루었다.

그러나 진시황은 천하를 통일하는 데 이어, 온 천하의 경제 제도와 학술·문자 등도 통일하였다. 이를 이은 한(漢)나라는 진나라의 정치적·경제적·문화적 통일을 계승하면서, 초(楚)나라를 비롯한 다른

---

8) 이 문제는 뒤의 《시경》·《서경》을 논술할 때 자세히 얘기할 것임.

9) 물론 만주(滿洲)·몽고(蒙古)·서장(西藏) 같은 변두리 지역까지 영토로 확보되었다는 뜻은 아니다.

지역의 문화까지 흡수하여 새로운 중국문화의 터전을 마련한다. 한나라 무제(武帝, 기원전 140~기원전 87 재위)는 공자(孔子)의 가르침을 그 시대 상황에 맞도록 새로운 해석을 하면서 유가사상을 정치원리로 받아들여, 그것이 이후 2천년의 중국 역사를 통하여 정치사상 및 사회윤리로서 지배적인 위치를 차지하도록 만들었다. 그리고 동한(東漢)에 이룩된 도교나 새로운 불교의 수입도 더욱 폭넓은 중국문화를 형성케 한다.

한편 주나라 때의 문학은 개인의 글이라기보다는 정치적인 지배집단 또는 그 집단에 끼게 되기를 바라는 사람들의 실용적인 문장이었다. 동주(東周)에 와서는 개인의 이름 아래 전하는 여러 가지 저작들을 남기고 있지만, 그 책의 저자들이 직접 쓴 것이라고 생각되는 글은 매우 적다. 《좌전(左傳)》·《국어(國語)》가 좌구명(左丘明)이란 노(魯)나라 사관(史官)이 쓴 글이라고 전해지고 있지만, 여기에는 후인이 고치거나 덧붙인 글임이 분명한 글이 많으며, 또 좌구명이란 이름만이 확실할 뿐, 그가 어느 때 어떻게 살았고 이 책들과의 관계는 어떠한가도 전혀 알 길이 없다. 이 밖의 제자백가의 경우도 모두 사정이 비슷하다.

따라서 유가의 경전이나 제자백가들의 글은 모두 세상을 올바로 다스리고 사람들이 올바로 살아나갈 길을 제시하기 위하여 쓴 글들이고, 역사적인 기록이라는 것도 실은 세상을 올바로 지배하는 데 도움을 주기 위한 글이지 지난 시대의 역사를 사실대로 기록한 것은 아니다.

진한(秦漢)대에 들어와서는 주나라 때의 이러한 글들을 계승하면서, 다른 한편으로는 문장을 구성하는 그 자체에서 순수한 아름다움을 추구할 수 있다는 것을 발견하게 된다. 이러한 수사(修辭)를 통한 미의식(美意識)의 추구는 곧 글을 쓰는 사람의 개성을 드러나게 하고, 작가들로 하여금 모두 자기 이름을 작품 앞에 분명히 내세우도록 만든다. 이것을 주도(主導)한 것이 한부(漢賦)이다. 그리고 글을 통한 사람의 생각이나 감정의 표현은 또 수사와 다른 아름다움을 이룰 수 있다는 것도 깨닫게 한다.

산문에 있어서는 이미 진나라나 한나라 초기에도 그러한 아름다움의 추구의 가능성을 막연히나마 느꼈던 듯하나, 그 본격적인 전개는 동한(東漢) 때에 유행하기 시작한 고시(古詩)부터라 할 것이다. 어떻든 이 때문에 진한대는 중국문학사가 본격적인 전개를 시작한 시대라는 중요한 의미를 갖는다. 더 크게 볼 적에는 진한대가 이전의 한문화에서 벗어나 보다 광범한 중국문화를 본격적으로 발전시키기 시작한 시대라고도 할 수 있을 것이며, 중국의 학술사나 사상사도 선진의 자료들을 정리하고 해석하여 새로운 전개를 보여준 시대라 할 것이다. 그것은 여기에서 《중국문학사》가 '고대'를 벗어남을 뜻하는 것이다.

다시 선진시대의 주나라는 서주(西周, 기원전 1027~기원전 771)와 동주(東周, 기원전 770~기원전 221)로 나뉘어지고, 동주는 다시 춘추(春秋, 기원전 770~기원전 481)시대와 전국(戰國, 기원전 481~기원전 221)시대로 나뉘어진다.[10] 서주시대에는 그 시대에 지어졌다는 글들이 전하기는 하나, 그것들은 모두 동주시대에 이루어진 책들에 실려 있는 것들이다. 춘추시대에는 일부 유가의 경전이 이루어진 이외에 공자·노자·좌구명(左丘明) 같은 저작을 남긴 사람들이 나왔다 하나, 실상 이들의 이름 아래 전해지는 책들은 《춘추》를 제외하고는 거의 모두가 전국시대에 그들의 제자들 또는 전혀 관계없는 다른 사람의 손을 통해 이루어진 것들이다. 그리고 전국시대에 와서야 이른바 '제자백가'들이 쏟아져 나와 수많은 저서를 남기게 된다.

진한시대에도 진나라는 천하를 통일하기는 했으나 통치 기간이 너무나 짧았고, 뒤를 이은 한나라는 다시 서한(西漢, 기원전 206~기원

---

10) 劉澤華 등 編 《中國古代史》 의거. 본시 孔子가 지은 《春秋》는 魯隱公元年(기원전 722)에서 시작하여 哀公 14년(기원전 481)에서 끝맺고 있다.

후 24)과 동한(東漢, 기원후 25~195)으로 나뉘어진다. 서한은 사부(辭賦)를 중심으로 하여 문장의 수사를 통한 형식적인 아름다움을 추구한 시대이고, 동한에 와서는 고시(古詩)가 유행하면서 문장의 형식미뿐만이 아니라 그 내용을 통해서도 아름다움의 추구가 가능함을 깨우쳤던 시대이다. 그리고 서한대에도 작가들이 자기 이름을 내걸고 작품을 쓰기는 하였지만, 글을 쓰는 문인 또는 지식인들의 사회적인 책임에 대한 자각은 동한에 와서야 이루어진다.

따라서 《중국문학사》에 있어서의 '고대'란 본격적인 중국문학의 전개를 준비하는 시대이다. '고대'의 가장 두드러진 특징은 그 문장들의 실용(實用)과 비실용의 구분도 애매하고, 심지어는 산문과 운문의 구분도 뚜렷하지 않았으며, 그 글이 역사적인 것인지 철학적인 것인지 또는 문학적인 것인지도 확연히 구분할 수 없는 것이라는 점이다.

그뿐 아니라 한자(漢字)의 자체도 아직 통일되지 않고 문법이나 문장의 표현 기능조차도 완비되지 못하였던 시대이다. 지금 우리가 보는 '고대' 문학의 자료들은 모두 한대(漢代) 이후에 정리되고 확정된 것이어서, 그 저작의 체계나 문장까지도 후인들의 손질이 모두 가해진 것이라 보아야만 할 것이다. 이러한 사실들은 우리가 다루어야 할 중국 '고대' 문학의 자료나 그 문학적인 성격이 후세의 것들과는 크게 다른 것이었음을 뜻한다. 이 때문에 '고대' 문학을 논하는 데 있어서는 사전에 검토하여야만 할 여러 가지 문제가 생기게 되는 것이다.

2. '고대문학'에 있어서의 작가

우리에게 전해지고 있는 중국 고대문학의 작가들이란 거의 모두가 봉건지배계급에 속하거나 지배계급으로 발돋움하려는 사대부들의 작품이다. 따라서 그 작품이라는 것도 모두가 그 시대의 도덕에 바탕을

둔 정치와 관련 있는 것들이다. 간혹 《시경》의 〈국풍(國風)〉에 들어
있는 민가(民歌)들처럼 서민에게서 나온 것들이 있기는 하나, 그것을
정리하고 기록하여 전한 것은 사대부들이며, 따라서 서민의 감정이나
생활을 노래한 민요라 할지라도 그 해석은 세상을 다스리는 정치적인
입장에서 행하여졌고, 그것들이 전해지고 읽혀진 의의도 정치적인 가
치에 있었다.

시대별로 따져 보면, 서주의 작품들이란 모두 사관(史官)에 의하여
기록되었거나 정리된 것이다. 사관들은 극히 적은 수의 통치자들(천
자를 중심으로 한)을 위하여 이것들을 기록하고 정리한 것이며, 또 그
일은 사관들 집안에 대대로 전해지던 가업이었기 때문에, 거기에서는
글을 쓴 사람들의 자기 의식이나 개성 같은 것은 찾아보기 힘들다.

동주로 들어오면서 춘추시대에 와서는 제후들의 나라가 서로 싸우
기 시작하여, 여러 나라마다 제각기 천자보다도 자기의 이익을 추구
하여야 할 필요가 생긴다. 그 때문에 춘추시대에 와서는 천자의 사관
보다도 여러 제후의 나라들의 사관의 활동이 더욱 활발해진다. 그러
나 나근택(羅根澤)이 〈전국 전에는 사가(私家)의 저작이 없었음을 논
함〉이란 논문[11]에서 증명하고 있듯이 춘추시대엔 아직 개인적인 글
은 출현하지 않았다. 공자가 이전의 기록들을 정리하여 편정(編定)한
유가의 '육경(六經)'이 이 시대의 가장 두드러진 글로 이루어진 업적
이다.

춘추시대에 와서 무너지기 시작했던 서주 봉건제도의 기반인 종족
제도가 맥을 못 추게 되고 여러 나라들 사이의 싸움이 더욱 첨예화한
전국시대에 와서야, 새로이 등장한 각 지역의 지배계급의 이익을 대
표하는 여러 작가들이 쏟아져 나왔다. 예를 들면 새로 일어난 가족제
도를 바탕으로 하여 대두한 지주 계급의 이익을 대표하는 유가(儒家)

---

11) 顧頡剛 編《古史辨》四冊 上編 所載.

와, 전란 중에 두드러지기 시작한 서민의 입장을 지배에 반영시키려는 서민 세력을 대표하는 묵가(墨家)와, 새로 등장한 지주와 상인들의 이익을 대표하는 법가(法家) 등이 그것이다. 그리고 이들은 각각 그러한 특징이 강한 일정한 지역의 이익을 대표한다고도 볼 수 있다.

그러나 이들 제자백가도 여전히 정치에 참여하거나 사회를 바로 이끌어 보려는 의식을 전혀 버리지 않았고, 신분은 여전히 사대부의 입장을 벗어나지 않았다. 반고(班固, 32~92)의 《한서(漢書)》〈예문지(藝文志)〉를 보면, 제자(諸子)의 원류를 논한 대목에서 각각 유가(儒家)는 사도지관(司徒之官)에서 나왔고, 도가(道家)는 사관(史官)에서, 법가(法家)는 이관(理官)에서, 명가(名家)는 예관(禮官)에서, 묵가(墨家)는 청묘지수(淸廟之守)에서, 종횡가(從橫家)는 행인지관(行人之官)에서, 잡가(雜家)는 의관(議官)에서, 농가(農家)는 농직지관(農稷之官)에서, 소설가(小說家)는 패관(稗官)에서 나왔다고 말하고 있다. 이것도 전국시대의 작가들이 모두 개인적인 입장에서 글을 쓴 것이 아니라 각기 다른 지배집단을 대표하고 있음을 뜻하는 것이다. 따라서 이 시대의 작가들도 그들의 작품을 놓고 개인이나 개성 같은 것은 문제삼을 수는 없다. 그리고 지금 전하여지는 '제자백가'의 저서들도 거의 모두가 사실은 그 작품을 그들이 직접 쓴 것이 아니다.

진한대에 들어와서야 작가들은 비로소 자기 이름을 내세우며 자기 책임 아래 글을 쓰기 시작하였다. 그리고 수사(修辭)가 중심을 이루기는 하였지만 글이 정치와의 관련이나 실용을 떠나 아름다움이나 어떤 다른 가치를 추구할 수 있다는 것도 발견하게 되었다. 따라서 정말로 작가라 부를 수 있는 사람들은 진한대에 비로소 나타났다 하여도 과언이 아닐 것이다. 그렇지만 이 시대의 작가들이 글을 쓰는 명분을 완전히 정치와 무관한 분야에서 발견하였거나, 지배계급 주변으로부터 완전히 벗어났다는 뜻은 아니다. 한나라 고조(高祖)나 무제(武帝)처럼, 한대에 들어와서는 천자나 귀족들도 자기의 위세를 표현

하기 위하여 자신이 직접 글을 쓰거나 아랫사람들을 시켜 글을 짓게
한 데서, 개인으로서의 작가가 존재하였던 것일 따름이다.

　이제까지 나온 문학사들을 보면 대부분이 이러한 작가와 그들의 작
품을 중심으로 문학의 흐름을 엮어 왔다. 그러나 우리는 《중국고대문
학사》의 경우 이러한 작가들이 진정한 의미의 작가라 할 수 있는가
한번 반성해 볼 필요가 있을 것 같다.

　서양의 경우에도 중세기 이전에는 우리가 지금 생각하는 개인으로
서의 작가나 예술로서의 문학에 대한 개념이 존재하지 않았다. 그 때
문에 현대 프랑스의 비평가 롤랑 바르트(Roland Barthes)는 중세기
의 작가를 다음 네 부류로 나누고 있다.12) 첫째는 전사자(轉寫者,
Scriptor)로서, 그는 아무것도 덧붙이지 않고 베끼기만 하는 사람이
다. 둘째는 편찬자(編纂者 : Compilator)로서, 그는 그 자신의 것이
아닌 모든 것을 덧붙일 수 있다. 셋째는 주석자(註釋者 : Commen-
tator)로서, 그는 원전을 남이 이해할 수 있도록 거기에 자기 생각을
덧붙이는 사람이다. 넷째는 저자(著者 : author)로서, 그는 그 외의
딴 사람이 생각한 것에 기대어서 자기 자신의 생각을 감히 발표하
는 사람이라는 것이다.13)

　롤랑 바르트의 작가에 대한 개념을 두고 중국의 고대문학 작가들에
대하여 반성해 볼 필요는 없을까? 《시경》〈요전(堯典)〉·〈하서(夏
書)〉·〈상서(商書)〉의 글들이 각기 요임금이나 하나라·상나라 때
사관(史官)의 기록이라 하여 그 때의 사관을 작가라 보는 게 옳을까?
그들보다는 《시경》·《서경》의 편찬자나 전사자들의 의식이 작품의
성격 형성에 더욱 결정적인 영향을 주고 있다고 보아야 할 것이다.

---

12) L'ancienne rhétorique − Aide-mémoire, A. 6. 2. L'ecrit, Communi-
　　cations. École Pratique Des Hautes Études, − Centre D'études Des
　　Communication De masse, 1970.
13) 이상 김현의 《韓國文學의 位相》 p.10의 요약을 대체로 전재한 것임.

그리고 그 학술사적 또는 문학사적 의의는 주석자들에 의하여 부여되고 있다고 보아야 할 것이다. 《시경》의 민요들은 후세의 지식인인 편찬자와 전사자들에 의하여 선택된 다음 그 문장은 다시 그들에 의하여 수식되고 고쳐진 것이며, 주석자들에 의하여 그것들은 성인(聖人)의 도(道)를 밝히는 글로 해석이 강요되어 왔기 때문이다.

'제자백가'들의 글도 마찬가지이다. 《논어》나 《장자》·《묵자》라 하더라도 그것은 공자나 장자·묵자의 손에 의하여 직접 쓰여진 것들이 아니라, 편찬자들에 의하여 문장으로 옮겨졌고 전사자들에 의하여 수정이 가해졌으며, author인 저자에 의하여 내용이 추가되었던 것이다. 《장자》의 외편(外篇)·잡편(雜篇) 같은 것들이 그 좋은 보기이다. 그리고 이것들도 그 학술사 또는 문학사적인 가치는 주석자들에 의하여 이루어졌으므로 후세에 오랜 세월을 두고 후인들이 이해하였던 그들 작품의 성격은 공자나 장자·묵자의 의도보다도 주석자들이 더 결정적인 역할을 하고 있는 것이다. 따라서 주석자들도 공자나 장자·묵자 못지않게 작가로서의 역할을 수행하고 있다고 보아야 할 것이다.

서양의 경우와 꼭 같지는 않겠지만 중국의 《고대문학사》에 있어서도 작가의 성격 문제는 다시 한번 검토할 필요가 있다. 우리는 작가에 대한 새로운 인식을 통하여 중국의 고대문학사의 흐름을 좀 더 올바른 방향에서 파악할 수 있게 되리라 믿는다. 그와 아울러 어느 시대건 문학의 발전이나 흐름은 작가나 작품에만 의존하여 이루어지는 것이 아니라 그 문학의 독자의 성격이나 저술의 방법, 책의 형태와 그 보급방법 및 그 사회의 문화적 환경 등 여러 가지 여건에 의하여 종합적으로 이루어지는 것이기 때문에, 문학사는 종래의 작가와 작품 중심의 서술에서 탈피하여 여러 가지 각도에서 연구할 필요가 있다. 특히 중국의 '고대'와 같은 정치·사회·경제·문화 등 모든 면에서 특수한 조건 아래 있었던 시대는 더욱 그러하다. 그러나 능력에는 한계가 있으므로 이러한 모든 면으로부터의 재검토는 불가능하다 하더라도 적어도 문학과 관계되는 두드러진 특수한 조건들은 소홀히 하지 않도록 노력하여야만 할 것이다.

3. '고대문학'에 있어서의 독자

옛날에는 글을 쓰는 사람들도 그 사회에 있어 특수한 계층에 속하는 사람들이었지만, 그 쓴 것을 읽고 즐기는 사람들도 특수 계층의 사람들이었다. 따라서 고대문학사에 있어서는 그 글을 쓴 사람들도 중요하지마는 그 글을 누가 쓰게 하였는가, 또는 그 글을 누구를 위해 썼는가, 쉽게 말하면 독자가 어떤 사람이었는가 하는 것도 그에 못지않게 중요하다.

서주시대의 글들은 모두 일부 통치자들, 곧 천자와 그 주변의 몇 사람들을 위하여 기록한 것이다. 《서경》의 바탕이 된 사관의 기록이란 모두 천자(天子)가 천하(天下)를 다스리는 데 참고자료로 삼게 하기 위한 것이었다. 이 때 사관이 목표로 한 독자는 천자 한 사람이라 하여도 과언이 아니다. 사관들은 천자가 그들의 기록을 통하여 이전의 시정(施政) 방법이나 여러 가지 규범들을 알아 올바른 정치를 해나갈 수 있도록 하기 위하여 그러한 기록을 남겼던 것이다.

다만 《시경》의 국풍(國風)에 실린 가요(歌謠)나 〈소아(小雅)〉·〈대아(大雅)〉의 일부분의 시들은 처음부터 천자에게 들려주기 위하여 지어진 것은 아니었다. 그 대부분이 민간에 유행하던 작자를 알 수 없는 작품들이다. 그러나 이런 민간의 노래를 수집하여 기록으로 남기게 된 까닭은 통치자가 그것들을 통하여 민정을 파악함으로써 정치의 참고 자료로 삼도록 하기 위한 것이었다. 따라서 서주시대의 작가인 사관은 순전히 천자를 위하여 글을 적었다고 할 수 있다. 또 이것은 이 시대의 작가인 사관이 완전히 독자인 천자의 장악 아래 있었음을 뜻한다는 것도 잊어서는 안 될 것이다.

동주시대에 와서도 그 시대의 문학의 독자는 여전히 일부 통치자들이나, 이 때는 여러 나라들이 서로 싸우고 있을 때이므로 이 시대의 통치자들이란 천자뿐만이 아니라 여러 나라의 제후들과 그 나라 정치를 주무르던 권세가들도 포함되게 된다. 작가 쪽에 사관뿐만이 아니라 사대부들도 가담하기 시작했던 것처럼 독자의 범위도 서주에 비하여는 약간 넓어졌던 것이다. 동주시대에 있어서도 뒤의 전국시대에 이르러서는 여러 나라들이 천자의 존재조차도 무시하고 약육강식의 처절한 싸움을 벌였으므로 여러 나라들은 제각기 다른 입장을 지니게 되고, 통치자들도 제각기 서로 이해관계를 달리하게 되었다.

이에 글을 쓰는 작가들도 자기가 처한 여건에 따라 서로 다른 지배집단의 이익을 대표하게 되고, 또 서로 경쟁하는 입장에 놓이게 되었다. 이 때문에 자신이 어떤 학파를 선택하고 그 학파의 이론을 강화시키기 위해서나 또는 대립되는 다른 학파들을 비판하기 위해서는 사대부 자신들이 여러 작가들의 글을 읽지 않을 수가 없게 되었다. 그러나 문장 사용의 보편화, 곧 독자층의 확대는 다음에 올 진한대를 기다리지 않으면 안 된다.

'고대'의 독자는 천자 또는 나라의 통치자들이었는데, 책이나 글은 모두 읽기 어려운 한자로 나무쪽이나 대쪽 같은 데 쓴 것이었다. 따라서 이 시대에는 사(史)·무(巫)·축(祝) 등의 글을 쓰는 전문가도 따로 있었지만, 필요한 독자들에게 책을 읽어주는 송훈(誦訓)·훈방씨(訓方氏)·탐인(撢人) 같은 전문가도 따로 있었다.14) 따라서 이 시대의 책이나 글의 성격은 지금 우리가 생각하고 있는 상식적인 것들과는 전혀 다른 것이었음에 주의하여야 한다.15)

---

14) 《周禮》 〈地官〉·〈夏官〉 참고.

이러한 시대에 따른 독자들의 성격 변화는 그 시대 문학의 성격을 결정하는 데에도 큰 작용을 가하고 있다. 따라서 그 시대 문학 작품을 올바로 이해하고 문학사의 흐름을 제대로 파악하기 위하여는 그 시대 독자층에 대한 검토도 소홀히 할 수가 없는 것이다.

4. '고대'의 한자(漢字)와 그 서사(書寫) 방법

중국 고대문학사에 있어서 반드시 고려하여야만 할 일인데도 이제까지 소홀하였던 것이 그 시대의 한자와 그것을 적던 방법 및 책의 성격 등에 대한 검토이다. 중국 고대의 한자는 지금 우리가 흔히 보는 한자와는 글자 모양이나 그 글자의 유통 상태가 아주 달랐고, 또 그것을 쓰는 방법이나 기구 같은 것도 지금과는 전혀 달랐다. 그리고 그것은 문장의 성격이나 그 통용에 큰 제약을 가했을 것으로 생각된다.

중국의 한자는 여기에서 다루는 고대문학사의 시기 이전에도 이미 쓰여지고 있었다. 은(殷)나라의 갑골문자(甲骨文字)나 동기(銅器) 같은 데 새겨져 있는 문자들은 문자학자들에 의하여 이미 오랫동안의 발전을 통하여 상당히 세련된 모양을 갖춘 한자라 여겨지고 있다. 주나라 때에 와서는 한자도 훨씬 발달했던 것이 사실이지만, 여전히 문자학사에 있어 고문자(古文字)의 영역을 벗어나지는 못하고 있었다. 문자학사상 고문자의 특징은 자체(字體)도 통일되지 않았을 뿐만 아니라 그 모양도 정제화(整齊化)되지 못하였던 데 있다.

주나라 선왕(宣王, 기원전 827~기원전 782 재위) 때의 태사(太史)인 주(籀)가 한자의 자체를 정리하여 '주서(籀書)' 또는 '대전

---

15) 제5장 여론(餘論) 〈중국 고적의 또 다른 성격에 대하여〉 참조 바람.

(大篆)'이라 부르는 새로운 자체를 만들었다 한다.[16] 옛날에는 당(唐)대에 진창(陳倉)에서 발견되어 지금 북경(北京)에 보전되고 있는 석고(石鼓)에 새겨진 석고문(石鼓文)을 '대전'의 대표적인 자료라 생각하였으나, 뒤에는 이에 대한 이의를 제기하는 학자가 많아져[17] 지금 와서는 도리어 과연 '대전'이 어떤 모양의 글자였는지 확증할 길이 없게 되었다. 그러나 이 태사 주에 관한 기록들은 서주 말년에 와서는 왕조를 중심으로 혼란했던 그 시대의 자체를 통일하고 한자를 정리하려는 노력이 있었음을 증명한다고 할 수는 있을 것이다. 다시 말하면 '대전' 또는 '주서'는 주나라 왕조의 관정문자(官定文字) 정리의 시도를 뜻하는 것이라 할 수 있다. 그러나 '대전'이 이전의 자체에 비하여 얼마나 개진된 것이며, 그것이 중국문화 발전에 미친 영향이 어느 정도였는지 확언할 자료는 없다.

동주로 들어와서는 춘추시대에 공자가 이전의 기록들을 정리하여 이른바 '육경(六經)'을 산정(刪定)하여 중국에 본격적인 전적(典籍)들을 이룩해 놓고 있다. 이것을 보면 이 시대에 와서야 전적을 정리하거나 저술을 할 수 있을 만한 문자로 중국의 한자 자체가 초보적인 정리가 이루어졌던 듯하다. 허신(許愼)의 《설문해자(說文解字)》서(序)에서는 이 때에 쓰였던 글자가 '고문(古文)'이라 말하고 있지만, 이 고문은 '대전'을 중심으로 한 이전의 고문자보다는 한 단계 발전한 자체의 한자였을 것이다.

그러나 전국시대로 와서는 제후들이 서로 싸우면서 제각기 다른 방식의 정치를 하고, 지역에 따라 언어도 달랐으므로 한자의 독음과 자체도 제각기 달랐다.[18] 남쪽의 오(吳)·월(越)·초(楚)[19] 지방은 후

---

16) 許愼 《說文解字》序 및 《漢書》〈藝文志〉참조

17) 근래 馬衡은 《石鼓文爲秦刻石考》에서 이것이 秦나라 때의 글임을 자세히 考證하고 있다.

18) 許愼 《說文解字》序 ; '其後諸侯力政, 不統於王, …… 分爲七國 …… 言

세까지도 북방과는 다른 방언을 쓰고 있으니, 이 시대에는 제각기 자기네 말을 따라 서로 달리 한자를 읽은 것은 물론 서로 다른 글자들을 만들어 내기도 했었을 것이다. 그러나 이 시대에는 각 나라마다 제각기 서로 다른 이해관계를 대표하는 '제자백가'라 불리게 된 사상가들이 나와 학문 연구와 저술 활동을 하였으므로, 비록 통일은 되지 못했다 하더라도 한자 또는 한문이 한 단계 더욱 발전할 수 있는 소지가 마련되었을 것이다. 그렇지만 그 자체는 '대전'이 그대로 주종을 이루고 있었을 것이다.

진시황은 중국에서 실로 가장 먼저 천하를 통일한 임금일 뿐만이 아니라 한자의 자체도 그에 의하여 비로소 통일되었다. 이는 승상 이사(李斯, 기원전 284?~기원전 208)의 건의로 말미암은 것이었는데, 이 때 이사는 《창힐편(倉頡篇)》을, 지었고, 중거부령(中車府令) 조고(趙高)는 《원력편(爰歷篇)》을, 태사령(太史令) 호무경(胡毋敬)은 《박학편(博學篇)》을 지었는데,20) "모두 사주(史籀)의 대전(大篆)을 취하여 퍽 생략하고 개량한 것으로 이른바 소전(小篆)이라는 것이다"21)고 한다. '소전'은 진전(秦篆)이라고도 부르는데, 역산비(嶧山碑)22)가 그 대표적인 것으로 알려졌다.

그러나 '소전'은 통일을 이룩하여 널리 통행될 여유를 갖지 못했기 때문에, 당란(唐蘭)은 '소전'을 고문자계열에 속해야 할 성질의 것이어서 '근고문자(近古文字)'라 부르는 게 옳을 거라 말하고 있다.23) 따

語異聲, 文字異形, …….'

19) 지금의 江蘇·浙江·湖北·湖南·四川·貴州 지방.

20) 班固 《漢書》〈藝文志〉, 許愼 《說文解字》 序 참조.

21) 許愼 《說文解字》 序 인용.

22) 嶧山은 山東省에 있는 山名. 秦始皇 28年(기원전 219)에 秦德을 頌揚하기 위하여 山上의 돌에 李斯의 글을 새긴 거라 한다(《史記》). 그러나 진짜는 없어지고 지금은 唐 鄭文寶의 摹刻이 전한다.

23) 《古文字學導論》 樂天出版社.

라서 그는 '근대문자'의 시조는 바로 예서(隸書)라고도 말하고 있다.

'예서'는 진시황 때의 정막(程邈)이 낮은 관리들이 쓰기 편하도록 '소전'을 더욱 간략하게 다듬어 만들어낸 것이라 한다.24) '예서'의 작자에 대하여는 학자에 따라 의견을 달리하는 이도 있으나, 여하튼 진시황 때 더욱 간략하고 모양이 다듬어진 새로운 자체가 개발되어 이후 널리 통용되기 시작하였음엔 틀림이 없다. 그리고 '예서'가 여러 가지 기록으로 '도례(徒隸)'나 '이졸(吏卒)'·'예인(隸人) 등 낮은 신분의 사람들이 쓰기에 편하도록 간략하게 만든 것이라 하고 있으니25) 여기에서 문장의 작자와 함께 독자층이 비로소 크게 확대되었음을 알 수 있다.

이 '예서'가 더욱 다듬어져 지금도 우리가 쓰는 한자의 대표적인 자체인 해서(楷書)가 동한(東漢) 무렵에 이루어졌고,26) 또 이를 쓰는 데 따라 자체가 약간 변하여 초서(草書)와 행서(行書) 같은 것도 나오게 되었던 것이다. 어떻든 정치·문화나 마찬가지로 한자도 자체의 통일을 이루어 '근대문자'가 형성된 것은 진(秦)나라 때이고, 그 '근대문자'의 본격적인 통용은 한(漢)대에서 비롯되고 있는 것이다.

그리고 지금 전하는 '고문자'는 모두가 동기(銅器)나 병기(兵器) 또는 귀갑(龜甲)·수골(獸骨) 및 돌 같은 데에 새겨진 것이다. 그리고 고대의 책은 대부분이 죽간(竹簡) 또는 목독(木牘)에 써서 가죽끈으로 엮은 것이었을 것이나, 이것들은 모두 썩어 버려 지금은 별로 남

---

24) 蔡邕《聖皇篇》, 江式《進文字源流表》등 참조.
25) 《漢書》〈藝文志〉;"是時(秦)造隸書矣. 起於官獄多事, 苟趨省易, 施之於徒隸也." 《說文解字》自序;"是時秦 …… 大發吏卒, 興役戍, 官役職務繁, 初有隸書, 以趨約易." 衛恆《四體書勢》;"秦事繁多, 篆字難成, 即令隸人佐書, 曰隸字. 漢因用之, 獨符璽幡信題署曰篆. 隸書者, 篆之捷也."
26) 張懷瓘《書斷》에선 王愔을 引用하여, 東漢 章帝(76~88 재위) 때의 王次仲이 隸草를 근거로 楷書를 만들었다 하고 있다.

大盂鼎(全盂鼎·盂鼎으로도 부름.
1820년 陝西省 郿縣에서 발굴, 上海
博物館藏)의 석문 첫머리 세 줄 중간
까지의 묘사
〈西周初期文字例〉

漢初의 帛書老子의 일부(1973
년 長沙 馬王堆에서 발굴됨)
〈漢初小篆例〉

은 것이 없다.27) 춘추시대 무렵부터는 비단도 쓰이기 시작되었다고는
하지만, 이는 값이 비싸 널리 통용되지는 못한 듯하다.28) 편리하고 간
편한 책이 출현한 것도 동한(東漢) 화제(和帝, 89~105 재위) 때에
채륜(蔡倫)이 종이를 발명한 이후의 일일 것임은 말할 나위도 없다.
　글씨를 쓰는 붓과 먹도 '고문자'시대에는 별로 발달하지 못했을 것
이다. 고문자는 지금 뼈나 쇠·돌에 새겨진 게 전해지고 있기 때문에
그때 어떤 필기용구가 사용되었는지 확실히는 알 수가 없다. 그러나
지금 전해지고 있는 글자의 모양을 통해서 보더라도 서주(西周) 이전
의 필기용구는 일정하지 않았을 듯하며, 적어도 '대전'이 나온 뒤 동

---

27) 1955年 湖南省 長沙에서 出土된 43片의 《仰天湖楚簡》이 가장 오래된
　　것이며, 漢簡은 數種이 있다.
28) 昌彼得 《中國圖書史略》.

주(東周)에 와서야 글씨의 획이 다듬어졌으니 필기용구도 그 때 와서야 일정한 모양으로 발달하기 시작했을 것이다. 그리고 근대적인 붓이나 먹이 제 모양을 갖춘 것은 아무래도 '예서' 이후 '근대문자'의 통용과 때를 같이할 것 같다. 그리고 지금 우리가 쓰는 것과 같은 편리하고 부드러운 붓이나 먹의 완성과 보급도 동한(東漢) 때에 종이가 발명되고 해서(楷書)가 통용되기 시작하는 것과 때를 같이할 것이다.

이와 같은 고대 한자의 자체와 서사방법(書寫方法)은 그것으로 이루는 문장의 성격에 지대한 영향을 끼치지 않을 수가 없었을 것이다. 주나라 시대에 있어서는 글자의 모양이나 자획이 다듬어지지 않아 글씨를 쓰고 읽는다는 것은 매우 어려운 일이었다. 글자의 자체가 정비되지 않았다는 것은 곧 그 자체가 통일되지도 않았고 그 문자의 통용 범위도 별로 넓지 않았음을 뜻한다. 그러므로 서사용구(書寫用具)도 불완전했을 것이며, 문자의 사용 계층이나 사용 목적도 매우 협소했을 것이다. 동주에 와서는 자체가 어느 정도 정비되기 시작하였으나, 대신 한자가 상형문자라는 특성 때문에 언어가 서로 다른 여러 종족과 넓은 지역에 사용케 되어 적지 않은 혼란이 일어났다. 이러한 한자와 서사용구의 성격은 그것으로 표현하는 문장의 성격을 지금 우리가 생각하는 보통 문장과는 판이한 것으로 발달시켰다.

우선 서주에 있어서는 글을 쓴다는 것은 사(史)라는 극히 제한된 일부 전문가의 전업(專業)이었을 것이다. 이 때의 한자는 모양도 복잡하고 다듬어지지 않아 전문가가 아니라면 쓰고 읽기가 쉽지 않았을 것이다. 자체도 통일되지 않아 글을 쓰는 전문가에 따라 차이가 있었던 듯하며, 그에 따라 글을 쓰는 용구들도 서로 같지가 않았을 것이다.

책을 만드는 기본 자료인 죽간(竹簡)은 그 면에 일정한 한계가 있고, 글자 한 자를 쓰는 것도 적지 않은 힘이 들었기 때문에 뜻의 표현은 되도록 축약(縮約)되어야만 하고 문장의 형식은 되도록 간략하여야만 하였다. 그리고 한대(漢代)까지도 책의 기본 재료였던 죽간이나 목독(木牘)은 그 길이와 너비가 일정하여 일정한 수의 글자를 쓰는 것이 여러 가지로 편하였다. 이 때문에 중국문장은 정언(定言)의 시에 가까운 글이 더욱 발달하도록 강요되었을 것이다. 그리고 한자가 상형문자라는 것도 문장을 되도록 축약하고 간략하게 쓰도록 만드는 데 적지 않은 작용을 가하였을 것이다. 중국에 있어서는 고대문학이 시작될 때부터 이미 그 문장이 그들의 일상용어와 판이하고, 뜻이 응축된 시적인 문장이 존중되고 있는 것도 이것이 큰 원인의 하나였을 것이다.

한자의 자체뿐만이 아니라 독음도 한 글자가 제각기 한 음절로 된 음을 지니고 있어, 이 글자들이 두 자 이상 결합할 적에는 독음의 해화(諧和)가 문제가 된다. 따라서 중국문장의 시적인 발달은 한자의 독음으로 말미암은 성운(聲韻)에 대한 배려도 한 몫을 하였을 것이다. 이러한 자체와 서사용구에서 오는 제약 이외에도 서주시대에 있어서는 《시경》이나 《서경》처럼 그 글의 독자가 본시는 천하의 최고 통치자인 천자(天子)였다는 것도, 더욱 그 문장을 의식(儀式)적인 것으로 만들었을 것이다.

서주 말엽부터 문자 통일의 필요성을 느끼기 시작하여 '주서(籒書)'가 나오기도 했었으나, 곧 시작된 춘추시대의 혼란은 문자 통일을 불가능하게 하였다. 그러나 문자 통일 노력을 통하여 이루어진 자체의 발전은 이 시대의 문장의 독자가 천자로부터 제후와 여러 나라의 귀족들로 확장되고, 문장의 작자도 사관뿐만이 아니라 뜻을 세워 글을 배운 일부 사대부들에까지 확대되는 추세와 변화를 같이한 것이다. 여기에서 문장은 봉건사회의 지배계급 사이에서나마 일반화하기 시작하는 것이다. 따라서 지금 우리에게 전하는 서주시대의 기록이라는 것은 실은 모두 이 시기에 초보적으로 정리되고 편찬된 것으로 보여진다.

전국시대에 와서는 여러 나라들 사이의 분쟁과 중국문화권에 속하는 역사적인 무대가 크게 확대되는 바람에, 문자의 통일은 더욱 큰 혼란을 가져왔던 것 같다. 그러나 그런 중에도 여러 나라에는 '제자백가'라 불리우게 된 지식인들이 쏟아져 나와 자기 유파의 사상을 선전하려고 적극적인 저술활동을 전개하였다. 따라서 문장은 봉건 지배 계급 사이에 더욱 일반화하였을 뿐만이 아니라 문장의 기교도 더욱 세련되기 시작하였다. 중국의 고대문학 작품들은 이 시대에 와서 본격적으로 창작되기 시작한다.

그러나 이 시대의 독자가 천자나 통치자들이었고, 책은 나무쪽이나 대쪽에 한자로 쓴 다루기도 어렵고 읽기도 까다로운 것이었기 때문에 독자에게 책을 읽어주는 전문가도 따로 있었다. 이것도 중국 고대문장이 독특한 발달을 하게 한 요인의 하나였다.

진시황의 천하통일은 정치적·지리적인 통일의 뜻만이 있는 게 아니라 문화적인 의의도 곁들여 있다. '소전'을 통해서 문자가 통일된 이후 비로소 개성적이고 일반화한 문장이 쓰여지기 시작한다. 이사(李斯)의 산문과 그 시대의 각석문(刻石文) 등이 그 보기이다. 그러나 본격적인 중국문화의 전개는 '소전'의 자체가 더욱 간편하게 다듬어져 '예서'로 발전한 뒤, 곧 '예서'가 통용되기 시작한 한대의 일이다.

이렇게 볼 때 고대 중국의 한자의 성격과 그 서사(書寫) 방법은 그 시대 문학의 성격 형성에 결정적인 영향을 주고 있는 것이다. 보기를 들면 서주시대에는 민간에 아름다운 노래나 얘기가 유행되고 있었다 하더라도 그 때의 한자나 그 한자의 서사 방법은 그것을 그대로 기록하여 널리 여러 사람들에게 읽힐 수 있을 정도로 편리한 것이 못되었다. 글자의 모양이 까다롭고 쓰기도 힘들어서 사람들의 말이나 노래를 그대로 적는다는 일은 매우 어려웠다. 또 그것을 죽간(竹簡)에 적는다고 생각할 때, 사람들이 아름다운 노래나 얘기를 거기에 적어 널리 보급시키기에는 너무나 번중(繁重)한 것이었다. 그러니 글을 쓰는 사람은 어떤 사람의 말을 기록한다 하더라도 되도록 그것을 축약하여 뜻만을 전하도록 노력하는 수밖에 없을 것이다.

이밖에도 그러한 문자의 특성이나 서사 방법에서 오는, 지금 우리가 생각하는 문장과는 다른 문자의 특징은 일일이 들어 얘기할 수 없을 정도로 많다. 그럼에도 불구하고 중국의 고대문학을 애기하면서도 그 시대의 문자의 특성이나 서사 방법에 대하여는 소홀히 하는 경우가 많다.

5. '고대' 중국인의 문학의식

먼저 고대 중국인들이 '문(文)'이란 글자의 뜻을 어떻게 이해하였는가 알아보자.

첫째 ; '문(文)'은 본시 '무늬[紋]'의 뜻이어서 동한 허신(許愼)의 《설문해자(說文解字)》에서 '문(文)이란 획(劃)이 엇섞인 것이니 무늬가 교차된 모양을 나타낸 것이다'29)고 설명하고 있다.30) 한대 유희(劉熙)의 《석명(釋名)》에서 '문(文)이란 여러 가지 채색을 모아 가지고 비단의 수를 이룬 것이며, 여러 글자들을 모아 가지고 말뜻을 이룬 것도 수놓은 무늬나 같은 것이다.'31)고 말하고 있는 것은, '무늬'의 뜻이 같은 수식성 때문에 '글'의 뜻으로 그대로 옮겨졌음을 설명한 것이다.

둘째 ; '문(文)'은 고대의 예의 · 제도,32) 넓게는 '문화'에 가까운 말

---

29) '文, 錯畫也, 象交文.'
30) 《禮記》〈樂記〉에서도 '五色成文而不亂'이라 하였다.
31) '文者, 會集衆綵, 以成錦繡 ; 會集衆字, 以成辭義, 如文繡然也.'
32) 《國語》〈周語〉上, 韋昭 注 ; "文, 禮法也." 又 "文, 典法也."
　　劉向 《新書》容經 ; "有儀而可象, 謂之文."

로도 쓰였다.33) 그것은 곧 세상을 문화적으로 다스리는 데 필요한 여러 가지 제도와 그것을 운영하는 방법을 뜻하는 것이다.

셋째 ; '문(文)'이란 성인의 가르침이나 성인의 덕(德)에 대하여 쓰여 있는 '경적(經籍)'들을 뜻하기도 한다.34) 여기에서의 '성인'이란 말할 것도 없이 대체로 옛날의 성왕(聖王)을 가리키는 것이다. 공자까지도 실제로 왕위에 오르지는 않았지만 왕자(王者)로서의 할 일을 했다 해서 '소왕(素王)'이라 부름을 상기해 주기 바란다.35)

넷째 ; '문(文)'은 다시 성인의 덕 그 자체를 가리키는 말로도 쓰였다.36) 곧 '인덕(仁德)'이란 말과 비슷한 뜻으로 쓰였다는 뜻이다.

다섯째 ; '문(文)'이 '아름다움' 또는 '훌륭함'이란 뜻으로도 쓰였다.37) 이것은 성인의 덕에 관하여 쓰인 글을 뜻하던 '문(文)'이 뒤에는 성인의 덕 자체를 가리키는 말로도 쓰인 것과 같이, '아름다운 무늬'나 '아름답고 훌륭한 글'의 개념이 발전하여 '아름다움' 또는 '훌륭함'의 뜻이 나왔을 것이다.

여섯째 ; '문(文)'은 말할 것도 없이 글이나 문헌의 뜻으로 쓰였다.38) 후세에 산문인 '필(筆)'의 대가 되는 압운(押韻)한 글을 가리키는 뜻으로 '문'을 썼다든가, 고문가(古文家)들이 산문을 전체적으로 가리키어 '문'이라 하였다는 경우는 고대문학과는 관계가 없는 일이다.

여기에서 '문(文)'이 위 둘째·셋째·넷째의 뜻으로 쓰인 것은 고대의 경우 글의 독자가 천자(天子)에서 시작하여 뒤에도 후왕(侯王)이

---

33) 《論語》〈子罕〉; "文王旣沒, 文不在玆乎?"
34) 《國語》周語 下, 韋昭 注; "文, 詩書也."
　　《論語》學而; "則以學文", 皇侃疏; "文卽五經六籍也."
35) 《孔子家語》本姓解 및 《春秋左傳》序 참조.
36) 《詩經》〈大雅〉 江漢; "告于文人.", 毛傳; "文人, 文德之人也."
　　《國語》〈周語〉下, 韋昭注; "文者, 德之總名."
37) 《禮記》〈樂記〉; "以進爲文." 鄭玄注; "文, 猶美也, 善也."
38) 《論語》〈八佾〉; "文獻不足故也."

나 귀족의 범위를 크게 벗어나지 않았다는 데에서 말미암은 것이다. 독자가 천자나 후왕들이었고 쓰는 사람은 세상을 올바로 다스리는 데 도움이 될 자료로서 글을 썼기 때문에, 자연히 그것은 성인의 덕에 의한 다스림의 범위를 벗어나지 않게 되는 것이다.

다시 위 첫째·다섯째의 뜻은 한자의 특성과 서사용구의 제약으로 인하여 생겨난 수식성으로 말미암은 것이다. 이것은 중국 고대의 문장이 그 목적은 정치적이고 실용적인 데 있으면서도 그 문장 자체는 수식을 위주로 하여 구성되었음을 뜻한다. 문장의 실용성과 수식성은 서로 모순이 되는 것이다. 중국문장은 처음부터 이 모순되는 양면성을 지닌 채 발달하기 시작하였던 것이다.

이러한 사실은 우리가 '중국고대문학'을 얘기할 때 거기에서 뜻하는 '문학'이란 결국 문자로 쓰여진 모든 글을 포함시키지 않을 수가 없게 됨을 뜻한다. 다시 말하면 중국 고대에 있어서는 실용적인 문장과 문학적인 문장의 구별이 전혀 불가능하다는 것이다. 그 뿐 아니라 산문과 운문의 구분도 뚜렷치 아니하고, 또 그것이 정치·사회·역사·철학·문학 등 어느 분야에 속하는 글인지도 분명치 않다. 말을 바꾸면 산문이라 보아도 되고 운문이라 보아도 좋은 글들이 많고, 또 이 모든 학문 분야에 널리 관계되는 글들이 대부분이라는 것이다.

이것은 후대의 중국문학 발전에도 그대로 영향을 끼친다. 그들이 문학론에 있어서는 거의 모두, 문학이란 세상을 올바로 다스리는 데 도움을 주는 '풍유(諷諭)'의 뜻이 담긴 글이어야 한다고 주장하면서도, 실제로 글을 짓는 데 있어서는 무엇보다도 수사에 중점을 두고 있는 것이 바로 그것이다. 이 때문에 다른 나라의 경우와는 달리 《중국고대문학사》에 있어서는 중국 고대에 이루어진 모든 글, 곧 경(經)·사(史)·자(子)·집(集)에 속하는 모든 자료들이 그 연구의 대상이 되는 것이다.

또 하나 주의해야 할 점은, 중국 고대에 있어서는 문자와 그것을 쓰는 도구 및 글을 쓰는 목적이 이상과 같았기 때문에 이미 글을 쓰는 행위나 문자의 성격 자체가 귀족적이었다. 어느 지역의 문학을 막론하고 모든 분야가 다 민간에서 이루어져 발전하는 것은 사실이지만, 중국의 경우에는 이러한 문자와 문장의 성격 때문에 민간의 것이라 하더라도 일단 그것을 글로 표현하는 단계에 이르면 귀족적인 성향을 띠게 된다. 그것은 《시경》〈국풍〉이 가장 좋은 보기라 할 것이다. 국풍의 시들이 민간가요를 바탕으로 한 것이라지만 이미 그 문장기교는 말할 것도 없고 그 내용조차도 대부분이 귀족적인 것으로 바뀌어져 있는 것이다.

이상을 종합해 보면 중국의 고대인들은 세상을 올바로 다스리는 성인의 정치를 이룩하는 수단의 하나로 글을 쓰고 또 그것을 존중하였다. 그러나 그들의 문자는 쓰기에 까다롭고 또 그것을 쓰는 재료는 일정한 글자가 쓰여지는 죽간(竹簡)이나 목독(木牘)이었기 때문에, 되도록 적은 글씨 속에 많은 뜻이 담겨 있고 또 한 구절의 글자 수가 되도록 일정한 글을 쓰도록 강요받았다. 그리고 한자의 회화적인 성격과, 한 음절로 이루어지는 한자 발음이 문장을 이룰 때 해화(諧和)를 이루어야 할 필요성 때문에 일찍부터 형식상 및 성운(聲韻)상의 수식이 중요시되었다. 이 때문에 오히려 글을 쓰는 목적인 실용적 성격에는 적합지 못한 운문인 시가 더 발달하고 존중되었던 것이다. 다시 요약하면 중국의 고대인들은 글이란 세상을 다스리는 데 도움이 되는 실질적인 내용이 담겨 있어야만 한다고 주장하면서도, 일단 글을 쓰게 되면 문장의 수사에 몰두하고 마는 경향을 보였다. 공자가 '말로 표현해도 무늬(아름다운 글)가 없다면 행하여진다 하더라도 멀리 가지 못한다.'[39]고 말한 것도 그러한 문장의식을 뜻하는 것

---

39) 《左傳》 襄公 二十五年, 孔子曰 ; "……言之無文, 行而不遠."

이다. 그 때문에 중국문학은 결국 시를 중심으로 하여 발전하게 되는 것이다.

　이러한 상황은 우리가 중국의 고대문학 작품을 문학이란 입장에서 대할 때, 결국은 그 내용보다도 수사(修辭)를 중시하지 않을 수 없게 한다. 더욱이 한대(漢代)에 와서 중국의 문인들이 수사를 통해서 문학의 가능성을 처음으로 깨닫고, 그것이 발판이 되어 중국의 문학사가 본격적으로 전개되었다면 더욱 그러하다.

6. 《중국고대문학사》의 방법

　이상 일반적으로 중국의 고대문학을 논함에 있어 흔히 소홀히 해 온 몇 가지 문제들을 정리해 봤다. 이를 바탕으로 그 시대의 문학사를 엮는 방법에 있어 주의를 기울여야만 할 문제들을 간추려 보기로 한다.

　첫째 ; 중국의 역사적인 발전, 곧 정치·사회 상황의 변화와 그 나라의 영역의 변화에 따른 문학의 사적(史的) 흐름의 변화를 소홀히 해서는 안된다. 우리는 서주(西周) 초기의 중국의 강토(疆土)가 지금 우리가 보통 생각하는 중국보다는 훨씬 좁은 범위였다는 것을 잊어서는 안된다. 그리고 춘추시대에 와서 중국의 역사 무대에 끼어 들게 된 장강(長江) 유역의 오(吳)·월(越)·초(楚)나라의 대두가 중국문학사에 끼쳤을 영향도 무시해서는 안될 것이다. 끝으로 진시황(秦始皇)의 천하통일이 지니는 문학사상의 의의에도 주의하여야만 할 것이다. 이것들은 이미 앞에서 고대문학에 있어서의 작자·독자의 문제와 한자와 한자의 서사(書寫) 방법의 성격들을 논할 적에도 고려되었지만, 문학사의 전개를 추구함에 있어서는 더욱 세심한 주의가 기울여져야 할 것이다.

둘째 ; 일정한 시대의 문학을 논함에 있어, 그 시대의 작품이나 작가라고 얘기할 수 있는 조건은 무엇일까 한번 생각해 볼 필요가 있다. 이것은 앞에서 논한 '고대문학'에 있어서의 작자의 문제가 우선적으로 고려되어야만 할 것이다. 그리고 고대의 일정한 시대의 작품이라 전하는 게 있다 하더라도 그것이 문학사상 그 시대의 작품으로서 가치를 지니기 위해서는 그와 비슷한 형식의 작품이 그 시대에 어느 정도 읽혔거나 그러한 작품의 제작이 조금이라도 유행되지 않았으면 안될 것이다. 대부분의 중국 고대문학 작품들은 이런 의미에서 그 작품의 문학사상(文學史上)의 시대를 다시 한번 검토해볼 필요가 있다.[40]

셋째 ; 중국의 고대문학사에 있어서는 중국 고대의 모든 글이 그 연구 대상이 됨을 이미 앞에서 지적하였다. 이것은 한편 이 모든 글이 정치사·사회사 또는 사상사의 자료가 되기도 한다는 것을 뜻한다. 그러나 이 자료들의 평가나 시대적인 의의는 정치 사회나 사상의 입장에서 이들을 다룰 때와 완연히 달라야만 할 것이다. 예를 들면《시경》속에는 적지 않은 서주시대를 대표할 정치·사회·사상 등에 관한 역사적인 자료들이 담겨져 있지만 이것들을 바로 서주의 문학이라 할 수 있겠느냐는 것이다. 그리고 〈국풍(國風)〉·〈소아(小雅)〉·〈대아(大雅)〉·〈송(頌)〉의 내용이나 문체가 서로 다른데 문학사적인 면에서 이들을 어떻게 평가해야 하느냐는 것 같은 것이다. 이런 경우 우리는 고대 중국인의 문학의식을 바탕으로 그것들이 지니는 문학사상의 의의를 추구하여야만 할 것이다.

넷째 ; 일정한 시대의 문학을 논함에 있어 정치·사회·사상 등의 배경을 추구하는 것도 중요하지만, 중국의 경우 앞에서 논한 작자·독자 및 한자와 그 서사 방식과 그 시대 사람들의 문학의식 등이 종합적으로 검토되어야만 할 것이다.

---

40) 이 문제에 대하여는 끝머리 〈餘論〉에서 다시 논할 것임.

다섯째 ; 이러한 여러 가지 사항을 근거로 문학사의 시대구분 문제도 다시 한번 검토해 볼 필요가 있다. 다만 여기에서는 '고대문학'만을 다루고 있기 때문에 전체 중국문학사의 시대구분은 크게 문제될 수가 없을 뿐이다.

· 참 고 도 서 ·

《新論中國文學史》 車相轅(文理社, 서울, 1974).

《中國文學史》 修正本, 金學主(新雅社, 서울, 1999).

《中國文學序說》 改訂本, 金學主(新雅社, 서울, 1992).

《中國文學槪論》 金學主(新雅社, 서울, 1977).

《중국문학의 이해》 김학주(新雅社, 서울, 1993).

《중국문학사론》 김학주(서울대출판부, 2001).

《中國大文學史》 民國 謝无量(中華書局, 1918).

《中國文學進化史》 民國 譚正璧(光明書局, 1929).

《中國文學史》 民國 胡雲翼(複版 臺北 第一書局, 1932).

《揷圖本中國文學史》 民國 鄭振鐸(複版 北京 作家出版社, 1932).

《中國文學發展史》 民國 劉大杰(複版 臺北 中華書局).

《中國文學史》4冊, 民國 北京大學 中文系 編(人民文學, 1960).

《中國文學史》3冊, 民國 中國科學院 編(人民文學, 1962).

《中國文學史》4冊, 民國 游國恩 等 撰(人民文學, 1966).

《中國文學史》 民國 葉慶炳 撰(臺北 廣文書局, 1966).

History of Chinese Literature, Herbert Allen Giles, Reprint (臺北 文星書店, 1900).

Chinese Literature: A Historical Introduction (《中國文學史略》), Ch'en Shou-Yi (New York, 1961).

Notes on Chinese Literature: With introductory remarks on the progressive advancement of the art, A Wylie (Shanghai, 1867).

Early Chinses Literature, Burton Watson (Columbia University Press, New York, 1962).

제 *2* 장
《시경(詩經)》

1. 서 론

　《시경》은 중국에서 가장 오래된 시가집(詩歌集)이며, 흔히 중국문학의 비조(鼻祖)라 일컬어지고 있다. 《시경》은 서주 초인 기원전 1100년 무렵부터 춘추시대인 기원전 600년 무렵까지 약 500년 사이에 지어진 민간가요와 사대부(士大夫)들의 작품 및 임금들이 종묘(宗廟)에서 선조들을 제사지낼 때 부르던 노래 가사들을 후세 사람이 정리하여 편찬한 것으로 믿어진다. 그러나 이 시들이 정확히 어느 때에 지어졌고 또 언제 이것들을 누가 무엇 때문에 정리하여 책으로 편찬했으며, 그 문장에는 어느 정도의 수정이 가해진 것인지 알 길이 없다.

　물론 서주 이전 시대에도 중국에 시가가 존재했을 것이다. 명(明)대 양신(楊愼, 1488~1559)의 《풍아일편(風雅逸篇)》·풍유눌(馮惟訥, 1550 전후)의 《풍아광일(風雅廣逸)》 및 《시기(詩紀)》의 전집 10권 고일(古逸) 속에는 《시경》 이전의 작품이라고 전하는 시가들이 거의 모두 모아져 있다. 신농(神農) 때의 사사(蜡辭) 〔《禮記》 郊特牲〕, 황제(黃帝) 때의 탄가(彈歌) 〔《吳越春秋》〕·유염씨송(有焱氏頌) 〔《莊

子》天運〕·유해시(遊海詩)〔王嘉 《拾遺記》〕, 소호(小昊) 때의 황아가(皇娥歌)〔同上〕·백제자가(白帝子歌)〔同上〕, 요(堯)임금 때의 격양가(擊壤歌)〔《帝王世紀》, 王充 《論衡》藝增〕·강구요(康衢謠)〔《列子》仲尼〕, 순(舜)임금 때의 경운가(卿雲歌)〔《尙書大傳》〕·남풍가(南風歌)〔《孔子家語》辯樂解〕·우제가(虞帝歌)〔《書經》益稷〕, 하(夏)나라 때의 도산가(塗山歌)〔《吳越春秋》〕·오자가(五子歌)〔《書經》五子之歌〕·하인가(夏人歌)〔《韓詩外傳》〕, 상(商)나라 때의 반명(盤銘)〔《禮記》 大學〕·상림도사(桑林禱辭)〔《荀子》 大略〕·상명(商銘)〔《國語》〕 등이 그것이다. 그러나 이것들은 대부분이 후세 사람들의 위탁임에 틀림없으며, 간혹 진짜가 있다 하더라도 후세 사람들에 의하여 글로 씌어질 때 고쳐지고 다듬어진 것일 것이다. 따라서 이것들은 모두 믿을 게 못되므로 《시경》으로부터 중국문학사의 출발을 잡는다 해도 잘못이 아닐 것이다.

　《시경》에는 서주 때의 시도 있지만 가장 늦은 시대의 것으로 춘추시대 말엽 노(魯)나라 소공(昭公) 27년(기원전 515) 무렵의 시도1) 있으니 적어도 《시경》은 그 이후에 이루어진 책이다. 그리고 《시경》의 편자가 공자라 하지만 《좌전(左傳)》 양공(襄公) 29년(기원전 544)의 기록에는 오(吳)나라의 공자(公子) 계찰(季札)이 노(魯)나라로 가서 《시경》의 음악들을 연주하는 것을 감상하는 대목이 보인다. 그는 15국(國)의 노래들을 차례로 감상하고 각각 평을 한 뒤, 다시 〈소아(小雅)〉·〈대아(大雅)〉와 〈송(頌)〉도 감상을 하고 있다. 노(魯)나라 양공 29년은 공자가 여덟 살 때이므로, 이미 공자에 앞서 노나라 궁실에는 주악(周樂)인 《시경》이 전하여지고 있었음을 알 수 있다. 그리고 오나라의 공자인 계찰이 노나라에 와서 특별히 요청하여 이 《시

---

1) 曹風 〈下泉〉 詩. 焦延壽 《易林》, 何楷 《詩經世本古義》, 馬瑞辰 《毛詩傳箋通釋》 참고.

경》들을 감상하고 있는 것을 보면, 이것은 춘추시대에 가장 전통적인 문화의 중심지였던 노나라의 왕실에만 보존되어 오던 자료였을 것 같다.2)

그러면 《시경》에 실린 시가들은 어떻게 노나라 왕실에 모아져 있게 되었는가? 《한서(漢書)》〈예문지(藝文志)〉에 옛날에는 임금이 시를 보고 각 지방의 풍속을 살피고 정치의 잘잘못을 알아 시정의 참고로 삼기 위하여 각 지방의 시가들을 수집하는 '채시지관(採詩之官)'을 두었었다고 기록하고 있다. 《국어(國語)》〈주어(周語)〉상(上)에는 이와 비슷한 목적으로 천자(天子)가 청정(聽政)할 적에는 '헌시(獻詩)'를 하는 제도가 있었다 하였고, 《예기(禮記)》〈왕제(王制)〉편에는 천자가 지방을 순수(巡狩)할 적에는 태사(太師)로 하여금 '진시(陳詩)'를 하게 하여 민풍(民風)을 살피었다고도 하였다. 곧 《시경》의 시들은 관리들에 의하여 천자의 정치를 위한 참고자료로 모아졌다는 것이다.

그러나 청(淸)대의 최술(崔述, 1740~1816)이 그의 《독풍우지(讀風偶識)》3)에서 논하고 있는 것처럼 옛날에 실제로 채시관(採詩官) 같은 관리나 그러한 제도가 있었다는 증거가 없다. 하지만 《좌전》 같은 곳에 인용되고 있는 춘추시대의 시의 쓰임을 보면 〈대아(大雅)〉와 〈송(頌)〉 같은 시들이 전례(典禮)에 쓰인 이외에 윗사람의 잘못을 간접적으로 깨우치기 위한 풍간(諷諫)과 자기 감정의 표현 수단으로서의 부시(賦詩)를 간혹 하고 있고, 가장 많은 용례는 외교사절들이 본격적인 외교활동을 전개하기 전에 서로 시를 한 구절 또는 한 수씩 읊음으로써 자기의 뜻을 서로 암시하고 있는 것이다.4) 그러기에 《논

---

2) 황하 하류 지방의 魯나라 이외에도, 춘추시대에는 황하 상류의 周·秦 지역과 남쪽의 楚나라도 각각 독립된 문화권을 이루었던 듯하나 《시경》 같은 자료는 그 쪽에는 없었던 듯하다.

3) 卷二 通論 十三 國風.

어(論語)》를 보면 공자가,

> 《시경》을 전부 외운다 해도, 그에게 정치를 맡기었을 때 거기에 통달하지 못하고, 사방에 사신으로 가서 전문적인 응대를 하지 못한다면, 비록 많이 왼다 하더라도 무슨 소용이 있겠느냐?5)

라고 말하고 있는 것이다. 그리고 그 시대의 문장의 작자나 기록자가 사관(史官)이고 독자는 천자였으며, 그 때의 기록이란 모두 관부(官府)에만 보존되어 있었음을 생각할 때, 《시경》도 정치와의 관련 아래 기록되고 모아졌던 것임에 틀림없다. 그런 점에서 청 말의 장학성(章學誠, 1738~1801)이 그의 《문사통의(文史通義)》 첫머리(易敎上)에서,

> 육경(六經)은 모두가 사(史)이다.

라는 유명한 말을 남기고 있고, 이어,

> 옛날 사람들은 책을 저술하지 않았고, 옛날 사람들은 일찍이 일을 떠나 이치를 말한 일이 없었으니, 육경은 모두 선왕(先王)들의 정전(政典)이다.6)

라는 말을 하고 있는데, 이는 《시경》에도 적용되는 말이다.

---

4) 《古史辨》第三冊 下編 ; 〈詩經在春秋戰國間的地位〉라는 顧頡剛의 論文에도 그 때엔 《詩經》이 1. 典禮, 2. 諷諫, 3. 賦詩, 4. 言語의 네 가지로 應用되었음을 논하고 있다.

5) 子路 ; "誦詩三百, 授之以政, 不達 ; 使於四方, 不能專對 ; 雖多, 亦奚以爲?."

6) "古人不著書 ; 古人未嘗離事而言理, 六經皆先王之政典也."

그러나 문제는 지금 우리가 문학 또는 시를 얘기할 때 그것이 직접 정치의 참고자료의 의의를 지니는 것은 아니다. 따라서 우리는 《시경》이 지니는 고대에 있어서의 정치자료로서의 의의 이외의 가치를 발견하도록 노력해야 할 것이다. 때문에 여기에서는 옛날 중국 사람들이 《시경》을 어떻게 정의했는가를 간단히 알아보기로 한다.

본시 《시경》은 역(易)·서(書)·예(禮)·악(樂)·춘추(春秋)와 같이 '경'자는 붙이지 않고 '시'로만 불리어졌다. 책을 존중하는 뜻에서 '경'자를 쓰기 시작한 것은 전국시대 말엽인 듯하며,[7] 더욱이 《시경》이란 칭호가 일반화한 것은 명(明)대 이후인 듯하다. 따라서 옛날 책에서는 거의 모두 《시경》을 '시'라고만 부르고 있다. 그런데 중국 사람들은 일찍부터 '시'를 존중했으면서도 '시'가 무엇인지 구체적인 정의를 시도한 사람은 없다. 《모시(毛詩)》 서(序)에,

'시'란 뜻[志]이 표현된 것이다. 마음속에 있으면 뜻이 되고, 말로 표현하면 '시'가 되는 것이다.[8]

라고 설명하고 있는 게 가장 구체적인 예이다. 동한(東漢) 허신(許愼)의 《설문(說文)》에는,

'시'는 뜻[志]을 말한다. 언(言)은 뜻을 취하였고, 사(寺)는 소리를 나타낸다.[9]

라고 하였고, 다시 유희(劉熙)는 《석명(釋名)》에서,

---

7) 전국 만년에 이루어진 《禮記》〈經解편〉, 《莊子》〈天運〉·〈天下편〉, 《荀子》〈勸學편〉 등의 용례가 그 시작인 듯하다.
8) "詩者, 志之所之也, 在心爲志, 發言爲詩."
9) "詩, 志也 ; 從言寺聲."

  '시'는 표현하는 것이니, 뜻[志]이 표현된 것이다.[10]

라고 역시 간단한 설명을 하고 있을 뿐이다.

  이처럼 고대 중국인들은 '시'란 '뜻을 표현한 것'이란 정도의 생각을 지니고, 이를 존중하여 후세 문학에 막대한 영향을 끼치게 하고 있는 것이다. '시'가 '뜻을 표현한 것'이라면 《서경(書經)》 같은 데 실려 있는 산문은 '일[事]에 관한 기록', 다시 말하면 직접 '정치와 관계되는 기록'이란 생각을 가지고 이들을 구분하였던 것 같다. 후세 문학에 있어서는 시와 산문의 구별은 그 내용보다도 표현 형식이 더욱 중요하지만, 중국 고대에 있어서는 이미 앞에서 논한 바와 같이 복잡하고 회화적인 한자의 자체와 그 독음 및 서사(書寫) 방법에서 오는 제약 때문에 산문에 있어서도 수사(修辭)가 강구되어 형식상으로는 시와 산문의 구별이 크게 문제되지 않았던 듯하다.

  따라서 《서경》 또는 '시'의 연구에 있어서 가장 중요한 것은 그들이 표현하고자 하였던 '뜻[志]'이란 무엇을 의미하는가 하는 문제이다. 물론 그 '뜻'에 대한 인식은 고대라 할지라도 시대에 따라 그 개념에 많은 변화가 있었을 것이다.

2. 중국 고대의 '시'에 대한 인식

  《시경》에 실려 있는 대부분의 작품들은 서주(西周) 때의 시가들이다. 특히 〈국풍(國風)〉에 실려 있는 15국의 노래들은 모두가 본시는 민요였을 것이다. 그러나 이것들을 문자로 기록한 사람들이 기록을 전문으로 하는 관리[史官]였고, 그 기록의 목적이 천자의 정치에 참

---

10) "詩, 之也 ; 志之所之也."

고가 되게 하려는 것이었기 때문에, 사대부 계층이었던 기록자의 문장의식과 그 기록 목적에 따라 그 내용이나 용어가 많이 고쳐졌을 것이다.11) 물론 그것은 서주시대에 민간가요를 수집 기록한 사람에 의하여 고쳐진 것뿐만이 아니라 동주(東周)에 이것들을 모아 책으로 편찬한 사람과 또 그것을 베끼고 전하는 사람의 수정도 가해져서 지금과 같은 형태의 글이 되었을 것이다. 그러나 일단 공자에 의하여 《시경》이 완성된 뒤에는 이것들은 기록뿐만이 아니라 암송(暗誦)에 의하여 전해지기도 했을 것이기 때문에 다른 종류의 기록보다는 후세인의 개기(改記)가 적었을 것이다. 어떻든 본시는 문학적이고 예술적인 성격이 강하였던 시가가, 기록자들에 의하여 문학보다도 정치자료로서의 성격이 두드러지게 되었던 것이다. 그리고 송(頌)과 아(雅)의 많은 작품들은 처음부터 천자 궁전의 전례(典禮)에 쓰여진 것이므로 정치와 관련이 밀접한 것이었다. 다만 거기에 사용된 문자와 그 문자가 이루는 글의 성격 때문에, 정치적인 글이면서도 그 수사(修辭)는 이미 고도의 수준에 달하고 있는 것이다.

서주 말엽의 혼란 때문에 동주(東周)로 들어와서는 이 《시경》의 자료들이 노(魯)나라 관부(官府)에만 보전되고 있었던 듯하다. 사마천(司馬遷)은 《사기(史記)》 공자세가(孔子世家)에서,

옛날에는 '시' 3천여 편이 있었는데, 공자가 그 중복되는 것은 빼버리고 예의에 합당한 것만을 취하여……305편(《시경》)을 편찬하였다.12)

---

11) 屈萬里 《論國風非民間歌謠的本來面目》(中央研究院 《歷史語言研究所集刊》 第34本 下冊 참조).

12) "古者詩三千餘篇, 及至孔子, 去其重, 取可施於禮義;上采契后稷, 中述殷周之盛, 至幽厲之缺, …… 三百五篇, 孔子皆弦歌之, 以求合韶武雅頌之音."

라고 말하고 있다. 그러나 이미 옛날부터 많은 학자들이[13] 오(吳)나라 계찰(季札)이 노(魯)나라에 가서 주악(周樂)을 감상할 때 《시경》의 편차(編次)가 다 갖추어져 있었고, 옛 전적에 인용된 '시'들을 보면 현재 《시경》에 들어 있지 않은 것들은 극히 드물다는 이유 등을 근거로 "옛날에 '시' 3천여 편이 있었다."는 설에는 의심을 표하였다. 그러나 《논어》〈자한(子罕)〉편에서 공자 스스로,

> 내가 위(衛)나라에서 노(魯)나라로 돌아온(기원전 484, 공자 68세) 연후에야 음악이 올바르게 되고 아(雅)와 송(頌)이 각기 제자리를 찾게 되었다.[14]

라고 말하고 있으니, 일단 공자가 《시경》을 정리했음은 틀림없는 사실이다. 특히 정현(鄭玄, 127~200) 같은 이는 《시보(詩譜)》에서 송(頌) 가운데 노송(魯頌)과 상송(商頌)은 공자가 《시경》 속에 끼워 넣은 것이라 주장하고 있다.[15] 그리고 공자가 만년에 '육경(六經)'을 만인을 위한 교과서로 책정한 이후에 《시경》은 비로소 경(經)으로서 널리 읽히고 존중되기 시작하였으니, 《시경》의 편자가 공자라 하여도 잘못일 수는 없다.

어떻든 공자(기원전 551~기원전 479)에 의하여 《시경》은 비로소 한 권의 책 모양을 갖추고 춘추시대의 사대부들 사이에 읽히기 시작하였다. 그런데 공자는 어떤 입장에서 《시경》을 사람들에게 읽히려 하였고, 그것을 사람들은 어떻게 받아들였는가? 공자가 《논어》에서

---

13) 唐 孔穎達 《毛詩正義》 및 方玉潤 《詩經原始》 등.

14) 子曰 ; "吾自衛返魯, 然後樂正, 雅頌各得其所."

15) 魯頌은 孔子가 魯나라 임금을 섬겼기 때문이고, 商頌은 孔子가 商나라 사람(그의 先祖는 그 後孫의 나라인 宋나라에도 살았음)이었기 때문에, 天子의 周頌과 함께 이들을 頌에 配列하였다는 것이다.

이런 말을 하고 있다.

　《시경》을 한마디로 표현하면 생각에 사악함이 없는 것이다. [爲
政]16)

　'시'에서 흥취를 일으키게 되고, '예'에서 스스로를 세우게 되고,
'악'에서 인간성이 이룩되게 된다. [泰伯]17)

　'시'를 배우지 않았으면 말할 거리가 없게 된다. [季氏]18)

　사람으로서 주남(周南)과 소남(召南)(《시경》의 편명)을 공부하
지 않았으면, 그는 마치 벽을 마주보고 서 있는 것과 같을 것이다.
[陽貨]19)

　공자는 《시경》을 폭넓은 인간의 심성교육(心性敎育)의 자료로 생
각하였던 것 같다. 그것은 《시경》에 실린 시들은 여러 면의 인간생활
을 반영하고 있고 다양한 인간의 서정을 노래한 것들이라 생각했기
때문일 것이다.
　그밖에도 공자가,

　너희들은 어찌하여 '시'를 공부하지 않는가? '시'는 사람의 흥취
를 일으키게 할 수 있고, 사물을 올바로 살필 수 있게 하고, 사람들
과 제대로 어울릴 수 있게 하고, 원망을 할 수도 있게 한다. 가까이

---

16) "詩三百, 一言以蔽之, 曰思無邪."
17) "子曰 ; 興於詩, 立於禮, 成於樂."
18) "不學詩, 無以言."
19) "人而不爲周南召南, 其猶正牆面而立也與!"

는 아버지를 섬길 줄 알게 하고 멀리는 임금을 섬길 줄 알게 하며,
새 짐승과 풀 나무의 이름도 많이 알게 한다. [陽貨]20)

《시경》을 전부 왼다 해도, 그에게 정치를 맡기었을 때 거기에 통
달하지 못하고, 사방에 사신으로 가서 전문적인 응대를 하지 못한
다면, 비록 많이 왼다 하더라도 무슨 소용이 있겠느냐? [子路]21)

라는 등의 말도 하고 있다. 공자는 《시경》이 사람들의 마음이나 성
격을 순화해 주는 이외에도 여러 가지 지식과 지혜를 얻게 하고, 심
지어는 올바른 정치나 외교활동을 하는 데에도 큰 도움이 된다고
생각했던 것이다.

이것은 공자가 춘추시대에 '시'가 자기의 감정을 표현하는 '부시
(賦詩)'의 역할 이외에도, 궁정의 '전례(典禮)'와 외교 또는 정치를
하는 데 있어서의 간접적인 의사 표현 수단으로도 쓰이고 있었던
상황을 바탕으로 '시'의 효용을 강조한 것일 것이다.

그러나 중국문학사상 본격적으로 협운(協韻)을 추구한 운문(韻文)
은 《시경》에서 비롯되고 있고, 그 수사기교(修辭技巧)도 이미 상당한
수준으로 발달해 있음을 간과해서는 안된다. 보기로 《시경》 첫머리
의 〈관저(關雎)〉 시를 읽어보자.

關關雎鳩, 在河之洲. 窈窕淑女, 君子好逑.

參差荇菜, 左右流之. 窈窕淑女, 寤寐求之.

---

20) "小子! 何莫學夫詩? 詩可以興, 可以觀, 可以羣, 可以怨. 邇之事父, 遠
之事君, 多識於鳥獸草木之名."
21) 앞 註 5)에 보임.

求之不得, 寤寐思服. 悠哉悠哉, 輾轉反側.

參差荇菜, 左右采之. 窈窕淑女, 琴瑟友之.

參差荇菜, 左右芼之. 窈窕淑女, 鐘鼓樂之.

꾸륵꾸륵 물수리는
황하 섬 속에서 우네.
아리따운 고운 아가씨는
군자의 좋은 짝일세.

올망졸망 마름풀을
이리저리 헤치며 뜯노라니,
아리따운 고운 아가씨
자나깨나 그리웁네.
그리어도 얻지 못해
자나깨나 생각노니,
그리움은 가이없어
밤새 이리 뒤척 저리 뒤척.

올망졸망 마름풀을
여기저기서 뜯노라니,
아리따운 고운 아가씨와
금슬 뜯으며 벗하고 싶네.
올망졸망 마름풀을
여기저기 가려 뜯노라니,
아리따운 고운 아가씨와
풍악 울리며 즐기고 싶네.

이 시를 보면 ①매 구절이 네 자로 되어 있고, ②압운(押韻)을 하고 있는데, 끝머리에 조사가 붙을 경우에는 그 앞 글자를 압운하고 있으며 (위의 ○표), ③수사학에서 말하는 첩자(疊字)·첩운(疊韻)·쌍성(雙聲) 등의 기교가 다 동원되어 있으며(아래 ___ 표), ④비슷한 모양의 글자를 겹쳐 씀으로써 시각적인 수사효과를 더욱 드러내고 있고(아래 ___표), ⑤둘째·넷째·다섯째 줄이 모두 대구(對句)를 이루고 있다. 이로써 본다면 이미 《시경》의 문장도 후세의 문학 못지 않게 수사를 통한 미(美)의 추구가 상당한 수준에 이르고 있는 것이다.

이 때문에 이미 《시경》이 처음 이루어진 춘추시대부터도 《시경》은 '경(經)'으로서의 정치적·윤리적 공용성(功用性)이나 실용적인 성격 이외에도 수사를 통한 문학적인 미(美)의 추구라는 양면성(兩面性)을 지니고 있었던 듯하다. 이러한 《시경》이 지니는 양면성은 후세 중국 문학 발전에 매우 큰 영향을 끼치게 된다.

전국시대에 와서는 《시경》은 공자의 제자들에 의하여 '경'으로 존중되며 읽혀졌다. 《시경》을 '경'으로 존중하는 유가(儒家)들의 풍조는 결과적으로 전국시대에 새로운 시가의 등장이나 창작을 막아 그 기간을 시의 공백기 비슷하게 만들어 놓았다. 전국시대 말엽의 《순자(荀子)》에는 〈성상(成相)〉편과 〈부(賦)〉편 같은 운문이 실려 있다. 그러나 〈성상〉편의 노래들은 민요의 형식을 빈 것이기는 하지만 처음부터 끝까지 선왕(先王)의 도(道)와 올바른 정치 방법을 읊은 것이며, 〈부〉편의 노래들은 '예(禮)'·'지(知)' 이외에도 '구름[雲]'·'누에[蠶]'·'바늘[箴]' 같은 것을 읊고 있으나 모두 예교(禮敎)나 윤리를 가르치려는 내용이다. 끝머리에 붙어 있는 '궤시(佹詩)'는 더욱 교훈적인 내용이다. 이를 보더라도 공자의 제자들은 이미 전국시대부터도 《시경》이 지니는 '경(經)'으로서의 의의에 압도되어, 그 속에 표현된 더욱 다양한 인간의 문제나 수사(修辭) 같은 것은 소홀히 하였던 것 같다. 이 때문에 순수한 민요나 시는 그 문화권 안에서는 행세할 수가 없는 분위기였을 것이다.

그러나 전국시대에는 이미 남쪽의 초(楚)나라가 상당한 국력과 문화수준을 가지고 중국 역사의 무대에 등장하고 있다. 다행히도 초나라를 중심으로 한 남쪽의 이질적인 문화의 대두는 시에 있어서도 결국은 후세에 새로운 형식의 시가를 발전시키는 저력이 되었을 것으로 생각된다.

진(秦)나라는 분서(焚書)와 갱유(坑儒)를 단행한 왕조라 '경'으로서의 《시경》도 맥을 추지 못하였다. 그러나 한대(漢代)에 들어오면 곧 유학(儒學)의 성행과 함께 《시경》이 본격적으로 연구되고 해석되어 비로소 널리 지식인들 사이에 읽히게 된다. 서한 때에는 후세에 '삼가시(三家詩)'라 불리우는 '노시(魯詩)'와 '제시(齊詩)'·'한시(韓詩)'의 세 가지 해설이 《시경》의 해석과 연구의 주류를 이루었다.

'노시'는 노(魯)나라의 신배(申培)라는 한나라 고조(高祖) 때부터 무제(武帝) 때에 이르기까지 활약한 학자가 부구백(浮丘伯)이란 스승에게서 《시경》을 배워 전한 것이다.22) 그는 《노고(魯故)》 25권을 지었고, 문제(文帝) 때에는 《시경》을 공부했다 하여 박사(博士)가 되기도 하였다 하나,23) 관운은 불우하였고, 만년에는 노나라에서 많은 제자들을 가르치어 제자 중에 서한 때 박사가 되었던 사람이 10여명이라 한다.

'제시'는 제(齊)나라의 원고(轅固)라는 사람24)이 전한 것이다. 그도 《시경》을 공부한 덕에 경제(景帝) 때에 박사라는 학관(學官)에 올

---

22) 《漢書》〈儒林傳〉 참조. 아래 轅固·韓嬰의 生平도 같음.

23) 宋 王應麟 《困學紀聞》 卷8.

24) 唐 顔師古의 《漢書》〈藝文志〉의 注에서는 齊詩를 后蒼이 전했다 하였다. 《漢書》〈儒林傳〉에는 그에 관한 傳記가 있고, 같은 〈藝文志〉에는 그의 著書로 《齊后氏傳》과 《齊后氏故》가 있어 그렇게 볼 수도 있을 듯하다.

랐으나, 두태후(竇太后)가 황로지학(黃老之學)을 좋아하던 터이라 관운은 역시 불운하였다. 그러나 많은 제자들을 가르치어 제(齊)나라에서 《시경》으로 이름을 날린 학자들이 그 중에서 많이 나왔다.

'한시'는 연(燕)나라 사람 한영(韓嬰)이 전한 것이다. 그는 문제(文帝) 때에 박사가 되었고, 경제(景帝) 때에는 상산왕(常山王)의 태부(太傅)를 지냈다 한다. 그는 《시경》을 연구하여 《내전(內傳)》과 《외전(外傳)》을 지었는데, 이들 삼가(三家)의 저술 중 지금은 《한시외전(韓詩外傳)》만이 전한다.25)

한나라 무제(武帝)는 학관(學官)으로 오경박사(五經博士)와 제자원(弟子員) 50명을 두었는데, 이로부터 유학(儒學)이 크게 성행하여 학관의 인원수가 소제(昭帝) 때에는 100명, 선제(宣帝) 때에는 다시 그 두 배로 늘었고, 원제(元帝) 때에는 1천 명으로 늘어난 이외에도, 군국(郡國)에도 또 오경백석졸사(五經百石卒史)들을 두었으며, 성제(成帝) 때에는 3천 명으로 늘어, 이후 유학은 2천 년의 역사를 통하여 중국의 정치원리와 사회윤리의 바탕을 이루는 중심 학문으로 발전하게 된다. 이에 따라 이들 '삼가시'도 많은 사람들이 공부하고 읽게 된다.

그러나 우리에게 지금 전하는 《시경》의 해설은 이 '삼가시'가 아니라 한나라 초기 하간헌왕(河間獻王)의 박사를 지냈다는 조(趙)나라 사람 모공(毛公)26)이 전한 '모시(毛詩)'이다. 《한서》 예문지에는 《모시(毛詩)》 29권과 《모시고훈전(毛詩故訓傳)》 30권이 수록되어 있는

---

25) 近人 楊樹達은 《漢書補注補正》에서 그의 《內傳》은 지금의 《外傳》 속에 합쳐져 전해지고 있다고 주장하였다.

26) 《漢書》 〈藝文志〉와 〈儒林傳〉에는 '毛公'이란 姓만이 보이나, 鄭玄의 《詩譜》에는 魯人 大毛公과 小毛公이 있었다 했고, 陸機의 《毛詩草木鳥獸蟲魚疏》에는 大毛公은 毛亨으로 《訓詁傳》을 지었고, 小毛公 毛萇이 그것을 傳授받았다 했는데, 모두 믿을 수 없는 記錄이다.

데, 그중 뒤의 것이 우리에게 전해진 가장 오래된 《시경》의 판본이
며 그 해설서이다. 《한서》〈예문지〉에는 '삼가시'로 《노고(魯故)》25
권, 《노설(魯說)》28권, 《제후씨고(齊后氏故)》20권, 《제손씨고(齊孫
氏故)》27권, 《제후씨전(齊后氏傳)》39권, 《제손씨전(齊孫氏傳)》28
권, 《제잡기(齊雜記)》18권, 《한고(韓故)》36권, 《한내전(韓內傳)》4
권, 《한외전(韓外傳)》6권, 《한설(韓說)》41권 등이 수록되어 있다.
그러나 '제시'는 위(魏)나라 때에 없어졌고, '노시'는 서진(西晉) 때
에 없어졌다. '한시'는 당(唐)나라 때까지도 전해졌었으나,[27] 곧 없
어지고 지금은 《외전》만이 전한다.[28] 이처럼 서한(西漢) 때에 성행
한 '삼가시'가 모두 후세에 전하지 않게 된 것은, '삼가시'를 공부한
학자들은 학관으로 출세하는 대신 '경(經)'을 빌어 그 시대의 정치
원리를 설명할 필요가 있었기 때문에, 이들의 《시경》 연구는 그런
목적에 맞도록 시의 대의를 억지 해석하는 데 노력이 기울여졌기
때문이다. 《한서》〈예문지〉에서도 이미 '삼가시'는

> 혹은 《춘추》에서 취하기도 하고 잡설(雜說)을 채택하기도 하였
> 는데 모두 그 본뜻이 아니다.[29]

라고 비평하고 있고, 특히 '제시'에는 음양오행설(陰陽五行說)까지도
많이 동원되고 있었다 한다.[30] 이러한 그 시대 정치상황의 설명을 위
한 시의 대의(大義) 파악은 곧 그 시대가 지나고 나면 거의 가치 없
는 게 되고 말기 때문에 '삼가시'는 일찍이 전하지 않게 되었던 것이

---

27) 宋 王應麟 《詩考》에서 인용한 《崇文總目》에 따르면 北宋 때까지도 전
　　해지고 있었던 듯하다.
28) 지금 《申培詩說》이 전하나 明代 豐仿의 僞作임이 확실하다.
29) "或取春秋, 采雜說, 咸非其本義."
30) 《漢書》〈翼奉傳〉에 보이는 '五際'의 理論 같은 것.

다. 거기에 비하여 '모시'는 서한 때 학관에 오르지 못하여 비교적 착
실한 훈고(訓詁)에 노력하고 있고, 동한 때에 《모시》를 보충 해설하
여 《전(箋)》을 쓴 정현(鄭玄) 같은 학자가 나오기도 했기 때문에 《모
전》이 유일하게 세상에 전해지게 되었던 것이다.

그렇지만 《모시》의 해설도 시를 '경(經)'으로 이해하며 정치를 하는
데 필요한 용구처럼 해석하는 방향을 전혀 벗어나지 못하고 있다. 우
선 시의 대의(大義)를 설명한 〈모시서(序)〉[31]를 보더라도 시에 대하
여 다음과 같은 말을 하고 있다.

> 치세(治世)의 음악은 편안하면서도 즐겁고 그 정치는 조화를 이
> 루며, 난세(亂世)의 음악은 원망스럽고도 노엽고 그 정치는 도리에
> 어긋나며, 망국(亡國)의 음악은 슬프고도 애틋하고 그 백성들은 곤
> 경에 빠진다. 그러므로 정치의 잘잘못을 바로잡고, 천지를 움직이
> 고, 귀신을 감동시키는 데에는 '시'보다 더 좋은 게 없다. 선왕들은
> 이것으로써 부부 사이를 다스리고, 효도와 공경을 이룩하였으며,
> 인륜을 두텁게 하고, 교화를 아름답게 하고, 풍속을 훌륭하게 이끌
> 었다.[32]

곧 음악은 그 시대상을 무엇보다도 잘 반영하는 것이며, 사람뿐만
이 아니라 천지와 귀신까지도 감동시키는 힘이 있는 것이어서, 그 가

---

31) 지금 傳하는 《毛詩》에는 앞머리에 〈大序〉가 있고, 각 詩의 앞부분에는
   그 시의 大意를 설명한 〈小序〉가 있다. 그 작자는 孔子·子夏·毛公·
   衛宏 등 여러 說이 있으나 모두 證據가 확실치 않으며, 漢人의 詩說이
   라 보면 크게 틀림없을 것이다.

32) "治世之音, 安以樂, 其政和 ; 亂世之音, 怨以怒, 其政乖 ; 亡國之音, 哀
   以思, 其民困. 故正得失, 動天地, 感鬼神, 莫近於詩. 先王以是經夫婦,
   成孝敬, 厚人倫, 美敎化, 移風俗."

사인 '시'는 정치에 가장 훌륭한 용구가 된다는 것이다. 다시,

> 풍(風)이란 바람(또는 풍자)의 뜻이요, 가르친다는 뜻이니, 바람
> 과 같음으로써(또는 풍자함으로써) 감동시키고, 가르침으로써 감화
> 시키는 것이다.33)

> 임금은 풍(風)으로써 백성을 교화하고, 백성은 풍으로써 임금을
> 풍자하였는데, 수사를 위주로 하여 간접적으로 간(諫)하기 때문에
> 말한 사람은 죄가 없고 듣는 사람은 경계하기에 족하게 되는 것이
> 다. 그러므로 풍이라 하는 것이다.34)

라는 등의 말도 하고 있다. 곧 앞의 15국의 민가(民歌)를 모아 놓은
부분을 '풍(風)' 또는 '국풍(國風)'이라 부르는 까닭은 그 시들이 풍
자(諷刺)의 효용이 있기 때문이라는 것이다. 물론 그 풍자는 정치적
으로 임금의 잘못을 간하거나 백성들을 교화하기 위한 것이다. 이처
럼《모시》에서도 정치와의 밀접한 관련 아래 시를 이해하고 있는 것
이다.

그뿐 아니라 〈모시서(序)〉에는《시경》중에는 정치가 올바로 행해
지던 시절에 지어진 '정시(正詩)'와 세상이 어지러운 때에 지어진 '변
풍(變風)'과 '변아(變雅)'가 있다는 이론도 보인다. 이는 '풍'과 '아' 속
에 들어 있는 연애시와 사회의 모순을 노래한 시 같은 작품이 '경
(經)' 속에 들어 있게 된 이유를 설명하기 위한 수단이었을 것이다.
그리고 여기에서 논하고 있는 '시의 육의(六義)'35)나 '사시(四始)'36)

---

33) "風, 風也, 敎也 ; 風以動之, 敎以化之."

34) "上以風化下, 下以風刺上, 主文而譎諫, 言之者無罪, 聽之者足以戒, 故
    曰風."

35)《毛詩序》에 '風・賦・比・興・雅・頌'이 六義라 하였는데, '風・雅・頌'

같은 이론도 시의 본뜻과는 관계없이 《시경》을 거창하게 보이도록 해석하려는 데서 나온 이론이라 할 것이다.

《모시》의 이러한 시에 대한 기본 입장 때문에 결국 시의 해석도 이러한 방향을 따라 억지로 하였다고 일반적으로 이해되고 있다. 앞에 인용한 《시경》 첫머리의 〈관저(關雎)〉 시도 우리가 읽어보면 분명히 젊은 남자(男子)가 아름답고 얌전한 숙녀(窈窕淑女)를 그리는 연정(戀情)을 노래한 것인데,37) 《모시》에서는 "후비(后妃)의 덕을 노래한 것"이라 해석하고 있다. '후비'란 주(周)나라 문왕(文王)의 비(妃)인 태사(大姒)를 가리킨다는 것이며, 이에 뒤이은 주남(周南)의 시들은 '후비의 덕'이 문왕을 통하여 온 세상에 퍼져 세상이 평화롭게 다스려지는 일관(一貫)된 내용을 노래한 것들이라는 것이다. 그러기에 세 번째 〈권이(卷耳)〉 시 같은 것도 분명히 역사(役事)에 끌려나간 남자가 집을 그리는 시인데도, 《모시》에서는 '후비의 뜻'을 노래한 것이라 설명하고 있다. 그 '뜻'이란 어진 이를 구하여 남편에게 추천하려는 성의를 말한다 한다.

도꼬마리 뜯고 또 뜯어도
납작바구니에도도 차지 못하네.
아아, 내 그리운 임 생각에
바구니를 한길에 내던지네.

은 시의 種類이고, '賦·比·興'은 詩의 表現方法이니, 六義라 하여 한데 묶어 큰 뜻이 담긴 原理인 듯 내세울 理由가 없다.

36) '四始'는 風·小雅·大雅·頌의 첫머리 詩 4篇을 말한다고도 하고(《史記》孔子世家), 《齊詩》에서는 五行說을 인용하여 알기 어려운 說明을 하고 있다.

37) 屈萬里 《詩經釋義》에서는 祝婚詩로 보고 있다.

높은 산에라도 오르려니
내 말 병이 났네.
에라, 저 금잔에 술이나 따라 마시며
기나긴 수심 잊어볼까!

높은 언덕에라도 오르려니
내 말 병들었네.
에라, 저 쇠뿔 잔에 술이나 따라 마시며
기나긴 시름 잊어볼까!

돌산에라도 오르려니
내 말 지쳐 병났고
내 하인 발병 났으니
그대 있는 곳 바라볼 수도 없는가!

采采卷耳, 不盈傾筐.
嗟我懷人, 寘彼周行.

陟彼崔嵬, 我馬虺隤.
我姑酌彼金罍, 維以不永懷.

陟彼高岡, 我馬玄黃.
我姑酌彼兕觥, 維以不永傷.

陟彼砠矣, 我馬瘏矣.
我僕痡矣, 云何吁矣!

이 밖에도 짝사랑을 노래한 〈한광(漢廣)〉은 후비의 "덕이 널리 미친 것", 임 그리움을 노래한 〈여분(汝墳)〉은 후비의 덕을 바탕으로 하여 문왕의 "도(道)에 의한 교화가 행하여지는 것"을 노래한 것이라 하고 있다. 그리고 둘째 번의 소남(召南)의 시들은 또 모두가 '부인(夫人)의 덕'을 체계적으로 노래한 시들로 억지 해석을 하고 있다.

또 그들이 변풍(變風)이나 변아(變雅)라고 생각하였던 시들은 전부를 억지 해석하는 수가 없어 그 시대의 일들을 풍자한 것으로 둘러대고 있다고 일반적으로 여기고 있다. 〈모시서〉에서 '학교가 폐한 것을 풍자한 것'38)이라 설명한 정풍(鄭風)의 〈자금(子衿)〉 시를 보기로 든다.

파란 임의 옷깃이여,
내 마음에 시름 끝없네.
비록 내가 못간다 해도
그댄 어찌 소식도 없는가?

파란 임의 패옥 끈이여,
내 그리움 끝이 없네.
비록 내가 못 간다 해도
그댄 어찌 와 주지 않는가?

어슬렁어슬렁
성문 앞 서성이는데,
하루만 못 만나도
석달 못 본 듯하네.

靑靑子衿, 悠悠我心.

---

38) "刺學校廢也. 亂世則學校不修焉."

縱我不往, 子寧不嗣音？

青青子佩, 悠悠我思.
縱我不往, 子寧不來?

挑兮達兮, 在城闕兮.
一日不見, 如三月兮.

이 시를 학교문제에 갖다붙이기 위해서 "파란 옷깃"을 옛날 "학생들이 입던 옷깃"이라 하고 있다. 이에 따라 정현(鄭玄, 127~200)은《전(箋)》에서 이 시의 맨 끝 장(章) 첫 두 구와 끝 두 구에 다음과 같은 해석을 붙이고 있다.

나라가 어지러워지자 사람들은 학업을 폐하고 다만 높은 곳에 오르기를 좋아하여, 성궐에 나타나 바라보는 것으로써 낙을 삼았던 것이다.[39]

군자의 학문은 글로써 친구와 만나며 친구로써 인(仁)을 보충하는 것인데, 홀로 배우며 친구가 없다면 외롭고 고루해지며 듣는 게 적어진다. 그러므로 그토록 심히 그리는 것이다.[40]

끝장을 정현의 이 설명대로 해석하고 보면 이 시가 어떤 꼴이 되는가? 제풍(齊風)을 예로 들어 보면 〈모시서〉에서는 첫째 시를 '현비(賢妃)를 생각하는 것'이라 설명하고 이외의 나머지 10편을 모두 '……을 풍자한 것'이라 설명하고 있다. '삼가시'는 '모시'에 비하여 더

---

39) "國亂, 人廢學業, 但好登高, 見於城闕, 以候望爲樂."
40) "君子之學, 以文會友, 以友輔仁, 獨學而無友, 則孤陋而寡聞, 故思之甚."

욱 비뚤어진 듯이 보이는 해설을 하고 있다.

그 때문에 현대의 학자들은 굴만리(屈萬里, 1906~1979)가 〈선진 설시의 기풍과 한유의 시교설시의 우곡함(先秦說詩的風尙和漢儒以詩 敎說詩的迂曲)〉이라는 논문41)에서 주장하고 있듯이, 한(漢)나라 학 자들은 시교(詩敎)에 입각한 시의 해설을 위하여 우곡(迂曲)한 설시 (說詩)를 하고 있다고 믿고 있다. 따라서 지금은 《시경》을 ‘모시’나 ‘삼가시’를 바탕으로 하여 읽고 해석하는 학자들은 한 사람도 없다해 도 과언이 아니다. 이는 중국 경전에 대한 이해에 있어 독특한 현상 이라 할 것이다.

그러나 냉정히 생각해 볼 때, 한대의 학자들 모두가 그처럼 어리석 은 《시경》 해설을 하였다고 믿는 것은 말도 안 되는 일이다. ‘모시’나 ‘삼가시’의 해설에도 시교에 합당하지 않다고 여겨지는 해설이 적지 않기 때문이다.

필자는 ‘모시’와 ‘삼가시’의 해설이 역사적인 얘기나 전설 등 고사 (故事)와 관련이 많다는 데 착안하여, 《시경》의 시들은 옛날에 얘기 를 설창(說唱)할 적에도 쓰이던 것이며, 한나라 때까지도 그러한 설 창이 성행하고 있어 그들은 그런 방향에서 시의 본문이 들어내 보여 주는 시의 대의(大義)와는 다른 뜻을 해설한 것이라 믿게 되었다. 보 기를 들면 ‘모전’에서 빈풍(豳風) 7편은 본문의 뜻과는 상관없이 모두 주공(周公)과의 관계 아래 해설하고 있는데, 이것들은 모두 그 시대 주공의 얘기를 설창할 적에 부르던 노래라는 것이다.42)

그러나 이런 우곡한 해설을 했다고 여기는 일반학자들의 경향은 결 국 전체적인 《시경》 해석과 중국문학 발전에 큰 영향을 끼치게 된다. 왜냐하면 이를 근거로 다른 종류의 시 해설에까지도 이러한 수법이

---

41) 《屈萬里先生文存》第一冊 所載.

42) 제5장 여론(餘論) 〈西漢 학자들의 《詩經》 해설에 대한 새로운 이해〉 참 조 바람.

그대로 적용되었기 때문이다. 예로 양(梁)나라 소통(蕭統, 501~531)
이 편찬한 《문선(文選)》 권29에 실려 있는 작자를 알 수 없는 〈고
시19수(古詩十九首)〉 중의 첫 수를 읽어보자.

가고 가고 또 가고 가
임과 생이별하였네.
서로 만여 리나 떨어져
각각 하늘 한 끝에 있게 되었지.
길은 험하고도 머니
만날 날 알 수도 없네.
북녘 오랑캐 말은 북풍에 기대고
월(越)나라 새는 남쪽 가지에 둥우리 친다 했네.
떠나간 지 오래됨에 따라
허리띠는 날로 느슨해지네.
뜬 구름 밝은 해를 가리었으니
떠나간 이는 돌아올 엄두도 못 내네.
임 생각은 사람만 늙게 하는데
세월은 어느덧 저물어 가네.
다 잊어버리고 다신 생각말고
밥이나 많이 들도록 힘쓰시기를!

行行重行行, 與君生別離.
相去萬餘里, 各在天一涯.
道路阻且長, 會面安可知?
胡馬依北風, 越鳥巢南枝.
相去日已遠, 衣帶日已緩.
浮雲蔽白日, 游子不顧返.

思君令人老, 歲月忽已晚.
棄捐勿復道, 努力加餐飯.

　이것은 분명히 떠나간 임을 그리는 여인의 노래이다. 그러나 당대(唐代)의 《오신주(五臣注)》에서 장선(張銑)은,

　　이 시의 뜻은 충신이 간사한 자들의 참해(讒害)를 받아 쫓겨난 것을 읊은 것.43)

이라 해설하고 있다. 따라서 '뜬 구름[浮雲]'은 간사한 자들을 가리키고 '밝은 해[白日]'는 임금을 가리키며(劉良 注), '임[君]이란 임금을 뜻한다'(李周翰 注)고 보고 있다. 〈고시19수〉의 시가 거의 모두 임 그리는 노래인데도 당대 학자들은 그러한 해석을 하고 있는 것이다. 도학자들은 사대부들의 글에 이런 사랑이나 그리움 같은 것을 노래한 글이 있어서는 안된다고까지 생각했기 때문이다.
　그러나 이러한 둘러대기식의 시 해석은 한편 시인들로 하여금 마음 놓고 사랑의 노래를 부를 수 있게 만들었다. 사랑이나 그리움을 노래 불러 놓고서도 필요에 따라서는 언제나 '임금에 대한 충성심을 노래한 것'이라 둘러댈 수가 있기 때문이다. 중국의 사회윤리를 지배한 유가(儒家)들이 그처럼 도학자적인 문학관을 지녔음에도 불구하고, 중국문학이 서정시(抒情詩)를 중심으로 발달하고 또 그 서정은 사랑이나 그리움 같은 것이 중심을 이룰 수 있었던 것은 그 때문이다. 거의 모든 중국의 시인들이 한결같이 사랑의 시를 마음대로 짓고, 특히 아름다운 여인이 화려한 규방에서 외로이 떠나간 임을 그리는 애절한 서정을 노래한 규정시(閨情詩)를 지을 수 있었던 것도, 《시경》에 이

---

43) "此詩意, 爲忠臣遭佞人讒譖, 見放逐也."

미 그러한 시들이 적지 않게 들어있는 데다 그 해석은 예교(禮敎) 윤리에 언제나 두드려 맞출 수가 있었기 때문이다.

3. 《시경》의 내용

《시경》에는 모두 305편의 시들이 크게 〈국풍(國風)〉·〈소아(小雅)〉·〈대아(大雅)〉·〈송(頌)〉의 네 부분으로 나뉘어져 실려 있다. 옛날에 흔히 《시경》을 '시삼백(詩三百)'이라 부른 것도, 《시경》에 실린 시의 편수가 대략 3백 정도였기 때문이다. 이밖에도 《모시》 가운데에는 '그 뜻은 존재하되 그 가사는 없어진' 6편의 시가 제목만이 남아 있다. 《모전(毛傳)》·《정전(鄭箋)》 등에선 그 가사가 전국시대에 없어진 것이라 하였으나, 주희(朱熹, 1130~1200)는 《시집전(詩集傳)》에서 이것들은 본시 가사가 없는 생가(笙歌)였다고 주장하고 있다.

〈국풍〉 속에는 주남(周南)·소남(召南)·패(邶)·용(鄘)·위(衛)·왕(王)·정(鄭)·제(齊)·위(魏)·당(唐)·진(秦)·진(陳)·회(檜)·조(曹)·빈(豳)의 15국의 민요들이 모아져 있다. 《모시》를 비롯하여 옛날 학자들은 여기의 '풍(風)'자는 '풍(諷)'자와 통하여 '풍자(諷刺)' 또는 '풍유(諷諭)'의 뜻을 지닌 것으로 풀이하였다.[44] 그러나 〈대아〉〈숭고(崧高)〉 시 끝머리에서,

길보(吉甫)가 노래 지으니
그 가사 매우 위대하네.
그 풍(風)이 아주 좋기에

---

44) 앞의 〈毛詩序〉 引用文 참고.

이것을 신백(申伯)에게 바치네.

吉甫作誦, 其詩孔碩.
其風肆好, 以贈申伯.

하고 노래하고 있으니, 여기의 '풍(風)'은 바로 '노래'나 같은 뜻의 말임에 틀림없다. 그러니 '풍'은 처음부터 지금 중국말의 '풍요(風謠)', 곧 민간가요의 뜻을 지니고 있었을 가능성이 많다. 그리고 '풍'에 '국' 자를 덧붙이어 〈국풍〉이라 부르는 습관은, 그것이 '여러 나라들의 노래'라는 뜻에서 전국시대 말엽부터 시작된 일인 듯하다.45)

〈국풍〉 중에서도 첫머리의 '주남'과 '소남'에 대하여는 《모전》·《정전》 등 중국의 전통적인 옛 학자들은 모두 주(周)나라 초기에 지어진 정풍(正風)이라 하여 이를 매우 존중하였다. 그리고 주(周) 문왕(文王)이 도읍을 풍(豐)으로 옮긴 뒤 옛 주나라의 기(岐, 陝西省 岐山縣 부근) 땅을 둘로 쪼개어 주공단(周公旦)과 소공석(召公奭)에게 각각 다스리게 하였는데, 이들의 교화가 그 남부지방에까지 미치어 거기에서 노래 불려지던 시들을 모아 놓은 것이 '주남'과 '소남'이라 하였다. 그러나 근인 부사년(傅斯年)은 그의 《주송설(周頌說)》46)에서,

남은 남방의 나라를 뜻하며, '주남'은 주나라 왕조에서 직할(直轄)하던 남방의 나라를 뜻한다.

하였다. 그리고 또

---

45) 대체로 《荀子》〈大略편〉에 "國風之好色也 ……"하고 말한 게 가장 오래된 用例인 듯하다.
46) 中央硏究院 《歷史語言硏究所集刊》 第一本 二分(1930).

〈소남〉은 소목공호(召穆公虎 : 宣王 때, 기원전 827~기원전 780 사람)가 통할하던 남국을 말한다.

라고 하였다. 옛 학자들의 설에 의하면 이 〈주남〉과 〈소남〉은 주나라 초기의 시여야만 할 것이나, 〈주남〉의 〈여분(汝墳)〉 시에는 '왕실이 불타는 듯하다(王室如燬)'는 따위의 혼란한 세상을 반영하는 시구가 있고, 〈소남〉의 〈하피농의(何彼襛矣)〉 시에는 '평왕의 손자(平王之孫)'란 구절이 보이니, 이 시는 동주 초기의 작품임이 틀림없다. 그리고 〈주남〉·〈소남〉의 시들 중에는 한(漢)·여(汝)·강(江) 등 남방의 강물 이름이 보이는데, 그 남쪽 지역이 중국 문화권으로 등장하는 것은 서주의 후기이다. 그리고 〈소남〉의 〈감당(甘棠)〉 시에 보이는 소백(召伯)도 옛날엔 소공석(召公奭)이라 하였으나 굴만리(屈萬里) 교수는 《시경석의(詩經釋義)》에서 그가 소공호(召公虎)임을 증명하고 있다.

남송(南宋) 초기의 왕질(王質)과 정대창(程大昌) 같은 학자들은 〈주남〉·〈소남〉의 '남'이 악명(樂名)이므로,[47] 아(雅)·송(頌)같이 〈국풍〉과는 독립된 성격의 것임을 주장하였다. 그 뒤로 고염무(顧炎武, 1613~1682)[48] 등 많은 학자들이 이에 찬동하였고, 근래엔 풍원군(馮沅君)·육간여(陸侃如)가 공저한 《중국시사(中國詩史)》 등이 이 설을 따르고 있다. 그러나 위원(魏源, 1794~1856)이 《시고미(詩古微)》에서 지적했듯이 《좌전(左傳)》 은공(隱公) 3년에 " '풍'에 채번(采繁)·채빈(采蘋)이 있다." 하였는데, 〈채번〉과 〈채빈〉 시는 〈소남〉에 있는 작품 이름으로서, 〈주남〉과 〈소남〉이 모두 〈국풍〉이었음을 증명해 주

---

47) 王質 《詩總聞》 卷一, 程大昌 《考古篇》 卷一에서 모두 〈小雅〉의 〈鼓鐘〉에서 "以雅以南"이라 하였고, 《左傳》에서 季札이 觀樂하는 기록에 "象箾南篇"이 있다는 것을 根據로 하고 있다.

48) 《日知錄》 卷三四 詩.

고 있다. 그러나 〈주남〉과 〈소남〉이 나라 이름이 아님은 분명하며, 또 '남'이 '남쪽 지역'을 가리키는 말이라 하더라도 어떤 지역이건 그 지역 특유의 음악이 있었을 것이니, 간혹 그 지역의 특성을 지닌 음악 이름 으로 쓰였을 가능성도 있는 것이다.[49]

이밖에 〈국풍〉 중의 패(邶)·용(鄘)·위(衛)의 세 나라 노래들은 모두가 위풍(衛風)이라는 데에는 옛날부터 모두 의견이 일치하고 있 다.[50] 따라서 15국 중에서 확실한 나라는 결국 11국이다.

그런데 이 〈국풍〉의 시들이 지어진 연대는 가장 빠른 것이라 하더 라도 기원전 9세기를 넘지 못하며, 동주 초기의 시가 가장 많은 듯 하다. 다만 〈국풍〉 중 그 지역이나 저작 시기에 대하여 이론이 가 장 분분한 것이 빈풍(豳風)이다. 특히 〈치효(鴟鴞)〉 시는 《서경(書 經)》〈금등(金縢)〉편에 주공(周公)이 부른 노래라 기록되어 있고, 〈동산(東山)〉·〈파부(破斧)〉도《모전》 등 옛날 학자들의 해설은 모 두 주공동정(周公東征)과 관계가 있는 시이며, 나머지도 모두 주나라 초기의 노래로 보았다. 그러나 《서경》〈금등〉편도 춘추 만년이나 전 국 초기에 전설을 근거로 쓴 글인 듯하며, 나머지 작품들도 앞에서 이미 설명한 바와 같이 주공단(周公旦)의 일을 설창(說唱)할 적에 부 르던 노래인 듯하므로, 모든 빈풍의 시들은 주공보다 훨씬 후세에 지 어진 것일 수밖에 없다. 《서경》〈금등〉편의 기록도 주공의 전설을 기 록한 것이므로 보다 후세에 이루어진 것일 것이다.[51]

---

49) 《左傳》成公 九年엔 晋나라에서 楚나라 捕虜가 '南音'을 연주했다는 記 錄이 있고, 같은 襄公 九年엔 師曠이 〈北風〉과 〈南風〉을 노래하는 데 관한 말을 하고 있다.

50) 鄭玄 等 古人은 邶·鄘·衛가 周初의 三監에게서 나왔다 하였는데(《詩 譜》), 魏源은 邶·鄘·衛가 一地名이라 하였고(《詩古微》卷三), 王國維 는 邶는 뒤의 燕나라 땅이고 鄘은 뒤의 魯나라 땅에까지 걸친 地域임을 考證하고 있다(《觀堂集林》卷十五 北伯鼎跋).

이 시들의 문장을 보더라도 주나라 초기의 작품이라 생각되는 〈주송(周頌)〉이나 〈대아(大雅)〉 중의 일부 작품들이 까다롭고 읽기 어려운 것에 비하면 모두가 너무나 매끄럽고 평이(平易)하다. 따라서 〈빈풍〉도 동주 초기의 작품임이 틀림없을 것이다. 15국풍의 지역도 북쪽은 연(燕, 河北, 山西)나라, 서쪽은 진(秦, 陝西), 남쪽은 장강(長江) 유역에 이르는 춘추시대 강역(疆域)과 거의 같은 듯하다.

'아(雅)'에 대하여 양계초(梁啓超, 1873~1929)는 《석사시명의(釋四詩名義)》에서, '아(雅)'자는 옛날에는 '하(夏)'자와 서로 통용되었으니[52] '아'는 중원(中原)인 하(夏) 지역에 유행하던 정성(正聲)의 노래를 뜻한다 하였다. 이것은 물론 주나라 왕조에서 숭상하고 상용하는 음악이기도 하였을 것이다.

그런데 어떻게 이 '아'가 '소아'와 '대아'로 나뉘어져 있는가? 주희(朱熹, 1130~1200)는 《시집전(詩集傳)》에서 '아'에도 '변아(變雅)'와 '정아(正雅)'가 있다고 구분하고 나서,

'정소아'는 잔치하고 즐길 때의 음악이요, '정대아'는 회조(會朝)에 쓰이던 음악이요, 제사지낸 뒤 제육(祭肉)을 나누어 받을 때 훈계를 늘어놓던 말인 것이다.[53]

---

51) 傅斯年 《周頌說》(中央研究院 《歷史語言研究所集刊》 第一本 一分), 徐中舒 《豳風說》(上同 第六本 四分), 馮沅君·陸侃如 共著 《中國詩史》 卷一 古代詩史 篇二 詩經, '소설사 자료로서의 《서경》'(뒤의 제5장 餘論 所載) 등 참조.

52) 《荀子》〈榮辱篇〉에선 "譬之越人安越, 楚人安楚, 君子安雅."라 했고, 같은 책 〈儒效篇〉에선 "居楚而楚, 居越而越, 居夏而夏."라 했으니, 雅·夏가 通用되었음을 알 수 있다. 또 《墨子》〈天志〉下篇에선 〈大雅〉〈皇矣〉 시의 詩句를 引用하며 '大夏'라 하였고, 《左傳》에 보이는 齊大夫 '子雅'를 《韓非子》〈外儲說〉右篇에선 '子夏'라 한 것 등도 그 증거임.

53) "正小雅, 燕饗之樂也 ; 正大雅, 會朝之樂, 受釐陳戒之辭也."

라고 하였다. 실제로 〈소아〉와 〈대아〉에 실린 시들의 내용을 보면 이 주희의 설을 부정할 수도 없지만 그렇다고 확실한 증거가 있는 것도 아니다.

〈소아〉 속에는 〈황조(黃鳥)〉·〈아행기야(我行其野)〉·〈곡풍(谷風)〉·〈하초불황(何草不黃)〉 등 괴로움을 당하는 사람들의 사회에 대한 불평과 임 그리움을 노래한 '풍'에 가까운 시들과 적지 않은 풍자시들이 있고, 〈대아〉 속에도 여러편의 풍자시가 있으니, 이것들을 궁중의 행사에서 노래불렀다고 볼 수는 없는 것이다.

결국 '아'는 중원지역에 유행하던 노래들이어서 궁중의 행사나 전례(典禮)에 쓰이던 음악이 중심을 이루지만 그곳 민간의 가요들도 함께 섞여들게 된 것이라 보아야 할 것이다. 그리고 시를 보면 '풍'에 가까운 성격의 것이라 하더라도 이 중원의 음악들은 그 가락이 15국의 '풍'과는 달랐기 때문에 〈소아〉나 〈대아〉에 끼게 된 것이라고 보는 수밖에 없을 것이다. 그리고 대체로 〈소아〉나 〈대아〉의 내용을 보면, 주나라 초기 선조들의 공덕과 개국(開國)을 하던 성세(盛世)를 기린 내용의 시를 '대아'라 하고, 서주가 쇠미해 가던 때의 시를 '소아'라 한 듯도 하나 확증이 있는 것은 아니다.

〈소아〉는 〈국풍〉과는 달리 사대부들이 지은 것으로 생각되는 시들이 대부분이어서, 내용도 서정(抒情)적인 작품보다는 궁중의 연회에서 부르던 손님을 즐겁게 하는 작품, 임금이나 어떤 일을 송축(頌祝)하는 내용, 어떤 사람이나 일을 풍자하는 것, 제사 때 쓰던 노래의 가사 등 전례(典禮)와 관계가 있는 것들이 많다. 전쟁이나 행역(行役)과 관계된 시들도, 〈국풍〉의 경우처럼 임 그리움 또는 집생각을 노래하는 경우도 있기는 하지만 전체적으로 볼 때 훨씬 서사적(叙事的)인 성격을 띤 작품이 많다. 이것은 〈소아〉의 작품이 〈국풍〉보다는 더욱 형식화하여 생동하는 표현이 줄어들었음을 뜻하기도 한다. 그리고 옛날 학자들은 '정소아(正小雅)'는 모두 주나라 초기의 작품이라 하였으나, 실상 그대로 믿을 수 있는 작품은 거의 없으며 대부분이 서주 말엽의 작품54)이며 동주 초엽의 작품도 들어 있다.

〈대아〉는 대부분이 축송(祝頌) 찬미(讚美)하는 내용과 제사(祭祀) 연음(燕飮)에 관한 시이고, 나머지도 모두 교훈적인 내용이 담긴 것들이다. 이는 〈소아〉보다도 〈대아〉의 내용이 훨씬 더 형식화하고 있음을 뜻한다. 〈대아〉의 시들 중에는 서주 초년의 작품이라 생각되는 것들도 있으나, 대부분이 서주 말엽의 작품들인 듯하다. 그러나 〈대아〉의 서주 초의 작품이라 생각되는 것도 주송(周頌)에 비하면, 편폭(篇幅)도 길고 체재와 문장 기교에도 차이가 나며, 용운(用韻)도 훨씬 정제(整齊)하니 후기의 작품일 가능성이 많다. 대체로 〈대아〉의 시들은 표현이 너무 추상적이고 진실성이 결여되어 있다.

다만 서사적(敍事的)인 기법의 발전은 높이 평가해도 좋을 것이다. 예를 들면 《시경》 중 가장 긴 작품이고 풍자적인 내용이 담긴 〈상유(桑柔)〉 같은 시를 보면, 앞뒤의 짜임새가 빈틈이 없는 정도이니 상당한 문장 수련을 쌓은 사람에 의하여 지어진 것으로 보아야 할 것이다. 다만 이런 시들에도 추상적인 설교(說敎)가 너무나 많다는 게 큰 흠이라 할 것이다.

'송(頌)'에 대하여는 완원(阮元, 1764~1849)이 본시 '송'은 '용(容)'의 뜻이 있었으며, '용'은 형용(形容)을 뜻하고 다시 그것은 무용(舞容)과 통하여, '송'은 "춤이 곁들여 있는 노래"란 뜻에서 나왔다고 하였다. "성덕(盛德)을 찬미하는 것"이란 해석은 뒤에 생긴 여의(餘義)라는 것이다.55) 이 뒤로 왕국유(王國維)56) · 양계초(梁啓超)57) 등이

---

54) 周 宣王(기원전 827~기원전 782 在位) 및 유왕(幽王, 기원전 781~기원전 771 재위) 때의 작품이 가장 많은 듯하다.

55) 《揅經室一集》 卷一 釋頌.

56) 《觀堂集林》 卷二, 〈說周頌〉.

57) 《釋四詩名義》《小說月報》 17卷 號外 《中國文學研究》 上冊).

이 설을 더욱 발휘하여, 지금은 대부분의 학자들이 이 설을 받아들이
고 있다.

그러나 《시경》의 '송' 전체가 무가(舞歌)라고 우겨서는 안된다. '송'
이란 말이 아무리 '무용(舞容)'에서 나왔다 하더라도 특히 후세에 지
어진 노송(魯頌)·상송(商頌) 같은 것은 꼭 춤과 관계 있는 것이라
할 수는 없을 것이다. 특히 주송(周頌)의 노래들은 대부분이 제가(祭
歌)인데, 제가는 옛날부터 후세에 이르기까지 본시 춤과 밀접한 관계
에 있었다는 사실도 잊어서는 안될 것이다.

'주송'은 《시경》 중 가장 오래된 부분으로, 이미 전국시대부터 서주
초년의 작품이라 생각했던 것 같다.[58] 그리고 왕국유(王國維)가 〈호천
유성명(昊天有成命)〉·〈무(武)〉·〈작(酌)〉·〈환(桓)〉·〈뇌(賚)〉·〈반
(般)〉의 여섯 편이 '대무무(大武舞)'라는 등의 고증을 시도하고 있듯
이,[59] 거의 모든 학자들이 이 중 대부분이 서주 초의 시라 보고 있다.
어떻든 이 '대무(大武)'에 관계되는 시들이 《시경》 중에서도 가장 초
기의 작품일 것이며, 나머지는 성왕(成王, 기원전 1115~기원전 1079
재위) 때의 작품이 가장 많은 듯하고, 시 중에는 태왕(大王)·문왕
(文王)을 비롯하여 무왕(武王)·성왕(成王)·강왕(康王)·소왕(昭王)
등 주나라 초기의 임금 칭호가 보이니, 늦은 것도 서주시대를 넘어가
지는 않을 듯하다.

그러나 《모전》 등 옛날 주해(注解)를 보면 〈호천유성명(昊天有成

---

58) 《左傳》宣公 12年 ; "楚子曰 ; 武王克商, 作頌曰 ; '載戢干戈……'(引〈時
邁〉之末五句). 又作〈武〉, 其卒章曰 ; '耆定爾功'(見於武), 其三曰 ; '鋪
時繹思, 我徂維求定'(見於〈賚〉), 其六曰 ; '綏萬邦, 屢豐年'(〈桓〉之首
兩句)." 《國語》周語上 ; "周文公之頌曰 ; '載戢干戈.'"

59) 《觀堂集林》卷二〈周大武樂章考〉및〈說勺舞象舞〉. 明 何楷의《詩經
世本古義》에선〈昊天有成命〉대신〈時邁〉를 취하고, 순서도 달리하고
있다.

命)〉에 보이는 ‘성왕(成王)’을 “무왕(武王)의 아들”로 받아들이지 않
으려 하였고,60) 〈재현(載見)〉과 〈방락(訪落)〉 시의 ‘소고(昭考)’도 많
은 학자들이 “무왕(武王)을 가리키는 말”로 풀이하면서, 이것들을 성
왕 때의 시로 보고 있다. 그러나 〈옹(雝)〉 시의 ‘문모(文母)’가 “문왕
의 후비(后妃) 태사(大姒)를 가리키는 말”임과 대비시켜 볼 때 ‘소고’
의 ‘소’는 소왕(昭王)을 가리키는 말일 가능성이 많다.61) 옛날 학자들
은 ‘주송’을 모두 주나라 초기의 시로 보고자 하는 노력에서 이런 해
석을 하고 있는 것이다.

그런데 왕국유(王國維)는 〈홀대발(曶敦跋)〉이란 글62)에서 주나라
초기에는 시법(諡法)이 없었으니, 문(文)·무(武)·성(成)·강(康)·
소(昭)·목(穆) 등 주나라 초기의 임금의 칭호는 모두가 호(號)이지
시(諡)가 아니라 하였고, 근래 곽말약(郭沫若)은 〈시법의 기원(諡法
之起源)〉63)에서 시법의 기원은 춘추시대 중엽 이후의 일이라 하였다.
그러니 이 임금의 칭호를 후세의 시호(諡號)와 같이 생각하고 그 작
품의 시대를 얘기해서도 안될 일이다.

〈주송〉의 시들은 모두 분장(分章)이 되어 있지 않고, 편장 자체에
도 혼란이 있는 듯하다. 앞의 주(注)에 인용한 《좌전(左傳)》 선공(宣
公) 12년의 초자(楚子)의 말만 보더라도 〈무(武)〉와 〈뇌(賚)〉·〈환
(桓)〉이 같은 한 편의 작품인 듯한데, 지금은 따로 나뉘어져 있다. 그
리고 주희가 《시집전》에서 지적한 것처럼64) 지금 보면 협운(協韻)하
지 않은 듯한 작품도 많은데, 이것은 시대가 빠르기 때문이 아닌가
생각된다. 그리고 《시경》 중 내용을 알기 어려운 작품이 ‘주송’에 가

---

60) 朱熹 《詩集傳》에선 “成王, 名誦, 武王之子也.”라 설명하고 있다.
61) 馮沅君·陸侃如 共著 《中國詩史》 卷一 古代詩史 篇二 詩經 참조.
62) 《觀堂集林》 卷18.
63) 《金文叢考》.
64) 卷19 〈淸廟〉 注 ; “周頌多不叶韻, 未詳其說.”

장 많고, 문장의 표현도 매끄럽지 못하고 까다로운 게 많다. 모두가 문장의 시대가 오래된 때문일 것이다. 그리고 내용은 천자의 종묘에서 조상을 제사지내는 작품과 그 밖의 여러 가지 제사와 관계되는 작품이 대부분이어서 대체로 성덕을 칭송하는 것들이 너무나 많고 진실성이 결여된 게 흠이라 할 것이다.

〈노송(魯頌)〉은 4편 모두가 노나라 희공(僖公, 기원전 659~기원전 627 재위) 때의 작품이다. 위원(魏源, 1794~1856)은 《시고미(詩古微)》[65]에서 이것들은 노나라 희공 4년(기원전 656)에 희공이 송(宋)나라 환공(桓公, 襄公의 아버지)과 함께 제(齊) 환공(桓公)을 좇아 초(楚)나라를 정벌하고 자기 나라로 돌아와 지은 것이라 하였다. 이 때 남만(南蠻)의 초나라가 매우 강성해졌는데, 제나라 환공이 중원(中原)의 제후(諸侯)들과 힘을 합쳐 이들의 예봉(銳鋒)을 꺾었으므로, 이것은 중원의 제후들이 초나라를 밀어낸 쾌거(快擧)라 생각되어, 노나라와 송나라의 임금들은 자기 나라로 돌아와 각각 조상에게 이 무공(武功)을 고하는 제사를 지내는 시와 무공을 과장하는 노래를 짓게 되었다는 것이다.

따라서 〈상송(商頌)〉도 이 때 지은 것으로 보는 것이다. 그러나 왕백(王柏, 1197~1274)이 《시의(詩疑)》 권1에서 " 〈노송〉 4편 중에는 '풍'체(體)도 있고 소아체·대아체의 글도 있으니 '송'의 변체(變體)이다."고 주장하고[66] 있듯이 이들 중에는 시의 내용은 물론 문장기교까지도 약간 차이가 나는 작품들이 있으니, 희공 이후에 지어진 작품이 있을 가능성도 있다.

〈상송〉은 옛날에는 《시경》 중 가장 오래된 상(商)나라 때의 노래라 주장하는 이도 있었고,[67] 송(宋)나라 때의 노래이되 정고보(正

---

65) 卷6, 〈魯頌韓詩發微〉.
66) 실제로 〈駉〉·〈有駜〉 시는 風體에 가깝고, 〈泮水〉·〈閟宮〉은 二雅에 가까우며 商頌의 〈長發〉·〈殷武〉를 본떠서 지은 것인 듯하다.

考父)68) 이전의 작품이라 주장하기도 하였다.69) 그러나 위원(魏源)은 《시고미(詩古微)》에서70) '상송'이 송나라 시라는 증거를 열세가지 들고 있고, 왕국유(王國維)와 부사년(傅斯年)71) 등이 다시 그 증거를 보충하였다. 다만 왕국유는 이를 송나라 대공(戴公) 때(기원전 799~기원전 766 재위)의 작품이라 본 데 비하여, 위원과 부사년은 양공(襄公) 때(기원전 650~기원전 637 재위)의 작품이라 하였는데, 뒤의 설이 사실에 가까운 듯하다.

어떻든 〈노송〉과 〈상송〉의 시들은 살아 있는 임금인 노나라 희공과 송나라 양공의 공덕을 칭송하고, 한편 그 공덕을 옛날 선조들에게 고하기 위한 제사를 지내려고 지은 시들이니 더욱 진실성이 결여되는 수밖에 없을 것이다. 《시경》에는 〈국풍〉이 160편, 〈소아〉 74편, 〈대아〉 31편, '송' 40편(그 중 〈주송〉 31편, 〈노송〉 4편, 〈상송〉 5편)이 실려 있는데, 이 편수의 숫자 차이는 거의 그 내용의 문학적인 성취와도 부합하는 듯하다.

4. 《시경》의 문학적 성격

중국의 전통문학은 시를 중심으로 발달해 왔고, 다시 그 시는 서정시(抒情詩)가 중심을 이루며, 또 그 서정시는 남녀간의 사랑과 관계

---

67) 《毛傳》 등.

68) 宋나라 戴公·武公·宣公을 섬긴(기원전 799~기원전 727) 宋나라의 大夫, 孔子의 七代祖.

69) 《國語》〈魯語〉,《史記》〈宋世家〉. 다만 《史記》에선 襄公(기원전 650~기원전 637 在位) 때의 正考父라 하여 混亂을 일으키고 있다.

70) 卷6,〈商頌·魯韓發微〉.

71) 王國維 《觀堂集林》 卷2 〈說商頌〉 下. 傅斯年 ;〈周頌說〉 및 〈魯頌商頌述〉(《傅孟眞先生集》) 참조.

되는 것들이 주류(主流)를 이룬다. 따라서 중국의 전통문학은 사랑의 시들이 주류를 이룬다고 말할 수도 있다. 이것은 늘 문학을 사회교화의 수단으로 내세워 온 중국인들의 문학론과는 모순되는 현상이다. 이 모순 현상을 빚는 바탕이 된 것이 바로 《시경》이니, 《시경》의 중심을 이루는 〈국풍〉의 시들이 이미 대부분이 서정시이고, 또 거기에는 남녀의 사랑 문제와 관련된 시들이 과반수를 차지하기 때문이다.

이미 앞에 인용한 것처럼 《시경》의 첫머리에 놓인 〈관저(關雎)〉 시는 젊은 남자가 이성을 그리는 노래이다. 이런 시들에 대하여 학자들이 아무리 윤리적인 설교를 동원하여 풀이한다 하더라도 독자들의 가슴에는 옛사람들의 진실한 정이 먼저 와 닿는다. 보기로 용풍(鄘風)의 〈상중(桑中)〉 시를 읽어보자.

새삼을 캐러
매[72] 고을로 갔었네.
누가 보고파서 갔나?
어여쁜 강씨[73]네 맏딸이지.
상중에서 나와 만나
상궁으로 나와 갔다가
기수(淇水) 가까지 바래다 주데나.

보리를 베러
매 고을 북쪽에 갔었네.
누가 보고파서 갔나?

---

72) 매(沫)는 뒤의 상중(桑中)·상궁(上宮)과 함께 모두 위(衛)나라에 있던 작은 지명(地名).

73) 강씨(姜氏)는 뒤의 익(弋)씨·용(庸)씨와 함께 이 시대 대족(大族)의 성(姓)임.

어여쁜 익씨네 맏딸이지
상중에서 나와 만나
상궁으로 나와 갔다가
기수 가까지 바래다 주데나.

순무를 뽑으러
매 고을 동쪽에 갔었네.
누가 보고파서 갔나?
어여쁜 용씨네 맏딸이지.
상중에서 나와 만나
상궁으로 나와 갔다가
기수 가까지 바래다 주데나.

爰采唐矣, 沬之鄕矣.
云誰之思? 美孟姜矣.
期我乎桑中, 要我乎上宮, 送我乎淇之上矣.

爰采麥矣, 沬之北矣.
云誰之思? 美孟弋矣.
期我乎桑中, 要我乎上宮, 送我乎淇之上矣.

爰采葑矣, 沬之東矣.
云誰之思? 美孟庸矣.
期我乎桑中, 要我乎上宮, 送我乎淇之上矣.

　이는 사랑하는 남녀의 밀회를 노래한 것임에 틀림없다. 《모전》에서
는 '음분(淫奔)함을 풍자한 것'이라 설명하였지만, 독자들은 누구나

젊은 남녀의 밀회를 가슴에 느끼며 미소지을 것이다. 〈소아〉에도 〈습
상(隰桑)〉 시 같은 사랑의 노래가 있다.

진펄의 뽕나무 아름답고
그 잎새 무성하네.
우리 임 만났으니
즐거움 어떠하겠는가?

진펄의 뽕나무 아름답고
그 잎새 야들야들하네.
우리 임 만났으니
어찌 즐겁지 않으리?

진펄의 뽕나무 아름답고
그 잎새 더부룩하네.
우리 임 만났으니
언약 굳고 굳게 하네.

마음으로 사랑하거늘
어찌 사랑한다 말하지 않으리?
마음속에 품고 있거늘
어찌 하루인들 그대 잊으리?

隰桑有阿, 其葉有難.
旣見君子, 其樂如何?

隰桑有阿, 其葉有沃.

旣見君子, 云何不樂?

隰桑有阿, 其葉有幽.
旣見君子, 德音孔膠.

心乎愛矣, 遐不謂矣?
中心藏之, 何日忘之?

《모전》에서는 '유왕(幽王)을 풍자한 것이다. 소인이 벼슬자리에 있고 군자는 야(野)에 있어, 군자를 만나 마음을 다하여 섬기게 될 것을 생각한 것이다'74)고 엉뚱하게 둘러대고 있다. 《시경》에서는 여자가 자기 남편이나 애인도 '군자'라 부르고 있으니, 이 시는 사랑의 기쁨을 노래한 게 분명하다.

그러나 중국문학에 있어서의 남녀간의 사랑은 원칙적으로 부부애(夫婦愛)를 바탕으로 하고 있다. 그것은 《시경》에서보다도 한대(漢代) 이후로 더욱 두드러지는 경향이다. 중국문학에 있어서의 특수한 사랑이란 봉건윤리(封建倫理)에서 허용되는 기생이나 첩 또는 후궁(後宮) 같은 여인들과의 관계뿐이다. 《시경》에도 부부애를 바탕으로 한 사랑을 노래한 작품이 많다. 보기로 제풍(齊風)의 〈계명(鷄鳴)〉 시를 든다.

"닭이 울었으니
조정엔 대신들 다 모였겠어요."
"닭 울음소리가 아니라
쉬파리 소리 아니오?"

---

74) "刺幽王也. 小人在位, 君子在野, 思見君子, 盡心以事之."

"동녘이 밝았으니
조정엔 대신들 많이 모였겠어요."
"동녘이 밝은 게 아니라
달빛 비치는 것일 게요."

"벌레들 깨어나 붕붕 날아도
달콤히 당신과 함께 꿈꾸고 싶지만,
대신들 모였다 돌아갈 테니
당신 미움사는 일 없어야지요."

鷄旣鳴矣, 朝旣盈矣.
匪鷄則鳴, 蒼蠅之聲.

東方明矣, 朝旣昌矣.
匪東方則明, 月出之光.

蟲飛薨薨, 甘與子同夢.
會且旣矣, 無庶予子憎.

　새벽 잠자리 속에서의 부부의 대화로 이루어진 시이다. 남편은 적어도 대부(大夫)이거나 제후의 신분인 듯하다.
　사랑에는 즐거움뿐만이 아니라 갈등도 따르게 마련이어서 《시경》에는 자기를 버린 남편이나 떠나간 임을 그리는 시도 많다. 특히 나라의 역사(役事)나 수자리에 젊은이가 징발당해 가던 행역(行役)은 더욱 처절한 갈등의 원인이었던 듯하다. 그래서 옛날부터 임 그리는 시들은 흔히 이 '행역'과 관련지어 시의 뜻을 풀이하였다(例 : 朱熹 《詩集傳》). 보기로 소남(召南)의 〈은기뢰(殷其靁)〉를 든다.

우르릉 천둥소리
남산 기슭에서 울리는데,
어쩌다 임은 이곳을 떠나
돌아올 틈조차 못 내는가?
늠름한 우리 임이여!
돌아오시이다, 돌아오시이다!

우르릉 천둥소리
남산 곁에서 울리는데,
어쩌다 임은 이곳을 떠나
쉬러 올 틈조차 못 내는가?
늠름한 우리 임이여!
돌아오시이다, 돌아오시이다!

우르릉 천둥소리
남산 밑에서 울리는데,
어쩌다 임은 이곳을 떠나
집에 올 틈조차 못 내는가?
늠름한 우리 임이여!
돌아오시이다, 돌아오시이다!

殷其靁, 在南山之陽.
何斯違斯, 莫敢或遑?
振振君子, 歸哉歸哉?

殷其靁, 在南山之側.
何斯違斯, 莫敢遑息?

振振君子, 歸哉歸哉!

殷其靁, 在南山之下.
何斯違斯, 莫或遑處?
振振君子, 歸哉歸哉!

　사랑의 즐거움을 노래한 시나 사랑의 갈등을 노래한 시나 모두가 아름다움과 공명을 느끼게 하는 작품들이다. 이 밖에 어떤 사람을 찬미한 시나 생활 주변에서 느끼는 여러 가지 정감을 노래한 시들이 있는데, 특히 〈국풍〉의 시들은 진실한 감정과 자연스럽고 아름다운 표현을 통해서 지금 사람들에게도 감동을 주고 있다. 후세의 중국인들은 이런 작품들을 그들 문학의 전범(典範)으로 받들었기 때문에, 형식적인 문학론을 내세우면서도 실제로는 멋지고 아름다운 서정의 세계를 전개시킬 수가 있었을 것이다.

　한편 중국의 옛사람들이 시의 목적을 사회 교화로 결부시켰던 것은 《시경》을 놓고 보더라도 근거 없는 일이 아니었다. 《시경》 속에는 사람들이 살아가면서 겪은 괴로움과 사회의 모순을 고발한 이른바 '사회시(社會詩)'도 적지 않은 분량이 들어있다. 먼저 위풍(魏風)의 〈벌단(伐檀)〉 시를 보기로 든다.

　　쾅쾅 박달나무 베어다가
　　황하 가에 놓고 보니
　　황하물 맑게 물놀이치고 있네.
　　씨뿌리고 거두지도 않는데
　　어째서 수만 석의 벼 거둬들이고,
　　짐승 사냥도 않는데
　　어째서 저 집 뜰엔 걸려 있는 담비가 보이는가?

진실한 군자란
놀고 먹지 않는 법이라던데.

쾅쾅 바퀴살 감 베어다가
황하 곁에 놓고 보니
황하물 맑고 평평히 흐르고 있네.
씨뿌리고 거두지도 않는데
어째서 수억 다발 벼 거둬들이고,
짐승 사냥도 않는데
어째서 저 집 뜰엔 걸려 있는 큰 짐승이 보이는가?
진실한 군자란
놀고 먹지 않는 법이라던데.

쾅쾅 수레바퀴 감 베어다가
황하 가에 놓고 보니
황하물 맑게 잔물결 짓고 있네.
씨뿌리고 거두지도 않는데
어째서 수백 창고에 벼 거둬들이고,
짐승 사냥도 않는데
어째서 저 집 뜰엔 걸려 있는 메추리가 보이는가?
진실한 군자란
놀고 먹지 않는 법이라던데.

坎坎伐檀兮, 寘之河之干兮,
河水淸且漣猗.
不稼不穡, 胡取禾三百廛兮,
不狩不獵, 胡瞻爾庭有縣貆兮?

彼君子兮, 不素餐兮.

坎坎伐輻兮, 寘之河之側兮,
河水淸且直猗.
不稼不穡, 胡取禾三百億兮,
不狩不獵, 胡瞻爾庭有縣特兮?
彼君子兮, 不素食兮.

坎坎伐輻兮, 寘之河之漘兮,
河水淸且淪猗.
不稼不穡, 胡取禾三百囷兮,
不狩不獵, 胡瞻爾庭有縣鶉兮?
彼君子兮, 不素飧兮.

〈위풍〉의 시들은 전부가 사회시라 할 수 있는 성질의 것들이다. 가난한 사람은 죽도록 일해도 굶기 일쑤인데, 지배계층의 사람들 중에는 매일 놀기만 하는데도 그의 집엔 주체할 수 없을 정도의 곡식을 거둬들이고 다 잡아먹을 수 없을 정도의 짐승들이 모여들고 있는 자들이 있다는 것이다. 이 밖에도 백성들을 괴롭히는 관리와 어지러운 정치를 원망하는 작품들이 여러 편 있다.

그러나 그 중에도 백성들에게 가장 큰 괴로움과 불행을 안겨 주던 것은 전쟁이었던 것 같다. 《시경》에는 전쟁과 관련된 시들이 여러 편 있다. 패풍(邶風)의 〈격고(擊鼓)〉 시를 보기로 든다.

북소리 둥둥 울리며
무기 들고 뛰어나섰네.
도읍과 조(漕) 땅엔 성 쌓기 한창인데,

나 홀로 남쪽으로 싸우러 가네.

손자중 장군 따라
진(陳)나라와 송(宋)나라 강화 맺게 했는데,
나를 돌려보내 주지 않으니
마음의 시름 쌓이네.

이곳에 잤다 저곳에 머물렀다
말조차 잃어버리고
말을 찾아
숲속을 헤매네.

죽음과 삶, 만남과 헤어짐을
그대와 함께하기로 언약했었지.
그대 손잡고
그대와 해로하려 했었건만!

아아 멀리 떠나와
우리 함께 못살게 되다니!
아아 멀리 떨어져
우리 언약 어기게 되다니!

擊鼓其鏜, 踊躍用兵.
土國城漕, 我獨南行.

從孫子仲, 平陳與宋.
不我以歸, 憂心有忡.

爰居爰處, 爰喪其馬.
于以求之, 于林之下.

死生契闊, 與子成說.
執子之手, 與子偕老.

于嗟闊兮, 不我活兮.
于嗟洵兮, 不我信兮.

〈소아〉에도 〈채미(采薇)〉·〈출거(出車)〉·〈하초불황(何草不黃)〉 등
의 시가 있는데, 모두 백성들의 비전적(非戰的) 정서가 표출되어 있
다. 이러한 사회시들이야말로 시의 풍자적인 기능 또는 사회 교화의
공용성(功用性)을 중시하는 중국의 시론에 완전히 부합하는 성질의
것이다.

끝으로 '아(雅)'와 '송(頌)' 속에 들어있는 연회(宴會)나 제사(祭祀)
등에 쓰던 노래들은 옛날 조상을 높이 모시던 관습과 춘추시대 이전
의 시의 실용성(實用性)이 강조되던 사회 풍습의 유물이라 할 것이
다. 이런 시들은 문학적인 가치는 대단치 않다 하더라도 고대사회사
(古代社會史)의 자료로서는 매우 소중한 것들이라 하겠다. 〈주송(周
頌)〉의 〈유청(維淸)〉 시를 보기로 든다.

맑게 끊이지 않고 밝게 이어져오니
문왕의 법도일세.
제사지내기 시작하여
지금까지 정사 이룩하여 놓았으니
주나라의 상서로움일세.

維淸緝熙, 文王之典.

肇禋, 迄用有成, 維周之禎.

　시는 간단하지만 이런 노래들에는 춤도 곁들여졌을 것이다. 《시경》의 시들은 크게 볼 때 이상과 같이 ‘서정시’·‘사회시’·‘전례시(典禮詩)’의 세 가지로 구분할 수 있을 것이다. 그리고 ‘서정시’는 중국 정통문학의 중심을 이루는 성격의 것으로 발전하고, ‘사회시’는 공용적인 문학론의 근거가 되며, ‘전례시’는 고대의 시의 실용적인 성격을 대변하면서, 후세의 전례나 의식에도 고스란히 그대로 전승된다.

5. 결　론

　《시경》은 중국문학의 조종(祖宗)이라 할만큼 후세 문학 발전의 바탕이 되었다. 그리고 춘추시대에 공자가 만인의 교과서로서 ‘육경(六經)’의 하나로 《시경》을 편찬하여, 《시경》은 시가집이면서도 ‘경(經)’으로서 사람들에게 읽히기 시작하였다. 특히 한(漢)대에 와서 모든 경서들의 판본이 확정되고 거기에 대한 연구와 주석(注釋)이 가해지면서, 《시경》은 민가를 모아 놓은 〈국풍〉조차도 모두 ‘풍자(諷刺)’의 뜻을 지닌 사회교화의 의의가 있는 기록으로 이해되어 왔다.

　그러나 《시경》 속에는 이미 인간의 갖가지 아름다운 서정(抒情)이 상당히 세련된 아름다운 문장 속에 담겨 있다. 그 때문에 학자들이 아무리 시는 사회교화의 효용을 통하여 가치를 지니게 되는 것이라 설교를 하여도, 《시경》에 이미 담겨 있는 아름다운 서정과 수사(修辭)는 문학자들로 하여금 부지불식간에 순수문학적인 가치를 인식케 하였다. 그래서 중국문학은 그들의 문학론과는 달리 오히려 ‘서정’과 ‘수사’를 중심으로 발전하게 되는 것이다.

《시경》의 시들은 사언(四言)이 기본 형식을 이루고 있지마는 삼언(三言)·오언(五言) 등 잡언(雜言)들도 상당히 섞여 있다. 그것은 앞 절(節)에서 보기로 든 〈상중(桑中)〉·〈계명(鷄鳴)〉·〈은기뢰(殷其靁)〉·〈벌단(伐檀)〉 같은 시들만 보아도 쉽사리 알 수 있는 일이다. 그것은 정언(整言)을 거부하는 일상용어로 이루어진 민요에서 나온 시들이기 때문에 어쩔 수 없는 일이라 할 것이다. 그리고 〈벌단(伐檀)〉과 〈격고(擊鼓)〉 같은 시에 보이는 남방가요에 흔히 쓰이는 '혜(兮)'라는 조사를 보면, 주남(周南)과 소남(召南)의 '남'이 남쪽 지역을 가리키는 말임과 아울러 생각할 때, 《시경》에는 이미 남방 문화의 영향이 짙게 물들고 있음을 알 수 있다.

이것은 한편 《시경》이 지리적으로는 황하 유역으로부터 장강(長江) 유역에 이르는 영역(지금의 河北·山西·河南·山東·陝西·江蘇·安徽·湖北 등을 중심으로 하는 지역)을 대표함을 뜻하며, 시대적으로는 장강 유역이 중국문화의 판도 안으로 들어온 서주 말엽 이후의 시가들도 포함되어 있음을 뜻하는 것이다. 그러나 위의 지역은 《시경》에 영향을 끼친 곳을 모두 포함한 것이고, 실제로 《시경》이 노래 불리워진 지역은 주(周)나라 왕조(王朝)이며, 문장도 주나라 왕조에서 쓰는 문사와 문장으로 일단 정리된 것으로 생각된다. 그리고 춘추시대에는 노(魯)나라에 전하여져 주악(周樂)이라 불렀지만, 공자가 이를 정리할 적에는 다시 노나라를 중심으로 한 그 시대 문장의식에 의하여 교정이 가해진 것일 것이다.

그리고 《시경》 속에 서주시대의 작품들이 들어 있다 하더라도, 서주시대에는 이 시가들이 순수한 가요(歌謠) 형태이거나 천자의 정치를 위한 참고 기록의 형태로서 존재했을 것이기 때문에 이를 서주시대의 문학이라 보기는 어렵다.

《시경》은 공자가 만년(68세 이후, 기원전 484~기원전 479)에 이를 '육경(六經)'의 하나로 정리 편찬한 이후에 비로소 책으로서의 성격이 이루어졌으므로, 이는 춘추시대의 문학의식을 가장 뚜렷이 대표하는 것으로 보아야 할 것이다. 공자 이전에도 이 시가를 기록하는 사람들이 그들의 문장의식에 의하여 문구를 많이 수정하였을 것이고, 공자 이후에도 적지 않은 변모가 있었으리라 생각되나, 대체적인 《시경》의 성격은 공자에 의하여 이룩된 것이라 보아야 할 것이다.

그리고 한대(漢代)에 이루어진 《모전(毛傳)》·《삼가시(三家詩)》 등의 해설과 정현(鄭玄) 같은 학자들의 주석(注釋)은 중국문학사에 있어 또 시의 원작자나 그 편찬자인 공자보다도 더 뚜렷이 《시경》의 지위를 확정지어 주고 있는 것이다. 우리에게 전해지는 《시경》의 판본이 한대 학자들의 손에 의해 이루어진 것이고, 또 그들의 주석을 바탕으로 《시경》이 읽혀지고 연구되어 왔다는 점은 소홀히 보아 넘길 수 없는 일이다.

· 참 고 도 서 ·

《詩經諺解》18卷, 朝鮮 宣祖 命撰.

《詩經集傳辨正》6冊, 朝鮮 沈大允 撰.

《詩經講義》《補遺》(《丁茶山全集》經集) 2集 卷 17~20, 朝鮮 丁若鏞 撰.

《詩經孔學考》7卷, 朝鮮 李炳憲 撰.

《詩經(注譯)》韓國 金學主, 明文堂, 2002, 改訂版.

《詩經選》韓國 金學主, 明文堂, 2003, 改訂版.

《毛詩硏究》韓國 金時俊, 瑞麟文化社, 1981.

《毛詩正義》40卷, 毛氏 傳, 鄭玄 箋, 孔穎達 疏(《十三經注疏》本).

《詩集傳》8卷, 宋 朱熹 撰.

《呂氏家塾讀詩記》32卷, 宋 呂祖謙 撰.

《詩緝》36卷, 宋 嚴粲 撰.

《詩經世本古義》28卷, 明 何楷 撰.

《毛詩稽古編》30卷, 淸 陳哲源 撰.

《毛詩後箋》30卷, 淸 胡承珙 撰.

《毛詩傳疏》30卷, 淸 陳奐 撰.

《毛詩傳箋通釋》32卷, 淸 馬瑞辰 撰.

《詩古微》17卷, 淸 魏源 撰.

《詩三家義集疏》上下, 淸 王先謙 撰.

《詩經釋義》上下, 民國 屈萬里 撰.

The Book of Songs, Arthur Waley, 2nd Ed. 1952, Allen and Unwin, London.

The Book of Odes, Bernhard Karlgren, 1950, Stockholm.

The Shi king(The Chinese Classics Vol. 4), James Legge, Oxford University Press, 1871, London.

The Bell and the Drum, C.H. Wang, University of California Press, 1974.

제 3 장
《서경(書經)》

1. 《서경》의 성격과 저작 시기

《서경》은 중국 '산문지조(散文之祖)'라 할 수 있을 만큼 중국의 가
장 오래된 전적의 하나로 중국 산문 발달에 큰 영향을 끼쳤다. 《시
경》이 중국의 시와 전통문학 발전에 큰 영향을 끼쳤던 사실과 아울러
생각할 때, 중국문학사상 《서경》은 《시경》과 함께 중국문학의 이대원
천(二大源泉)이라 할 것이다.

《서경》은 본시 '서(書)'라고만 불리웠는데, 그것은 《시경》이 '시
(詩)'라고만 불리웠던 사정과 같다. 본시 '서(書)'자는 글이나 책의 범
칭(汎稱)이 아니라 공문(公文)의 뜻을 지녔던 듯하다. 《시경》 소아
(小雅) 〈출거(出車)〉 시에 '이 공문서를 경외한다(畏此簡書)'란 구절
이 보이는데 여기에서는 '간서(簡書)'가 '죽간(竹簡)에 씌어진 공문서'
의 뜻이다. 뒤에 다시 얘기하겠지만 《서경》의 글이 대부분 조정의 공
적인 기록임을 생각할 때, 본시는 '서(書)'가 공문의 뜻이었을 가능성
이 많다. 동한(東漢)의 허신(許愼)은 《설문해자(說文解字)》 서(序)에
서 '대쪽이나 비단에 쓰인 것을 서(書)라고 한다' 하였는데, 이는 후세
에 '서(書)'의 뜻이 넓어졌기 때문일 것이다.

그리고 본시 서(書)자는 '서(畵)'로 썼는데,[1] 뒤에 쓰는 기구를 뜻하는 '율(聿)'과 말한다는 뜻의 '왈(曰)'자를 합쳐 "말을 기록한 것"이란 뜻을 나타내는 글자로 변하였다 한다.[2] 그러니 《서경》도 "말한 것을 기록한 것"이란 뜻까지 담겨 있었을 가능성이 많다.

또 《서경》은 흔히 《상서(尙書)》라고도 불리운다. 《상서》란 호칭은 한(漢) 문제(文帝, 기원전 179~기원전 157 재위) 때의 복생(伏生)에 의하여 '상고(上古)시대의 글'이란 뜻으로 붙여진 말이라 한다.[3] 복생 이후로 사마천(司馬遷, 기원전 179~기원전 86?)의 《사기(史記)》, 동중서(董仲舒, 기원전 179~기원전 93?)의 《춘추번로(春秋繁露)》 등에서 《상서》란 말을 사용하여 일반화되었음을 알려주고 있다.

《묵자(墨子)》〈명귀(明鬼)〉편에 '상서(尙書)'란 말이 보이나, 그것은 '하서(夏書)'를 형용한 '상고시대의 글'이란 뜻의 말이다.[4] 그리고 '상(尙)'자의 뜻에 대하여는 '상천(上天)의 뜻으로, 《상서》는 '천서(天書)'의 뜻이다.'[5] 또는 '상(上)과 뜻이 통하여 임금을 가리키며, 《상서》란 임금의 행위를 신하가 기록한 것을 뜻한다.'[6]는 등의 해설을 한 이들도 있으나, '상(上)자와 통하여 상고(上古)의 뜻'으로 봄이 무난할 것이다.

지금 우리에게 전해지는 《서경》은 《십삼경주소(十三經注疏)》 속에 들어 있는 《상서정의(尙書正義)》인데, 그 본문인 이른바 《고문상서(古文尙書)》는 후세 사람이 가짜로 지어낸 위서(僞書)이며, 거기에

---

1) 《說文解字》;'畵, 箸也;從聿, 者聲.'
2) 《漢書》〈藝文志〉에 "左史記言, 右史記事;事爲春秋, 言爲尙書."라 한 것도 이 글자의 모양이 影響을 준 듯하다.
3) 《僞孔傳》序. 그리고 伏生은 그의 해설을 붙인 書名을 《尙書大傳》이라 하였다.
4) 《墨子》〈明鬼〉下:"故尙書夏書, 其次商周之書, 語數鬼神之有也."
5) 鄭玄 《書贊》(見 《尙書正義》).
6) 王充 《論衡》〈須頌편〉, 王肅의 《書》注(見 《尙書正義》).

붙어 있는 이른바 한(漢) 초 공안국(孔安國)이 지었다는 《공전(孔傳)》도 전부가 위작(僞作)이다.

그러나 이 가짜 《서경》은 진짜인 한(漢) 초에 복생(伏生)이 전했다는 이른바 《금문상서(今文尙書)》 29편을 근거로 한 것이기 때문에, 다행히도 가짜 속에 진짜가 섞여 전해지고 있다. 지금 우리에게 전해지는 《서경》은 모두가 58편인데, 그것은 복생의 29편을 33편으로 늘인 다음 다시 25편의 가짜를 만들어 덧붙여 이루어진 것이라 한다. 학자들에 따라 의견이 같지는 않으나 왕선겸(王先謙, 1842~1917)의 《상서공전참정(尙書孔傳參正)》 서례(序例)에서는 지금의 《서경》 중 진짜 29편을 다음과 같이 가려내고 있는데, 가장 믿을 만하다.

1) 요전(堯典, 지금의 〈舜典〉의 '愼徽五典' 이하 포함), 2) 고요모(皐陶謨, 지금의 〈益稷편〉도 여기에 포함), 3) 우공(禹貢), 4) 감서(甘誓), 5) 탕서(湯誓), 6) 반경(般庚), 7) 고종융일(高宗肜日), 8) 서백감려(西伯戡黎), 9) 미자(微子), 10) 목서(坶誓, 또는 牧誓), 11) 홍범(鴻範, 또는 洪範), 12) 대고(大誥), 13) 금등(金縢), 14) 강고(康誥), 15)주고(酒誥), 16) 자재(梓材), 17) 소고(召誥), 18) 낙고(雒誥 또는 洛誥), 19) 다사(多士), 20) 무일(無佚 또는 無逸), 21) 군석(君奭), 22)다방(多方), 23) 입정(立政), 24) 고명(顧命), 25) 강왕지고(康王之誥), 26) 비서(柴誓 또는 費誓), 27) 보형(甫刑, 呂刑이라고도 함), 28) 문후지명(文侯之命), 29) 진서(秦誓).[7]

이 《서경》에 금문(今文)과 고문(古文)의 구별이 있는 것은, 《서경》뿐만이 아니라 한대(漢代)의 경학(經學) 전반에 걸쳐 생겨난 현상이었다. 본시 '금문'은 한나라 때의 일반적으로 쓰이던 예서(隷書)로 씌어진 경서(經書)를 뜻하고, '고문'이란 그 이전에 쓰이던 옛 자

---

7) 그러나 뒤에 歐陽·大小夏侯에 이르러 〈康王之誥〉가 〈顧命〉에 합쳐져 28篇이 되었다.

체(字體)로 씌어진 경서를 뜻하는 말이었다. 따라서 '금문'이란 한대에 들어와 학자들이 새로이 정리한 경서였고, '고문'이란 진시황(秦始皇)의 분서갱유(焚書坑儒)[8]로 말미암아 민간이나 옛집 속에 숨겨져 있다가 한나라로 들어온 이후에 다시 세상에 드러난 경서였다.

이 '금문'과 '고문'은 경서에 따라 그 문장이나 내용에 많은 차이가 있는 것도 생겨나고, 또 어떤 책을 가지고 공부하느냐에 따라 학자 사이에 학문 경향이 달라져 마침내는 '금문파'와 '고문파'로 나뉘어져 분쟁까지 생겼다. 따라서 모든 유가(儒家)의 경전에 '금문'과 '고문'의 구별이 있으나, 그 중에도 그 차이가 가장 심하고 문제도 가장 많았던 게 《서경》이다. 그러면 《서경》에는 어떻게 하여 《금문상서》와 《고문상서》가 있게 되었는가?

공자가 편찬했다는 《서경》은 진시황(秦始皇, 기원전 246~기원전 210 재위)의 '분서갱유'라는 난폭한 조치로 말미암아 세상에서 자취조차 사라지다시피 되었다. 한나라로 들어와 문제(文帝, 기원전 179~기원전 157 재위)가 《서경》을 세상에 널리 구하였는데, 그 때 진나라의 박사였던 복생(伏生)이 《서경》에 정통하고 있다는 말이 들리었다. 문제는 곧 그를 불렀으나 그는 이미 나이 90으로 기동(起動)이 부자유스럽다하여, 이에 태상시장고(太常使掌故) 조착(晁錯)을 보내어 《서경》을 배워 오게 하였다. 이 때 조착이 복생에게 가서 베껴 온 《서경》이 《금문상서》 29편이다. 진시황이 책을 태워 버릴 때 복생은 자기 집 벽 속에 《서경》을 감추어 두었는데, 한나라로 들어와 찾아보니 나머지는 다 없어지고 29편만이 남아 있었다고도 한다.[9]

《고문상서》는 본시 한나라 경제(景帝, 기원전 156~기원전 141 재

---

8) 秦始皇 34年(기원전 213) 丞相 李斯의 奏言에 따라 실용적인 책을 제외한 古代 典籍을 다 태워 없애고, 다음해에 460餘名의 儒者들을 咸陽에서 산채로 땅에 묻어 버렸던 사건임《史記》〈秦始皇本紀〉참조).

9) 《史記》·《漢書》〈儒林傳〉참조.

위) 때10) 노(魯) 공왕(恭王)이 공자가 살던 집을 헐다가 벽 사이에서 《예기(禮記)》·《논어(論語)》·《효경(孝經)》 등과 함께 발견한 것이라 한다. 이것들은 모두 옛 글자인 '고문'으로 쓰여 있었고, 《금문상서》와 견주어보니 16편이 더 많았다 한다.11) 그런데 이것을 공안국(孔安國)이 구하여 연구하는 한편 조정에 바쳤다고도 한다. 그러나 이 《고문상서》는 양한(兩漢)을 통하여 학자들의 인정을 받지 못했기 때문에 위진(魏晉)대에 들어가 영가지란(永嘉之亂, 311) 때에 완전히 없어져 버렸다 한다. 이 밖에도 하간헌왕(河間獻王)에게 《고문상서》가 있었다는 기록도 있고,12) 동한(東漢) 때 두림(杜林)도 《고문상서》를 전하였다는 기록이 있으나13) 모두 전해지지 않고 있다.

지금 우리에게 전하는 《서경》은 동진(東晋) 때 매색(梅賾)이 구하여 바쳤다는 것으로 《금문상서》 29편을 33편으로 늘린 위에 다시 25편을 더 위조하여 붙인 것이다. 이 25편에 대하여는 송대(宋代)의 학자들로부터 시작하여 많은 학자들의 의심을 받아오다가 청대(淸代)에 이르러 염약거(閻若璩, 1636~1704)의 《고문상서소증(古文尙書疏證)》, 혜동(惠棟, 1697~1758)의 《고문상서고(古文尙書考)》 등이 나옴으로써 거기에 붙어 있는 《공전(孔傳)》과 함께 완전히 위작(僞作)임이 증명되었다. 어떻든 이 가짜 《고문상서》와 그것을 해설한 가짜 《공전》은 천여년 동안 세상을 속여 왔고, 지금까지도 진짜라고 믿고 있는 사람들이 있는 정도이니, 중국문화 전반에 걸쳐 끼친 그 영향은 적지 않다. 그러나 우리가 문학사의 자료 또는 역사 연구의 자료로서 《서경》을 다룸에 있어서는 이 가짜와 진짜를 엄격히 구분해야만 할 것이다.

---

10) 《漢書》 〈藝文志〉에는 武帝末이라 하였으나 잘못임.
11) 《漢書》 〈藝文志〉, 劉歆 〈移太常博士書〉 등 참고.
12) 《漢書》 〈景十三王傳〉.
13) 《後漢書》 〈儒林傳〉.

가짜 《고문상서》는 이 밖에도 한나라 성제(成帝, 기원전 32~기원전 7 재위) 때의 장패(張覇)라는 사람이 102편을 만든 일이 있었고,14) 한 말의 왕숙(王肅, 195~256)도 가짜 《공전》을 만든 일이 있다 하나,15) 이것들은 모두 전하여지지 않는다. 한대(漢代)부터 공자가 편찬한 《서경》은 본시 100편이었다는 설이 유행하였고,16) 또 지금은 《서경》 속에는 100편의 〈서서(書序)〉가 전하고 있어, 없어진 《서경》의 여러 편을 되찾아 보고자 하던 역대의 노력이 이런 가짜까지도 만들게 하는 동기가 되었을 것이다.

2. 《서경》의 편찬과 그 내용

대체로 《서경》은 공자가 편정(編定)하여 유가의 경전으로 확정시킨 것임에 틀림없다.17) 그것은 그와 그의 제자들이 쓴 글 속에 여러 곳에서 《서경》을 인용하고 있는 것으로 보아도 그렇게 믿는 수밖에 없다. 그러나 지금의 《서경》은 그 중 《금문상서》 29편조차도 공자가 편찬한 모습 그대로는 아니다. 그 문장이나 내용으로 보아 후세 사람들이 고치고 더 보태고 한 것임에 틀림없다.

《한서》 〈예문지(藝文志)〉에는

옛날부터 사관(史官)이 있었는데 좌사(左史)는 말을 기록하였고 우사(右史)는 일을 기록하였으며, 일의 기록이 《춘추(春秋)》이고 말의 기록이 《서경》이다.

---

14) 《漢書》 〈藝文志〉, 王充 《論衡》 〈正說편〉 참조.
15) 丁晏 《尙書餘論》, 劉師培 《尙書源流考》 등 참조.
16) 揚雄 《法言》 〈問神편〉, 王充 《論衡》 〈正說편〉, 《漢書》 〈藝文志〉 등.
17) 《史記》 〈孔子世家〉, 《漢書》 〈藝文志〉 등 참조.

라고 하였다. 그래서 예로부터 《서경》은 옛날 사관의 기록을 정리 편찬한 역사서이며, 내용은 주로 옛 임금과 신하들의 말을 기록한 것이라 생각하여 왔다.

그러나 《서경》은 역사적인 자료가 들어 있는 것은 사실이지만 엄격한 의미의 '역사서'는 아니며, 또 말뿐만이 아니라 일을 기록한 부분도 적지 않다. 그리고 지금의 《서경》은 〈우서(虞書)〉·〈하서(夏書)〉·〈상서(商書)〉·〈주서(周書)〉의 네 부분으로 크게 나뉘어져 있는데, 옛날에는 이것들은 각각 그 시대의 사관들의 기록이며, 그것을 공자가 시대순으로 배열한 것이라 하였다. 그러나 고대의 문자와 문장의 성격이나, 서사(書寫) 방법 등을 생각하더라도 주나라 이전부터 이런 기록과 문장이 있을 수는 없었을 것이다.

사관의 기록이란 춘추시대까지도 《춘추(春秋)》에서 보여주는 것처럼 간결한 문장으로 이루어진 것이었을 것이다.

특히 〈요전(堯典 : 〈舜典〉 포함)〉·〈고요모(皋陶謨 : 〈益稷〉 포함)〉에서 강조하고 있는 수신(修身)·제가(齊家)·치국(治國)·평천하(平天下)의 사상은 공자 이후에 구체화된 학설이며, 〈탕서(湯誓)〉에서 강조하고 있는 조민벌죄(吊民伐罪)의 뜻 같은 것도 공자 이후의 사상이라 보아야 할 것이다.18) 따라서 이것은 비록 상(商)나라 때부터 전해오던 사관의 기록을 바탕으로 하였다손치더라도 대부분이 전국시대에 이루어진 글들로 보아야만 할 것이다. 《상서》의 〈반경(盤庚)〉·〈고종융일(高宗肜日)〉·〈서백감려(西伯戡黎)〉·〈미자(微子)〉편은 문장의 성질로 보아 보다 오래된 글인 듯하나, 역시 모두 주나라로 들어와 송(宋)나라 사람들이 상나라 문헌을 근거로 옛날 일을 다

---

18) 余永梁은 〈柴誓的時代考〉(《古史辨》(二))에서, 이것들의 題目이 典·謨란 말을 쓰고 있고, "曰若稽古"로 시작하고 있고, 임금을 帝라 부르고 있으니(商周時에는 生時엔 王, 死後에야 帝라 불렀다. 據金文), 모두 當時의 기록이 아님이 分明하다 하였다.

시 기록한 것일 것이다.

《서경》에도 송나라 문헌이라 생각되는 '상서'의 분량이 특히 많은 것은, 공자가 《시경》에 〈노송(魯頌)〉과 〈상송(商頌)〉을 〈주송(周頌)〉과 나란히 배열하였던 뜻과 같을 것이다.

〈주서〉 중에서도 확실히 서주(西周)시대의 작품이라 볼 수 있는 것은 〈대고(大誥)〉로부터 〈고명(顧命, 康王之誥 포함)〉에 이르는 12편이다.[19] 그리고 이 12편의 과반수가 주공(周公)과 관계 있는 작품인 것은 이것이 주공의 후손인 노(魯)나라에 보존되고 있는 공문서를 근거로 한 결과일 것이다. 본시 무왕(武王)이 주공을 노나라에 봉했으나, 곧 성왕(成王)의 총재(冢宰)가 되어 섭정(攝政)을 했으므로, 성왕은 다시 주공의 맏아들 백금(伯禽)을 노나라 제후로 봉하였다. 그러니 주공의 공로를 미화한 내용의 〈금등(金縢)〉편은 바로 노나라에서 저작된 자료일 가능성이 많다.

그리고 오행(五行)·오사(五事) 등을 논한 〈홍범(洪範)〉편은 전국시대 음양가(陰陽家)의 영향임이 분명하다. 이 밖에도 공자 이후에 이루어진 글인 듯한 작품들이 있으나 다만 확실한 증거가 부족할 뿐이다. 근인 여영량(余永梁)이 〈비서(費誓)〉를 노나라 희공(僖公) 때에 만들어진 문서라 하고 있는데, 〈진서(秦誓)〉도 그 무렵(기원전 626)의 작품이다.[20] 그밖에 다른 편들도 모두 노나라의 문서가 중심을 이루고 있다고 보아야 할 것이다. 그것은 공자가 편찬한 《서경》은 대체로 〈상서〉와 〈주서〉를 중심으로 하여 이루어졌음을 뜻하는 것이다.

이밖에도 고대 성왕에 관한 전설과 사관의 기록은 여러 곳에 전하여지고 있어서, 전국시대에 이르기까지 그것들을 근거로 후세 유가

---

19) 屈萬里 《尙書釋義》 叙論 참조.
20) 余永梁 〈柴書的時代考〉《古史辨》 (二)).

들에 의하여 만들어진 글들이 《서경》에 덧보태어졌던 것 같다. 그리고 《서경》은 진한(秦漢)대에도 큰 변동을 겪었고, 다시 그 후세에도 적지 않은 파란이 있었기 때문에 본래의 《서경》이 어떤 모습이었는지 알기 어렵게 되었다. 그러나 대체로 어느 시대의 누구의 말임을 밝히면서, 어떤 문제에 관한 연설이나 신하에게 고하는 글을 담고 있는 고(誥)·명(命)을 중심으로 한 작품들이 서주 초에 이루어진 것들이고, 연설이나 대화의 형식을 빌어 정치의 도리를 밝히거나 옛날 임금의 사적을 미화하고 있는 논설문인 전(典)·모(謨)를 중심으로 한 작품들은 동주시대에 이루어진 작품이라 보면 될 것이다.

3. 《서경》의 문장과 특징

《서경》의 각 편들은 모두가 서로 앞뒤의 연관이 없는 독립된 자료들이다. 그리고 이것들은 같은 시대에 한 사람의 손에 의하여 쓰여진 것이 아니라 오랜 시대에 걸쳐 여러 사람들의 손에 의하여 이루어진 것이기 때문에 그 문장이나 내용의 성격도 제각기 다르다. 따라서 《서경》의 문장이나 내용의 특징은 설명하기도 쉽지 않다. 여기서는 지금 전하는 《서경》의 가짜 부분은 제외하고 진짜 28편에 대하여만 언급하는 게 옳을 것 같다.

우선 《서경》 중에서 가장 오래된 작품인 듯하다고 한 〈주서〉의 〈대고(大誥)〉 이하 〈고명(顧命)〉에 이르는 12편을 보면 거의 모두가 임금[成王]이나 그 임금을 대신하는 입장의 사람[周公]이 신하나 백성들에게 훈시하는 내용의 글이다. 이중 〈소고(召誥)〉와 〈낙고(洛誥)〉·〈무일(無逸)〉·〈고명(顧命)〉의 내용은 물론 신하에게 한 말은 아니나,21) 교훈적인 성격은 비슷하다. 그리고 〈대고(大誥)〉와 〈강고(康誥)〉는 주공과 간접적인 관계가 있는 글이고,22) 〈고명(顧命)〉을 제외한 나머지 9편은 모두 직접 주공이 말한 것이거나 주공이 등장하는 글이다. 그래서 이것들은 노(魯)나라에 전하여지던 문서이며, 공자가 편정한 《서경》은 이것들을 중심으로 한 것이었으리라 추측한 것이다.

이 12편의 문장의 가장 두드러진 특징은 모두 대부분이 직접화법으로 이루어져 있다는 것이다. 대부분이 앞머리에 그러한 훈시를 하게 된 연유와 훈시하는 사람에 대하여 간결한 몇 구절로 설명을 한 뒤 바로 그 훈시를 인용하고 있다. 〈주고(酒誥)〉와 〈자재(梓材)〉 같은 편은 아무런 설명도 없이 바로 '왕약왈(王若曰)' 또는 '왕왈(王曰)' 하고 훈시를 시작하고 있다. 간혹 대화 형식도 보이나 이는 단순한 문답이 아니라 훈시와 훈시 사이에 그 훈시의 성격을 강조하는 성격의 다른 사람의 말을 끼워 놓은 것이다. 이 직접화법은 어떤 뜻을 표현하는 이외에도 말하는 사람의 성격이나 감정 같은 것도 아울러 전달할 수 있고, 뜻의 전달을 좀더 직접적이고 사실적으로 느끼게 한다는 장점이 있다.

그러나 이 말들은 사람들의 일상용어와는 완연히 다른, 꾸며지고 다듬어진 문장이다. 보기로 〈대고(大誥)〉의 한 대목을 든다.

그래서 나는 소자(小子)로서 감히 하느님의 명을 어기지 못하겠소. 하늘은 무왕(武王, 세상을 편케 하신 임금)을 훌륭하다고 여기시어 우리 작은 나라 주(周)를 일으켜 주셨소. 무왕께서는 오직 점(占)을 따르시어 천명(天命)을 편안히 받으실 수가 있었소. 지금 하늘은 백성을 돕고 계시니, 어떻든 또 점을 따르려는 것이오. 아아! 하늘이 위엄을 밝히심은 우리의 크고 큰 기업(基業)을 도우려

---

21) 〈召誥〉는 召公이 周公을 통하여 成王에게, 〈洛誥〉와 〈無逸〉은 周公이 成王에게, 〈顧命〉은 成王이 康王에게 告하는 말이다.

22) 모두 周公 東征과 관계되는 글임.

는 것이오.

　己予惟小子, 不敢替上帝命. 天休于寧王, 興我小邦周. 寧王惟卜用, 克綏受玆命. 今天其相民, 矧亦惟卜用. 嗚呼! 天明畏, 弼我丕丕基.

　임금의 훈시이니 문고(文告)일 수도 있다. 어떻든 이 시대 중국 사람들의 일상용어가 아님은 분명하다.

　그리고 《서경》은 사관(史官)의 기록이라 하여 사실을 기록한 것처럼 말하고 있지마는 실은 허구적(虛構的)인 글이 대부분이다. 《서경》의 글들은 임금이나 신하들의 말을 들어보지도 못한 후세 사람들이 옛날 자료를 주워 모아 직접화법으로 엮어놓음으로써 사실을 기록한 것인 듯이 보여주고 있다. 특히 이 12편 중에는 한 사람의 말을 계속 인용하고 있는데도 한 대목이 시작될 때마다 '왕왈(王曰)', '왕약왈(王若曰)' 또는 '공왈(公曰)'이란 말을 거듭 붙이고 있는데, 이것은 바로 이 글들이 단편적인 자료를 주워 모아 놓은 데서 빚어진 현상인 듯하다. 또 단편적인 옛글을 기초자료로 하여 엮은 것이기 때문에 지금 와서는 해석하기 어려운 대목도 많고, 후세의 문장처럼 매끄럽지 못하다. 물론 그 원인은 후세에 전하고 베끼고 한 사람들에 의한 착란도 있을 것이다.

　어떻든 옛날 자료를 바탕으로 한 것이기는 하지만 각 편이 이루어질 때 저자에 의하여 재구성되었다는 것은 주의해야만 할 점이다. 이 허구적이라고 할 수 있는 각 편의 구성 내용들은 '사실을 기록한다'는 중국 산문의 이른바 '기사(紀事)'[23] 성격에 대하여 재고를 요하게 한다. 사실을 기록한다고 하면서도 작자의 상상력에 의한 사실의 재구

---

23) 明 徐師曾 《文體明辯》 참조.

성이 일반적이므로, 이것은 오히려 역사자료로서의 성격으로는 문제를 지니게 되고 반대로 문학적인 성향은 풍부하게 만든다. 이 때문에 본시 《서경》의 글은 천자(天子)를 위한 정치 참고자료로 쓰여졌고, 후세에 와서도 글이란 정치나 사회 교화에 효용이 있어야만 한다는 문론(文論)을 내세우면서도 중국산문은 문학적인 발전을 거듭했던 것 같다.

이러한 가장 좋은 보기로 〈주서〉 〈금등(金縢)〉편의 끝 대목을 든다.

가을에 곡식이 크게 여물고 거둬들이지는 못하고 있었는데, 하늘에서 큰 벼락과 번개가 치며 바람이 불어, 곡식이 모두 넘어지고 큰 나무가 뽑히니, 나라 사람들이 크게 두려워하였다. 왕이 대부들과 더불어 모두 예복을 갖추고 쇠로 봉해 놓은 궤짝 속의 글을 열어 보았다. 이에 주공이 스스로의 할 일이라 생각하고 무왕에 대신하여 죽게 해 달라고 하였음을 알게 되었다.

이공과 왕이 곧 사관과 여러 담당관리들에게 그것에 대하여 물으니, 그들은 대답하기를

"징말입니다. 아아! 주공께서 명하시어 우리는 감히 말하지 못했던 것입니다."

고 하였다.

왕은 글을 들고 울면서 말하였다.

"이젠 삼가 점쳐 볼 것도 없다. 옛날에 주공은 왕실을 위해 수고를 하셨는데, 오직 이 어린 자가 알지를 못하고 있었다. 지금 하늘이 위엄을 드러내심으로써 주공의 덕을 밝혀주신 것이다. 이 소자인 내가 그분을 친히 맞아들이는 게 우리 국가의 예에도 합당할 것이다."

그리고 왕이 교외로 나가니, 하늘은 곧 비를 내렸고, 반대로 바

람이 불어 곡식이 모두 일어섰다. 이공은 나라 사람들에게 명하여 모든 넘어졌던 큰 나무들을 모두 일으켜세우고 북을 돋아주게 하였다. 그 해는 크게 풍년이 들었다.

秋, 大熟未獲, 天大雷電以風, 禾盡偃, 大木斯拔, 邦人大恐. 王與大夫盡弁, 以啓金縢之書, 乃得周公所自以爲功, 代武王之説.

二公及王, 乃問諸史與百執事, 對曰 : 信. 噫! 公命, 我勿敢言.

王執書以泣曰 : 其勿穆卜. 昔公勤勞王家, 惟予沖人, 弗及知. 今天動威, 以彰周公之德. 惟朕小子, 其新逆, 我國家禮亦宜之.

王出郊, 天乃雨, 反風, 禾則盡起. 二公命邦人, 凡大木所偃, 盡起而築之, 歲則大熟.

이는 주공의 후손인 노(魯)나라 사람들이 주공의 덕과 업적을 흠모하는 나머지 지어낸 소설과 같은 글이다.

《서경》에는 이 밖에도 현실적으로는 있을 수가 없는 일을 서술한 허구적인 글이 여러 군데 있다. 그리고 옛 성왕의 업적이나 덕을 기리거나 걸(桀)·주(紂) 같은 폭군의 정치를 형용한 대부분의 글도, 그 편을 재구성한 작자의 상상력에 의하여 이루어진 허구성이 강한 글이라 보아야 할 것이다. 〈상서〉의 〈탕서(湯誓)〉·〈고종융일(高宗肜日)〉·〈서백감려(西伯戡黎)〉·〈미자(微子)〉 등 편의 편폭이 비교적 짧고, 〈반경(盤庚)〉 상·중·하는 각각 때와 장소가 다른 곳에서 한 말이라 해석하나 실상 내용은 중복되는 감이 있다. 이것은 송(宋)나라 사람들이 노나라 사람들보다도 옛날 자료에 더욱 충실했다는 뜻도 되겠지만, 상상력이나 문장의 구성력에 있어서는 노나라 사람들보다 뒤졌던 때문이 아닌가 여겨진다.

〈주서〉의 12편 이외에는 〈여형(呂刑)〉의 문장이 이것들과 비슷한 성격의 것이어서 같은 시기에 이루어진 글일 가능성이 있고, 나머지는 모두 이보다 뒤진 것이다. 〈상서〉의 편들 속에는 오래된 자료를 활용한 흔적이 있으나 완전한 편을 이룬 것은 이 12편보다 빠르지 않을 것이다. 특히 완전한 서술문(叙述文)으로 이루어진 〈우공(禹貢)〉·〈홍범(洪範)〉 같은 것은 전국시대에 이루어진 것일 것이며, 서술문이 비교적 많이 섞인 〈요전(堯典)〉·〈금등(金縢)〉과 나머지 편들도 일부는 전국시대, 빨라야 춘추시대에 이루어진 것들로 보여진다. 그것은 문장이 훨씬 매끄러워지고 수사도 발달하고 있으며, 직접화법은 대화에 가까운 표현들이 활용되고 있는 등, 문학적인 면에서도 그렇게 느껴진다.

보기로 우선 〈요전〉의 첫머리를 읽어보자.

옛날을 상고해 보건대, 요임금은 방훈이라 불렀으며, 공경스럽고 총명하고 우아하고 생각이 깊으시어 안온하였다. 진실로 공손하고 사양하셨으나, 그 빛이 온 사방에 펴져서 하늘에서 땅에까지 뻗쳤다.

큰 덕을 밝히실 수 있으셔서서 온 집안을 친화케 하셨고, 온 집안이 화목케 된 다음에는 백성을 공평히 다스리셨고, 백성이 밝게 다스려지자 온 세상을 평화롭게 하셨으며, 시민들도 이에 교화되어 화평을 누리었다.

曰若稽古帝堯, 曰放勳, 欽明文思, 安安. 允恭克讓, 光被四表, 格于上下.

克明俊德, 以親九族 ; 九族旣睦, 平章百姓 ; 百姓昭明, 協和萬邦 ; 黎民於變時雍.

이 대목의 후단은 특히 압운(押韻)까지도 하고 있어서 전체적으로 볼 때 운문이나 다름없다. 그리고 '밝다'는 뜻의 '명(明)'자는 세 번이나 나오고, 또 비슷한 뜻의 '장(章)'·'소(昭)'등도 보이며, '협(協)'·

'화(和)'·'옹(雍)'과 '흠(欽)'·'공(恭)' 등도 비슷한 뜻을 지닌 글자들이다. 이 글은 뜻의 전달보다도 문장의 수사에 너무 신경을 썼고, 또 요임금의 덕과 업적을 과장하면서도 뜻은 애매한 글이다. 물론 이러한 애매성은 좋게 보면 함축적이라고도 하겠지만, 어떤 사물을 설명하는 말로는 문제가 많은 표현이다.

다음엔 대화로 이루어진, 같은 〈요전〉의 한 대목을 보기로 든다.

임금 누가 시국을 따라 등용할 만하겠소?
방제 맏아드님 주가 총명하옵니다.
임금 아! 불성실하고 말다툼만 잘하는데, 괜찮겠소?
임금 누가 나의 일을 잘 처리해 주겠소?
환두 예! 공공이 많은 일에 공로를 이루고 있습니다.
임금 아! 말은 잘하지만 써보면 다르고, 겉은 공손하나 속은 오만하기 짝이 없소.
임금 아! 사악이여! 넘실거리는 장마물이 널리 해를 끼치고, 질펀한 물이 산을 삼키고 언덕을 잠기게 하여 홍수가 하늘에 닿을 듯하오. 아래 백성들은 이를 탄식하고 있으니, 이를 다스릴 만한 사람이 있겠소?
여럿 예! 곤이 있습니다.
임금 어어! 안되오! 명을 어기고 착한 이들을 해칠 거요.
사악 써보십시오. 시험해 보아 괜찮으면 그만 아닙니까?
임금 가서 공경히 일하시오!
9년 동안 일을 하였으되 이룬 게 없었다.

帝 曰 : 疇咨若時登庸?
放齊曰 : 胤子朱啓明.
帝 曰 : 吁! 嚚訟, 可乎?

帝　　曰 : 疇咨若予采?

驩兜曰 : 都！共工方鳩僝功.

帝　　曰 : 吁！靜言庸違, 象恭滔天.

帝　　曰 : 咨！四岳！湯湯洪水方割, 蕩蕩懷山襄陵, 浩浩滔天. 下
　　　　　民其咨, 有能俾乂?

僉　　曰 : 於！鯀哉！

帝　　曰 : 吁！咈哉！方命圮族.

岳　　曰 : 异哉. 試可乃已.

帝　　曰 : 往, 欽哉！

九載績用弗成.

첫 번째 방제와의 대화는 선양(禪讓) 사상, 두 번째 환두와의 대화
는 관리는 겉과 속이 같은 성실한 사람을 등용해야 한다는 일반 원리
를, 끝머리 사악과의 대화는 옛날의 홍수(洪水) 전설과 곤(鯀)의 치수
(治水) 실패 전설을 바탕으로 하여 후세에 꾸며진 게 분명한 대화이
다. 이처럼 짧은 대화의 연속도 일상용어를 그대로 적은 게 아님은
물론, 대부분이 네 글자씩 짝지어지는 말들이어서 옛날 죽간(竹簡)의
제약을 느끼게 한다. 공연한 감탄사와 형용어가 기록된 사실에 비해
많은 것도 수사(修辭) 의식 때문인 듯하다.

그러면서도 대화의 끝머리만 보더라도 임금은 곤을 등용하겠다는
의사표시 없이 곧바로 곤에게 '가서 열심히 일하라'는 뜻의 말을 하
고, 또 '9년동안 일하였으되 치수(治水)를 제대로 하지 못했다'는 서
술을 붙이고 있으니 비약이 심하다. 그러면서도 이 짧은 대화들은 실
제로 많은 사상과 여러 가지 사건의 전개를 암시하고 있다. 독자에
따라서는 여기에서 여러 가지 정치사상이나 윤리사상을 추출(抽出)할
수 있을 것이고, 또는 곤에 관한 전설을 소설처럼 크게 부풀릴 수도
있을 것이다. 여기에 인용한 대화들을 그럴싸하게 번역을 해놓기는

하였지만 사실은 확실한 그 뜻을 알 수 없는 곳도 여러 군데 있다.

문장이 이처럼 간결하고 잘 모르는 곳조차 여러 군데 있는데도 거기에서 여러 가지 사상이나 교훈을 얻어낼 수 있고 또 풍부한 전설을 찾아낼 수 있다는 것은 기적적이라 표현할 만한 일이다.

이러한 문장의 암시성 또는 함축성은 《서경》의 문장이 지니는 전반적인 특징이다. 이 장에 인용한 어떤 짧은 글을 보더라도 표현이 애매한 대신 거기에는 문면(文面)에 나타난 뜻 이외의 많은 뜻이 담겨 있음을 발견할 수 있다. 보기로 맨 앞의 〈대고(大誥)〉에서 인용한 글만 보더라도 임금의 '소자(小子)'라는 자칭, '하느님[上]'과 '하늘[天]'과 '하느님의 명(命)', 무왕(武王)에 대한 '영왕(寧王)'이란 칭호, 점(卜)을 치는 뜻 등 몇 가지 단어만 들어도 거기에는 엄청난 사상과 종교와 윤리 및 고대사회의 풍습 등을 연상케 한다. 이것은 나쁘게 표현하면 모호성 또는 애매성이라고도 할 수 있을 것이나, 어떻든 중국 문장의 두드러진 특성으로 굳어진다.

이상 얘기한 《서경》의 문장의 특징인, 문체가 간략하면서도 수식적이고 함축적이라는 것은 운문이나 시에 통하는 특징이다. 수사가 좀 더 발달한, 《서경》의 비교적 후세에 이루어진 것으로 보이는 편들의 글들을 보면 운문과 구별이 어려운 표현이 많다. 이미 앞에 보기로 든 〈요전〉 첫머리의 글이 그러하였지만 직접화법으로 쓰인 대화 속에도 그런 특성이 발견된다. 〈고요모(皐陶謨)〉 끝머리(지금의 〈益稷편〉 끝머리)에는 순(舜)과 고요가 주고받는 다음과 같은 노래가 보인다.

임금 노래 신하가 기쁘게 일하면
          임금이 흥성해지고
          모든 관리들도 의무 다하리로다.
고요 노래 임금님이 밝으시면

신하들도 훌륭해지고
모든 일 편안해지리로다.

　　다시　　　임금님이 잔달고 멍청하면

신하들은 게을러지고
만사에 실패하리로다.

帝歌：股肱喜哉, 元首起哉, 百工熙哉.
皐陶：元首明哉, 股肱良哉, 庶事康哉.
又　　：元首叢脞哉, 股肱惰哉, 萬事墮哉.

한 구절만이 5자일 뿐 나머지는 모두 한 구가 4자인 소박한 표현의 가사이다.

〈요전(지금의 舜典)〉에도 이 노래 가사에 못지 않은 형식의 글이 보인다.

법으로 형벌 정하여 보여주시되,
귀양살이로 오형(五刑)을 너그러이 하시고,
매로써 관정의 형벌을 삼고,
회초리로 교육의 형벌을 삼고,
돈으로 형벌을 대속(代贖)케 하셨다네.
실수와 재난은 용서하였으나,
고의로 끝내 악한 자는 사형에 처하셨다네.

象以典刑；
流宥五刑, 鞭作官刑,
扑作敎刑, 金作贖刑,
眚災肆赦, 怙終賊刑.

다음에는 〈고요모〉 첫머리의 고요와 우(禹)의 대화를 보자.

옛날을 상고하여 보건대 말하였다.
   고요 진실로 그의 덕을 추구하면, 꾀하는 일 밝아지고 보필하
        는 이들 조화될 것입니다.
   우   그렇지요, 어떻게 하면 되지요?
   고요 그의 몸 닦는 일을 삼가고 생각을 길게 하면, 온 집안의
        질서 잘 잡히고, 모든 사람들 밝아져 보좌하기에 힘쓸 것
        이니, 가까운 데로부터 먼 곳까지 잘 다스리는 길이 여기
        있습니다.
   우   (훌륭한 말에 절하면서) 그렇습니다!
   고요 아아! 사람들을 아는 데 달렸으며,
        백성을 편안케 하는 데 달렸습니다.

曰若稽古, 皐陶曰：允迪厥德, 謨明弼諧.
禹曰：兪, 如何？
皐陶曰：都! 愼厥身修思永, 惇叙九族, 庶明勵翼, 邇可遠在玆.
禹拜昌言曰：兪!
皐陶曰：都! 在知人, 在安民.

이것은 손닿는 대로 인용한 대화이지만, 문장은 운문에 가까운
것임을 느낄 수가 있을 것이다. 전체적으로는 4자로 된 구절들이
중심을 이루며, 고요가 한 말의 '족(族)'·'익(翼)'과 '인(人)'·'민
(民)'은 운을 밟은 듯한 느낌마저 든다.
　　원칙적으로 중국의 옛날 사람들은 《시경》 계통의 '노래의 가사'
와 《서경》 계통의 '읽는 글'의 구별은 하였지만 지금 우리처럼 문
장을 놓고 시와 산문으로 구별하지는 않았음을 알 수 있다. 이 때문

에 '제자백가'의 글 중에도 운문이라 볼 수 있는 것들이 많고, 후세까지도 중국학자들은 지금 우리가 보기에는 분명히 운문인 부(賦)를 고문(古文)의 일종으로 분류하기도 하였다. 곧 이들은 《시경》과 《서경》의 문장을 문학상으로는 같은 글이라 보았기 때문에 이들의 문장으로서의 특징은 공통점이 많았던 것이다. 그래서 시와 산문이 형식상으로도 상당히 서로 접근하고 있는 것이다.

4. 후세 문학에의 영향

《서경》은 공자가 가장 이상적인 정치가 행해진 시대라고 떠받든 요순(堯舜)과 삼대(三代)의 성군(聖君)의 행적과 그들의 정치에 관한 자료를 모아 놓은 유가의 경전이어서, 중국 역사를 통하여 정치와 문화 전반에 끼친 영향은 매우 크다. 그러나 여기서는 전통적으로 크게 중시하지 않았던, 그 후세 문학에의 영향은 어떠했는가를 앞의 논술을 토대로 정리해 보고자 한다. 지금 우리에게 전하는 《서경》은 가짜 《고문상서》에 가짜 《공전》이 붙어 있는 것이고, 그 중 28편만이 진짜라 하였지만, 이것은 천 여년을 두고 널리 읽혀져 왔기 때문에 그 가짜 부분이라 하더라도 그것이 후세에 끼친 영향은 작게 볼 수는 없는 것이다.

특히 중국의 산문은 언제나 《서경》을 최고의 규범으로 삼아 왔다. 이미 앞에서도 여러 번 지적한 것처럼, 중국문장에서 소홀히 할 수 없는 수사(修辭)는 같은 《서경》의 편들 중에서도, 서주(西周)에 이루어진 것이라 생각되는 것들보다는 동주(東周)에 이루어졌다고 생각되는 것들이 훨씬 발전하고 있다. 이러한 문장의 수식은 계속 발달하여 진(秦)·한(漢)을 거쳐 위(魏)·진(晋)·남북조(南北朝)에 이르러 거의 운문이라고도 볼 수 있는 변려문(騈儷文, 또는 騈文)을 이룬다. 그것은 한대에 성행하였던 부(賦)도 직접적인 영향을 끼쳤지만, 수사의 추구를 통한 문학의 가능성을 이미 《서경》이 보여주고 있기 때문인 것이다.

그리고 뒤에 당(唐)대에 들어와 '변려문'을 반대하고 '고문(古文)'을 주장하던 사람들이 흔히 《서경》을 고문의 본보기로 내세웠다. 《서경》 중에서도 특히 서주의 작품일 것이라고 한 〈주서〉의 12편이 가장 중시되었다. 이 12편의 글은 어렵고 해석하기 힘든 곳이 많으며 문장도 화사하지 않지마는, 쓰고자 하는 생각이나 일을 솔직하고 꾸밈없이 표현한 문장의 수법을 높이 평가했을 것이다.

《서경》의 문장이 지닌 간결성이나 암시성은 중국의 산문을 운문이나 비슷한 '변려문'을 이루는 데에도 적지 않은 작용을 했지만, '고문'에도 그러한 문장수법은 그대로 전승되어 중국 산문의 특징을 이루고 있다. 중국 사람들이 옛날부터 잘 지은 글이란 다른 사람이 한 글자를 더 보탤 수도 없고 한 글자를 빼버릴 수도 없는 것이라 흔히 말한 것도 그 때문이다. 최고로 간결한 표현을 한 글이라면, 거기에 다른 한 글자나 한 구절을 덧보태면 그것은 쓸데없는 글이나 구절이 될 수밖에 없고 오히려 문장의 균형이나 아름다움을 손상시키게 될 것이다. 반대로 그 글에서 한 글자를 빼면 그 한 글자만큼의 뜻이 줄어들고 또 균형이나 아름다움이 무너지는 것이다.

보기로 고문대가인 한유(韓愈, 768~824)의 〈송왕수재서(送王秀才序)〉란 글을 읽어보자.

내가 어렸을 때 《취향기》[24]를 읽고 속으로 숨어사는 사람들이 속세에 대하여 아무 미련도 없음을 이상히 여겼는데, 그러나 그러

---

24) 唐 王績이 그의 이상사회를 그린 책. 그 사회는 사람들이 아무런 갈등도 없이 술이나 마시며 즐기고 산다.

한 얘기가 있게 된 것은 어찌 진실로 술을 좋아해서이겠습니까? 나는 완적(阮籍)과 도잠(陶潛)의 시를 읽고서야 겨우 그들은 고답적이어서 세상과 접촉하려 하지 않았지만, 여전히 그들의 마음은 평탄할 수가 없었고 어떤 때는 사물이나 시비(是非)의 자극을 받기도 하여, 이에 술에 기탁하여 도피했던 것임을 알게 되었습니다.

안회(顔回)는 가난한 생활 속에서도 즐거움을 잃지 않았고,[25] 증삼(曾參)은 헐벗었어도 노랫소리가 악기에서 나는 듯하다 하였습니다.[26] 그들은 성인(聖人)을 스승으로 모셨기 때문에 쉴 새 없이 공부하면서도 언제나 미치지 못하는 것 같아서, 그 밖의 일에 대하여는 본시 거들떠볼 겨를이 없었거늘 또 어찌 술에 기탁하여 숨어 세상을 도피할 수가 있겠습니까? 나는 또 이 때문에《취향기》에 나오는 사람들의 불우함을 슬퍼하게 되었습니다.

당나라 덕종(德宗)은 천자의 자리를 계승하자 곧 정관(貞觀)·개원(開元)[27]의 위대한 업적을 이루려 하시어, 조정의 신하들은 다투어 정사에 관해 진언(進言)하였습니다. 이 때에《취향기》의 후계자들은 곧은 말을 한 때문에 벼슬자리에서 쫓겨났습니다.

나는《취향기》의 문장을 슬퍼하거니와, 한편 훌륭한 신하들의 충렬(忠烈)을 존경하여 그런 이들의 자손을 알게 되기 바라고 있습니다. 지금 선생께서 나를 만나러 옴에 가져온 것도 없으나 나는 선생을 드러내고자 합니다. 더욱이 선생의 글과 행동은 조상들의 지조를 잃지 않아 완전히 단정하고도 돈후합니다. 애석하게도 내 힘으로는 선생을 떨치게 할 수가 없고, 또한 내 말은 세상에서 믿어주지도 않고 있으니, 선생이 떠나감에 있어 나는 함께 술이나 마시

---

25)《論語》〈雍也편〉에 보이는 기록을 근거로 한 말.

26)《莊子》〈讓王편〉의 기록을 근거로 한 말.

27) 貞觀은 唐 太宗의 年號, 開元은 唐 玄宗 前半期의 年號. 모두 太平盛世를 이루었던 시대로 유명하다.

게 되는 것입니다.

　吾少時讀醉鄕記, 私怪隱居者無所累於世, 而猶有是言, 豈誠旨
於味邪？ 及讀阮籍·陶潛詩, 乃知彼雖偃寒, 不欲與世接, 然猶未
能平其心, 或爲事物是非相感發, 於是有託而逃焉者也.
　若顏氏子操瓢與簞, 曾參歌聲若出金石, 彼得聖人而師之, 汲汲
每若不可及, 其於外也固不暇, 尚何麴蘗之託, 而昏冥之逃邪？ 吾
又以爲悲醉鄕之徒不遇也.
　建中初, 天子嗣位, 有意貞觀·開元之丕績, 在廷之臣爭言事. 當
此時, 醉鄕之後世, 又以直廢.
　吾旣悲醉鄕之文辭, 而又嘉良臣之烈, 思識其子孫. 今子之來見
我也, 無所挾, 吾猶將張之. 況文與行不失其世守, 渾然端且厚. 惜
乎吾力不能振之, 而其言不見信於世也, 於其行姑與之飮酒！

사람을 전송하는 글이지만 잘 가라 몸조심하라는 말은 한마디도
없다.

왕수재(王秀才)는 벼슬길이 여의치 않아 작자와 이별하게 된 듯하
다. 이별주를 마시면서도 술이나 마시며 세상을 숨어살지 말고 성인
의 도리를 지키기에 힘쓸 것을 당부하고 있다. 정말 간결하면서도 힘
있고 여운(餘韻)이 많은 글이라, 여기에서 한 글자라도 더 보태거나
빼버릴 수가 없을 것 같다. 올바른 정치를 하려는 천자가 자리에 있
을 적에도 강직한 사람은 벼슬자리에서 쫓겨나기 쉬운 것이니 낙담
말라는 뜻도 불과 몇 글자로 간곡히 드러내고 있다.

《서경》에서 많이 쓰고 있는 직접화법도 후세의 사서(史書)는 물론
사실을 기록하는 수법에 많은 영향을 끼쳤다. 뒤에 《좌전(左傳)》에서
도 도처에 직접화법을 활용하여 생동하는 인상을 독자들에게 심어주
고 있는 것은 《서경》의 수법을 발전시킨 것이라 할 수 있다. 이러한

수법은 뒤의 《전국책(戰國策)》·《사기(史記)》·《한서(漢書)》를 비롯한 사서들은 물론 보통 산문에서도 흔히 발견된다.

　어떤 주인공에 관계되는 일은 제삼자(第三者)의 입장에서 서술하는 것보다도 그 주인공의 입을 통하여 그때의 상황대로 말하도록 하는 것이 독자들에게 더 직접적인 호소력이 있다고 생각한 때문일 것이다. 보기를 들면 유종원(柳宗元, 773~819)의 〈종수곽탁타전(種樹郭槖駝傳)〉도 거의 전편이 직접화법을 이용하여 이루어지고 있는데, 그 끝머리의 대화부분을 아래에 인용한다.

묻는 사람　당신의 도리를 관청의 다스림에 옮겨도 되겠소?
곽탁타　저는 나무 심기만을 알 다름이요, 관청의 다스림은 제
　　　　직업이 아닙니다. 그러나 제가 고을에 살면서 벼슬아치
　　　　들을 보니, 그들은 명령을 번거로이 하기를 좋아하는데,
　　　　백성을 매우 동정하는 듯하지마는 마침내는 화를 미치게
　　　　하고 맙니다. 아침저녁으로 관리들이 와서 소리치기를
　　　　"관청의 명으로 너희들의 밭갈이를 재촉하고 너희들의
　　　　곡식 심기를 힘쓰게 하고 너희들의 수확을 독려하며, 속
　　　　히 누에에서 실을 뽑고 속히 천을 짜며, 너희들 어린것
　　　　들을 부양하고 닭·돼지를 잘 기르도록 하려 한다."고
　　　　합니다. 북을 울려 백성들을 모으고, 딱딱이를 쳐서 백성
　　　　을 소집하기도 합니다. 우리 백성들은 밥 먹던 것도 중
　　　　지하고 관리들을 대접하기에 겨를이 없을 정도인데, 또
　　　　어찌 우리 생활을 풍성케 하고 우리 본성을 편안케 하겠
　　　　습니까? 그러므로 고통스럽게 여기며 게을리하게 됩니
　　　　다. 이렇다면 저의 직업과 비슷한 점이 있는 것입니까?
묻는 사람　(웃으면서) 매우 훌륭하지 아니한가? 나는 나무 기
　　　　르는 법을 물었다가 사람 기르는 술법을 배웠네!

問者曰 : 以子之道, 移之官理, 可乎?

駝　曰 : 我知種樹而已, 官理非吾業也. 然吾居鄉, 見長人者, 好
　　　　煩其令, 若甚憐焉, 而卒以禍. 旦暮, 吏來而呼曰 : 官命
　　　　促爾耕, 勖爾植, 督爾穫 ; 蚤繰而緖, 蚤織而縷, 字而幼
　　　　孩, 遂而鷄豚. 鳴鼓而聚之, 擊木而召之. 吾小人輟飧饔
　　　　以勞吏者, 且不得暇, 又可以蕃吾生而安吾性邪? 故病
　　　　且怠. 若是則與吾業者, 其亦有類乎?

問者嘻曰 : 不亦善夫? 吾問養樹得養人術.

　이러한 직접화법이나 대화의 활용은 위의 보기를 통해서 알 수 있
듯이 한편 허구적인 일들을 사실적으로 기록하는 역할도 하고 있다.
이에 비하여 간접화법의 활용은 후세에 와서도 발견하기조차 힘든 정
도이다.

　이밖에도 《서경》이나 비슷한 시대에 그 일부가 이루어진 책으
로 《역경(易經)》이 있다. 《역경》은 본시 점책으로, 도합 64개의 괘
(卦)28)와 각 괘의 길흉을 적은 〈괘사(卦辭)〉 및 각 효(爻)29)의 길흉
을 쓴 〈효사(爻辭)〉로 이루어져 있다. 이것이 《역경》의 기본이 되는
경(經)이다.

　이밖에 후세에 〈단전(彖傳)〉 상·하, 〈상전(象傳)〉 상·하, 〈문언
(文言)〉, 〈계사(繫辭)〉 상·하, 〈설괘(說卦)〉, 〈서괘(序卦)〉, 〈잡괘
(雜卦)〉 등 '십익(十翼)'이라 부르는 10편의 글이 덧붙여졌다. 이 '십
익'은 앞의 '경'에서 드러내고 있는 여러 가지 점(占)의 원리를 해설한
'전(傳)'이다.

　'괘'는 문자가 아니니 별문제로 치고, 〈괘사〉와 〈효사〉는 옛부터

---

28) 乾 坎처럼 － 또는 --가 3개씩 위아래로 포개어져 있는 것, 이 －와 --의
　　결합을 여러 가지로 변화시키면 64卦가 나온다.
29) 爻는 각 卦의 － 또는 -- 등의 한 개를 가리킴.

주나라 문왕(文王) 또는 주공이 지은 것이라 하나, 대략 서주 초기에 이루어진 것이라 보아도 틀림없을 것이다. '십익'은 공자가 지었다고 하나 이는 더욱 후세에 이루어진(대략 전국 말엽부터 한나라 초기 사이)30) 글들로 보인다.

《역경》 중 시대상으로 가장 중요한 글은 '괘사'와 '효사'이나, 이것들은 본시 점괘의 말이기 때문에 글귀가 짧으면서도 여러 가지 해석이 가능하도록 알 듯 모를 듯한 오묘한 표현으로 이루어져 있다. 따라서 지금까지도 사람들이 가끔 글을 쓰는 데 인용하는 유명한 구절들이 있기는 하지만 그 문장 자체는 오히려 후세 문학에 직접 큰 영향을 끼치지는 못했다. 오히려 '십익'의 글들, 특히 〈계사〉·〈문언〉 같은 것은 《역(易)》의 원리를 해설한, 곧 우주에 관한 형이상학적이고 이론적인 글이기 때문에 후세 유가사상에 큰 영향을 끼친다. 그리고 《역경》은 근본적인 64괘나 '괘사' 또는 '효사'보다도 후세에 이루어진 '십익' 때문에 뒤에는 유가 경전 중 철학적인 자료로서 중시되게 된다.

다만 '괘사'나 '효사'의 글이 알기 어려우면서도 운문에 가까운 글이 많은 것은 역시 주초(周初) 산문의 특징을 잘 나타내는 것이라 할 것이다. 그러나 아무래도 중국산문의 근원은 《서경》에서 찾는 게 옳을 것이다. 그리고 중국문학에 있어서의 산문과 운문의 개념은 현대문학의 그것들에 대한 개념과 매우 다르다는 점도 잊어서는 안될 것이다.

---

30) 李鏡池는 《易傳探源》에서, 〈彖傳〉·〈象傳〉은 秦漢間의 齊魯地方 儒流에 의하여, 〈繫辭〉·〈文言〉은 《史記》 作者 司馬遷(기원전 145~기원전 86) 이후 漢 昭帝와 宣帝(기원전 86~기원전 49) 사이의 시대, 〈說卦〉·〈序卦〉·〈雜卦〉는 昭帝·宣帝 이후 시대에 지어진 것이라 考證하고 있다.

· 참 고 도 서 ·

《書經蔡傳辨正》4冊, 朝鮮 沈大允 撰.

《尙書古註》8卷, 朝鮮 申綽 撰, 1825.

《尙書二十五篇》1冊, 朝鮮 申綽 撰, 1825.

《書經疾書》1冊, 朝鮮 李瀷 撰.

《尙書講義》6卷, 朝鮮 李書九 撰, 1824.

《尙書古訓》(《丁茶山全集》經集 二集, 卷 21~26) 朝鮮 丁若鏞 撰.

《書經(註譯)》韓國 金學主(明文堂, 2002, 改訂版).

《尙書正義》20卷, 孔安國 傳, 孔穎達 疏(《十三經註疏》本).

《書集傳》6卷, 宋 蔡沈 撰.

《尙書輯錄纂註》6卷, 元 董鼎 撰.

《古文尙書疏證》8卷, 淸 閻若璩 撰.

《尙書今古文註疏》30卷, 淸 孫星衍 撰.

《尙書後案》30卷, 淸 王鳴盛 撰.

《書古微》12卷, 淸 魏源 撰.

《今文尙書經說考》32卷, 淸 陳喬樅 撰.

《尙書大傳輯校》3卷, 淸 陳壽祺 撰.

《今文尙書考證》30卷, 淸 皮錫瑞 撰.

《尙書釋義》民國 屈萬里 撰(中華文化出版事業委員會 刊).

The Book of Documents, Bernhard Karlgren, Stockholm.

The Shoo King, James Legge(The Chinese Classics Vol.3), Reprint,
　　　University of Hong Kong Press, Hong Kong, 1960.

제 *4* 장

전국시대(戰國時代)의 문학

1. '기사(紀事)'의 글

'기사'의 글이란 어떤 사실의 경과를 기록한 것이나 또는 그러한 문체를 가리키는데,[1] 특히 고대문학에 있어서는 《서경》을 비롯하여 《좌전》·《국어》·《전국책》에서 다시 《사기》·《한서》로 이어지는 일련의 역사서(歷史書)라고 생각되어 온 기록들을 말한다. 여기에서 '역사서'란 말을 쓰지 않는 까닭은 이 책들의 내용이 역사를 기록한 것과는 성격이 다르게 생각되기 때문이다. 이미 《서경》에서도 볼 수 있었던 것과 같이 여기에서 다루는 책들은 모두 사관의 기록을 근거로 하여 편찬한 것이라 생각되고 있지만, 실제 그 내용은 사실(史實)을 빙자한 허구적인 얘기가 대부분이다. 이에 대하여는 뒤에 자세히 논술할 예정이다.

여기에서 옛부터 모든 중국학자들이 가장 존중하여 온 《춘추(春

---

1) 明 徐師曾《文體明辨》紀事 : "按紀事者, 記志之別名, 而野史之流也. 古者, 史官掌記時事, 而耳目所不逮者, 往往遺焉. 於是文人學士遇有見聞, 隨手紀錄, 或以備史官之採擇, 或以裨史籍之遺亡, 名雖不同, 其爲紀事一也."

秋)》를 생략하고 《좌전》부터 논술을 시작한 것은, 중국문학사에 끼친 《춘추》의 영향이나 그 의의는 무시해도 좋을 정도라고 생각되었기 때문이다. 그리고 《춘추공양전(春秋公羊傳)》과 《춘추곡량전(春秋穀梁傳)》도 같은 이유에서 생략되었다. 물론 이것이 사상사라면 이것들 모두 《좌전》 못지 않게 중시되어야 할 것이다.

'기사'의 글로서 다루고 있는 《좌전》·《국어》·《전국책》은 모두 전국시대에 이루어진 책들이라 여겨진다. 이것들은 대체로 전국시대 초엽과 중엽 및 말엽의 문장을 각각 대표하고 있는 듯하다. 따라서 이것들은 춘추시대까지 닦여진 문장을 바탕으로 더욱 문장의 기능이 완숙한 수준으로 발전하는 단계를 잘 나타내 줄 것으로 생각된다. 따라서 여기에서는 각 재료의 수사(修辭)의 발전을 비롯하여, 논설(論說)·서술(叙述)·서사(抒事) 등 각 방면에 걸친 문장으로서의 표현 기능이 어떻게 발달하고 있는가에 중점이 주어질 것이다. 이것은 대전체(大篆體)를 거쳐 여러 나라들에 의하여 각기 진행된 문자 발전 노력과 소전(小篆)에 의한 문자 통일이 이루어질 수 있게 된 문자의 발달 상황 및 그에 따른 문자사용의 보편화와 서사(書寫) 방법의 발달 같은 것과도 밀접한 관련이 있음을 소홀히 해서는 안될 것이다.

1) 《좌전(左傳)》

'오경(五經)' 중에서 공자가 직접 지은 것은 《춘추(春秋)》가 유일한 것이라 전해온다. 그리고 유가(儒家)에서는 옛날부터 《춘추》의 한 글자 한 구절 속에는 그 시대(魯 隱公 元年, 기원전 722~魯 哀公 14년, 기원전 481) 역사적인 인물이나 일에 대한 포폄(褒貶)의 깊은 뜻이 담겨 있다고 하였다. 그것은 《맹자(孟子)》 이루(離婁) 하(下)편에서 '왕자(王者)의 어진 정치의 자취가 사라지자 《시(詩)》가 없어졌고, 《시》가 없어진 뒤에야 《춘추》가 지어졌다.…… 공자께서 말씀하시기를 그 속의 뜻은 내가 개인적으로 취하여 썼다고 하셨다.”2)고 한 말이 그렇게 판단하는 근거이다.

그러나 실제로 《춘추》의 문장을 보면 다만 어떤 임금이 즉위하고 죽고 또 전쟁에 지고 이기거나 어떤 일을 하였다는 것과 자연현상에 어떤 괴변이 있었다는 일만을 간단히 기록해간 일종의 대사기(大事記)이다. 여기에는 《서경》에서와 같은 어떤 사람의 말의 인용이나 일의 진전을 자세히 기술한 서사적인 글도 없다. 곧 어떤 큰 사건이 있었다 해도 그 사건의 배경이나 진행과정 같은 것은 전혀 기록하고 있지 않다. 《춘추》를 통하여 고대 중국문학사를 이해하는 데에 있어 다음과 같은 두 가지 점에 유의하여야만 할 것이다.

첫째 ; 이것은 공자가 노나라에 전해오는 사관의 기록을 근거로 지었다 하니, 본시 옛 사관의 기록이란 이처럼 매우 간략한 글이었을 것이다. 《한서》〈예문지(藝文志)〉의 기록 때문에 마치 사관이 임금들의 말과 행동을 모조리 기록한 듯이 생각하기 쉬우나 옛날의 문자나 글을 쓰던 기구들을 놓고 보더라도 그것은 불가능한 일이었을 것이다.

둘째 ; 중국의 문장이란 춘추시대에 이르기까지도 표현 기능이 이런 정도의 수준을 크게 넘지 못하고 있었던 것 같다. 다시 말하면 어떤 일의 미묘한 배경이나 사건의 진전을 자세히 정확하게 서술하기가 어려운 수준이 아니었나 하는 것이다.

이상 두 가지 점에서 앞에 논한 《시경》과 《서경》을 다시 되돌아볼 때, 거기에 실린 서주(西周) 때나 춘추시대에 지어졌다는 글에는 후세인의 가필(加筆)이 상당히 있을 것이라 추측된다.

그런데 《춘추》가 후세에 널리 읽힌 것은 오히려 그것을 보충 해설한 《좌전》 때문이라고도 할 수 있다. 《춘추》의 전(傳)에는 고문(古文)파의 《좌전》 이외에도 금문(今文)에 속하는 《공양전(公羊傳)》

---

2) “王者之迹熄而詩亡, 詩亡然後春秋作…… 孔子曰 ; 其義則丘竊取之矣.

과 《곡량전(穀梁傳)》도 있다. 그런데 《공양전》과 《곡량전》은 대체로 교의해답(教義解答)식으로 내용이 이루어져 있다. 곧 《춘추》 원문의 뜻과 표현방식 등에 대하여 문제를 제기하고는 이에 대한 해답을 하는 간단한 형식이다. 간혹 사실(史實)을 들어 설명하는 대목도 있기는 하지마는 그 문장 기술 내용의 역사적 성격과 문장의 문학적인 성격은 높게 평가하기 어렵다.

《좌전》은 《춘추좌씨전(春秋左氏傳)》[3] 또는 《좌씨춘추(左氏春秋)》[4] 라고도 부른다. 본시는 《춘추》와 독립된 춘추시대의 역사를 기록한 《좌씨춘추》였는데, 뒤(東漢 초엽부터)에 《춘추》를 해설하는 자료로 전용되면서 《춘추좌씨전》이라 부르게 되었다고도 한다.[5] 《좌전》의 작가는 좌구명(左丘明)이라 전한다. 《논어(論語)》 공야장(公冶長) 편에는 공자가 좌구명을 칭찬하는 말이 보이는데, 《좌전》의 작자가 공자와 같은 시대의 좌구명일 수는 없을 것이다. 그리고 이는 전국시대의 작품이 틀림없으나,[6] 다만 한나라에 들어와 그 내용에 수정과 가필(加筆)이 있었음에 틀림없다. 그래서 강유위(康有爲)를 비롯한 청(淸) 말의 금문가(今文家)들 중에는 심지어 서한 말엽 유흠(劉歆)의 위작(僞作)이라고까지 주장하는 이도 있었다.

《춘추》와 《좌전》의 기록을 대조해 보면, 《춘추》에 쓰여있는 일이 《좌전》에 없는 게 있고 《좌전》에 쓰여 있는 일이 《춘추》에는 언

---

3) 《漢書》〈藝文志〉, 〈儒林傳〉 등.

4) 《史記》〈十二諸侯年表〉, 《漢書》〈楚元王傳〉 등.

5) 劉逢祿 《左氏春秋考證》 참고.

6) 특히 王安石 《左氏解》(《困學紀聞》에는 《春秋解》로 되어 있음), 葉夢得 《春秋考》, 鄭樵 《六經奧論》 등 宋代부터 이것이 戰國時代 作品임을 증명하려는 學者들이 많이 나왔다. 또 스웨덴의 학자 Bernhard Karlgren 은 The Authenticity and the Nature of the Tso Chuan에서 《左傳》의 글을 言語學的으로 분석하여 대략 戰國時代의 작품임을 證明하고 있다.

급이 없는 게 있을 뿐만이 아니라, 《춘추》와 《좌전》의 기록이 서로 어긋나는 것까지도 있다. 이런 점에서 《좌전》은 본시 《좌씨춘추》였었는데, 후세 사람이 이를 《춘추》를 설명 해설하는 《춘추좌씨전》으로 개편해 놓은 것일 가능성이 짙다. 또 기록된 시대도 시작은 같지마는 끝머리는 《춘추》가 기원전 481년인데 비하여 《좌전》은 13년이나 더 많은 기원전 468년에 끝맺어지고 있다.[7] 따라서 《좌전》에 보이는 《공양전》이나 《곡량전》처럼 《춘추》 원문의 뜻이나 표현방법 등을 설명한 부분은 후세 사람의 가필이라 보는 수밖에 없을 것이다. 그리고 많은 학자들[8]이 《좌씨춘추》를 가지고 《춘추》를 해설한 《춘추좌전》으로 만든 사람이 한대의 유흠이라 믿고 있다.

《좌전》은 한마디로 말해서 《서경》이나 이전의 산문보다는 내용이나 문장에 있어 뚜렷한 발전을 보여주고 있다. 《서경》이 고대의 성현(聖賢)들의 언동을 바탕으로 한 고원(高遠)한 이상세계의 추구에 시종(始終)하고 있는 데 비하여, 《좌전》은 유가적인 도덕관념이나 예(禮)를 중시하면서도 현실세계에서의 치국(治國)의 여러 가지 양상을 묘사하고 있다. 그러기에 《좌전》에 나오는 임금이나 신하들은 현실적인 인물들이어서, 언제나 인의도덕을 내세우면서도 적을 만나면 계략을 써서 싸워 이기려 들고, 자기 욕망을 추구하다 일생을 망치기도 한다. 《좌전》에는 시대의 혼란에 따라 다양한 인물들과 다양한 사건이 등장하기 때문에, 그것에 대한 묘사도 더욱 상세하고 더욱 다져져서 세련되고 화사한 문장을 구사하고 있다.

《좌전》의 문장을 크게 구분하면 서술문과 직접화법을 사용한 대화의 두 가지가 있다. 다시 서술문에는 앞에서 대화를 이끌어 내거나 대화의 배경을 설명하기도 하고, 중간에서 대화와 대화의 관계를 연

---

7) 顧頡剛 〈五德終始說下的政治和歷史〉《古史辨》(五) 上編)에서는 이 說을 이보다 積極的으로 論述하고 있다.

8) 屈萬里 《古籍導讀》 등.

결시키거나 설명을 보충하는 것과 《공양전》이나 《곡량전》의 경우처럼 《춘추》의 경문을 해설한 글들이 있다. 이러한 서술문들은 대체로 지극히 간략하고 수식이 적은 문장들이다. 그리고 경문을 직접 해설한 짧은 글은 읽기 쉬운 글이 많지만, 경문을 보충 설명한 것이나 그 밖의 경우의 글들은 문장이 너무나 간략하고 어려운 말들이 많아 이해하기 어려운 곳이 많다.

대체로 《춘추》의 경문을 직접 해설한 짧은 글들에는 《좌씨춘추》를 《춘추좌씨전》으로 개편할 때 보태진 것으로 추측되는 글들이 많다. 그리고 본격적으로 어떤 일을 설명한 긴 서술문은 《좌전》 전체를 놓고 보아도 극히 드물다. 양공(襄公) 30년(기원전 542)에 정(鄭)나라 자산(子産)의 정치 업적을 서술한 대목, 소공(昭公) 32년(기원전 509)에 수축(修築)하기로 한 주(周)나라 성에 대한 기록 등이 비교적 긴 서술문의 보기이다. 이런 긴 서술문은 대구(對句)도 사용하고 압운(押韻)도 하는 등 매우 수사(修辭)가 발달한 글이다.

직접화법으로 된 글에도 두세 사람의 비교적 짧은 대화로 이루어지는 글과, 대화의 형식으로 되어 있다 하더라도 비교적 긴 연설이나 성명(聲明) 또는 질문에 대한 대답이 중심을 이루는 것들이 있다. 이 짧은 대화들은 대체로 앞에 설명한 짧은 서술문의 도움으로 간결하고도 힘있는 문장을 구성한다. 짧은 몇 마디 대화를 통하여 등장 인물들의 성격이나 특징을 드러내며, 많은 뜻이 함축된 문장을 이룬다. 보기로 《좌전》 앞머리 은공(隱公) 원년(元年)(기원전 721)에서 한 대목을 인용한다.

처음에 정나라 무공은 신(申)나라에 장가들었는데, (부인을) 무강(武姜)이라 불렀으며, 장공과 공숙단을 낳았다. 장공은 잠자는 사이에 나서 강씨(어머니)를 놀라게 하였기 때문에 이름을 오생(寤生)이라 하였고 그를 싫어하게 되었다. 그리고 공숙단을 사랑하여 그를 태자로 세우고자 하여 여러 번 무공에게 요청하였으나, 무공이 들어주지 않았다.

장공이 즉위하자 그(공숙단)를 위하여 제(制) 땅을 요구하였다. 장공이 말하였다.

"제는 험요(險要)한 고을이며 괵숙(虢叔)이 죽은 곳입니다. 다른 고을이라면 명대로 따르겠습니다."

경(京)을 요구하니 그곳에 살게 하고 그(공숙단)를 '경성대숙'이라 불렀다. 채중(祭仲)이 말하였다.

"도성(都城)이 백 치(雉)9)를 넘으면 나라의 해가 됩니다. 선왕의 제도를 보면 대도(大都)도 나라 수도의 3분의 1을 넘지 않고, 중도(中都)는 5분의 1, 소도(小都)는 9분의 1을 넘지 않습니다. 지금 경(京)은 법도에 맞지 않는 그릇된 조치입니다. 임금님께선 장차 감당치 못하게 될 것입니다."

장공이 말하였다.

"강씨(어머니)께서 바라시는데 어찌 해를 피하겠습니까?"

다시 말하였다.

"강씨께서야 어찌 만족하실 수 있으시겠습니까? 일찍이 조치를 하시어 피해가 자라나지 않도록 하셔야 합니다. 덩굴풀처럼 자라난 뒤에는 대처하기 어렵습니다. 덩굴풀조차도 제거하기 힘들거늘 하물며 임금님의 사랑하시는 아우야 어찌하시겠습니까?"

장공은 말하였다.

"불의를 많이 행하면 반드시 스스로 죽게 되오. 그대는 잠시 기다려 보구려."

初, 鄭武公娶于申, 曰武姜, 生莊公, 及共叔段. 莊公寤生, 驚姜

---

9) 一雉는 길이 三丈, 높이 一丈되는 城의 크기를 나타내는 單位

氏, 故名曰寤生, 遂惡之. 愛共叔段, 欲立之, 亟請於武公, 公弗許.
及莊公卽位, 爲之請制.
公曰 : "制, 巖邑也, 虢叔死焉. 佗邑唯命."
    請京, 使居之, 謂之京城大叔.
祭仲曰 : "都城過百雉, 國之害也. 先王之制, 大都不過參國之一,
    中五之一, 小九之一. 今京不度, 非制也, 君將不堪."
公　日 : "姜氏欲之, 焉辟害?"
對　日 : "姜氏何厭之有? 不如早爲之所, 無使滋蔓. 蔓, 難圖
    也. 蔓草猶不可除, 況君之寵弟乎?"
公　日 : "多行不義, 必自斃, 子姑待之."

이 대목을 읽어보면 마치 소설 같은 구성임을 느끼게 될 것이다.
앞머리 서술문은 정나라 무공의 부인 무강(武姜)이 큰아들 장공을 미
워하여 형제 싸움이 벌어지게 되는 연유를 쓴 것이다. 문장에 생략이
많아 천천히 읽지 않으면 문맥을 잃기 쉽다. '오생(寤生)'이란 말도
알기 힘들거니와, 누가 공숙단을 사랑했고, 어디에 세우려하였으며,
무엇을 요청한 건지 앞뒤 문장을 잘 연결시키지 않으면 틀리기 쉽다.
그리고 장공이 아우 공숙단에게 험요(險要)한 고을을 주지 않고, 큰
경(京)을 주어 놓고는 "불의를 많이 행하면 반드시 스스로 죽게 될
터이니 두고 보아라."고 말하는 데서, 장공의 성격이나 공숙단의 운명
같은 것이 은연중 드러나고 있는 것이다.

《좌전》의 문장은 특히 전쟁의 묘사에 뛰어났다고 옛날부터 일컬어
져 왔는데, 거기에도 대화의 활용이 두드러진다. 성공(成公) 16년(기
원전 575)에 언릉(鄢陵)에서 진(晉)나라와 초(楚)나라가 싸우는 얘기
에서 한 대목을 보기로 든다. 이 싸움에서 진나라가 초나라를 크게
쳐부수는데, 이 때 진나라 진영의 모습을 다음과 같이 초(楚)나라 공
왕(共王)의 대화를 통하여 나타내고 있다.

초왕이 높은 수레에 올라가 진나라 군진(軍陣)을 바라보았는데, 자중(子重)이 태재(大宰)인 백주리(伯州犁)로 하여금 임금 뒤에 시종(侍從)토록 하였다.

임금이 말하였다.

"좌우로 뛰어다니고 있는데 무얼 하는 거요?"

"지휘관(軍吏)들을 불러모으는 것입니다."

"모두 군진(軍陣) 가운데로 모여들고 있소."

"모여서 계책을 논의하는 것입니다."

"장막(帳幕)을 치고 있소."

"공경히 선군(先君)들 앞에서 점을 치려는 것입니다."

"장막을 거두고 있소."

"명령을 내리려 하고 있는 것입니다."

"매우 시끄러워지고 또 먼지도 피어오르고 있소."

"우물을 메우고 취사장(炊事場)을 평평히 하고는 전진(戰陣)을 치려는 것입니다."

"모두 수레에 탔는데, 왼편의 장수와 오른편의 장교는 무기를 들고 내려오고 있소."

"훈시(訓示)를 하려는 것입니다."

"싸움을 걸어오겠소?"

"아직 알 수가 없습니다."

"모두들 수레에 탔는데, 왼편의 장수와 오른편의 장교가 다시 내려오고 있소."

"전쟁을 앞두고 기도를 드리려는 것입니다."

楚子登巢車以望晉軍. 子重使大宰伯州犁侍于王後.

王曰 ; 騁而左右, 何也 ?

曰 ; 召軍吏也.

皆聚於中軍矣.

　　曰 ; 合謀也.

　　　張幕矣.

　　曰 ; 虔卜於先君也.

　　　徹幕矣.

　　曰 ; 將發命也.

　　　甚囂, 且塵上矣.

　　曰 ; 將塞井夷竈而爲行也.

　　　皆乘矣, 左右執兵而下矣.

　　曰 ; 聽誓也.

　　　戰乎?

　　曰 ; 未可知也.

　　　乘而左右皆下矣.

　　曰 ; 戰禱也.

이러한 대화는 실제로 있었던 일을 본대로 기록한 것이라기보다 생동하는 묘사 효과를 위하여 다시 꾸민 허구적인 글일 것이다.

《좌전》에 많이 보이는 예언(豫言)과 점(占)을 비롯하여 꿈이나 귀신에 관한 얘기들을 통해 보더라도 여기에 보이는 사건의 기록들이 대부분 사실을 바탕으로 하기는 하였지만 필자에 의하여 허구적으로 재구성(再構成)된 기록임을 알 수가 있다. 다음엔 꿈과 많은 관련이 있는 기록으로 성공(成公) 10년(기원전 581)에서 한 대목을 인용해 본다.

진후(晉侯)가 꿈을 꾸었는데 큰 역귀(疫鬼)가 머리를 풀어헤쳐 땅에까지 늘어뜨리고 가슴을 두드리며 펄떡펄떡 뛰면서 말하였다.

"내 자손들을 부당히 죽이어,[10] 내가 하느님께 소청(訴請)을 드렸다.”

그리고는 대문과 정전(正殿)의 문을 부수고 들어왔다. 진후는 두려워서 방으로 들어갔는데 다시 문을 부수고 들어왔다.

그리고 진후는 깨어나서 상전(桑田)의 무당을 불렀는데, 무당은 진후가 꿈꾼 것과 똑같은 말을 하였다.

“어떻게 한다지?”

하고 진후가 말하자,

“새 보리를 자시지 못하게 되겠습니다.”

라고 대답하였다.

진후가 중병이 들어 진(秦)나라에 의원을 구하니, 진나라 임금은 환(緩)이란 의원으로 하여금 그를 고쳐 주도록 하였다. 의원 환이 도착하기 전에 진후는 꿈을 꾸었는데, 그의 병이 두 아이가 되어 가지고 말을 주고받았다.

“그는 용한 의원이라 우리가 상하게 될까 두려우니, 그로부터 도망쳐야지.”

“명치 위 심장 아래에 가 있으면 우릴 어떻게 할 수 있을라구?”

의원이 도착해서 보고는 말하였다.

“병은 고칠 수가 없습니다. 명치 위와 심장 아래에 있어서 이를 고치려 해도 되지 않고 침을 놓으려 해도 미치지 않으며 약도 다다를 수가 없으니 어찌하는 수가 없습니다.”

진후가 말하였다.

“훌륭한 의원이니 두터이 그에게 예우(禮遇)를 하여 돌려보내도록 하오.”

6월달 병오(丙午)날, 진후는 보리 생각이 나서 농사일을 맡은 사

---

10) 晉 景公이 卽位한 이래 趙同과 趙括을 죽였으니 趙氏의 先祖 鬼神일 것이다(據《正義》).

람으로 하여금 보리를 바치도록 하였다. 요리사가 그걸로 음식을
만들자 상전의 무당을 불러 보리 음식을 내보이고는 그를 죽였다.
진후가 음식을 먹으려다 배가 이상하여 변소에 가서는 빠져서 죽어
버렸다.

한 하급 신하가 아침에 진후를 업고서 하늘에 올라가는 꿈을 꾸
었다. 그리고 한낮에 진후를 변소에서 업고 나오게 되었는데, 마침
내 그는 순장(殉葬)을 당하고 말았다.

晋侯夢, 大厲被髮及地, 搏膺而踊曰 : "殺余孫不義, 余得請於帝
矣!" 壞大門及寢門而入. 公懼, 入于室, 又壞戶.

公覺, 召桑田巫, 巫言如夢. 公曰 : "何如?" 曰 : "不食新矣?"

公疾病, 求醫於秦, 秦伯使醫緩爲之. 未至, 公夢疾爲二豎子,
曰 : "彼良醫也. 懼傷我焉, 逃之." 其一曰 : "居肓之上, 膏之下,
若我何?"

醫至, 曰 : "疾不可爲也. 在肓之上, 膏之下, 攻之不可, 達之不
及, 藥不至焉, 不可爲也." 公曰 : "良醫也, 厚爲之禮而歸之!"

六月丙午, 晋侯欲麥, 使甸人獻麥. 饋人爲之, 召桑田巫, 示而殺
之. 將食, 張, 如厠, 陷而卒.

小臣有晨夢負公以登天. 及日中, 負晋侯出諸厠, 遂以爲殉.

소설 못지 않은 환상과 변화가 담겨있는 글이다. 임금이 무고한 사
람을 부당하게 죽였다 해서 그의 조상이 역귀(疫鬼)가 되어 임금의
꿈에 나타나고, 무당은 점을 쳐서 꿈의 내용을 다 알아맞힌다. 그리고
새로 수확할 햇보리를 먹지 못하고 죽을 거라고 예언까지 한다. 병이
든 뒤에도 꿈에 병이 아이로 변신하여 그것이 불치의 병임을 알려주
고, 또 진(秦)나라의 의원은 그것을 알아맞힌다. 이 의원은 불치의 병
임을 알아맞힌 까닭에 후한 대접을 받지만, 무당은 죽는 시기까지 알

아맞힌 까닭에 사형을 당하게 된다. 그리고 무고한 하급 신하는 자기 꿈 얘기를 한 까닭에 진후의 무덤에 산채로 함께 묻히게 된다. 착실한 사실의 기록으로서는 이처럼 변화 많은 글이 이루어질 수는 없는 것이다. 이런 점에서 《좌전》은 사서(史書)라기보다는 문학적인 저술이라 볼 수도 있을 것이다.

직접화법으로 긴 말을 인용하고 있는 것은 대개 임금에게 간(諫)하는 말이나 물음에 대한 응대 또는 연설·성명(聲明)·훈계 등의 경우이다. 여기에서는 직접화법이면서도 압운도 하고 대구의 방법도 쓰는 등 대단한 수사의 기교가 발휘되고 있다. 환공(桓公) 2년(기원전 709)에 보이는, 송(宋)나라 화보독(華父督)이 뇌물로 보낸 고(郜)나라의 큰 솥〔大鼎〕을 노(魯)나라에서 받아들여 태묘(大廟)에 놓았을 때 장애백(藏哀伯)이 환공에게 간한 말을 아래에 보기로 든다.

사람들의 임금이 된 이는 덕을 밝히고 그릇됨을 막음으로써 여러 관리들을 대하고 밝혀 주되, 그래도 혹시 이에 잘못이 있을까 두려워하게 되므로 훌륭한 덕을 밝힘으로써 자손들에게 보여주려 하는 것입니다.

그래서 종묘(宗廟)가 초가 지붕이었고, 천자의 수레에 초석(草席)을 깔았었으며, 제사에 쓰는 갱(羹)에는 양념을 갖추어 쓰지 않았고, 제사밥을 짓는 곡식은 곱게 찧지 않았던 것은 그의 검소함을 밝히려던 것이었습니다.

곤룡포(袞龍袍)와 면류관(冕琉冠)과 폐슬(蔽膝)11)과 옥홀(玉笏) 및 허리띠와 바지와 행전(行纏)과 신 및 머리 꽂이개와 면류(冕琉) 줄과 관 끈과 관 뚜껑은 그의 제도를 밝히려던 것이었습니다. 채색된 옥받침12)과 칼집의 위아래 장식 및 처진 꼬리 달린 관복 띠와

---

11) 蔽膝은 무릎이 덮일 정도로 앞가리개처럼 겉에 걸치던 다린 가죽으로 만든 옷의 일종.

깃발 가장자리 장식과 말 가슴 앞의 장식은 그의 지위에 따른 규정을 밝히려는 것이었습니다. 불꽃 무늬와 용무늬와 보(黼)무늬와 불(黻)무늬13)는 그의 신분에 따른 무늬를 밝히려던 것이었습니다. 여러 가지 자연 현상에 비유되는 오색(五色)14)은 그가 쓰던 물건의 적절함을 밝히려던 것이었습니다. 말머리의 방울과 말재갈 양편의 방울과 수레채 끝의 방울과 깃대에 다는 방울은 그의 행동에 따른 소리를 밝히려던 것이었습니다. 해와 달과 별이 그려진 깃발들은 그의 밝음을 밝히려던 것이었습니다.

무릇 덕이란 검소하면서도 법도가 있어야 하고 높고 낮은 신분에 따른 규율이 있어야 하며, 무늬와 물건으로써 그것을 표시하고, 소리로 표시하고 밝히어 그것을 나타냄으로써 여러 관리들을 대하고 밝혀 주어야만 합니다. 여러 관리들은 그래서 경계하고 두려워하게 되어 감히 기강(紀綱)과 법률을 가벼이 여기지 않게 되는 것입니다.

지금 이 덕을 괴멸시키고 그릇됨을 뒷받침하셨으니, 뇌물로 보내 온 그릇을 태묘(大廟)에 둠으로써 여러 관리들에게 그것을 명시하셨습니다. 여러 관리들이 그 일을 본받을 때 그들을 어떻게 처벌하실 수가 있겠습니까? 국가의 패멸은 관리들이 비뚤어짐으로 말미암는 것입니다. 관리들이 덕을 잃는 것은 뇌물을 드러내놓고 좋아하는 데서 옵니다. 고(郜)나라의 솥이 태묘에 있다면 뇌물을 드러내는 것으로 이보다 더한 일이 있겠습니까? 무왕(武王)이 상(商)나라를 쳐부수고는 구정(九鼎)15)을 낙읍(雒邑)으로 옮겨 놓았었는데,

---

12) 朝會 때 儀式用으로 쓰던 가죽에 彩色을 칠한 물건으로 身分에 따라 彩色이 달랐다.

13) 이상 모두 옛 禮服에 쓰던 무늬. 黼는 黑白色이 엇섞인 도끼 모양이 이어진 무늬이고, 黻은 黑靑色이 엇섞인 己字가 이어진 모양의 무늬임.

14) 靑色은 東方과 봄, 赤色은 南方과 여름을 나타내는 것 같은 따위이다.

15) 夏禹가 九州를 象徵하는 것으로 鑄造하여 이후 傳國의 重器로 생각되

의사(義士)들 중에는 그것조차도 비난한 이가 있었습니다. 그런데 하물며 그릇되고 규율을 어지럽히는 뇌물로 보낸 그릇을 태묘에 놓고 밝힌다면 그것은 어찌 되겠습니까?

　君人者, 將昭德塞違, 以臨照百官, 猶懼或失之, 故昭令德以示子孫.
　是以清廟茅屋, 大路越席, 大羹不致, 粢食不鑿, 昭其儉也.
　袞冕黻珽, 帶裳幅舄, 衡紞紘綖, 昭其度也. 藻率鞞鞛, 鞶厲游纓, 昭其數也. 火龍黼黻, 昭其文也. 五色比象, 昭其物也. 錫鸞和鈴, 昭其聲也. 三辰旂旗, 昭其明也.
　夫德, 儉而有度, 登降有數, 文物以紀之, 聲明以發之, 以臨照百官. 百官於是乎戒懼而不敢易紀律.
　今滅德立違, 而寘其賂器於大廟, 以明示百官. 百官象之, 其又何誅焉?
　國家之敗, 由官邪也. 官之失德, 寵賂章也. 郜鼎在廟, 章孰甚焉? 武王克商, 遷九鼎于雒邑, 義士猶或非之. 而況將昭違亂之賂器於大廟, 其若之何?

이 말은 무척 수식적이다. 앞의 덕과 규율을 밝혀야 함을 설명한 대목 같은 데에서는 이미 한대(漢代) 부(賦)에서 사물의 묘사를 포장(舖張)하던 수법의 싹을 보는 듯하다. 옥(屋)·석(席)·착(鑿)·석(舄)과 정(珽)·영(纓)·상(象)·영(鈴)·성(聖)·명(明) 등은 운을 밟은 글자들이며, 대구(對句)를 이루는 곳도 상당히 많다. 이처럼 긴 말의 인용들은 앞에서 잠깐 언급한 긴 서술문과 함께 극도의 수사기교(修辭技巧)를 동원하여 글을 이루고 있다.

　어, 商나라에서도 代代로 都邑에 保全하여 왔었다 한다.

이와 같이 《좌전》은 사실적이고 생동하는 짧은 글들과 수식적이고 화려한 약간 긴 글들이 엇섞이어 중국 고대의 문장 중 가장 문학적인 문장을 이루게 되는 것이다. 그리고 그 내용은 사실을 바탕으로 하였다 하더라도 필자에 의하여 허구적(虛構的)으로 재구성된 것이어서 단순한 사실의 기록보다도 재미가 있고 깊은 뜻이 담겨 있게 된다. 그러면서도 되도록 중요하지 않은 말들은 생략하여 사건의 기술에 변화가 무쌍하다.

다음엔 희공(僖公) 32년(기원전 628)에 진(秦)나라와 진(晉)나라가 효(殽)라는 고장에서 전쟁하기 직전의 상황을 기록한 대목을 보기로 인용하여, 이상 얘기한 《좌전》의 문장의 특징의 일단을 드러내 보일까 한다.

겨울에 진(晉)나라 문공(文公)이 죽었다. 경진(庚辰)날 그의 관을 곡옥(曲沃)에 옮겨 놓으려고 강(絳)16)을 나서는데 관에서 소 울음소리가 났다. 점쟁이 언(偃)이 대부들로 하여금 관에 절을 하도록 하고는 말하였다.

"임금님께서 큰 일에 대하여 명하셨으니, 장차 서쪽으로 우리를 앞질러 가는 군대가 있을 것인데, 우리가 그들을 친다면 반드시 큰 승리를 얻을 거라 하십니다."

기자(杞子)17)가 정(鄭)나라로부터 사람을 보내어 진(秦)나라에 보고하였다.

"정나라 사람들은 저로 하여금 그들의 북쪽 변경의 문호(門戶)를 관장케 하고 있습니다. 만약 군대를 남몰래 보내어 온다면 나라를 얻을 수가 있을 것입니다."

---

16) 絳은 晉나라 都城.
17) 杞子는 秦나라 大夫, 鄭나라를 위하여 軍隊를 거느리고 守備해 주고 있었다.

진(秦) 목공(穆公)이 건숙(蹇叔)에게 이에 관하여 의논하자, 건숙이 아뢰었다.

"군대를 피로케 하면서 먼 곳을 습격한다는 말은 들어본 일이 없는 일입니다. 군대는 지치어 힘이 다하게 되고 먼 곳의 임금은 이에 대하여 대비하게 될 것이니, 불가능한 일이 아니겠습니까? 군대의 움직임을 여러 사람들이 알게 되는 것이니, 정나라도 반드시 그것을 알게 될 것입니다. 노고를 하면서도 얻는 게 없다면 반드시 군사들은 불평스런 마음을 갖게 될 것입니다. 또한 천 리나 행군을 하는데 그 누가 알지 못하겠습니까?"

목공은 이 말을 무시하고, 맹명(孟明)과 서걸(西乞)과 백을(白乙)을 불러 동문(東門) 밖에 군사를 소집하여 출동하도록 하였다. 그러자 건숙은 울면서 말하였다.

"맹(孟)장군! 나는 군대가 출동하는 것을 보고 있기는 하지만 돌아오는 것은 보지 못할 거요!"

목공은 사람을 시켜 그에게 이렇게 말하였다.

"그대가 무얼 아는가? 살만큼 살았으니 그대를 무덤으로 데려갈 관은 이미 마련되었겠지!"

건숙의 아들도 출동하는 군대 속에 있었는데, 곡을 하면서 아들을 전송하며 말하였다.

"진(晋)나라 사람들은 반드시 효(殽)에서 진(秦)나라 군대를 막을 것이다. 효에는 두 능(陵)이 있는데, 그 남쪽 능은 하(夏)나라 임금 고(皐)18)의 무덤이고, 그 북쪽 능은 문왕(文王)이 비바람을 피한 일이 있다는 곳이다. 너는 반드시 이 사이에서 죽을 것이니, 내가 너의 뼈를 거두도록 하마!"

---

18) 皐는 夏나라 桀王의 祖父. 夏朝 15代王으로 기원전 1848년부터 11년간 王位에 있었다.

그리고 진(秦)나라 군대는 마침내 동쪽으로 출동하였다.

冬, 晉文公卒, 庚辰, 將殯于曲沃, 出絳, 柩有聲, 如牛.
卜偃使大夫拜曰;"君命大事, 將有西師過軼, 我擊之, 必大捷
焉."
杞子自鄭使告于秦, 曰;"鄭人使我掌其北門之管. 若潛師以來,
國可得也." 穆公訪諸蹇叔. 蹇叔曰;"勞師以襲遠, 非所聞也. 師
勞力竭, 遠主備之, 無乃不可乎? 師知所爲, 鄭必知之. 勤而無所,
必有悖心. 且行千里, 其誰不知?" 公辭焉. 召孟明 · 西乞 · 白乙,
使出師於東門之外.
蹇叔哭之, 曰;"孟子, 吾見師之出, 而不見其入也."
公使謂之曰;"爾何知? 中壽, 爾墓之木拱矣."
蹇叔之子與師, 哭而送之, 曰;"晉人禦師必於殽, 殽有二陵焉,
其南陵, 夏后皐之墓也. 其北陵, 文王之所辟風雨也. 必死是間, 余
收爾骨焉."
秦師遂東.

이 글은 첫머리 두어 줄은 진(晉)나라 얘기인데, 바로 아무런 설명
도 없이 진(秦)나라 얘기로 옮아가고 있다. 진(晉) 문공의 관에서 소
울음소리가 났다는 것도 황당한 얘기지만, 점쟁이는 또 그것을 듣고
앞으로의 전쟁에 자기들이 이길 것임을 예언하고 있다.

당(唐)나라 한유(韓愈, 768~824)가 《진학해(進學解)》에서 '좌씨
(左氏)는 부과(浮誇)하다'고 말한 것도, 화려한 수사(修辭)와 함께 이
러한 허구적인 얘기의 구성까지도 아울러 지적한 말일 것이다. 진(秦)
나라에 있어서도 정(鄭)나라를 몰래 기습 공격할 계획을 건숙(蹇叔)
은 실패를 예언하며 반대한다. 그뿐만이 아니라 건숙은 다음해에 진
(秦)나라 군대가 정나라를 기습 공격하려다가 발각이 되어 실패하고,

되돌아오다가 효(殽)에서 진(晋)나라 군대와 싸워 패전할 것까지도 미리 알고 있다. 심지어 건숙은 종군하는 자기 아들이 효(殽) 땅의 어느 지점에서 죽게 될 거라는 것까지도 알고 통곡하고 있다.

　여기에 비하여 다음해인 희공(僖公) 33년 여름의 전쟁에 관하여는 '진나라 군사를 효에서 무찌르고, 맹명·서걸·백을을 사로잡아 개선하였다.(敗秦師于殽, 獲百里孟明視·西乞術·白乙丙以歸.)'고만 쓰고 있다. 그러니 《좌전》은 유교적인 윤리도덕을 가르치기 위하여 사실(史實)을 근거로 하여 꾸며진 역사소설이나 같은 성격의 책이라고까지 할 수도 있다.

　어떻든 《좌전》은 이전의 어떤 중국의 문장보다도 내용이나 형식에 있어 획기적인 발전을 보여주고 있는 글이다. 이 때문에 '사실의 기록'으로서는 문제가 있음에도 불구하고 후세 역사서인 《사기(史記)나 《한서(漢書)》의 문장의 규범이 되고, 진(秦)·한(漢) 이후 중국 산문의 발전에 큰 영향을 끼치게 된다.

· 참 고 도 서 ·

《春秋經傳集解》30卷, 朝鮮 集賢殿 受命 撰.

《春秋集傳大全》55卷, 朝鮮 弘文館 受命 撰.

《春秋四傳續傳》3冊, 朝鮮 沈大允 撰.

《春秋左氏傳註譯》韓國 李錫浩, 翰林出版社, 1976.

《春秋經傳集解》30卷, 晉 杜預 撰(四部叢刊, 四部備要本).

《春秋左傳正義》60卷, 晉 杜預 注, 唐 孔穎達 疏(十三經注疏本).

《春秋公羊傳注疏》28卷, 漢 何休 注, 唐 徐彦 疏(十三經注疏本).

《春秋穀梁傳注疏》20卷, 晉 范寧 注, 唐 楊士勛 疏(十三經注疏本).

《春秋集解》12卷, 宋 蘇轍 撰.

《春秋集注》11卷, 宋 張洽 撰.

《左傳附注》5卷, 明 陸粲 撰.

《左傳補注》6卷, 清 惠棟 撰.

《左傳記事本末》53卷, 淸 高士奇 撰.
《左傳補釋》32卷, 淸 梁玉繩 撰.
《左傳補疏》5卷, 淸 焦循 撰.

The Ch'un Ts'ew, with Tso Chuen, James Legge(Chinese Classics Vol. 5), Reprint, University of Hong Kong Press, Hong Kong, 1960.

2) 《국어(國語)》

《국어》는 《좌전》과 함께 가장 대표적인 역사적 산문이다. 이 책들은 비슷한 시대의 일을 기록하고 있고,[19] 많은 같은 사람들과 같은 일에 관한 기록이 보이며, 심지어는 그 기록의 표현 자구(字句)까지도 완전히 같은 곳조차 있어, 옛날에는 《국어》도 《좌전》과 함께 좌구명(左丘明)이 지었고 또 같은 책 하나를 가지고 뒤에 이 두 가지 책으로 나누어 놓은 것이라고 생각하는 사람들이 있었다.[20] 그래서 옛날에는 《국어》를 《외전(外傳)》, 《좌전》을 《내전(內傳)》이라 부르기도 하였다.

그러나 이 두 책의 내용은 비슷한 곳보다도 서로 다른 곳이 훨씬 더 많다. 우선 《국어》는 《좌전》처럼 노(魯)나라의 역사를 중심으로 한 편년체(編年體)의 기록이 아니고 〈주어(周語)〉·〈노어(魯語)〉·〈제어(齊語)〉·〈진어(晉語)〉·〈정어(鄭語)〉·〈초어(楚語)〉·〈오어(吳語)〉·〈월어(越語)〉 등 나라별로 사건의 기록이 엮어져 있다. 그리고

---

19) 《國語》는 西周 穆王 2年(기원전 990)의 일로부터 東周 定王 16年(기원전 453)에 晉卿 智伯이 被殺되는 일에 이르는 538年 사이의 일을 記錄하고 있어, 《左傳》보다 그 時代가 넓은 셈이다.

20) 近來엔 康有爲 《新學僞經考》, 廖平 《古學考》, 崔適 《史記探源》, 錢玄同 《春秋與孔子》 등에서 同一人의 作品이라 하고 있다.

그 내용도 각 나라의 역사를 쓴 것이라기보다는 각 나라의 몇 가지 서로 연관도 없는 사건까지도 되는대로 모아놓은 성질의 것이다.

예를 들면 〈노어〉는 장문중(臧文仲)·이혁(里革)·공보문백(公父文伯)의 사적이 중심을 이루고 있고, 〈제어〉는 환공(桓公)의 재상 노릇을 한 관중(管仲)의 정적(政績)에 대한 기술이 중심을 이루며, 가장 편폭이 긴 〈진어〉는 정치를 잘하지도 못한 헌공(獻公)시대의 일을 자세히 기록하고 있는데, 태자인 신생(申生)의 참사와 그의 이복(異腹) 형제인 중이(重耳)의 국외 망명과 뒤에 귀국하여 왕위에 오르는 경과 등의 기록이 중심을 이루고 있는 것이다.

그리고 근래 장이인(張以仁)[21]은 《국어》에 기록된 240여사(餘事) 중 대략 3분의 1은 《좌전》에는 없는 일들이고 3분의 2 정도가 《좌전》에도 보이나 그 내용은 서로 다른 것이 대부분이며, 《사기(史記)》의 기록은 《좌전》을 근거로 한 것도 있고 《국어》를 근거로 한 것도 있으며, 저작 태도도 《좌전》은 역사의 기록에 치중하고 있는데 비하여 《국어》는 권선(勸善)에 치중하고 있는 등 서로 다르니 같은 책이 둘로 나뉘어진 것일 수가 없다고 논증하였다. 그는 뒤에 다시[22] 두 책의 문법과 용어를 비교하여 《좌전》과 《국어》가 같은 사람이 지은 글일 수가 없음을 논증하였다.

《국어》의 서술방법을 보면 대부분이 어떤 역사적 인물의 말이나 대화 또는 이들이 서로 토론하는 말들을 직접 인용함으로써 모든 사건들을 기술해 가고 있다. 심지어 〈주어〉·〈노어〉·〈제어〉 같은 곳의 어떤 사건의 기록은 한 인물의 일장 열변을 빌어 저자의 정치론을 펴고 있어서, 그 사실의 기록은 다른 목적을 위해서 끌어낸 핑계에 불

---

21) 張以仁 《論國語與左傳的關係》(中央研究院 《歷史語言研究所集刊》 第33本).

22) 張以仁 《從文法語彙的差異證國語左傳二書非一人所作》(中央研究院 《歷史語言研究所集刊》 第34本).

과한 것으로 보이는 것조차도 있다.

보기로 《국어》 첫머리 〈주어〉를 보면 목왕(穆王)이 견융(犬戎)을 정벌한 얘기가 나오는데, 실상은 채공(祭公)의 간언(諫言)을 통하여 치도(治道)를 개진(開陳)하는 것이 주된 내용이다. 그리고 그 뒤로는 밀(密) 땅 세 딸의 어머니 말, 여왕(厲王)에 대한 소공(邵公)의 간언, 예양부(芮良夫)의 간언, 선왕(宣王)에 대한 괵문공(虢文公)의 간언, 중산보(仲山父)의 간언 등을 통하여 치도(治道)와 윤리(倫理) 등을 논한 말들이 중심을 이루는 기록이 이어지고 있다.

이처럼 그 내용은 사람들의 '말[語]'이 중요한 위치를 차지하고 있고, 또 그 기록은 여러 '나라[國]'별로 나뉘어져 있기 때문에 책이름이 《국어》라 붙여지게 되었을 것이다.

《국어》는 《좌전》과 비슷한 춘추(春秋) 무렵의 이야기와 전설을 기록한 것이지만, 《좌전》은 역사적인 일들을 겉으로 드러내고 치도(治道)와 윤리에 대한 설교는 속에 감춰 두고 있는데 비하여 《국어》는 설교를 겉에 드러내어 역사적인 일의 기록은 설교를 하기 위한 구실인 듯이 느껴지게 한다. 그리고 《국어》의 각 대목에 있어서 거기에 기록된 사건들과 어떤 사람의 입을 빌어 늘어놓고 있는 설교가 자연스럽게 어울리고 있지 않아, 《좌전》에 비하여 훨씬 이것은 역사를 기록한 책이 아님을 느끼게 한다.

다만 한 대목의 기록 속에는 심한 비약이나 생략이 없이 시종 연결이 잘 되고 있으나, 변화가 없고 밋밋하여 《좌전》과 같은 생동하고 핍진(逼眞)하는 힘을 느끼기가 어렵다. 그러나 《좌전》보다는 무리가 없고 읽기 쉬운 곳이 많다는 느낌을 갖게 되는 것은 이 글이 쓰여진 시대가 약간 뒤진 때문인지도 모른다.

그러나 《국어》에는 《좌전》보다도 긴 논설을 전개하고 있는 글이 많고, 그 긴 논설문만을 놓고 본다면 《국어》쪽이 문장의 기능면에서 볼 때 산문으로서 더 발달한 모습을 보여준다. 보기로 아래에 〈주어〉 상(上)권의 앞부분에서 한 대목을 보기로 든다.

주(周) 여왕(厲王)이 포악하니 나라 사람들이 왕을 비난하였다.
소공(邵公)이
"백성들이 정령(政令)을 견디지 못하고 있습니다."
하고 아뢰이니, 왕은 노하여, 위(衛)나라 무당을 구하여 비난하는
자들을 감시케 하고는, 보고를 하기만 하면 곧 그를 죽이겠다고 하
였다.
나라 사람들은 감히 말도 못하고 길에서 마주쳐도 눈짓만을 하였
다. 왕은 기뻐하면서 소공에게
"나는 비난을 막아내었으니, 이젠 감히 말도 하지 않게 되었다."
고 말하였다.
이에 소공이 말하였다.
"이것은 말을 막은 것입니다. 백성들의 입을 막는 것은 강물을
막는 것보다도 더한 일입니다. 강물이 막혔다가 터지는 날이면
상하게 되는 사람도 반드시 많은 것인데, 백성들도 역시 그러합
니다. 이 때문에 강물을 다스리는 사람은 물길을 터서 잘 통하게
해주고, 백성을 다스리는 사람은 그들을 자유롭게 하여 말을 하
도록 하는 것입니다.
그러므로 천자는 정사를 처리함에 있어 공경(公卿)으로부터
높은 관리들에 이르기까지 모두 시(詩)를 바치게 하고,23) 악사
(樂師)로 하여금 악곡을 바치게 하며, 사관(史官)으로 하여금 기
록을 바치게 하고, 사(師)는 교훈을 하도록 하고, 악관(樂官)은
시를 읊도록 하며, 악공은 교훈을 외도록 하고, 여러 공인(工人)

---

23) 獻詩는 노래의 가사인 詩를 통하여 政治의 得失을 살피기 위한 것이었
다. 앞《詩經》참조 바람.

들은 기술적인 일을 아뢰도록 하며, 낮은 백성들은 의견을 관리들에게 전하도록 하고, 가까이 모시는 신하들은 여러 가지 규칙에 대하여 아뢰도록 하며, 친척들은 정치를 살피어 잘못을 고치도록 아뢰게 하고, 악사와 사관들이 가르쳐 주고 깨우쳐 주며, 스승 같은 이들이 행실을 닦아주도록 하고, 그러한 뒤에 임금이 적절히 행동하는 것입니다.

그러면 일이 제대로 행하여져 어긋나지 않게 됩니다.

백성들에게 입이 있는 것은 마치 땅에 산과 냇물이 있는 거나 같은 것입니다. 재물과 쓸 물건이 여기에서 나오게 되며, 마치 들판과 늪에 넓은 땅과 도랑이 있는 것이나 같아서 먹고 입을 것이 여기에서 나게 됩니다. 입은 말을 퍼뜨리는 것이어서 훌륭하고 그릇된 것이 여기에서 결정되는 것입니다. 훌륭하다는 것은 행하고, 그릇된 것에는 대비를 하게 되는데, 재물과 쓰는 것과 입고 먹는 것을 풍부히 하는 근거가 되는 일입니다. 백성들이란 마음속으로 생각하는 것을 입으로 표현하고 거기에 따라 행동하는 것인데 어찌 막을 수가 있겠습니까? 그들의 입을 막는다 하더라도 얼마 동안이나 갈 수가 있겠습니까?"

왕은 들어주지 않아, 이에 나라에는 감히 말을 하는 이가 없게 되었는데, 3년만에 왕은 체(彘) 땅으로 유배(流配)를 당하게 되었다.

厲王虐, 國人謗王.

邵公告曰 : "民不堪命矣." 王怒, 得衛巫, 使監謗者, 以告則殺之.

國人莫敢言, 道路以目. 王喜, 告邵公曰 : "吾能弭謗矣. 乃不敢言."

邵公曰 : "是障之也. 防民之口, 甚於防川. 川壅而潰, 傷人必多. 民亦如之. 是故爲川者決之使導, 爲民者宣之使言.

故天子聽政, 使公卿至於列士獻詩, 瞽獻曲, 史獻書, 師箴, 瞍賦,

矇誦, 百工諫, 庶人傳語, 近臣盡規, 親戚補察, 瞽史敎誨, 耆艾修
之, 而後王斟酌焉.

是以事行而不悖.

民之有口, 猶土之有山川也, 財用於是乎出, 猶其原隰之有衍沃
也, 衣食於是乎生. 口之宣言也, 善敗於是乎興. 行善而備敗, 其所
以阜財用衣食者也. 夫民慮之於心, 而宣之於口, 成而行之, 胡可壅
也? 若壅其口, 其與能幾何?”

王不聽, 於是國莫敢出言, 三年乃流王於彘.

《국어》의 논설들은 길이가 길뿐만이 아니라 논리의 전개에 빈틈
이 없다. 이것은 《좌전》보다도 훨씬 발달한 산문의 면모를 보여주
고 있는 것이다. 《좌전》에는 이처럼 긴 논설문이 극히 드물었던 데
비하여, 《국어》에서는 오히려 이런 논설문이 각 대목의 중심을 이
루고 있다. 그것은 전국 말엽의 제자(諸子)들의 글과도 연결시켜 문
장의 발달을 생각할 수 있을 것이다. 곧 《좌전》보다는 한자의 문자
로서의 표현기능이 한 단계 더 발전하였던 시대의 작품인 듯하다.

논설뿐만이 아니라 대화나 서술 문장도 사건이나 뜻의 표현면에
있어서는 《좌전》보나도 발달한 면모를 느끼게 한다. 특히 〈진어(晋
語)〉 앞머리에 보이는 진(晋) 헌공(獻公)시대의 여희(驪姬)24)를 중심
으로 하는 궁전 안의 음모와 태자인 신생(申生)의 죽음, 그의 이복 형
제인 중이(重耳)의 망명과 뒤에 다시 귀국하여 왕위에 오르는 경과
등은, 그 중 일부분의 애기가 《좌전》에도 실려 있지만 《국어》의 문장
은 훨씬 서술이 자세하고 극적(劇的)인 효과를 느끼게 한다. 《좌전》

---

24) 驪姬는 晋 獻公이 驪戎을 征伐하고 잡아온 여자로, 뒤에 獻公의 寵愛를
　　받고 奚齊를 낳아 太子 申生을 없애고 자기 아들을 太子로 삼으려 陰謀
　　를 다하였다.

처럼 힘있고 간결한 느낌은 주지 않지만 오히려 그 서술의 빈틈없는 짜임새와 정확한 그 때 상황의 묘사는 문장의 완곡한 아름다움을 느끼게 한다.

보기로 여희가 우시(優施)라는 배우(俳優)와 결탁하여 태자인 신생을 제거하는 음모를 진행시키면서, 일단 일이 공개되었을 때 대부(大夫)인 이극(里克)이 어느 편을 가담할까 알아보는 대목을 읽어보기로 하자.

여희가 우시에게 말하였다.

"임금께서 이미 내게 태자를 죽이고서 해제(奚齊)를 세울 것을 허락하셨으나, 나는 이극(里克)이 마음에 거리끼는데 어찌하면 좋을까?"

우시가 대답하였다.

"제가 이극을 따르게 하는 것은 하루 일거리에 불과합니다. 마님께선 저를 위해 양 한 마리를 잡아 음식을 마련해 주시면 저는 그와 함께 술을 마시도록 하겠습니다. 저는 배우라서 말에 허물이 생기지 않습니다."

여희는 허락을 하고 곧 음식을 갖추도록 하여 우시로 하여금 이극에게 가서 술을 마시게 하였다. 술을 마시다가 우시가 일어나 춤을 추면서 이극의 처에게 말하였다.

"마님께옵서 제게 음식을 내려주셨으니, 저는 영감님으로 하여금 여유 있고 즐겁게 임금을 섬기시도록 하겠습니다."

그리고는 노래를 불렀다.

"여유 있고 즐겁게 섬기려 하면서도 친근해지진 못하니,
지혜가 새나 까마귀만도 못하네.
남은 모두 무성한 나무에 모여드는데,
자기만 홀로 고목에 앉네."

이극이 웃으면서 물었다.

"어떤 것이 무성한 나무이고, 어떤 것이 고목인가?"

우시가 대답하였다.

"그의 어머니는 부인(夫人)이 되고, 그 아들은 임금이 된다면 무성한 나무라 해서 안되겠습니까? 그의 어머니는 이미 죽었고, 그 아들은 또 비방을 받고 있다면 고목이라 해서 안되겠습니까? 말라가고 또 상처까지 입고 있는 것이지요."

우시가 나온 뒤 이극은 차린 것을 치우고 식사는 하지 않은 채 잠을 잤다. 그리고 밤중에 우시를 불러 말하였다.

"전에 그대 말은 장난인가, 그렇지 않으면 들은 바가 있는가?"

"예, 임금님께서 이미 여희에게 태자를 죽이고 해제를 대신 세울 것을 허락하셔서, 계책도 이미 이루어져 있습니다."

이극이 말하였다.

"임금의 뜻을 받들어 태자를 죽이는 것이라 해도 나는 차마 보고만 있을 수 없고, 또한 오랫동안 사귀어 온 처지이니 나로서는 감히 그렇게 할 수도 없네. 중립을 지킨다면 화를 면하게 될까?"

우시가 말하였다.

"면하게 되시지요."

驪姬告優施曰 ; "君旣許我殺太子而立奚齊矣，吾難里克，奈何 ?"

優施曰 ; "吾來里克，一日而已. 子爲我具特羊之饗，吾以從之飮酒. 我優也，言無郵."

驪姬許諾，乃具，使優施飮里克酒. 中飮，優施起舞，謂里克妻曰 ; "主孟啗我，我敎兹暇豫事君."

乃歌曰 ; "暇豫之吾吾，不如鳥鳥. 人皆集於苑，已獨集於枯."

里克笑曰 ; "何謂苑 何謂枯 ?"

優施曰 : "其母位夫人, 其子爲君, 可不謂苑乎? 其母旣死, 其子
又有謗, 可不謂枯乎? 枯且有傷."

優施出, 里克辟奠, 不飡而寢. 夜半, 召優施曰 : "曩而言戲乎?
抑有所聞之乎?"

曰 : "然, 君旣許驪姬殺太子而立奚齊, 謀旣成矣."

里克曰 : "吾秉君以殺太子, 吾不忍, 通復故交, 吾不敢, 中立其
免乎?"

優施曰 : "免 !"(〈晋語〉 二)

다시 한 대목 건너 태자인 신생이 비참한 최후를 마치는 대목을 더
읽어보자.

　여희가 임금의 명을 따라 신생에게 명하였다.
　"지난 저녁에 임금님께서 제강(齊姜)25)의 꿈을 꾸셨으니, 꼭 속
히 제사를 지내고 제육(祭肉)을 보내오도록 하십시오."
　신생은 응낙을 하고 곧 곡옥(曲沃)에 가서 제사를 지내고서 궁전
으로 제육을 가져왔다. 임금은 사냥을 나갔는데, 여희는 제육을 받
자 곧 짐독(鴆毒)을 술에 넣고 근독(菫毒)을 고기에 묻혀 놓았다.
임금이 돌아와 신생에게 제육을 가져오도록 하였는데, 임금이 그것
으로 고수레를 하자 땅이 부풀어오르니, 신생은 두려워서 나가 버
렸다. 여희가 그것을 개에게 주자 개가 죽어버리고, 하급 신하에게
술을 마시게 하자 그도 역시 죽어버렸다.
　임금이 명을 내려 두원관(杜原款)26)을 죽이도록 하자 신생은 신
성(新城)27)으로 도망하였다.

---

25) 齊姜 : 申生의 어머니.
26) 杜原款 : 申生의 師傅.
27) 新城 : 曲沃에 있는 太子의 城 이름.

두원관은 죽기에 임박하여 태자의 하급 신하 어(圉)를 통하여 신생에게 이렇게 말하였다.

"저는 재주도 없는데다 지혜도 없고 불민하여, 제대로 교도를 못함으로써 죽음에 이르게 되었으며 임금님의 마음 쓰임도 깊이 알지 못했습니다. 태자의 자리도 버리고 넓은 땅을 찾아 숨으시려 하시나 저의 작은 마음은 고집이 있어 감히 따라 도망치지 않습니다. 그러므로 모함하는 말이 들려도 변명할 곳이 없으니, 그래서 큰 환난에 빠지게 되고 곧 참해(讒害)를 당하기에 이르렀습니다. 그러나 제가 감히 죽음을 꺼리지 못하고 있는 것은 오직 참해하는 사람과 똑같이 악하기 때문입니다. 제가 듣건대 군자는 진정을 버리지 아니하고 참언(讒言)을 반박하지 않는다 했습니다. 참언이 주효하여 자신이 죽게 되어도 괜찮다는 것이니 그래도 훌륭하다는 명성은 남게 되기 때문입니다. 죽어도 진정을 바꾸지 않는 것은 강한 것이며, 진정을 지킴으로써 아버지를 기쁘게 하는 것은 효도이며, 자신을 죽이면서도 뜻을 이루는 것은 어진 것[仁]이며, 죽음에 있어서도 임금을 잊지 않는 것은 공경스러움[敬]인 것입니다. 젊은 당신은 이에 힘쓰십시오. 죽어도 반드시 사랑을 남기고 백성을 위해 죽는다는 생각을 지닌다면 괜찮지 않겠습니까?"

신생은 이에 호응하였다. 그러자 어떤 사람이 신생에게 말하였다.

"태자님의 죄가 아닌데 어찌하여 도망치지 않습니까?"

신생이 말하였다.

"안되오! 도망을 쳐서 죄에서 풀려난다면 그 죄는 반드시 임금에게로 돌아가게 되는 것이니, 이것은 임금을 원망하는 거지요. 아버지의 죄악을 밝히는 짓은 제후들의 비웃음거리가 되는 일이오. 내 어느 고장으로 도망쳐 들어가겠소? 안으로 부모에게 곤욕을 치르고 밖으로 제후들에게도 곤욕을 당한다면 이것은 곤욕이 거듭되는 것이오. 임금을 버리고 죄에서 도망치려는 것은 죽음에서 도망치는 짓이오.

내가 듣건대, 어진 사람은 임금을 원망하지 않고 지혜 있는 사람은 거듭 곤욕을 치르지 아니하며 용기 있는 사람은 죽음에도 도망치지 않는다 했소. 만약 죄에서 풀려나지 못한다면 도망을 치면 반드시 더 무거워질 것이오. 도망을 쳐서 죄를 무겁게 하는 것은 지혜로운 일이 못되고 죽음에서 도망치며 임금을 원망하는 것은 어진 짓이 못되며, 죄가 있는데도 죽지 않으려는 것은 용기가 없는 짓이오. 도망을 치면 원한이 두터워질 것이니, 악은 거듭해서는 안되고 죽음은 회피해서는 안될 것이오. 나는 엎드려 명을 기다리겠소."

여희는 신생을 만나자 통곡을 하면서 말하였다.

"아비가 있는데 차마 그런 짓을 하려 하였으니, 하물며 나라 사람들이야 어떠하겠습니까? 아비에게 차마 그런 짓을 하며 사람들이 좋아하기를 바란다 해도 어떤 사람이 그를 좋아하겠습니까? 아비를 죽이면서 사람들이 그를 이롭게 해주기 바란다 해도 어떤 사람이 그를 이롭게 해주겠습니까? 모두 백성들이 미워할 일이니 오래 살기는 어려울 것입니다."

여희가 물러가자 신생은 곧 신성의 묘당에서 사형을 당한다.

驪姬以君命命申生曰：“今夕君夢齊姜, 必速祠而歸福.”

申生許諾, 乃祭于曲沃, 歸福于絳. 公田, 驪姬受福, 乃寘鴆于酒, 寘菫于肉. 公至, 召申生獻, 公祭之地, 地墳, 申生恐而出. 驪姬與犬肉, 犬斃；飲小臣酒, 亦斃.

公命殺杜原款, 申生奔新城.

杜原款將死, 使小臣圉, 告于申生曰：“款也不才, 寡智不敏, 不能教導, 以至于死, 不能深知君之心度. 棄寵, 求廣土而竄伏焉, 小

心狷介, 不敢行也. 是以言至而無所訟之也, 故陷於大難, 乃逮于
讒. 然欵也不敢愛死, 唯與讒人鈞是惡也. 吾聞君子不去情, 不反
讒. 讒行身死可也, 猶有令名焉. 死不遷情, 彊也; 守情説父, 孝
也; 殺身以成志, 仁也; 死不忘君, 敬也. 孺子勉之! 死必遺愛, 死
民之思, 不亦可乎?"

申生許諾. 人謂申生曰; "非子之罪, 何不去乎?"

申生曰; "不可, 去而罪釋, 必歸於君, 是怨君也. 章父之惡, 取
笑諸侯. 吾誰鄉而入? 内困於父母, 外困於諸侯, 是重困也. 棄君
去罪, 是逃死也.

吾聞之, 仁不怨君, 智不重困, 勇不逃死. 若罪不釋, 去而必重.
去而罪重, 不智; 逃死而怨君, 不仁; 有罪不死, 無勇. 去而厚怨,
惡不可重, 死不可避. 吾將伏以俟命."

驪姬見申生而哭之, 曰; "有父忍之, 況國人乎? 忍父而求好人,
人孰好之? 殺父以求利人, 人孰利之? 皆民之所惡也, 難以長生."

驪姬退, 申生乃雉經于新城之廟.(〈晋語〉二)

이상의 보기에서 보는 것처럼 《국어》의 문장은 사건의 서술에 빈
틈이 없고 묘사가 짜임새 있는 소설 같은 기분을 느끼게 한다. 두원
관(杜原款)이나 신생의 입을 통한 충(忠)에 관한 논설도 《좌전》의 긴
논설문처럼 수사에 치우치지 않고 정확한 뜻의 전달을 위한 논리의
구성에 두드러진 발전을 보여주고 있다.

이 뒤로는 다시 공자(公子) 중이(重耳)가 여희의 모함을 못견디어
국외로 도망쳤다가 뒤에 귀국하여 문공(文公)으로 즉위하기까지의 파
란 많은 곡절이 길게 이어진다. 이는 역사적인 기록이라기보다는 소
설로 보는 편이 훨씬 옳을 것이다.

어떻든 중국 고대의 산문은 《국어》에 이르러 한 단계 더욱 발전하
고 있다. 《좌전》이 보여준 감동적인 표현과 《국어》에서 더욱 발전한

소설적인 수법은 후세 중국 서사문(叙事文)의 규범이 되었다. 특히
후세의 사서(史書)들은 여기에서 사건과 인물의 생동하는 표현 기법
과 희극적(戲劇的)인 구성의 수법을 다분히 계승하였다.

<h3 align="center">· 참 고 도 서 ·</h3>

《국어》한국 신지영·이정재 번역(서울, 홍익출판사)
《國語韋氏解》21卷, 吳 韋昭 撰.
《國語校注本三種》29卷, 淸 汪遠孫 撰.
《國語正義》21卷, 淸 董增齡 撰.
《國語韋昭注疏》16卷, 淸 洪亮吉 撰.

3) 《전국책(戰國策)》

　《전국책》에는 동주(東周) 정왕(定王) 16년(기원전 453)으로부터
진시황(秦始皇)이 천하를 통일하기까지에 이르는 전국시대의 일들
이 기록되어 있다. 그리고 그 내용은 동주(東周)·서주(西周)·진
(秦)·제(齊)·초(楚)·조(趙)·위(魏)·한(韓)·연(燕)·송(宋)·위
(衛)·중산(中山)의 12국별로 나뉘어 편찬되어 있는데, 아무래도 그
분량은 이른바 전국칠웅(戰國七雄)인 진·제·초·조·위·한·연이
대부분을 차지하고 있다. 다시 각 나라의 기록은 연대순으로 배열되
어 있다.

　이것은 어느 때 누가 쓴 것인지 알 길이 없다. 그 내용으로 보아
한 시대에 한 사람에 의하여 기록된 것은 절대로 아니다. 본시 이 책
은 《국책(國策)》·《국사(國事)》·《단장(短長)》·《사어(事語)》·《장
서(長書)》·《수서(修書)》[28] 등 여러 가지 이름이 있었는데, 한(漢)대

---

28) 《戰國策》劉向 序文 依據.

에 유향(劉向, 기원전 77~기원전 6)이 이를 정리하여 《전국책》이란 이름으로 확정시켰다. 이 책은 지금도 판본(版本)에 따라 내용에 많은 차이가 있는데, 이는 예로부터 이 책이 전해지는 사이에 후세 사람들에 의한 많은 개편과 개정 등이 가하여졌음을 뜻한다.

본시 이 책에 기록된 일들이 한 나라뿐만 아니라 여러 나라와 여러 사람 및 여러 가지 사건과 관련된 것이 많으므로, 이를 나라별 또는 시대별로 정리하는 데 있어 각기 자기네에게 유리한 입장을 취하여 혼란이 없을 수 없는 것이다. 그러나 지금 우리에게 전해지는 판본은 그 체제는 말할 것도 없고 문장에 이르기까지도 한대(漢代) 유향의 손질이 가장 많이 가해진 것임에 틀림없다.

《좌전》과 《국어》는 그 내용이 역사적인 인물이나 사건의 얘기를 빌어 윤리 도덕을 설교하는 성질의 것이었지만, 《전국책》은 어지러운 전국시대의 정치가나 유사(游士)·책사(策士)들의 상대방을 쓰러뜨리고 자기의 이익을 얻기 위한 책략(策略)에 관한 얘기가 중심을 이루고 있다. 《전국책》도 전국시대의 역사적인 인물이나 사건들을 구실로 삼고 있지만, 엄격한 뜻에서의 역사와는 《좌전》이나 《국어》보다도 더욱 멀어져 있다.

그뿐만이 아니라 전국시대에 와서는 춘추시대에는 정치상의 구심점(求心點)이 되어 왔던 천자(天子)의 주(周)나라 왕실도 완전히 권위를 잃은 채 여러 나라들이 약육강식(弱肉强食)을 일삼던 때라서 《좌전》과 《국어》에서 강조되던 윤리 도덕도 《전국책》에서는 찾아볼 수 없게 된다. 자기의 목적이나 이익의 추구를 위하여는 온갖 수단과 음모를 가리지 않아도 되었던 시대이다.

전국칠웅(戰國七雄) 중에서도 한(韓)·위(魏)·조(趙)는 진(晋)나라가 셋으로 갈라져 이루어진 나라들이라 국세가 약할 수밖에 없었고, 동북쪽에 치우쳐 있던 연(燕)나라도 힘이 없어 이들은 패권을 다투는 싸움에 정식으로 끼어들지 못하였다. 이 때 정식으로 천하 통일을 노리며 싸웠던 것은 서쪽의 진(秦)나라와 동북쪽의 제(齊)나라와 남쪽의 초(楚)나라였다. 개인뿐만이 아니라 이들 나라도 화약(和約)과 전쟁을 자기 나라의 편의대로 활용하였다. 작은 나라들은 외적(外敵)을 막기에 여념이 없고 큰 나라들은 자기네 꿈을 실현하기 위하여 온갖 책략(策略)을 다하던 시대이다.

그 중에도 나머지 여섯 나라를 연합시켜 강한 진나라에 대항시키려는 술책을 추진하여 육국(六國)의 상인(相印)을 한 몸에 찼던 소진(蘇秦)의 합종책(合縱策)과 이 여러 나라들로 하여금 진나라와 화약(和約)을 맺게 하여 진나라가 원교근공책(遠交近攻策)을 써서 천하를 통일하는 기틀을 마련토록 했던 장의(張儀)의 연횡책(連橫策)이 가장 유명하다. 여기에서 종횡가(從橫家)란 말이 나왔고, 《전국책》은 동서 여러 나라를 돌아다니며 온갖 책략을 동원하여 자기의 목적을 이루는 소진·장의의 얘기를 비롯하여, 이에 따른 여러 정치적·군사적 인물들의 책모(策謀)에 관한 얘기가 중심을 이루고 있는 것이다. 그러나 얘기의 흥미진진한 내용들은 모두가 실제로 있었던 사실(史實)을 그대로 기록한 것일 수가 없는 성질의 것들이다. 보기를 들면 《전국책》에 기록된 여러 가지 사건들은 거기에 등장하는 중심 인물의 사전의 예측이나 예언대로 진행되고 있는데, 그들의 예측이나 예언은 대부분이 합리적(合理的)인 듯하면서도 여러 가지 꼭 그렇게만 될 수 없는 우연의 일치가 있어야만 이루어질 수 있는 것들이다.

그러나 그 문장에 있어서는 《좌전》이나 《국어》보다는 후세에 이루어진 것이어서 어떤 얘기의 서술기능이나 수사(修辭)에 있어서는 월등 발전한 변모를 보여주고 있다. 그리고 그 얘기는 더욱 허구적(虛構的)인 데다가 형식적인 윤리 기준도 무시하고 있기 때문에 작가의 재치가 퍽 자유로이 발휘되고 있다. 《전국책》은 《한비자(韓非子)》와 비슷한 술수(術數)에 관한 얘기가 많고 문장도 거의 비슷한 거침 없는 기세와 표현기능을 발휘하고 있는데, 쓰여진 시대가 비슷하기 때문인 듯하다. 중국문장은 《전국책》이 나올 무렵에야 분명하고 매끄러운 표현기능과 성운(聲韻)의 변화와 조화를 통하여 이루어지는 아름다운 어구 등 독특한 서술기능 및 수사기교가 갖추어졌다고 할 것이다. 그러기에 《전국책》은 《좌전》이나 《국어》보다도 월등한 얘기의 재미와 표현의 기지(機智)와 문장의 아름다움을 맛보게 한다. 《전국책》이 지난날의 예의와 도덕을 무시하고 목적을 위해서는 수단과 방법을 가리지 않고 필요하다면 어떤 나쁜 일도 서슴치 않고 행하는 인물들의 얘기인데도 중국에 널리 읽혀 온 것은 이것이 인정(人情)과 사세(事勢)의 일면을 잘 표현했을 뿐만이 아니라 이상과 같은 문장상의 특징도 지니고 있었기 때문일 것이다.

《전국책》의 첫머리 한 대목만 읽어보아도 그 특징을 충분히 파악할 수 있다.

진(秦)나라가 군사를 일으키어 주(周)나라를 위협하며 구정(九鼎)29)을 요구하였다. 주나라 임금이 이를 걱정하여 안솔(顔率)에게 의논하였다. 안솔이 말하였다.

"대왕께서는 걱정하지 마십시오. 신이 동쪽으로 가서 제(齊)나라에 구원을 요청하겠습니다."

안솔은 제나라로 가서 제나라 왕에게 말하였다.

"진나라는 무도하기 짝이 없게도, 군사를 일으키어 주나라를 위협하며 구정을 요구하고 있습니다. 주나라의 임금과 신하들은 안으로 계책을 다 강구하여 보았는데, 진나라에 내주는 것보다는 대국(제나라)에 바치는 게 좋겠다는 결론입니다. 위태로운 나라를 존속케 하는 것은 미명(美名)이 되며, 구정을 얻는다는 것을 대단

---

29) 九鼎 : 夏禹가 鑄造한 아홉 개의 솥. 商나라를 거쳐 周나라에까지 전해진 傳國之寶임. 뒤에 秦나라에까지 傳해졌다가 없어졌음.

한 보배가 됩니다. 바라옵건대 대왕께서 이에 대처해 주십시오."

제나라 왕은 크게 기뻐하며 5만의 군사를 내고 진신사(陳臣思)를 대장으로 삼아 주나라를 구원케 하였다. 그리하여 진나라는 군사를 거두었다. 제나라가 구정을 요구하게 되자 주나라 임금은 또 이를 근심하였다. 안솔이 말하였다.

"대왕께선 걱정 마십시오. 신이 동쪽으로 가서 이를 해결하겠습니다."

안솔이 제나라로 가서 제나라 왕에게 말하였다.

"주나라는 대국의 의로움에 힘입어 임금과 신하와 아비와 자식들이 보전될 수가 있었습니다. 구정을 바치고자 하는데, 대국에서는 어떤 길을 좇아서 그것을 제나라로 가져오고자 하는지 알지 못하겠습니다."

제나라 왕이 말하였다.

"과인은 양(梁)나라에 길을 빌릴까 하오."

안솔이 말하였다.

"안됩니다. 양나라의 임금과 신하들은 구정을 얻고자 하여 휘대(暉臺) 아래와 소해(少海) 가에서 모의를 해온 지 오래되었습니다. 구정이 양나라로 들어가면 반드시 나오지는 못할 것입니다."

제나라 왕이 말하였다.

"과인은 그럼 초(楚)나라에 길을 빌리도록 하지요."

"안됩니다. 초나라의 임금과 신하들은 구정을 얻고자 하여 섭정(葉庭) 안에서 모의를 해온 지 이미 오래되었습니다. 만약 초나라로 들어가기만 하면 구정은 반드시 나오지 못할 것입니다."

왕이 말하였다.

"과인은 대체 어떤 길을 이용하여 그것을 제나라로 가져와야 하는 거요?"

안솔이 말하였다.

"저의 고장에서는 이미 속으로 대왕을 위하여 그것을 걱정해 왔습니다. 구정이란 것은 초 병이나 장 항아리와는 달라서 옆에 끼거나 들고서 제나라로 가져올 수 있는 것도 아니고, 새가 모여들고 까마귀가 날고 토끼가 뛰고 말이 달리듯 간단히 제나라로 옮겨 놓을 수 있는 것도 아닙니다. 옛날 주나라가 은(殷)나라를 정벌하고 구정을 얻었을 때, 한 솥을 9만 명이 끌어 왔었으니 99는 81이라 81만 명이 끌었습니다. 사졸(士卒)과 사람들 및 기계와 연모들을 다 갖추고 있어야만 이것을 움직일 수가 있습니다. 지금 대왕께 비록 그만한 사람은 있다 하더라도 어떤 길을 이용하여 가져오겠습니까? 신은 속으로 대왕을 위하여 그 일이 걱정이 됩니다."

제나라 왕이 말하였다.

"선생은 여러 번 오기는 하였지만 아직 주지는 않았소."

안솔이 말하였다.

"감히 대국을 속이지는 못합니다. 속히 가져오실 길을 정하시기만 하면 저의 고장에서는 구정을 그 쪽으로 옮겨 놓고 명을 기다리도록 하겠습니다."

제나라 왕은 결국 그만두었다.

秦興師臨周, 而求九鼎. 周君患之, 以告顔率.

顔率曰："大王勿憂, 臣請東借救於齊."

顔率至齊, 謂齊王曰："夫秦之爲無道也, 欲興兵臨周, 而求九鼎. 周之君臣內自盡計, 與秦不若歸之大國. 夫存危國, 美名也；得九鼎, 厚寶也. 願大王圖之."

齊王大悅, 發師五萬人, 使陳臣思將以救周, 而秦兵罷. 齊將求九鼎, 周君又患之.

顔率曰："大王勿憂, 臣請東解之."

顔率至齊, 謂齊王曰 : "周賴大國之義, 得君臣父子相保也. 願獻九鼎, 不識大國何塗之從而致之齊 ?"

齊王曰 : "寡人將寄徑於梁."

顔率曰 : "不可. 夫梁之君臣, 欲得九鼎, 謀之暉臺之下, 少海之上, 其日久矣. 鼎入梁, 必不出."

齊王曰 : "寡人將寄徑於楚."

對曰 : "不可, 楚之君臣, 欲得九鼎, 謀之於葉庭之中, 其日久矣. 若入楚, 鼎必不出."

王曰 : "寡人終何塗之從而致之齊 ?"

顔率曰 : "弊邑固竊爲大王患之. 夫鼎者, 非效醯壺醬甀耳, 可懷挾提挈以至齊者, 非鳥飛兎興馬逝, 灘然止於齊者. 昔周之伐殷得九鼎, 凡一鼎而九萬人輓之, 九九八十一萬人. 士卒師徒, 器械被具, 所以備者稱此. 今大王縱有其人, 何塗之從而出 ? 臣竊爲大王私憂之."

齊王曰 : "子之數來者, 猶無與耳."

顔率曰 : "不敢欺大國. 疾定所從出, 弊邑遷鼎以待命."

齊王乃止.(《東周策》)

이상의 글을 읽어보면 우선 얘기의 기술(記述)이 매우 완정(完整)하고, 문장도 거침없고 매끄러우며 내용도 재미가 있음을 느끼게 될 것이다. 주나라 천자를 제후들이 위협하며 국권(國權)을 상징하는 구정을 뺏으려 하고 있고, 주나라에서도 구정을 빼앗기지 않기 위해서 거짓말과 술책을 아무 거리낌없이 쓰고 있다. 그리고 이것은 마치 재미있는 소설의 한 토막 같기도 하다.

다음에는 궁정 안에서 일어났던 악랄한 계책에 관한 얘기를 보기로 한 대목 더 들기로 한다.

위(魏)나라 왕이 초나라 왕에게 미인을 보내주었는데, 초나라 왕이 그를 좋아하였다. 부인 정수(鄭袖)는 왕이 새사람을 좋아함을 알고서, 새사람을 매우 사랑하여 옷가지와 쓰는 물건은 그가 좋아하는 것을 골라 만들어 주고 궁실과 침구도 그가 좋아하는 것을 가리어 마련해 주는 등 그를 사랑함이 왕보다 더한 듯이 하였다.

왕이 말하였다.

"부인들이 남편을 섬기게 되는 까닭은 색〔美色〕때문이고, 질투를 하는 것은 그들의 정이다. 지금 정수는 과인이 새사람을 좋아함을 알고서 그를 사랑해 줌이 과인보다도 더하다. 이는 효자가 어버이를 섬기는 방법이며 충신이 임금을 섬기는 방법이다."

정수는 왕이 자기가 투기를 하지 않고 있다고 여김을 알고 나서 새사람에게 말하였다.

"왕은 그대의 아름다움을 사랑하고 있소. 그러나 그대의 코는 싫어하고 있으니 그대는 왕을 만나거든 반드시 그대의 코를 가리도록 하시오."

새사람은 왕을 만나게 되면 이리하여 그의 코를 가리게 되었다. 그러자 왕이 정수에게 말하였다.

"새사람은 과인을 만나기만 하면 곧 그의 코를 가리는데 왜 그러는가요?"

정수가 말하였다.

"저는 알고 있습니다만."

"나쁜 얘기라 하더라도 꼭 말해 주시오."

"그는 임금님의 냄새를 맡기 싫어하고 있는 듯하옵니다."

왕이 말하였다.

"발칙하도다. 영을 내려 그의 코를 베도록 하되, 명을 거스리는 일이 없도록 하라!"

魏王遺楚王美人, 楚王説之. 夫人鄭袖知王之説新人也. 甚愛新人, 衣服玩好, 擇其所喜而爲之, 宮室臥具, 擇其所善而爲之, 愛之甚於王.

王曰：“婦人所以事夫者, 色也；而妬者, 其情也. 今鄭袖知寡人之説新人也, 其愛之甚於寡人, 此孝子之所以事親, 忠臣之所以事君也.”

鄭袖知王以已爲不妬也. 因謂新人曰：〈王愛子美矣. 雖然惡子之鼻, 子爲見王則必掩子鼻.〉

新人見王, 因掩其鼻. 王謂鄭袖曰：“夫新人見寡人, 則掩其鼻, 何也?”

鄭袖曰：“妾知也.”

王曰：“雖惡, 必言之.”

鄭袖曰：“其似惡聞君王之臭也.”

王曰：“悍哉！令劓之, 無使逆命！”(〈楚策〉四)

이밖에 《전국책》에는 소진과 장의를 비롯한 유사(游士)나 여러 신하들이 임금에게 자기의 의견을 아뢰는 상당히 긴 논설도 여러 군데 보이는데, 모두 《좌전》이나 《국어》보다도 논리에 빈틈이 없고 문장이 아름다우면서도 매끄럽다. 이는 전국시대 제자(諸子)들에 의하여 중국 문장의 논설 기능이 크게 발전하였음을 증명하는 것이라 하겠다.

보기로 〈진책(秦策) 2〉를 보면, 진나라 선태후(宣太后)는 평소에 위추부(魏醜夫)와 사통을 하고 지낸다. 그러다 태후가 병이 들어 죽을 지경에 이르자 태후는 "나를 장사지낼 때엔 꼭 위추부도 순장(殉葬)하도록 해달라"고 당부를 한다. 횡사를 당하게 된 위추부가 몹시 근심을 하고 있자 그의 친구가 그를 구해 주려고 나선다. 그 친구는 우선 태후를 뵙고서 "죽은 사람은 지각이 있겠습니까?"하고 물어 "지각이 없을 것"이라는 태후의 대답을 들은 뒤 이렇게 진언(進言)

을 한다.

　　만약 태후의 신령께옵서 죽은 사람에겐 지각이 없음을 분명히
아신다면 무엇 때문에 공연히 살았을 적에 사랑하던 사람을 지각
없는 죽은 사람 곁에 묻으려 하십니까? 만약 죽은 사람에게도 지
각이 있다면 선왕께옵서 격노하여 오신 지 오래되었을 터이라 태
후께서는 잘못을 변명하기에 겨를이 없을 것인데, 어찌 위추부와
사사로이 통할 여유가 있게 되겠습니까?

　　若太后之神靈, 明知死者之無知矣, 何以空以生所愛, 葬於無
知之死人哉? 若死者有知, 先王積怒之日久矣, 太后救過不贍, 何
暇乃私魏醜夫乎?

이런 빈틈없는 논리에 태후도 하는 수 없이 위추부를 자기 곁에 순
장하려던 뜻을 거두어 버린다.

　그리고 앞의 예문에서 볼 수 있는 바와 같이 《전국책》의 얘기에는
인간의 정상(情狀)이나 세상일의 돌아가는 실상(實狀)을 얘기하고 있
으면서도, 그 얘기가 주는 교훈에 대하여는 자세한 설명을 피하고 있
는 대목이 많다. 되도록 독자의 이해력과 상상력에 맡김으로써 더욱
풍부한 함축(含蓄)을 지니도록 하자는 뜻에서였을 것이다.

　〈제책(齊策) 3〉을 보면 유명한 맹상군(孟嘗君)의 사인(舍人)이 맹
상군의 부인과 간통을 한다. 뒤에 여러 사람들이 알게 되어, 어떤 사
람이 맹상군에게 그 사인을 죽이라고 권하지만 맹상군은 "잘생긴 것
을 좋아하는 것은 인정이 아니냐?"고 하면서 눈감아 주다가 1년 뒤
에 위(衛)나라로 보낸다. 뒤에 위나라 임금이 천하의 군사들을 모아
제(齊)나라를 치려 할 때 그 사인은 자기 목숨을 걸고 위나라 임금이
제나라를 치려는 뜻을 막는다. 이 대목에서 끝머리에 "제나라 사람들

은 이 얘기를 듣고서, 맹상군은 일을 잘 처리하였으니, 화(禍)를 바꾸어 공(功)이 되게 하였다고 말하였다.(齊人聞之曰, 孟嘗君可謂善爲事矣, 轉禍爲功.)"고 전체 얘기를 간단히 결론짓고 있다. 그래서 이 얘기는 읽는 사람에 따라 여러 가지 인간에 대한 교훈을 깨닫도록 만드는 것이다. 이러한 함축적인 필법은 결국 후세로 계승되어 중국 문장의 한 가지 특징을 이루게 된다.

　이상에서 보는 바와 같이 중국 문장은 주(周)나라 말엽 《전국책》에 이르러[30] 유창한 세련미와 엄정하고 빈틈없는 표현 능력과 여유있는 문장의 구성 능력을 갖추게 되었다. 따라서 중국의 산문은 여기에서 안정된 확고한 기반이 다져진 것이다. 이것은 한자의 자체(字體)의 안정과도 거의 시기를 같이하고 있을 것으로 여겨진다.

· 참 고 도 서 ·

《戰國策注》 33卷, 漢 高誘 撰(淸 黃丕烈 重校 《剡川姚氏本戰國策》).
《鮑氏戰國策注》 10卷, 宋 鮑彪 撰.
《戰國策校注》 10卷, 元 吳師道 撰.

2. '입언(立言)'의 글

　'입언'이란 본시 후세에 교훈이 될 만한 말을 기록으로 남기는 것을 뜻하는데,[31] 대체로 사상적인 기록이라 할 수 있는 것이다. 여기에서

---

30) 《荀子》·《韓非子》·《呂氏春秋》 등도 이 무렵에 이루어진 책으로 비슷한 수준의 文章이라 할 수 있다.

31) 《左傳》襄公 24年 ; "其次有立言", 疏 ; "立言, 謂言得其要, 理足可傳, 其身旣沒, 其言尙存, …… 乃是立言也."

는 이른바 '제자백가'들의 글을 가리킨다. 법가(法家)는 정(鄭)나라 자산(子産)32)에게서 비롯되었고, 병가(兵家)는 제(齊)나라 손무(孫武)33)에게서 시작되었고, 유가(儒家)는 노(魯)나라 공구(孔丘)에게서 비롯되었으며, 묵가(墨家)는 송(宋)나라 묵적(墨翟)34)에게서 시작되었고, 도가(道家)는 초(楚)나라 노담(老聃)에게서 시작되었다 하니, 중요한 제자(諸子)의 유파는 이미 춘추시대에 다 갖추어졌던 셈이다. 그러나 이들 제자가 그들의 참된 면목을 발휘한 것은 전국시대의 일이라 할 수 있고, 또 이들의 이름 아래 전해지는 각 유파의 저서들이 있다 해도 지금 우리에게 전해지는 것은 모두 전국시대 말엽 이후에 이들의 제자 또는 재전제자(再傳弟子)들에 의하여 이루어진 것들이다.

'입언'의 글이란 논설문이어서 명확한 논리의 표현을 필요로 하는 글이기 때문에, 앞의 《서경》이나 '기사'의 글에서 논술한 바와 같이 중국문장은 전국시대 말엽에 이르러서야 논리의 표현 기능이 비교적 완전히 갖추어졌으므로 이것들은 거의 모두 전국시대 말엽에 이루어진 것이라 보아도 크게 틀림이 없을 것이다.

그런데 이 제자들은 동주시대의 겸병전쟁(兼倂戰爭)으로 말미암아 일어난 사회의 격변, 곧 종족제도의 파괴와 이에 따른 정치 경제의 성격 변화 등 속에서 제각기 다른 집단의 입장을 대변하고 있기 때문에, 그들 사상의 표현방식도 그 집단의 성질에 따라 성질이 달라질

---

32) 子産 : 春秋時代 鄭나라 大夫, 이름은 公孫僑, 字가 子産. 鄭나라 簡公에서 定公·獻公·聲公에 걸쳐 國政을 맡아 나라를 强盛케 하였고, 그가 죽었을 때는 孔子도 눈물을 흘렸다 한다.

33) 孫武 : 春秋時代 齊나라 大夫. 兵法에 뛰어나 吳王 闔閭의 將帥로서 强한 楚·齊·晉을 무찔러 覇者가 되게 하였다. 《孫子》 十三篇을 지었고 戰國時代 孫臏은 그의 後孫으로 역시 병법에 뛰어났었다.

34) 墨翟 : 뒤의 《墨子》節 참조.

수밖에 없었다. 예를 들면 유가는 정치적으로는 혼란 속에서도 질서를 찾아 자기의 권세를 유지하려는 통치계급의 입장, 경제적으로는 종족제도의 파괴로 말미암아 새로 생겨난 대지주들의 입장을 대변하는 것이어서 그들의 문장은 내용과 함께 귀족적인 형식을 아울러 중시하게 된다. 묵가는 혼란한 사회 속에 어려움을 겪으면서도 그 세력을 확장시키고 있는 서민들의 입장을 대변하는 것이어서, 그들의 문장도 내용이나 표현이 질박한 경향을 지니게 된다. 법가는 경제적인 혼란 속에 새로이 등장한 상인과 지주들의 입장, 정치적으로는 강력한 정권을 유지하려는 지배계급의 입장을 대변하기 때문에 그들의 문장은 현실적이고 논리의 명확한 표현에 치중하게 된다. 도가는 남방의 따스한 기후와 풍부한 물산을 배경으로 한 낭만적인 기질을 대표하기 때문에 혼란한 사회를 초현실로 초극하려 하여 그 문장도 환상적이고 아름답게 된다.

이처럼 '제자백가'들은 모두 논리를 존중하면서도 제각기 다른 성격의 문장을 썼으므로 사상뿐만이 아니라 문장의 여러 가지 기능도 비약적인 발전을 이룩할 수가 있었다. 중국의 고대 산문이 지닌 여러 가지 수사기교나 함축적이고도 아름다운 표현 기능 등은 모두 이때에 갖추어지는 것이다. 따라서 여기에서는 각기 다른 성격의 제자들이 어떻게 제각기 중국의 문장 기능을 발전시키고 있는가를 추구하는 데 중점을 두어 중국 문장의 특징을 문학사적으로 이해하도록 하여야 할 것이다.

지금 우리에게 전하는 제자서(諸子書)는 여기에서 논술하고 있는 것 이외에도 상당히 많다. 그러나 여기에서 다루고 있지 않은 것들은 후세의 위탁(僞託)한 글임이 분명하거나 잡다한 성격을 지닌 것이어서 전국시대의 산문을 대표할 수 없는 게 대부분이다. 예를 들면 유가의 경전(經傳) 중에도 《주례(周禮)》·《의례(儀禮)》·《예기(禮記)》·《효경(孝經)》 등은 모두 한대(漢代)에 이루어진 것들이고, 그

밖에 《상자(商子)》·《관자(管子)》·《안자춘추(晏子春秋)》·《열자(列子)》·《귀곡자(鬼谷子)》·《오자(吳子)》 등이 모두 후세의 위탁이다. 그 이외에 전국시대에 이루어진 것일 가능성이 있는 것들도 있기는 하나, 그 문장 성격이 여기에 논술하는 책의 범위를 전혀 벗어나지 못하는 것들이어서 생략하였다.

여기에서 《논어(論語)》·《맹자(孟子)》·《묵자(墨子)》는 전국시대 산문의 기반을 이루는 성격의 것들이라 생각되어 앞머리에, 《장자(莊子)》는 새로운 남방의 기질을 도입하여 자극을 가함으로써 중국 문장을 한층 더 발전시키는 계기가 됐다는 뜻에서 그 다음에, 《순자(荀子)》·《한비자(韓非子)》는 전국시대의 혼란을 수습하여 천하통일의 계기를 마련하는 현실적인 성격을 지닌 문장이란 뜻에서 다시 그 다음에 놓고, 진(秦)나라 초기의 작품이지만 여기에 《여씨춘추(呂氏春秋)》를 끝머리에 붙여 놓은 것은 사상적으로나 문장면에 있어서나 이상의 제자(諸子)들을 종합하려는 노력이 보이기 때문이다.

1) 《논어(論語)》

《논어》에는 공자의 말, 또는 공자와 그의 제자 및 그 때 사람들과의 대화나 그들의 행동에 관한 기록들이 모아져 있다. 이 때문에 《논어》는 옛부터 공자와 유가의 사상이나 성격을 연구하고 이해하는 데 가장 중요한 자료로 여겨져 존중되어 왔다. 특히 송대(宋代)의 성리학자 정이(程頤, 1033~1107)가 《논어》를 중시하고, 이어 주희(朱熹, 1130~1200)가 《맹자(孟子)》·《대학(大學)》·《중용(中庸)》과 함께 '사서(四書)'로 묶어 주석을 달고 유가의 기본 교과서로 삼은 이래로, 중국뿐만이 아니라 우리나라나 일본에 있어서까지도 공부하는 사람이라면 꼭 읽는 필독서가 되었다. 따라서 《논어》가 동양문화 전반에 걸쳐 끼친 영향은 어느 책보다도 크다고 말할 수 있다.

반고(班固, 32~92)는 《한서(漢書)》예문지(藝文志)에서 《논어》란
책 이름을 다음과 같이 풀이하고 있다.

《논어》란 것은 공자가 제자와 그 때 사람들에게 응답한 것과 제
자들이 서로 말을 하되 공자에게서 직접 들은 것에 관한 말[語]인
것이다. 당시의 제자들은 제각기 기록해 놓은 것이 있었는데, 공자
께서 돌아가신 뒤 문인(門人)들이 서로 모아서 논찬(論纂)을 한 것
이기 때문에 《논어》라 말하는 것이다.

論語者, 孔子應答弟子時人, 及弟子相與言而接聞於夫子之語也.
當時弟子各有所記, 夫子旣卒, 門人相與輯而論纂, 故謂之論語.

그에 의하면 《논어》란 곧 '공자가 제자와 그 때 사람들과 응답한
말과 제자들이 서로 주고받은 말을 논찬(論纂)한 것'이란 뜻이라는
것이다. 물론 그 뜻을 좀 더 부연한 다른 견해들도 있으나,[35] 이 《한
서》의 해석이 무난한 듯하다.

또 위 《한서》의 말을 보면 《논어》는 공자의 문인들이 편찬한 것이
라 하였는데, 다시 후한(後漢)의 정현(鄭玄, 127~200)은 '《논어》는
중궁(仲弓)·자하(子夏) 등이 찬정(撰定)한 것'[36]이라 하였고, 양(梁)
나라 황간(皇侃, 488~545)은 《논어의소(論語義疏)》에서 '《논어》는
공자가 죽은 뒤 70제자(弟子)의 문인들이 함께 편찬한 것'이라 하는
등 그 밖에도 여러 가지 견해가 있으나,[37] 모두 어느 때 누구에 의하

---

35) 漢 劉熙 《釋名》 釋典藝 ; "論, 倫也, 有倫理也 ; 語, 敍也, 敍已所欲言
    也." 또 唐 陸德明 《經典釋文》에서 《論語》의 論字를 "綸也, 輪也, 理
    也, 次也, 撰也."라 解說한 것 등이 그 보기이다.
36) 《經典釋文》 敍錄 所引.
37) 唐 柳宗元은 〈論語辯〉에서 曾子의 弟子가, 淸 章學誠은 《文史通義》 詩

여 편찬된 책인가를 분명히 밝히지는 못하고 있다. 다만 이 책은 한때 한 사람에 의하여 편찬된 것이 아님이 분명하며, 대략 공자가 죽은 (기원전 479) 뒤로 100년 이상 지난 뒤에 이루어진 것으로 보인다.

《논어》는 〈학이(學而)〉·〈위정(爲政)〉·〈팔일(八佾)〉·〈이인(里仁)〉·〈공야장(公冶長)〉·〈옹야(雍也)〉·〈술이(述而)〉·〈태백(泰伯)〉·〈자한(子罕)〉·〈향당(鄕黨)〉·〈선진(先進)〉·〈안연(顔淵)〉·〈자로(子路)〉·〈헌문(憲問)〉·〈위령공(衛靈公)〉·〈계씨(季氏)〉·〈양화(陽貨)〉·〈미자(微子)〉·〈자장(子張)〉·〈요왈(堯曰)〉의 20편으로 이루어져 있고, 각 편은 한 장(章) 2, 30자 정도의 글들(100자가 넘는 것은 극히 드물다)이 배열되어 있는데 도합 498장[38]이다. 이들 각 편은 일정한 체계나 순서에 따라 구분된 것이 아니며, 각 장의 내용도 서로 아무런 연관도 없는 것들이 대부분이다. 그리고 위에 든 편제(篇題)도 《시경》의 경우나 마찬가지로 첫 장 중에서 적당한 글자 두세 자를 골라 정하여 책을 다루기 편하도록 한 것일 따름이다.

《한서》〈예문지(藝文志)〉에는《고논어(古論語)》21편·《제논어(齊論語)》22편·《노논어(魯論語)》20편이 저록되어 있다.《고논어》는 한나라 경제(景帝) 때에 공자가 살던 옛 집을 헐다가 벽 틈에서《고문상서(古文尙書)》등과 함께 발견된 것이다.[39] 위(魏)나라 하안(何晏)의 《논어집해(論語集解)》서문에 의하면 〈요왈(堯曰)〉편의 하단 (段) '자장문(子張問)……' 이하를 따로 떼어 한 편으로 만들었기 때문에 《고논어》는 21편이고, 편차도 《제논어》나 《노논어》와 같지 않

敎 上에서 《論語》엔 曾子의 죽음에 관한 기록이 보이니 戰國時代에 이루어진 것이라는 등의 主張을 하고 있다.

38) 학자에 따라 章 數가 다르다. 東漢 趙岐 《孟子篇叙》 486章, 魏 何晏 《論語集解》(明 汲古閣 刻本) 499章, 唐 陸德明 《經典釋文》(淸 盧文弨 校 抱經堂本) 493章, 朱子 《論語集注》 498章 등의 차이가 있다.

39) 王充 《論衡》 〈正說〉篇 依據.

왔다고 말하고 있다. 그리고 글자도 이들과 서로 다른 게 400여자나
되었다 한다.40) 《제논어》는 제나라에 전해지고 있는 판본으로 《노논
어》나 《고논어》에 비하여 〈문왕(問王)〉·〈지도(知道)〉의 2편이 더
많았고, 그 나머지 20편도 장구(章句)가 《노논어》보다 상당히 더 많
았다 한다.41) 《노논어》는 노나라에 전해지던 판본으로 《고논어》와 내
용이 비슷하였다.

그러나 전한(前漢) 만년부터는 장우(張禹)가 편정(編定)한 《논어》
가 주로 세상에 읽히게 되었는데, 그는 《노논어》를 공부한 위에 《제
논어》도 배운 사람이었다.42) 그는 대체로 《노논어》의 체재로 《논어》
를 정리하여43) 지금 우리에게 《노논어》가 전해지고 있다고 생각하는
이들이 많으나 그 장절(章節)이나 자구(字句)는 《제논어》도 참고하였
으므로 꼭 《노논어》 그대로가 전해지는 것은 아닐 것이다.

《논어》는 보통 공자와 유가의 학문을 연구하는 데에 가장 직접적인
자료가 된다고 믿고 있지만, 거기에도 꼭 믿을 수만은 없는 기록들이
포함되어 있다. 특히 《논어》의 앞 10편과 뒤 10편은 문장의 형식이나
어법까지도 차이가 나서, 오래 전부터 뒤 10편은 앞의 것들보다 후세
에 이루어진 것이며, 의심스런 자료들도 섞여 있는 것들이라 의심을
받아 왔다.

특히 최술(崔述, 1740~1816)은 《수사고신록(洙泗考信錄)》에서 《논
어》 속의 의심스런 기록들에 대하여 많은 고증을 하였고, 다시 《논어
여설(論語餘說)》에서는 《논어》의 끝머리 4편에 의심스런 것들이 가
장 많고, 앞 편들의 끝머리 부분에도 역시 의심스런 것들이 있음을
논하였다. 그는 이것을 모두 다음과 같이 종합하고 있다.

---

40) 桓譚 《新論》(《經典釋文》 敍錄 所引) 根據.
41) 何晏 《論語集解》 序 依據.
42) 《漢書》 〈張禹傳〉 및 上同書 依據.
43) 《隋書》 〈經籍志〉.

믿을 수 없는 사실 6장 2절.

의심스런 사실 6장.

뜻은 의심스럽지 않으나 문체가 다른 것 9장.

문체가 크게 의심스러운 것 2장.

문인(門人)이 공자 앞에서 부자(夫子)라 부르고 있고, 사실도 의심스러운 것 2장.

약간 의심스럽기는 하나 뜻에 있어서는 잘못됨이 없는 것 2장.

사실도 의심스럽거니와 편말(篇末)에 붙어 있으면서 그 앞의 글들과는 비슷하지 않거나 빼어먹은 곳이 있는 것 5장.

이상 모두 합치면 《논어》의 의심스런 대목이 32장 2절이나 된다. 예를 들면 〈양화(陽貨)〉편에 공산불요(公山弗擾)가 비(費) 땅에서 반란을 일으키고는 공자를 초청했던 얘기와 필힐(佛肹)이 중모(中牟) 땅에서 반기를 들었을 때 공자를 초청했던 얘기가 기록되어 있는데, 최술(崔述)은 공산불요가 공자를 초청했다는 일은 있을 수가 없는 일이고, 더욱이 필힐의 모반은 공자가 죽은 뒤 5년 후의 일임을 고증하고 있다. 이처럼 의심스런 대목들이 있는 것은 오랜 세월을 두고 여러 사람들에 의하여 이루어진 중국의 전적들로서는 피할 수 없는 숙명 같은 것일 듯하다.

문학사상 《논어》가 지니는 중요한 의의는 그 속에 중국 전통문학 사상의 바탕이 된 공자의 시에 관한 의견이 담긴 말들이 들어 있다는 점이라 할 것이다. 보기를 들면 공자는 〈위정(爲政)〉편에서,

《시경》은 한 마디로 표현하면 생각에 사악(邪惡)함이 없는 것이다.(詩三百, 一言以蔽之, 曰思無邪.)

라고 하였고, 〈팔일(八佾)〉편에서는,

관저(關雎)[44]는 즐거우면서도 지나치지는 않고, 슬프면서도 마음을 상하게 하지는 않는다.(關雎, 樂而不淫, 哀而不傷.)

라고 하였는데, 이곳의 '사무사(思無邪)'와 '낙이불음, 애이불상(樂而不淫, 哀而不傷)'은 표현이 애매함에도 불구하고, 시 또는 문학의 참된 진리의 일단을 얘기한 말로 받아들여졌다. 그 때문에 역대 중국학자들은 이 구절들에 대한 해석을 서로 달리하면서도 모두 이것을 근거로 자신의 시론 또는 문학론을 이룩하였다. '사무사(思無邪)'라는 말은 시란 '소박하고 순수한 생각의 표현'이란 말로 해석할 수도 있고, '올바른 생각을 바탕으로 한 사회 교화에 도움이 되는 글'이란 말로도 해석할 수가 있어서, 다양한 시론의 전개가 가능한 것이다. '낙이불음, 애이불상(樂而不淫, 哀而不傷)'이란 말도 '사무사(思無邪)'라는 말과 연결시켜 여러 가지 시론을 발전시킬 수가 있다. 또,

《시경》을 외운다 하더라도 정사를 맡기면 잘 처리해내지 못하고, 사방에 사신으로 가서는 전문적으로 응대하지 못한다면 비록 많이 외운다 해도 무슨 소용이 있겠는가?

誦詩三百, 授之以政, 不達；使於四方, 不能專對, 雖多亦奚以爲?(《子路》)

'시'는 흥취(興趣)를 일으킬 수 있게 하고, 사물을 살필 수 있게 하고, 사람들과 어울릴 수 있게 하고, 원망을 할 수 있게 하며, 가까이는 아버지를 섬기고 멀리는 임금을 섬길 수 있게 하며, 새 짐승과 풀 나무의 이름도 많이 알게 한다.

---

44) 關雎：《詩經》〈國風〉 周南 첫머리에 실려 있는 작품 題名.

詩可以興, 可以觀, 可以羣, 可以怨；邇之事父, 遠之事君；多識
於鳥獸草木之名.(〈陽貨〉)

이에 따르면 《시경》은 정치를 하고 외교를 행하는 데에도 응용되
는 것이고, 또 사람 노릇을 하고 사회 생활을 하는 데까지도 효용이
있는 것이란 뜻이 된다. 한대(漢代) 이후 '풍유(諷諭)'에 바탕을 둔
전통적인 중국 시론의 근거는 여기에 있다고도 할수 있을 것이다. 이
밖에도 《시경》이나 문장에 대하여 공자가 말한 대목은 여러 곳에 보
인다.

《논어》의 글은 대부분이 직접화법으로 이루어지고 있는데, 《서경》
이나 《좌전》의 경우보다도 말이나 대화들이 더욱 생동하고 있다. 때
문에 짧은 한 마디의 말 속에도 그 사람의 성격이 잘 드러나고 있다.
예로 〈옹야(雍也)〉편의 한 대목을 든다.

　백우(伯牛)가 병이 나자 선생님께서 위문을 가셔서 창문을 통해
그의 손을 잡고 말씀하셨다.
　"절망적이다! 운명이지! 이런 사람한테 이런 병이 생기다니! 이
런 사람한테 이런 병이 생기다니!"

伯牛有疾, 子問之, 自牖執其手曰：亡之, 命矣！斯人也而有斯
疾也！斯人也而有斯疾也！

짧은 그의 말에 중병에 걸린 제자를 안타까워하는 공자의 심경이
잘 나타나 있다. 그리고 이것은 어떤 다른 전적의 글보다도 그 당시
의 어체(語體)에 가까운 것임을 뜻한다.
　그러나 《논어》의 글들은 아무런 그 때 상황에 대한 설명도 없는 짧
은 말을 인용한 것이 대부분이어서, 문장의 표현은 분명하지만 그 말

의 함의(含義)에 대하여는 논란이 많은 대목들이 적지 않다. 보기를
들어본다.

  선생님이 냇가에서 말씀하셨다.
  "지나가는 것은 이와 같은 것이니, 밤낮으로 멈추지 않는다."

  子在川上, 曰 ; 逝者如斯夫, 不舍晝夜.(〈子罕〉)

  선생님께서 말씀하셨다.
  "봉새도 오지 않고 황하에선 도판이 나오지 않으니, 나는 끝장이
로구나 !"

  子曰 : 鳳鳥不至, 河不出圖, 吾已矣夫!〈子罕〉)

  앞의 대목은 '인생은 덧없는 것'이란 뜻에서 한 말로도 받아들일 수
가 있고, '세월을 쉬지 않고 흐르고 있으니 노력하라'는 말로도 받아
들일 수 있다. 뒤의 말은 '세상이 어지러워 뜻을 이루지 못하겠다'는
말로도 받아들일 수가 있고, '성군(聖君)이 없어 나를 알아주는 이가
없다'는 말로도 받아들일 수가 있다. 그러나 중국인들은 이런 표현을
함축이 풍부한 언어로 받아들여 문장의 이상적인 표현 양식으로 이해
하였다. 그 때문에 후세까지도 중국의 문장은 서사적(叙事的)인 산문
에 있어서까지도 간결하면서도 함축적인 뜻이 풍부한 문장을 이상적
인 것으로 받드는 경향이 있다.
  그리고 《논어》의 대화들은 표현이 생동하고 말하는 사람들의 성격
이 뚜렷이 표출되어 있을 뿐만 아니라, 간결하면서도 극적인 구성을
이룬 대목들이 대부분이다. 특히 〈선진(先進)〉편의 자로(子路)·증석
(曾晳)·염유(冉有)·공서화(公西華)의 네 사람이 스승 공자를 모시

고 자신의 득의(得意)한 일을 얘기하는 대목 같은 것은 연극의 한 토막을 보는 듯하다. 《논어》가 공자와 그의 제자들의 언행에 관한 짧은 글들을 아무런 체계도 없이 모아 놓은 책인데도 불구하고 어떤 전적보다도 세상에 널리 읽힌 것은, 이러한 생동하면서도 간결하고 뜻이 깊은 문장 때문이었을 것이다.

그러나 문장의 표현이나 논점은 명확하면서도 《논어》의 대부분의 말들은 아무런 논거도 제시하지 않고 있다. 보기를 들면 〈위정(爲政)〉편에서 '군자는 그릇 같지 않다(君子不器)'고 말하면서도 왜 그러한 가는 말하지 않고 있다. 그 때문에 '군자란 모든 이치를 터득하고 있어 한가지 목적에만 쓰이는 그릇과는 다르다' 또는 '군자란 포용력이 있어 일정한 양밖에는 받아들이지 못하는 그릇과는 다르다'는 등 여러 가지 해석이 가능하여 함축을 돕고 있는 것은 사실이다. 그러나 논리가 중시되어야 할 산문으로서는, 더욱이 이 《논어》의 편찬은 사상적인 의의가 가장 크다는 것을 생각할 때, 대부분의 글이 그러하다는 것은 문제가 아닐 수 없다. 이것은 아직도 논설문이 완전히 자리잡히지 않았던 《좌전》과 비슷한 시기의 문장이 아닌가 생각되게도 한다.

· 참 고 도 서 ·

《論語諺解》4卷, 朝鮮 宣祖 命撰, 1612.
《論語栗谷諺解》4卷, 朝鮮 李珥 撰, 1749.
《論語集註解說》20卷, 朝鮮 朴文鎬 撰, 1904.
《論語疾書》1冊, 朝鮮 李瀷 撰.
《論語講說》1冊, 朝鮮 李縡 撰.
《論語古今注》(《丁茶山全集》經集 二集 卷 7~16) 朝鮮 丁若鏞 撰.
《東洋의 智慧》(四書譯註) 韓國 車柱環, 乙酉文化社, 서울, 1964.
《論語(註譯)》韓國 金敬琢, 光文出版社, 서울, 1965.

《論語(註譯)》韓國 張基槿, 明文堂, 서울, 1970.
《論語(註譯)》韓國 金學主, 서울대 출판부, 서울, 1985.
《공자의 생애와 사상》韓國 金學主, 明文堂, 서울, 1997.
《論語孔氏訓解》10卷, 漢 孔安國 撰.
《論語義疏》10卷, 魏 何晏 注, 梁 皇侃 疏.
《論語注疏》20卷, 魏 何晏 注, 宋 邢昺 疏(《十三經注疏》本).
《論語全解》10卷, 宋 陳詳道 撰.
《論語集注》10卷, 宋 朱熹 撰(《四書集注》本).
《論語集注考證》10卷, 宋 金履祥 撰.
《論語正義》24卷, 清 劉寶楠 撰.
《論語後案》20卷, 清 黃式三 撰.

Confucian Analects, James Legge (The Chinese Classics Vol. 1), Reprint, University of Hong Kong, 1960.
The Analects of Confucius, Arthur Waley, Allen and Unwin, London, 1938.
Confucius and the Chinese Way, H.G. Creel, Harper, New York, 1960.
Three Ways of Thought in Ancient China, Arthur Waley, Reprint, Doubleday, Anchor Books, Garden City, N.Y, 1956.

2) 《맹자(孟子)》

《맹자》는 공자 이후 증삼(曾參)·자사(子思)에 이어 유학(儒學)의 정통을 이은 맹가(孟軻, 기원전 372?~기원전 289?)[45]의 저서로 전해지고 있다. 특히 송대(宋代)에 주희(朱熹)가 《사서(四書)》를 펴낸 이후 유학의 정통적인 사상이 담긴 책이라 하여 매우 존숭되고 널리 읽혀졌다.

《사기(史記)》의 맹가순경열전(孟軻荀卿列傳)에 다음과 같은 기록

---

45) 生卒年代는 元 程復心 《孟子年譜》 依據.

이 있다.

맹가는…… 물러나 만장(萬章)의 무리들과 《시경》·《서경》을 정리하고 공자의 뜻을 이어 받들어 《맹자》 7편을 지었다.

孟軻……退而與萬章之徒, 序詩書, 述仲尼之意, 作孟子七篇.

따라서 한대(漢代) 사람들은 물론 많은 사람들이 《맹자》는 맹자가 손수 지은 책이라 믿어 왔다. 그러나 이미 당대(唐代)의 한유(韓愈, 768~824)가,

《맹자》는 맹자가 손수 지은 것이 아니라 맹자가 죽은 뒤 그의 제자 만장(萬章)·공손추(公孫丑)가 서로 맹자가 말했던 것을 기록한 것이다.

孟軻之書, 非軻自著. 軻旣沒, 其徒萬章公孫丑相與記軻所言耳. (〈答張籍書〉)

라고 말한 이후, 많은 학자들이 그의 설을 따르고 있다. 그리고 많은 학자들이 《맹자》에 보이는 임금들 중에는 맹자보다 오래 산 사람들이 있는데도 모두 죽은 뒤 붙이는 시호(諡號)를 쓰고 있고, 맹자의 제자들까지도 악정자(樂正子)·공도자(公都子)·옥려자(屋廬子)의 경우와 같이 존칭인 ‘자(子)’를 붙이고 있으며, ‘맹자왈(孟子曰)’하고 글을 시작하는 등 제삼자가 맹자의 언행을 기록하는 식의 말투가 많다는 것 등을 근거로, 《맹자》는 맹자 자신이 지은 책이 아님을 증명하고 있다. 《맹자》도 다른 제자서(諸子書)들과 마찬가지로 그의 제자들에 의하여 전국 만년에 이루어진 것이라 봄이 좋을 것이다.

《맹자》는 〈양혜왕(梁惠王)〉·〈공손추(公孫丑)〉·〈등문공(滕文公)〉·

〈이루(離婁)〉·〈만장(萬章)〉·〈고자(告子)〉·〈진심(盡心)〉의 7편으로 이루어져 있고, 또 각 편은 모두 상(上)·하(下)로 나뉘어져 있는 게 보통이다. 이 편명은 각 편의 첫 구에서 두 자 또는 세 자를 가리어 붙인 것이며, 이것들은 일정한 체계에 따라서 배열된 것은 아니다. 《맹자》 각 편에는 맹자의 정치활동·정치이론·철학사상·개인수양 등에 관한 얘기가 《논어》처럼 자연스럽고 유창한 대화의 형식을 빌어 기록되어 있다. 다만 《논어》의 간결하고 소박했던 형식이 《맹자》에서는 장편의 거창한 형식으로 발전하였고, 문장 표현이나 논리가 《논어》보다는 이해하기 쉽게 되어 있는 것은 《맹자》가 《논어》보다는 약 100년 정도 뒤에 이루어진 때문인 듯하다.

《맹자》의 대화 형식이 《논어》보다 장편의 거창한 것으로 발전했다는 것은, 여기에 기록된 맹자의 언동이 그의 사상을 바탕으로 그의 제자들에 의하여 허구적으로 재구성된 것일 가능성을 느끼게 한다. 《맹자》 첫머리에 보이는 맹자와 양혜왕(梁惠王) 및 제선왕(齊宣王)과의 대화를 보기로 들어보면, 설사 어떤 제자가 그 자리에 있었다 해도 그처럼 긴 대화를 모두 기억할 수는 없었을 것이다. 대체로 맹자의 사상과 행장(行狀)을 바탕으로 후세 사람이 다시 엮어 놓은 대화라고 보아야 할 것이다. 이 대화가 허구적인 것이기에 《맹자》의 사상이 구체적이고 일관성이 있으며, 자기의 논거로 《시경》과 《서경》을 인용하며 적절하고도 재미있는 풍부한 비유를 동원할 수 있었을 것이다. 보기로 〈양혜왕편〉의 첫머리 둘째 대목을 든다.

　　맹자가 양혜왕을 뵈었다. 왕은 늪가에 서서 크고 작은 기러기와 고라니 사슴 따위를 둘러보면서 말하였다.
　　"현량(賢良)한 사람도 이런 것을 즐기나요?"
　　맹자가 대답하였다.
　　"현량한 사람이어야만 이런 것을 즐깁니다. 현량치 않은 사람은 이런 것이 있다 해도 즐기지 못합니다. 《시경》에 이런 대목이 있습니다.

> 영대(靈臺)[46]터를 재기 시작하여
> 재고 이룩하고 하니,
> 백성들이 일을 도와
> 며칠 안 가 완성시켰네.
> 터를 재기 시작하며 서두르지 말라 하였으되
> 백성들 자식들처럼 모여와 일했네.
>
> 왕이 영유(靈囿)[47]에 계시는데
> 암사슴 수사슴 엎드려 노네.
> 암사슴 수사슴 살쪄 윤이 나고
> 백조는 깨끗하고 희네.
> 왕께서 영소(靈沼)[48]에 계시는데
> 아아, 가득히 고기들 뛰어 노네.

문왕은 백성의 힘에 의하여 대(臺)도 이룩하고 늪도 이룩하였으며, 백성들은 그것을 기뻐하고 즐기어 그곳의 대를 영대라 불렀고, 그곳의 늪을 영소라 불렀으며, 그곳에 고라니 사슴과 물고기·자라들이 있는 것을 즐겼습니다. 옛날 사람들은 백성과 더불어 함께 즐겼기 때문에 즐길 수가 있었던 것입니다.

---

46) 靈臺 : 周 文王의 臺名, 靈臺는 '훌륭한 臺'의 뜻이고, 王이 사냥을 즐기는 동산 안에 있었다.
47) 靈囿 : 囿는 새와 짐승을 보호하고 있다가 王이 사냥을 즐기는 장소. 靈囿는 周 文王의 囿 이름.
48) 靈沼: 文王의 동산에 있는 못으로 낚시를 즐기는 곳.

〈탕서(湯誓)〉49)에 '이날은 언제나 없어지려나? 나는 너와 함께 죽어버리겠다'50)고 하였습니다. 백성들이 그와 더불어 함께 죽어버리려 한다면, 비록 대(臺)와 못과 새와 짐승이 있다 하더라도 어찌 홀로 즐길 수가 있겠습니까?"

孟子見梁惠王, 王立於沼上, 顧鴻雁麋鹿, 曰：賢者亦樂此乎？
孟子對曰：賢者而後樂此, 不賢者雖有此, 不樂也. 詩云：
經始靈臺, 經之營之：庶民攻之, 不日成之. 經始勿亟, 庶民子來.
王在靈囿, 麀鹿攸伏. 麀鹿濯濯, 白鳥鶴鶴. 王在靈沼, 於牣魚躍.
文王以民力爲臺爲沼, 而民歡樂之, 謂其臺曰靈臺, 謂其沼曰靈沼, 樂其有麋鹿魚鼈. 古之人與民偕樂, 故能樂也.
湯誓曰：時日害喪, 予及女偕亡. 民欲與之偕亡, 雖有臺池鳥獸, 豈能獨樂哉？

그런 중에도 문장의 내용이 거침없는 격류처럼 변화를 하며, 활발히 생동하고 기세가 충만하다.

이러한 맹자의 신념은 아무런 질서나 의리도 없이 약육강식을 일삼던 전국시대라는 혼란 속에서, 현실과는 거리가 먼 인의(仁義)를 바탕으로 하는 공자의 가르침에 대한 강한 믿음과 그 윤리를 실천해 보려던 뜨거운 정열에서 나왔을 것이다. 그가 자기의 소신을 적극적으로 주장하는 한편, 양자(楊子)나 묵자(墨子) 같은 이단(異端)에 대한 배척에도 적극적인 것도 그 시대 상황과 그의 정열로 말미암는 것이다. 그 때문에 그의 문장은 한편 웅변적이고 선동적이며 격정적이라

---

49) 湯誓：《書經》〈商書〉의 篇名.
50) 殷나라 桀王의 暴政을 참다 못해 백성들이 원망하는 말, 여기의 '너'는 桀王을 가리킨다.

표현할 수도 있을 것이다.

웅변적이면서도 논리는 그다지 완벽한 편이 못되어, 도리어 시와 같은 아름다움을 느끼게 되는 경우가 많다. 그러면서도 그의 문체는 무리가 없고 깨끗하여 비교적 뜻을 파악하기가 쉽다. 청대(淸代)의 오민수(吳敏樹, 1805~1873)가 《맹자》의 글이 '가인상어(家人常語) 같다'[51]고 표현한 것도 그 때문이다. 자기의 주장을 확실하고 빠짐없이 남에게 전하려는 노력이 결국 그의 문체를 "가인상어"처럼 만든 듯하다. 다음에 다시 한 토막의 보기를 든다.

맹자께서 말씀하셨다.

"삼대(三代)[52] 때에 천하를 얻었던 것은 인(仁)함 때문이었고, 그 때 천하를 잃었던 것은 불인(不仁)했던 때문이었다. 나라들이 피폐하거나 흥성해지고 잘 지탱되거나 망하게 되는 까닭도 역시 그러하다. 천자가 인하지 않으면 나라를 보전치 못하게 되며, 경대부(卿大夫)들이 인하지 않으면 집안을 보전치 못하게 되고, 서민들이 인하지 않으면 그의 몸을 보전치 못하게 된다. 지금 죽고 멸망하는 것을 싫어하면서도 불인(不仁)을 즐긴다면, 그것은 마치 취하는 것을 싫어하면서도 무리히게 술을 마시는 거나 같은 것이다."

孟子曰 : 三代之得天下也以仁, 失其天下也以不仁. 國之所以興廢存亡者, 亦然. 天子不仁, 不保四海 : 諸侯不仁, 不保社稷 : 卿大夫不仁, 不保宗廟 : 士庶人不仁, 不保四體. 今惡死亡而樂不仁, 是猶惡醉而强酒.(〈離婁〉上)

---

51) 吳敏樹《孟子別鈔後》; "今而讀孟子之書, 如家人常語然, 豈不以其文之善乎? 然則所謂文以明道者, 必如孟子而可焉."

52) 三代 : 옛날 夏·殷·周의 三王朝.

이 때문에 《맹자》의 글은 독자들에게 쉽게 이해되는 한편 힘과 정열까지 실려 있어 다른 어떤 제자(諸子)들의 문장보다도 감염력이 크다.

거기에다 뛰어난 비유의 활용과 해학성의 발휘는 허구적인 수법과 어울려서 짧은 소설과 같은 글을 이룬 대목도 여러 군데 눈에 띈다. 다시 그러한 보기를 들어본다.

제(齊)나라 사람으로 한 아내와 한 첩을 집에 데리고 사는 자가 있었다. 그 남편은 나가면 반드시 술과 고기를 실컷 먹고 돌아왔었다. 그의 아내가 음식을 함께 먹은 사람을 물어보면 모두가 부자이고 귀한 신분의 사람들이었다. 그의 아내가 그의 첩에게 말하였다.
"주인께서 나가면 반드시 술과 고기를 실컷 자시고 돌아오시는데, 함께 음식을 자신 사람을 물어보면 모두가 부자이고 귀한 신분의 사람들이네. 그러나 아직도 유명한 사람이 와 본 일은 없으니 나는 몰래 주인이 가는 곳을 따라가 보려네."
그리고 일찍 일어나 슬며시 남편이 가는 곳을 따라갔는데, 고을 안을 두루 다니면서도 함께 서서 얘기하는 사람도 없었다. 마침내는, 동쪽 성밖의 무덤 사이의 제사지내는 사람들에게로 가서 그 찌꺼기를 구걸하고는 부족하면 또 둘러보면서 다른 곳으로 찾아가곤 하였다. 이것이 그가 실컷 먹는 방법이었다. 그의 아내는 돌아와서 그의 첩에게 말하였다.
"남편이란 우러러보면서 평생을 의지할 사람인데, 지금 그이는 이런 꼴일세."
그리고 그의 첩과 함께 그의 남편을 나무라면서 마당 가운데에서 함께 울었다. 그런데도 남편은 그것을 알지 못하고 으스대면서 밖으로부터 돌아와 그의 아내와 첩에게 뽐내었다.
군자의 눈으로 볼 적에 사람들이 부귀와 이익이나 출세를 추구하

는 방법이 그의 아내와 첩이 부끄러워하지 않고 함께 울지 않게 하
는 일은 극히 드물다.

齊人有一妻一妾而處室者, 其良人出, 則必饜酒肉而後反. 其妻
問所與飮食者, 則盡富貴也.
其妻告其妾曰：良人出則必饜酒肉而後反, 問其與飮食者, 盡富
貴也, 而未嘗有顯者來. 吾將瞯良人之所之也.
蚤起, 施從良人之所之. 徧國中, 無與立談者, 卒之東郭墦間之祭
者, 乞其餘, 不足, 又顧而之他. 此其爲饜足之道也. 其妻歸, 告其
妾曰：良人者, 所仰望而終身也, 今若此.
與其妻訕其良人, 而相泣於中庭. 而良人未之知也, 施施從外來,
驕其妻妾.
由君子觀之, 則人之所以求富貴利達者, 其妻妾不羞也, 而不相
泣者, 幾希矣.(〈離婁〉 下)

이런 비유의 뜻이 담긴 얘기를 우언(寓言)이라 하는데, 실상 이러한
우언은 소설의 수법에서 볼 때 후세의 이른바 지괴소설(志怪小說) 보
다도 상급의 것이라 여겨진다. 이러한 '우언'을 이용한 자기 논리의 전
개는 《장자(莊子)》나 《한비자(韓非子)》 같은 데에서도 많이 이용되고
있는 수법이다. 제자(諸子)들이 자기의 주장을 되도록 많은 사람들에
게 뚜렷이 이해시키려는 노력에서 이런 우언이 발달한 것으로 보인다.
이상과 같이 평이하고도 깨끗한 문체를 쓰면서도 자기 주장에 대하
여 적극적이고 정열적이어서 기세가 있고 감화력을 느끼게 하는 《맹
자》의 산문은 후세 중국 산문의 발전에 매우 큰 영향을 끼쳤다. 사상
면에서는 《논어》가 《맹자》보다 큰 영향을 끼쳤겠지만, 중국 산문사에
있어서의 지위는 오히려 《맹자》가 훨씬 높다 하겠다. 특히 당대(唐
代) 이후의 고문가(古文家)들, 한유(韓愈)·유종원(柳宗元)·소순(蘇

洵)·소식(蘇軾) 등이 모두 《맹자》를 그들 문장의 규범으로 삼으려 하였다. 때문에 후세 중국의 고문가들의 가장 중요한 문장교본으로 받들어졌던 것이 《맹자》라고까지 말할 수 있다.

· 참 고 도 서 ·

《孟子諺解》14卷, 朝鮮 宣祖 命撰. 1612.

《孟子栗谷先生諺解》7卷, 朝鮮 李珥 撰. 1749.

《孟子淺說》10卷, 朝鮮 趙翼 撰. 1615.

《孟子疾書》4卷, 朝鮮 李瀷 撰.

《孟子講說》1冊, 朝鮮 李緯 撰.

《孟子要義》(《丁茶山全書》經集 二集 卷 5~6) 朝鮮 丁若鏞 撰.

《孟子(註譯)》韓國 車柱環 明文堂, 1970.

《孟子(註譯)》韓國, 安炳周·李篪衡·李雲九 共譯, 翰林出版社, 1982.

《孟子(註譯)》韓國, 金學主, 明文堂, 2002.

《孟子注疏》14卷, 後漢 趙岐 注, 宋 孫奭 疏(《十三經注疏》本).

《孟子集注》7卷, 宋 朱熹 撰(《四書集注》本).

《孟子正義》30卷, 清 焦循 撰.

《孟子字義疏證》3卷, 清 戴震 撰.

The works of Mencius, James Legge, (The Chinese Classics Vol. 2), Reprint, University of Hong Kong Press, Hong Kong, 1960.

Mencius, A New Translation, W.A.C.H. Dobson, University of Toronto Press, Toronto, 1963.

Mencius on the Mind, I.A. Richards, Kegan Paul, London, 1932.

3) 《묵자(墨子)》

《묵자》는 묵가(墨家)를 대표하는 유일한 저술로서 묵가를 창시한 묵적(墨翟, 기원전 468?~기원전 376?)[53]의 저서로 알려져 있다. 묵적은 대략 공자가 죽은 뒤 10년 전후 되는 해에 태어나서 맹자가 태어나기 10여 년 전에 죽은 듯하다.[54] 전국시대만 하더라도 묵가는 유가와 서로 다툴 만한 세력을 지녔던 학파여서, 《맹자》만 보더라도 여러 곳에서 열을 올려 묵가의 사상을 공격하고 있다. 그러나 한대(漢代)에 이르러는 이미 묵가의 명맥이 다 끊긴 형편이 되어 버려 지금 우리에게는 묵적에 대하여 올바른 전기(傳記)가 하나도 전해지지 않고 있는 형편이다.

다만 《사기(史記)》의 〈맹자순경열전(孟子荀卿列傳)〉 끝머리에,

묵적은 송나라의 대부로서 성을 방비하는 술법을 잘 알았고 절용(節用)을 주장하였다. 혹은 공자와 같은 시대라고도 하고 혹은 그보다 뒤의 사람이라고도 한다.

蓋墨翟, 宋之大夫, 善守禦, 爲節用. 或曰幷孔子時, 或曰在其後.

는 간단한 기록이 있을 뿐이다. 그러나 양계초(梁啓超, 1873~1929) 같은 사람은 그를 노(魯)나라 사람이라 고증하였고,[55] 또 초(楚)나라 사람이라 주장하는 이도 적지 않다.

《묵자》의 기록들을 종합하면 그는 본시 수레 만드는 일도 한 서민 출신인 듯하며, 그 때문에 당시 사회의 모순이나 사치와 예악(禮樂) 같은 것에 강한 반발을 보이는 실천적인 서민계급을 대표하는 사상가로 발전한 듯하다. 당시의 지주계급을 대표하는 유가의 예교사상을

---

53) 孫詒讓 《墨子年表》엔 "기원전 468~기원전 376", 錢穆 《墨子年表》엔 "기원전 479~기원전 381"로 考證하고 있다.

54) 梁啓超 《子墨子學說》 墨子略傳 依據.

55) 孫詒讓 《墨子後語》 卷上 및 梁啓超 《子墨子學說》 墨子略傳.

정면으로 반대하며, '몸을 수고롭히지도 않고, 오곡(五穀)을 분별하지도 못하는'56) 유가란 그 사회에 있어 기생충 같은 존재라고까지 생각하였다.

그는 사회의 혼란과 인간의 불행은 서로가 미워하고 싸우는 데서 생겨나는 것이라 생각하고, 모든 사람이 서로 사랑하고 도와야 한다는 '겸애(兼愛)'를 주장하며 전쟁을 반대하였다. 그리고 모든 사람이 절약하고 검소하게 지내면서 부지런히 일할 것도 주장하였다. 이런 것 모두가 서민들의 입장을 대표하는 주장이라 할 것이다. 묵가가 실천적이고 행동적인 학파라는 것도 이에 일맥상통하는 특징이다. 그 위에 그는 이러한 주장의 근거를 '하늘'에 대한 신앙에 두었기 때문에 (착한 사람에게 복을 주고 악한 자에게 벌을 내리는 역할을 하는 '귀신'의 존재도 믿었다), 그의 이러한 주장들은 모두 경건함과 성의를 느끼게도 한다.

《한서(漢書)》〈예문지〉에는 《묵자》 71편이 수록되어 있는데, 그 중 18편57)은 없어지고 지금은 53편이 전한다. 《수서(隋書)》 경적지(經籍志)에서는 《묵자》 15권이라 했는데, 지금도 53편이 다시 15권으로 나뉘어 있다. 그런데 이 53편의 내용도 각 편에 따라 성격상 큰 차이를 보여주고 있는데, 대체로 묵자의 제자들과 후세 사람들의 손에 의하여 이루어진 여러 가지 글들이 모아진 것이기 때문인 듯하다. 대략 이 53편의 글은 다음과 같은 다섯 가지 종류로 나누어 볼 수 있다.58)

첫째 ; 권1의 〈친사(親士)〉, 〈수신(修身)〉, 〈소염(所染)〉, 〈법의(法儀)〉, 〈칠환(七患)〉, 〈사과(辭過)〉, 〈삼변(三變)〉의 7편.

둘째 ; 권2에서 권9에 이르는 〈상현(尙賢)〉 상·중·하, 〈상동(尙同)〉 상·중·하, 〈겸애(兼愛)〉 상·중·하, 〈비공(非攻)〉

---

56) 《論語》〈微子〉;"四體不動, 五穀不分."
57) 18篇 中 8篇은 篇名만 전해지고 있음.
58) 대체로 梁啓超 《墨子學案》의 說을 따랐음.

상·중·하, 〈절용(節用)〉 상·중, 〈절장(節葬)〉 하, 〈천지
(天志)〉 상·중·하, 〈명귀(明鬼)〉 하, 〈비악(非樂)〉 상, 〈비
명(非命)〉 상·중·하, 〈비유(非儒)〉 하의 24편.
셋째 ; 권10·11의 〈경(經)〉 상·하, 〈경설(經說)〉 상·하, 〈대취
(大取)〉, 소취(小取)의 6편.
넷째 ; 권11, 12, 13의 〈경주(耕柱)〉, 〈귀의(貴義)〉, 〈공맹(公孟)〉,
〈노문(魯問)〉, 〈공수(公輸)〉의 5편.
다섯째 ; 권14, 15의 〈비성문(備城門)〉, 〈비고림(備高臨)〉, 〈비제
(備梯)〉, 〈비수(備水)〉, 〈비돌(備突)〉, 〈비혈(備穴)〉, 〈비
아부(備娥傅)〉, 〈영적사(迎敵祠)〉, 〈기치(旗幟)〉, 〈호령
(號令)〉, 〈잡수(雜守)〉의 11편.

이들 가운데 묵자의 사상을 가장 직접적으로 대표하고 있는 것은
둘째 24편이다. 그러나 이것들도 모두 '묵자께서 말씀하시기를(子墨
子曰)'하고 문장을 시작하고 있으니 그의 제자들의 기록임이 틀림없
다. 흔히 끝머리의 〈비유(非儒)〉편을 빼고 나머지 23편 열 가지를 묵
가 사상의 '십조강령(十條綱領)'이라고 말한다.
　이밖에 첫째 7편은 순수한 묵가의 사상이라 보기 어려운 대목도 있
고, 심지어 후세 사람들의 위탁이라 주장하는 이도 있으나[59] 후세의
묵가뿐만이 아니라 묵가 이외의 사람들 손길까지 닿은 부분이라고 보
는 게 옳을 것이다. 셋째 6편은 묵자의 논리학에 관한 기록으로, 〈경
(經)〉과 〈경설(經說)〉은 비교적 묵자의 이론을 직접 전한 것인 듯하
나 모두 후세 제자들의 기록일 것이다. 넷째 5편은 묵자의 언행을 기
록한, 《논어》와 비슷한 성격의 내용으로 역시 후세 제자들이 쓴 것이

59) 黃建中 〈墨子書分經辯論三部考辨〉(《古史辨》六), 梁啓超는 《墨子學
案》 등에서 첫머리 3篇이 後人의 僞託이라 하였다.

다. 다섯째 11편은 모두 적의 공격으로부터 성을 방어하는 전술을 기술한 것이다. 이는 묵자의 〈비공(非攻)〉의 이론을 실천하기 위하여 발달시킨 전술을 후세 묵가들이 정리한 것으로 보인다.

《묵자》는 사상에 있어 당시 서민의 입장을 대변하고 있다고 했지만, 문장 자체도 그러한 성격을 뚜렷이 나타내고 있다. 그 문체는 일상용어에 가까운 질박한 것이고, 문장에는 부화(浮華)한 아름다운 표현이나 화려한 수식이 없다. 이는 그의 사치와 예악(禮樂)을 반대하고 근검을 주장하는 사상적인 성격과 일치하는 것이다. 그리고 그 53편의 편명들은 모두 각 편의 내용과 일치하는 것이어서, 적당히 그 편의 첫 구절에서 두세 자를 취하여 편명을 삼았던 다른 옛날의 전적들과는 그 성격이 판이하다. 그것은 대체로 《묵자》로부터 중국의 문장이 본격적인 논설을 전개하고 있음을 뜻하는 것이라고 볼 수도 있다. 그것은 《묵자》가 중국산문사상 논변문(論辯文)의 선하(先河)임을 뜻하는 것이다. 따라서 각 편의 내용도 대화의 수법을 쓰지 않고 대부분 본격적인 논설을 전개하고 있으며, 그 편폭도 매우 길다. 아래에 〈겸애(兼愛)〉 상편 첫머리 한 대목을 보기로 들어본다.

성인이란 천하를 다스리는 일에 종사하는 사람이다. 반드시 혼란이 일어나는 까닭을 알아야만 이에 천하를 다스릴 수가 있게 되고, 혼란이 일어나는 까닭을 알지 못한다면 곧 다스릴 수가 없게 되는 것이다. 비유를 들면 마치 의사가 사람의 병을 고치는 것과 같다. 반드시 병이 생겨난 까닭을 알아야만 이에 병을 고칠 수 있게 되는 것이며, 병이 생겨난 까닭을 알지 못한다면 곧 고칠 수가 없게 되는 것이다. 혼란을 다스리는 것도 어찌 그렇지 않겠는가? 반드시 혼란이 일어난 까닭을 알아야만 이에 천하를 다스릴 수가 있게 되고, 혼란이 일어난 까닭을 알지 못한다면 곧 다스릴 수가 없게 되는 것이다.

　성인이란 천하를 다스리는 일에 종사하는 사람이니, 혼란이 일어나는 까닭을 잘 살피지 않아서는 안되는 것이다.

　잘 살펴보건대 혼란은 어디에서 일어나고 있는가? 서로 사랑하지 않음에서 일어나고 있다. 신하와 자식이 임금이나 아버지에게 도리에 어긋나는 짓을 하는 것이 이른바 혼란이다. 자식은 자신을 사랑하면서도 아버지는 사랑하지 않는다. 그러므로 아버지를 해치면서 자신을 이롭게 하는 것이다. 아우는 자신을 사랑하면서도 형은 사랑하지 않는다. 그러므로 형을 해치면서 자신을 이롭게 하는 것이다. 신하는 자신을 사랑하면서도 임금은 사랑하지 않는다. 그러므로 임금을 해치면서 자신을 이롭게 하는 것이다. 이것이 이른바 혼란인 것이다.

　아버지가 자식에게 자애롭지 않고 형이 아우에게 자애롭지 않고 임금이 신하에게 자애롭지 않은 것도 역시 천하의 이른바 혼란인 것이다. 아버지는 자신은 사랑하면서도 자식은 사랑하지 않는다. 그러므로 자식을 해치면서 자신을 이롭게 하는 것이다. 형은 자신은 사랑하면서도 아우는 사랑하지 않는다. 그러므로 아우를 해치면서 자신을 이롭게 하는 것이다. 임금은 자신은 사랑하면서도 신하는 사랑하지 않는다. 그러므로 신하를 해치면서 자신을 이롭게 하는 것이다. 이것은 무엇 때문인가? 모두가 서로 사랑하지 않는 데서 일어나는 것이다.

　聖人, 以治天下爲事者也. 必知亂之所自起, 焉能治之 : 不知亂之所自起, 則不能治. 臂之, 如醫之攻人之疾者然. 必知疾之所自起, 焉能攻之 : 不知疾之所自起, 則弗能攻. 治亂者, 何獨不然? 必知亂之所自起, 焉能治之 : 不知亂之所自起, 則弗能治.

　聖人, 以治天下爲事者也. 不可不察亂之所自起.

　當察亂何自起? 起不相愛. 臣子之不孝君父, 所謂亂也. 子自愛

不愛父, 故虧君而自利. 弟自愛不愛兄, 故虧兄而自利. 臣自愛不愛
君, 故虧君而自利. 此所謂亂也.

　雖父之不慈子, 兄之不慈弟, 君之不慈臣, 此亦天下之所謂亂也.
父自愛而不愛子, 故虧子而自利. 兄自愛而不愛弟, 故虧弟而自利.
君自愛而不愛臣, 故虧臣而自利. 是何也？ 皆起不相愛.

그는 사람이란 모두 자기와 남의 구별 없이 서로 사랑해야만 한다
는 '겸애(兼愛)'를 주장하기 위하여 먼저 이 세상의 모든 혼란은 사람
들이 서로 사랑하지 않는 데서 일어나고 있다는 가설을 논증하고 있
다. 이 뒤로도 세상에 도적이 있고 전쟁이 있는 것도 사람들이 서로
사랑하지 않는 때문임을 논증한 다음에야 '그러니 사람들은 모두가
서로 사랑해야 한다'는 결론을 이끌어 내고 있다. 이는 《묵자》의 〈경
(經)〉 상·하편, 〈경설(經說)〉 상·하편 및 〈대취(大取)〉, 〈소취(小
取)〉편에 보이는 묵자의 논리학 연구의 결과라 할 것이다. 이 때문에
많은 중국학자들이 《묵자》에 있어서의 논리의 발달을 큰 업적으로 평
가하고 있다.

　그러나 현대적인 입장에서 볼 때 《묵자》의 논리는 별로 정확하다
고 할 수가 없고 너무나 지리하고 단조롭다. 그 때문에 서양 학자들
중에는60) 《묵자》의 글이 논리도 엉성하거니와 아름답지도 않고 멋도
없다고 혹평하는 사람들도 있다. 중국의 문장은 한자의 특성 때문에
완벽한 논리나 정확한 뜻의 전달보다도 함축적이면서도 간략한 표현
에서 그 특징을 찾아야 하는 듯하다. 그러나 뜻의 전달은 문장의 기
본 기능이므로 현대인의 눈에는 엉성하게 보인다 하더라도 《묵자》에
서 두드러지는 수식 없는 정확한 뜻의 전달 노력은 중국 산문을 다시
한 단계 더 발전시키는 공헌을 했다고 볼 수 있다. 다시 말하면 《묵

---

60) Arthur Waley: Three Ways of thought in Ancient China.
　　Burton Watson: *Early Chinese Literature.*

자》를 바탕으로 중국 산문은 본격적인 논설을 전개할 수 있게 되고, 뜻의 표현 기능이 더 한층 발전할 수 있었던 것이다.

· 참고도서 ·

《墨子(註譯)》 韓國 金學主, 明文堂, 서울, 1977.
《墨子, 그의 생애·사상과 墨家》, 韓國 金學主, 明文堂, 서울, 2002.
《墨子閒詁》 15卷, 目錄 1卷, 附錄 1卷, 後語 2卷, 淸 孫詒讓 撰.
《墨子學案》 民國 梁啓超 撰.

The Ethical and Political Works of Motse, Y.P. Mei, Probsthain, London, 1929.
Motse, the Neglected Rival of Confucius, Y.P. Mei, Probsthain, London, 1934.
Three Ways of Thought in Ancient China, Arthur Waley, Reprint, Doubleday, Anchor Books, Garden City, N.Y., 1956.
Mo Tzu ; The Basic Writings, Burton watson, Columbia University Press, New York, 1963.

4) 《장자(莊子)》

《장자》는 장주(莊周, 기원전 369?~기원전 286?)[61]의 저술로서,《노자(老子)》·《열자(列子)》와 함께 도가(道家)를 대표하는 책으로 알려져 있다. 《사기(史記)》〈노장신한열전(老莊申韓列傳)〉에는 그에 관한 간단한 전기가 있으나, 그의 생애에 대하여는 알려진 게 극히 적다. 이름이 주(周)이고 몽(蒙)[62] 사람이며, 노자의 설을 근본으로 하

---

61) 馬夷初 《莊子年表》(《天馬山房叢書》) 依據.
62) 蒙 : 지금의 河南省 歸德府 商丘縣.

여 10여만언(十餘萬言)에 이르는 책을 썼다는 게 그 중요한 줄거리이다. 대략 맹자와 같은 시대에 산 듯한데, 장자와 맹자는 서로 상대방의 존재를 알지 못했던 듯하다. 어떻든 노자보다는 그 생애가 확실하고 책의 내용도 구체적이기 때문에 장자를 도가사상의 개산대종사(開山大宗師)라 주장하는 학자조차도 있다.[63]

《한서》〈예문지〉에는《장자》52편이 수록되어 있으나,[64] 지금은 33편만이 전한다. 당나라 초기의 육덕명(陸德明)의《경전석문(經典釋文)》서록(叙錄)에 열거하고 있는 진(晉)나라 때의《장자》주해서를 보면,《최선주(崔譔注)》10권 27편,《향수주(向秀注)》20권 26편,《사마표주(司馬彪注)》21권 52편,《곽상주(郭象注)》33권 33편,《이이집해(李頤集解)》30권 30편,《맹씨주(孟氏注)》18권 52편,《왕숙지의소(王叔之義疏)》3권 등이 있다. 여기의 52편본도 한대(漢代)의《장자》와는 내용이 같지 않은 것으로 여겨지고 있으니, 우리에게 전해지는 동안《장자》의 판본이 얼마나 많은 변화가 있었는가를 짐작하고도 남음이 있게 한다. 이 가운데《곽상주》본 33편이 우리에게 전해지고 있는 것이다.

이 33편은 다시 내편(內篇) 7편, 외편(外篇) 15편, 잡편(雜篇) 11편으로 나뉘어진다. 이 중 '내편'은 문장도 뛰어나고 내용도 순수한 장자의 사상을 담고 있어, 이 부분만은 장자가 직접 쓴 것이고, '외편'과 '잡편'에는 잡다한 성격의 글들이 섞여 있어 그의 제자와 후세 사람들이 쓴 것으로 보고 있다. 편제(篇題)를 보면 '내편'은 모두 〈소요유(逍遙遊)〉·〈제물론(齊物論)〉처럼 그 편의 내용과 합치되는 3자로 된 것인 데 비하여, '외편'과 '잡편'은 〈변무(駢拇)〉·〈마제(馬蹄)〉처럼 그 편의 첫 구에서 적당히 2자를 따서 편명으로 삼고 있는 것이

---

63) 錢穆《老莊通辨》.

64)《呂氏春秋》〈必己〉篇 高誘注에도《莊子》五十二篇이라 하였다.

대부분이다. 어떻든 '내편'조차도 그 편명이나 본격적인 이론을 전개하고 있는 문장의 성격으로 보아 장자의 제자 손에 이루어진 글일 가능성이 많다.

《장자》가 옛날부터 독자들에게 청신한 느낌을 주면서 그들의 마음을 사로잡았던 가장 큰 이유는, 다른 제자(諸子)들처럼 나라를 다스리고 사회를 올바로 이끄는 것 같은 현실적인 문제들을 초극하고 있다는 점이었을 것이다. 다른 제자들이 그들 저술의 독자로서 제후나 권세가들을 목표로 삼고 있는 데 비하여, 《장자》는 모든 사람에게 얘기하여 그들의 그릇된 생각을 깨우치려 하고 있다. 《장자》의 관심은 유가나 묵가처럼 나라를 어떻게 다스리고 사회를 어떻게 다스려야 하는가 하는 데에 있지 아니하고, 사람이란 어떻게 살아야 하는가 하는 근본적인 문제에 있었다. 곧 지저분한 현실문제를 뛰어넘어 어떻게 하면 사람이 아무런 거리낌없이 올바로 살 수 있는가 하는 문제를 추구한 것이다. 여기에서 추구한 인간 정신과 사상의 완전한 자유는 이제껏 추구해 온 중국 사상의 경계(境界)를 한층 제고시킨 것이었다.

《장자》 사상의 핵심은 한마디로 표현하면 절대적인 인간의 자유의 추구에 있다. 장자는 영원하고도 자연스런 '도(道)'를 바탕으로 하여, 사람들의 크고 작다 또는 아름답고 추하다, 좋고 나쁘다, 길고 짧다는 등의 판단이 절대적인 것이 못 되는 그릇된 가치의 판단이라 한다. 사람들은 이런 그릇된 가치 판단을 따라 생각하고 행동하기 때문에 영원히 벗어날 수 없는 제약과 불행을 안게 된다는 것이다. 따라서 그는 이러한 모든 상대적인 가치 판단을 초극하여, 좋고 나쁘다는 등의 판단뿐만이 아니라 사람이 죽고 사는 일에까지도 초연하여 완전히 자유로운 정신세계를 유지할 것을 주장한다.

그러기에 그는,

지인(至人)은 자기가 없고, 신인(神人)은 이룬 공이 없으며, 성인(聖人)은 이름이 없는 것이다.

至人無己, 神人無功, 聖人無名.(〈逍遙遊〉)

라고 이상적인 인간의 경계를 얘기하고 있다. 곧 사람이란 아무것도 바라거나 얻으려는 것이 없는 '무대(無待)'의 경지에 이르러, 무아(無我)·무지(無知)·무언(無言)·무위(無爲)함으로써 '도'의 원리에 따라 되어 가는 대로 '자연'스러워야 한다는 것이다.

그리고 그는 피아(彼我)나 만물과 나의 구별도 없는 절대적인 평등을 추구하며 아무런 거리낌없는 경지에 노닐 것을 주장한다. 따라서 그의 마음은 아무런 갈등이나 욕망조차도 없이 평화롭고 자연스러울 수가 있게 되는 것이다. 그에게는 아무런 구별도 없고 어떠한 한계도 있을 수가 없는 것이다. 여기에서 사람은 비로소 아무것에도 구애받지 않는 완전한 자유를 누리어 인간 본연의 삶을 영위할 수 있게 된다는 것이다.

《장자》의 초현실적이고 신비주의적인 경향은 그 문장에 있어서도 풍부한 상상력과 천마(天馬)가 하늘을 달리는 듯한 환상과 자유자재하는 변화를 지니게 하고 있다. 그의 주제가 현실을 초월한 경지의 것들이라 자연히 그 문장은 추상적인 표현을 많이 쓰고 있기는 하지만, 아무 데에도 매인 데가 없는 그의 정신과 오묘하고도 다양한 뜻의 표현은 결국 그 독특한 문체를 이루게 하고 있는 것이다. 심오한 철학적인 이론이 전개되는가 하면 재미있고 기지가 넘치는 얘기도 나오고, 신비스런 초현실적인 얘기를 하는가 하면 또 일상적인 세상 얘기도 나온다. 이러한 《장자》의 특징은 중국문학에 현실적인 정치 사회 문제를 떠난 새로운 정신적 사상적 가치에 대한 추구를 눈뜨게 하였다. 결국 중국의 문장은 《장자》로 말미암아 새로운 지혜를 얻게 되고 새로운 정신적 세계를 전개시킬 수 있게 되었던 것이다.

그리고 각 편은 직언체(直言體)나 대화 형식을 벗어나 《묵자》의 경우나 마찬가지로 본격적인 서술을 전개시키고 있다. 그리고 편제(篇題)는 내편의 경우 각 편의 주제를 세 글자로 요약하여 붙인 것이다. '외편'·'잡편' 중에는 〈우언(寓言)〉·〈양왕(讓王)〉·〈도척(盜跖)〉·〈설검(說劍)〉·〈어부(漁父)〉·〈열어구(列禦寇)〉 등처럼 문장이나 내용이 내편에 비하여 훨씬 시원찮은 것들이 있기는 하나, 후세 사람들이 손댄 부분도 적지 않아 논리의 표현엔 매우 뛰어난 글들이 많다.

여하튼 《묵자》와 비교할 때 뜻의 표현에 있어서는 《장자》 쪽이 훨씬 애매하지만 읽어보면 퍽 멋이 있고 재미있다. 중국 문장의 한자의 특성 때문에 이처럼 함축적이고 변화 많은 문장에서 중국 글은 진가를 발휘하게 되는 듯하다. 아래에 그 보기를 한 대목 들어본다.

견오(肩吾)가 연숙(連叔)에게 물었다.

"나는 접여(接輿)의 말을 들은 적이 있습니다만 하도 커서 끝이 없고 나아가기만 하여 걷잡을 수 없었습니다. 나는 그의 말에 오싹해져서 마치 은하(銀河)처럼 끝없는 듯이 느껴졌습니다. 너무 크게 엄청나서 상식에서 벗어나는 것이었습니다."

연숙이 말하였다.

"그가 한 말이란 어떤 것이었나요?"

"막고야산(藐姑射山)에 신인(神人)이 살고 있었답니다. 살갗은 얼음이나 눈과 같고 나긋나긋하기 처녀와 같았는데, 오곡을 먹지 않고 바람과 이슬을 마셨으며, 구름을 타고 나는 용을 몰면서 이 세상 밖을 노닐었다 합니다. 그의 정신이 집중되면 만물이 상하거나 병드는 일이 없고 곡식들도 잘 여문다는 것입니다. 나는 그래서 허황하다 여기고 믿지 않았습니다."

연숙이 말하였다.

"그렇겠소. 장님은 무늬의 아름다움과는 상관이 없고, 귀머거리는 악기의 소리와 관계가 없는 거지요. 어찌 다만 육체에만 장님과 귀머거리가 있겠습니까? 지각에도 역시 그런 것이 있는 거지요. 이 말은 바로 당신 같은 사람에게 적용되지요.

그 신인이 지닌 덕은 만물과 함께 어울리어 하나가 되어 있는 겁니다. 세상이 스스로 다스려지도록 되어 있다면 누가 수고로이 천하를 위하여 일하겠습니까? 그 신인은 어떤 물건도 그를 손상시킬 수가 없습니다. 큰 장마물이 하늘에 닿게 된다 해도 물에 빠지지 않으며 큰 가뭄에 쇠와 돌이 녹아 흐르고 흙과 산이 탄다 해도 뜨거움을 느끼지 않습니다. 그에게 묻은 먼지나 때 또는 곡식 쭉정이와 겨 같은 것으로도 요(堯)임금이나 순(舜)임금을 만들어 낼 만합니다. 어찌 물건을 위하여 어떤 일을 하려들겠습니까?"

肩吾問於連叔曰：吾聞言於接輿，大而無當，往而不反. 吾驚怖其言，猶河漢而無極也. 大有逕庭，不近人情焉.

連叔曰：其言何謂哉？

曰：藐姑射之山，有神人居焉. 肌膚若氷雪，淖約若處子. 不食五穀，吸風飮露. 乘雲氣，御飛龍，而遊乎四海之外. 其神凝，使物不疵癘而年穀熟. 吾以是狂而不信也.

連叔曰：然.   聾者無以與乎文章之觀，   聾者無以與乎鐘鼓之聲. 豈唯形骸有聾盲哉？ 夫知亦有之. 是其言也，猶時女也.

之人也，之德也，將旁礴萬物以爲一. 世蘄乎亂，孰弊弊焉以天下爲事？ 之人也，物莫之傷. 大浸稽天，而不溺. 大旱，金石流，土山焦，而不熱. 是其塵垢秕糠，猶將陶鑄堯舜者也. 孰肯以物爲事？ （〈逍遙遊〉）

여기에 대화로 이루어진 대목을 보기로 든 것은 《장자》의 가장 중요한 성분이 이처럼 허구적인 '우언(寓言)'이기 때문이다. 이 '우언'은 《맹자》에도 몇 군데 보이지만 고도로 발달한 소설의 기법을 활용한 글이다. 《맹자》나 이전의 글들은 허구적이라 하더라도 거의 모두가 사실(史實)을 바탕으로 하고 있고, 그것이 사실임을 믿을 때 비로소 그 효용이 발휘되는 글이었으나, 《장자》의 '우언'은 처음부터 그것이 일부러 꾸며진 허구적인 얘기임을 드러내놓고 있고, 또 그 '우언'은 자기의 이론이나 주장을 논증하기 위한 자료이어서 그것이 사실이 아니라 하더라도 그 효용에는 조금도 차질이 없는 것이다. 이것은 곧 장자의 '우언'을 통해서 중국 산문의 문학성이 한층 더 높여졌음을 뜻하는 것이다.

《장자》의 첫머리 〈소요유(逍遙遊)〉편만 보더라도 처음부터 끝까지가 모두 '우언'의 연속이라 할 수 있다. 곧 1) 북명(北冥)에 있는 길이가 수 천리나 되는 곤(鯤)이라는 물고기와 그것이 변하여 된 큰 붕(鵬)새 얘기, 2) 매미〔蜩〕와 뱁새〔學鳩〕 얘기, 3) 아침 버섯·스르라미와 수만 년을 사는 명령(冥靈)과 대춘(大椿)이란 나무 얘기, 4) 다시 곤(鯤)·붕(鵬)과 조그만 안(鷃)새 얘기, 5) 송영자(宋榮子)·열자(列子)와 진인(眞人) 얘기, 6) 요(堯)임금과 허유(許由)의 얘기, 7) 앞에 보기로 인용한 견오(肩吾)와 연숙(連叔)의 대화, 8) 야만의 월(越)나라로 귀족이 쓰는 관(冠) 장사를 간 얘기, 9) 혜시(惠施)와 장자의 대화로 너무나 큰 박과 손이 트지 않게 하는 약을 쓰는 얘기, 10) 역시 혜시와 장자의 대화로 옹이투성이여서 재목으로 쓸 수도 없는 큰 개똥나무 얘기로 이어지고 있고, 그 중간에 끼어 있는 설명문은 극히 짧다. 아래에 잡편(雜篇)에 보이는 '우언' 한 토막을 보기로 든다.

유생(儒生)이 시례(詩禮)로서 무덤을 도굴(盜掘)하고 있었다.
큰 유생이 무덤 위에서 아래쪽을 향해 말하였다.
"동녘이 밝아오는데 일이 어떻게 되고 있는 거야?"

작은 유생이 대답하였다.

"아직 수의(壽衣)도 벗기지 못하였으나 입 속에 구슬65)이 있습니다."

"《시경》에 본시 이르기를 '푸릇푸릇한 보리, 언덕 위에 자라 있네, 살아선 보시(布施)도 못한 주제에, 죽어서 구슬은 물어 무얼 하겠는가?'고 하였다. 그의 구레나룻을 잡고 그 턱 밑 수염을 잡아 누른 다음 쇠꼬치로 턱을 꿰어 서서히 그의 볼을 째되 입 속의 구슬은 다치지 않도록 하거라."

儒以詩禮發冢.

大儒臚傳曰：東方作矣, 事之何若？

小儒曰：未解裙襦, 口中有珠.

詩固有之曰：青青之麥, 生於陵陂. 生不布施, 死何含珠爲？ 接其鬢, 壓其顪, 而以金椎控其頤, 徐徐別其頰, 無傷口中珠外物〉〉

이 대목에는 이러한 얘기 이외에 아무런 설명도 덧붙이지 않고 있다. 그러나 점잖은 큰 유생이 제자인 작은 유생을 데리고 《시경》을 인용하며 남의 무덤을 도굴하는 이 얘기는 유가에 대한 신랄한 비판의 뜻이 담긴 우언(寓言)이라고 보아야 할 것이다. 그 문장의 뜻도 파악하기 어렵고 이것이 구체적으로 유가의 어떤 점을 풍자한 얘기인지 꼬집어 말하기도 쉽지 않다. 그러나 얘기 내용이 재미있고, 애매한 표현은 함축적인 면도 있어 독자로 하여금 많은 생각을 하도록 만드는 이외에 깊은 인상을 심어주기 때문에, 직접 유가를 욕하거나 비평한 글보다도 그 효과가 크다. 바로 이 점이 《장자》의 문장상의

---

65) 구슬 : 옛날 中國에는 죽은 이에게 富者일수록 비싼 구슬을 입에 물려 장사 지내는 습관이 있었다.

특징이며, 이 때문에 많은 사람들이 《장자》에 매료당하고 있는지도 모른다.

어떻든 《장자》의 문장은 후세 중국 산문 발전에 큰 영향을 끼쳤다. 《장자》를 통하여 중국의 산문은 뜻의 정확한 표현보다도 함축적이고도 간략한 표현에서 그 특징을 확인하게 되었던 듯하다. 그 때문에 후세의 고문가들에게까지도 《장자》는 《맹자》 못지 않은 규범의 역할을 하였다. 다만 대부분의 문장가들이 유학자들이어서 《장자》를 《맹자》처럼 내세우지 않았을 따름인 듯하다. 그것은 당대의 한유(韓愈) 같은 도학자의 문장 속에서도 《장자》의 영향을 받은 흔적은 여러 곳에서 발견할 수 있기 때문이다.66)

《노자(老子)》는 공자보다도 선배인 노자의 저서이며, 그는 도가(道家)의 창시자로 알려져 있다. 《사기》의 〈노장신한열전(老莊申韓列傳)〉을 보면 노자는 '성은 이(李)씨이고 이름은 이(耳)이며 자는 백양(伯陽)이고 시(諡)를 담(聃)이라 하였다'하고, 또 '관령(關令) 윤희(尹喜)의 요청으로 도덕(道德)의 뜻을 말한 5천여언(五千餘言)의 책 상하편(上下篇)을 지었다'고도 하였다.

그러나 또 '혹은 말하기를 노래자(老萊子)도 초(楚)나라 사람인데 도가의 말을 써서 책 15편을 썼는데 공자와 같은 시대였다'하고, 다시 '혹은 말하기를 태사(太史) 담(儋)이 곧 노자라고도 하고 혹은 그렇지 않다고도 하는데, 세상에서는 그런지 그렇지 않은지를 아는 이가 없다'고도 하였다. 그러니 이미 한대(漢代)의 사마천(司馬遷, 기원전 145~기원전 86?)조차도 노자의 생애에 대하여 확신이 없으면서 《사기》에 전기를 썼던 것이다.

그리고 후세에는 노자는 '이름이 이(耳)고 자가 담(聃)'이라는 사람

---

66) 例로 韓愈 《送高閑上人序》, 이 밖에 여러 곳에 《莊子》의 文體가 발견된다. 그밖에 歐陽修·蘇軾 등에게서도 그 影響은 쉽사리 발견할 수 있다.

도 많다.[67] 그래서 전목(錢穆) 같은 이는 노자를 '중국 고대 전설 중의 박대(博大)한 진인(眞人)'이며 《노자》는 《장자》보다도 후세에 이루어진 책이라 하였다. 그리고 최술(崔述)·왕중(汪中)·양계초(梁啓超) 같은 사람들은 《노자》가 전국시대 저술임을 고증하기도 하였다.[68] 《노자》의 문장이 대화체가 아니고, 짧기는 하지만 구체적인 사상을 서술하고 있는 수법을 보더라도[69] 전국시대 중엽 이후의 책일 가능성이 많다.[70]

그러나 《장자》〈천하(天下)〉편에 노자의 사상을 논술한 대목이 있고, 《순자(荀子)》와 《여씨춘추(呂氏春秋)》에는 노자 사상을 비판한 글이 보이고, 《한비자(韓非子)》에는 〈해로(解老)〉편·〈유로(喩老)〉편 같은 《노자》를 해설한 글이 있으며, 《전국책》에선 유세(遊說)하는 사람들이 《노자》를 인용하고도 있으니, 전국시대 말엽에는 이 책이 세상에 이미 널리 알려졌었음을 알겠다.

《노자》는 짧은 글귀로 된 81절(節)의 글이 상·하 두 편으로 나뉘어져 있다. 상편을 도경(道經), 하편을 덕경(德經)이라고도 하여,[71] 이를 합쳐 흔히 《도덕경(道德經)》이라고도 부른다. 이들 각 절은 형식에 있어서나 내용에 있어서나 아무런 연관이나 체계가 없는 글들이다. 그러나 이 책이 도(道)와 우주의 근원 같은 형이상학적인 문제를 본격적으로 논한 최초의 저술이어서 후세 중국사상사에 끼친 영향은

---

67) 唐 司馬貞 《史記索隱》, 唐 章懷太子 《老子注》 등.

68) 崔述 《洙泗考信錄》, 汪中 《老子考異》, 梁啓超 《評胡適之中國哲學史大綱》 등.

69) 馮友蘭은 《中國哲學史》 上冊에서 "老子는 簡明한 經體"이니 戰國時代 작품일 것이라 하였다.

70) 梁啓超 《評胡適之中國哲學史大綱》, 錢穆 《關於老子成書年代之一種考察》·《再書老子成書年代》에선 戰國 末葉의 작품이라 하였다.

71) 1974年 大陸의 長沙 馬王堆에서 漢初의 帛書 《老子》가 發掘되었는데, 이는 德經이 앞머리에 있고 道經이 뒤에 붙어 있다.

매우 크다.

그러나 그 문장은 도가의 금언집(金言集) 같은 성격의 것이며, 고도로 상징화한 표현은 그 뜻을 파악하기 어려운 곳이 많다. 《노자》의 첫 절을 보기로 든다.

도(道)라고 알 수 있는 도는 절대 불변하는 도가 아니다. 명칭도 부를 수 있는 명칭은 절대 불변하는 명칭이 아니다.

무명(無名)이 천지의 시작이며, 유명(有名)은 만물의 어머니인 것이다.

언제나 무(無)는 그 묘용(妙用)을 보이려 하고 언제나 유(有)는 만물의 차별상(差別相)을 보이려 한다. 이 두 가지는 같은 데서 나왔으나 명칭이 다른 것이다.

이같은 점을 현(玄)이라 말한다. 현이 다시 현묘(玄妙)하게 작용하는 것이 여러 오묘한 현상의 문(門)인 것이다.

道可道, 非常道 ; 名可名, 非常名.
無名, 天地之始 ; 有名, 萬物之母.
常無, 欲觀其妙 ; 常有, 欲觀其徼. 此兩者, 同出而異名.
同, 謂之玄. 玄之又玄, 衆妙之門.

번역에 최선은 다했지만 또 다른 여러 가지 해석이 가능하다. 본문을 끊는 데에도 학자에 따라 이견(異見)이 있다. 그뿐 아니라 절에 따라 문체도 다르며, 심지어는 압운(押韻)을 한 운문체의 글도 있어 한 사람이 쓴 글이 아닌 듯하다. 따라서 《노자》의 문학사상의 영향이나 지위는 《장자》에 훨씬 뒤진다고 보아야 할 것이다.

또 다른 유명한 도가서의 하나인 《열자(列子)》는 기원전 400년경, 공자와 맹자의 중간쯤 되는 시대에 산 열어구(列禦寇)의 저술로 알려졌다. 그러나 《사기》에도 그의 전기가 실려 있지 않아 열어구의 생애에 대하여 자세히 알 길이 없다.

《한서》〈예문지〉에 《열자》 8편이 수록되어 있는데, 지금 전해지고 있는 《열자》도 8편이다. 그러나 지금 전하는 《열자》에 대하여는 이미 당·송대의 여러 학자들이 그 내용을 의심하였고, 근대에 와서는 마서륜(馬敍倫)이 《열자위서고(列子僞書考)》(天馬山房叢書)에서 20가지 증거를 들어 《열자》가 가짜임을 증명하였다. 그리고 양계초(梁啓超)는 《고서진위급기년대(古書眞僞及其年代)》에서 지금 《열자》에는 양진(兩晉) 무렵의 불교사상과 불교의 신화까지도 섞여 있으니 그 주(注)를 쓴 장담(張湛)이 위작한 것이라 단언하기도 하였다.

아직도 이에 대하여는 학자들의 의견이 분분하나 적어도 한(漢)나라 때의 《열자》가 지금 우리에게 전해지고 있는 것이 아님은 거의 확실하다. 따라서 제자(諸子)의 저서 중 《열자》는 문장도 빼어나고 상상이 풍부한 내용이 담겨 있어 후세 문학에 적지 않은 영향을 주었지만 여기에서 다룰 자료가 되지는 않는다.

<h3 align="center">· 참 고 도 서 ·</h3>

《莊子辨解》1冊, 朝鮮 韓元震 撰, 1648.

《道德指歸》2卷, 朝鮮 徐命膺 撰, 1969.

《莊子(註譯)》(改譯本) 韓國 金學主, 乙酉文化社, 서울, 2000.

《老子(註譯)》(改譯本) 韓國 金學主, 明文堂, 서울, 1978.

《列子(註譯)》韓國 金學主, 明文堂, 서울, 1977.

《莊子注》10卷, 晉 郭象 撰.

《莊子音義》3卷, 唐 陸德明 撰.

《南華眞經注疏》35卷, 唐 成元英 撰.

《莊子口義》10卷, 宋 林希逸 撰.

《南華眞經義海纂微》106卷, 宋 褚伯秀 撰.

《莊子翼》8卷, 明 焦竑 撰.

《莊子集解》8卷, 淸 王先謙 撰.
《莊子集釋》10卷, 淸 郭慶藩 撰.
《莊子纂箋》民國 錢穆 撰, 東南印務出版社, 香港, 1951.
《莊子校詮》民國 王叔岷 撰, 中央硏究院歷史語言硏究所 專刊, 1988.
《老子道德經注》2卷, 晉 王弼 撰.
《列子注》8卷, 晉 張湛 撰.

Tao Te Ching & The Writings of Chuang-Tzu, James Legge, Reprint, Ch'eng Wen Publishing Co., Taipei, 1976.

Chuang Tzu, Yu-lan Fung, Reprint, Paragon, New York, 1964.

Three Ways of thought in ancient China, Arthur Waley, Doubleday, Anchor Books, Garden City, N.Y., 1956.

The Complete Works of Chuang Tzu, Burton Watson, Columbia University Press, New York, 1968.

Tao Te Ching: The Book of the Way and It's Virtue, J.J.L. Duyvendak, John Murray, London, 1954.

Tao Te Ching, D.C. Lan, Penguin, London, 1963.

5) 《순자(荀子)》

《순자》는 《맹자》에 뒤이어 전국시대에 나온 유가의 대표적인 저서이다. 송대(宋代)에 주희(朱熹)가 맹자를 유가의 정통을 계승한 학자로 내세우기 이전까지는 학계에서 순자는 맹자와 대등한 유학의 계승자로 중시하여 왔다. 오히려 유가 경전의 연구와 전승에 있어서는 순자가 맹자보다도 더 중요한 위치에 있다고 할 수도 있다.[72]

《사기》〈맹자순경열전(孟子荀卿列傳)〉에 그에 관한 전기가 실려

---

72) 汪中의 《荀卿子通論》의 考證에 의하면 《毛詩》·《魯詩》·《韓詩》를 비롯하여, 《左傳》·《穀梁傳》 및 《大戴禮》·《小戴禮》의 傳承이 모두 荀子에게 연결되고 있다.

있는데, 순자(荀子, 기원전 298?~기원전 238?)[73]는 이름이 황(況), 자가 경(卿)이며, 한(漢)대에는 손경(孫卿)[74]이라고 흔히 불렀다. 순자는 조(趙, 지금의 山西)나라 사람이지만 제(齊)나라로 가서 공부를 하였고 초(楚)나라에 가서 활동하기도 하였다. 그리고 어지러운 세도(世道)를 바로잡기 위하여 수만언(數萬言)의 글을 썼다 한다.

그는 전국시대 말엽의 사상가답게 공자나 맹자보다도 현실적인 경향이 짙다. 공자와 맹자는 그들의 도덕의 바탕으로 '하늘[天]'을 신앙하고 있는 데 비하여, 순자는 '하늘'이란 자연의 일부여서 사람과는 별개의 것이라 하였다. 그리고 맹자의 '성선설(性善說)'과는 반대의 '성악설(性惡說)'을 주장하고, 따라서 사람의 본성을 올바로 다스릴 '예(禮)'와 교육을 매우 중시하였다. 정치나 사회에 대하여도 이상론(理想論)만을 고집하지 않고 역사적인 인식을 바탕으로 현실적인 해결방법을 늘 내세웠다. 이것은 맹자가 열정적으로 인의(仁義)의 사상을 시종 고집하였던 것과는 달리 순자는 냉정하고 이성적이어서 현실적이었음을 뜻하기도 한다.

《순자》는 《한서》〈예문지〉유가(儒家) 속에 《손경자(孫卿子)》 33편과 부가(賦家) 속에 《손경부(孫卿賦)》 10편이 수록되어 있는데, 뒤의 《수서(隋書)》와 《당서(唐書)》에는   또 《손경자》 12권과 《순황집(荀況集)》 1권 또는 2권,《양경주순자(楊倞注荀子)》 20권 등이 수록되어 있다.[75] 이것을 보아도 《순자》의 판본은 역대로 큰 혼란이 있었음을 알 것이다.[76] 유향(劉向, 기원전 77~기원전 6)은 《교수중손경

---

73) 汪中《荀卿子年表》依據.

74) 漢 宣帝의 이름 詢을 諱하여 '孫'이라 하였다는 이도 있고, 음이 비슷하여 通用되었다고도 한다.

75) 漢代 以來로 《荀卿子》·《孫卿子》로 불리다가 宋代 이후부터 《荀子》로 冊名이 落着된 듯하다.

76) 唐 楊倞도 《荀子注》序에서 '獨荀子未有注解, 亦復編簡爛脫, 傳寫誤謬,

서록(校讎中孫卿書錄)》에서 "322편을 교정하여 중복되는 290편을 제외하고 32편으로 정리하였다"했으니, 유향이 편정(編定)한 《순자》가 지금 전하는 《순자》의 바탕이 되었음엔 의심할 여지가 없다.

그런데 이미 양경(楊倞)이 《순자주(荀子注)》를 쓰면서 〈대략(大略)〉편의 편목(篇目) 아래에 '이 편은 대체로 제자들이 순경(荀卿)의 말을 잡록(雜錄)한 것'이라 주를 달았고, 〈유좌(宥坐)편〉 편목 아래에도 '이 이하는 모두 순경과 제자들이 기전잡사(記傳雜事)를 인용해 놓은 것'이라 하였고, 〈요문(堯問)편〉 끝머리에서도 '위설자(爲說者) 이하는 순경의 제자들 말이다'고 주를 달고 있다. 호적(胡適)이 지적했듯이[77] 《한서》〈예문지〉에 《순자》 33편과 순자의 '부' 10편이 수록되어 있는데, 지금 우리에겐 32편의 《순자》('부' 5편도 그 속에 포함)가 전해지고 있으니 후세 사람들의 손질이 가해진 것임이 틀림없다. 《순자》의 체제·문장·내용 등도 각 편이 고르지 못하기 때문에 그것이 순수한 순자의 글로 이루어진 것이 아님을 누구나 알 수 있는 것이다. 곧 여기에는 순자의 제자들의 글이 섞여 있는가 하면 후세 사람들이 여러 가지 자료들을 주워 모아 엮어 놓은 부분까지도 있는 듯하다.

장서당(張西堂)은 《순자권학편원사(荀子勸學篇冤詞)》란 글[78]에서 《순자》 각 편의 내용을 그 성격에 따라 다음과 같이 여섯 종류로 나누고 있다.

1) 〈권학(勸學)〉·〈수신(修身)〉·〈불구(不苟)〉·〈비십이자(非十二子)〉·〈왕제(王制)〉·〈부국(富國)〉·〈왕패(王霸)〉·〈천론(天論)〉·〈정론(正論)〉·〈예론(禮論)〉·〈악론(樂論)〉·〈해폐(解蔽)〉·〈정명(正名)〉·〈성악(性惡)》의 14편은 간혹 착간(錯簡)

雖好事者時亦覽之, 至於文義不通, 屢掩卷焉.'이라 하여 그 내용의 混亂을 指摘하고 있다.

77) 胡適《中國哲學史大綱》.

78) 《古史辨》六冊.

은 있으나 진짜 순자의 글이며,

2) 〈영욕(榮辱)〉·〈비상(非相)〉·〈군도(君道)〉·〈신도(臣道)〉의 4
   편은 진짜인 듯하나 간혹 순자가 쓴 것이 아니라고 여겨지는 대
   목이 섞여 있고,

3) 〈유효(儒效)〉·〈의병(議兵)〉·〈강국(強國)〉의 세 편은 순자의
   제자들이 쓴 글임이 분명하고,

4) 〈중니(仲尼)〉·〈치사(致仕)〉·〈군자(君子)〉의 세 편은 그의 제
   자들의 글인 듯하나 그 사상이나 문장 표현이 매우 의심스런 점
   들이 있으며,

5) 〈성상(成相)〉·〈부(賦)〉의 두 편은 유가인 순자와는 관계없는
   글이고,

6) 〈대략(大略)〉 이하의 6편은 한대(漢代)의 유학자들이 여러 가지
   기록을 잡록(雜錄)한 것이다.[79]

확실한 고증이라고 믿을 수는 없다 하더라도 참고할 만한 주장이
다. 다만 한대 사람이 모아 놓은 글이라 하더라도 순자나 그의 문인
들의 이론을 근거로 했을 것이기 때문에 순자와 전혀 관계 없는 글이
라 보는 것은 위험하다. 한대의 유향(劉向)이 322편의 《손경서(孫卿
書)》를 바탕으로 32편의 《순자》를 편정(編定)했었다는 사실을 잊어
서는 안될 것이다.

《순자》는 문장에 있어서도 냉정하고 현실적이어서 화려한 수식이나
교묘한 표현을 위한 노력을 하지 않고 실용적인 면을 숭상하고 있다.
이 때문에 중국의 논설문은 《순자》를 통하여 다시 한 단계의 발전을
이룩하고 있다. 각 편의 편제(篇題)가 내용의 주제(主題)와 합치하고,

---

79) 楊筠如는 《關於荀子本書的考證》에서 〈富國〉·〈天論〉·〈正論〉·〈禮
    論〉·〈解蔽〉·〈正名〉·〈性惡〉 등 편에는 진짜 成分이 比較的 많이 있
    고, 〈成相篇〉 이하 8편은 荀子와 무관한 글이라 하였다.

대화의 수법을 별로 사용하지 않고 처음부터 끝까지 본격적인 논설을 전개하고 있는 점은 앞의 《묵자》의 경우나 같다.

그러나 《순자》는 《묵자》와 같은 서민적인 감각에서가 아니라 착실한 학자적인 입장에서 자기의 사상이나 주장을 '의식적으로 뚜렷하게' 표현하려는 기색이 짙게 드러나고 있다. 그 때문에 문장은 논리가 정연하고 그의 주장이 뚜렷이 드러나며, 전체적인 구성도 빈틈이 없이 짜여져 있고, 중점을 되풀이하여 강조하기도 잘한다. 이런 중후(重厚)한 성격 때문에 옛 글에 흔히 보이는 것 같은 고사(故事)의 인용은 적고 대신 필요할 적에는 《시경》·《서경》 같은 경전을 인용하여 논거로 삼고 있다. 이처럼 성실한 본격적인 논설문은 《순자》에게서 처음 발견되는 것이며, 후세 논설문에의 영향도 매우 컸던 것이다.

특히 《순자》의 〈천론(天論)〉·〈성악(性惡)〉 같은 편은 중국의 고대 문장 중에서도 가장 조리가 정연하고 설득력이 있는 글이라 할 것이다. 보기를 든다.

하늘의 운행(運行)에는 일정한 법도가 있다. 요(堯)임금 때문에 존재하지도 않거니와 걸(桀)왕 때문에 없어지지도 않는다. 다스림으로써 거기에 대응하면 곧 길(吉)하고, 혼란으로써 거기에 대응하면 곧 흉(凶)해진다. 근본적인 일(농사 같은)에 힘쓰면서 쓰는 것을 절약하면 곧 하늘은 가난하게 할 수 없고, 양생(養生)에 대비하면서 때에 알맞게 움직이면 곧 하늘은 병들게 할 수 없으며, 올바른 도를 닦아 이를 어기지 않으면 곧 하늘은 환난을 당하게 할 수 없다. 그러므로 장마와 가뭄도 그러한 사람을 굶주리고 목마르게 할 수 없으며, 추위와 더위도 그러한 사람을 병들게 할 수 없으며, 요괴(妖怪)도 그런 사람을 불행하게 할 수가 없다.

근본적인 일(농사 같은)은 버려두고 쓰는 것만 사치스럽게 하면 곧 하늘은 그를 부하게 할 수가 없으며, 양생을 소홀히 하고 별로 움직이지 않는다면 곧 하늘은 그를 온전하게 할 수가 없으며, 올바른 도를 어기고 함부로 행동하면 하늘은 그를 길(吉)하게 할 수가 없다. 그러므로 그런 사람은 장마와 가뭄이 닥치기도 전에 굶주리고, 추위와 더위가 엄습하기도 전에 병이 나며, 요괴가 나타나기도 전에 불행하게 된다.

　타고나는 시대는 평화롭던 세상과 같은데도 재앙과 재난은 평화롭던 세상과는 달리 많다 하더라도, 하늘을 원망할 수는 없는 것이니 그들의 행동 방법이 그렇게 만든 것이기 때문이다. 그러므로 하늘과 사람의 구분에 밝으면 곧 그를 지극한 사람이라 말할 수가 있을 것이다.

　天行有常, 不爲堯存, 不爲桀亡. 應之以治則吉, 應之以亂則凶. 彊本而節用, 則天不能貧 ; 養備而動時, 則天不能病 ; 修道而不貳, 則天不能禍. 故水旱不能使之飢渴, 寒署不能使之疾, 妖怪不能使之凶.

　本荒而用侈, 則天不能使之富 ; 養略而動罕, 則天不能使之全 ; 倍道而妄行, 則天不能使之吉. 故水旱未至而飢, 寒署未薄而疾, 妖怪未至而凶.

　受時與治世同, 而殃禍與治世異, 不可以怨天, 其道然也. 故明於天人之分, 則可謂至人矣. (〈天論〉)

　과학자와 같은 냉철한 사고와 그것을 표현한 정연한 논리가 느껴지는 글이다. 유가의 경전인 《예기(禮記)》 중에는 《순자》 속의 상당한 분량이 고스란히 옮겨져 있다. 이처럼 《순자》의 글이 뒤에 '오경(五經)' 중에 일부분으로 변할 수 있었던 것은, 순자가 예(禮)를 중시하였다는 사상적인 배경도 있겠지만 그보다도 특출한 그의 문장에 큰 원인이 있었을 것이다.

문학사상 《순자》에 있어 중시해야 할 점은 〈성상(成相)〉과 〈부(賦)〉 두 편 속에 실려 있는 글일 것이다. 〈성상〉편은 민간가요의 형식80)을 빌어 자신의 정치사상을 노래한 것으로, 이전에 《시경》이 있었다 해도 가요체시(歌謠體詩)의 첫 작품이라 할 것이다.

《한서》〈예문지〉에도 잡부(雜賦) 속에 《성상잡사(成相雜辭)》11편이 들어 있는데, 같은 계열의 시가인 듯하다. 〈성상〉편의 문장 자체는 별것이 아니라 하더라도 민간가요에서 새로운 문체를 개발했다는 점은 높이 평가해야 할 것이다. 대체로 문장의 구절이 삼언(三言)과 사언(四言)으로 이루어지고 비교적 자유로이 압운(押韻)하고 있는 문장의 형식은 한대(漢代)에 이르러 새로운 시가(詩歌)를 발전시키는 터전이 되었다 할 수도 있을 것이다. 그리고 《한서》〈예문지〉를 보면 〈성상〉을 〈부〉 계열의 운문으로 보고 있으니 한부(漢賦) 발전에도 적지 않은 기여를 했을 것이다.

보기로 〈성상〉편의 중간에서 3절(節)을 들어본다.

물은 지극히 평평하여
단정하면서도 기울어지지 않는데,
마음 쓰임이 이와 같으면
성인처럼 되리라.
사람으로서 권세 지니고
자신은 곧고 남을 이끌어 주면
반드시 그의 공 하늘의 변화에 합치되리라.

세상에 왕자 없으면

---

80) 淸 兪樾이 民間에서 절구질을 할 때 부르던 노래가 ‘相’이며, ‘成相’은 ‘相 가락을 이룬다’는 뜻이라 풀이하였고, 王先謙도 이에 讚同하고 있다. 《荀子集解》〈成相〉注)

현명하고 훌륭한 이들 궁해지고,
난폭한 자들 소·돼지 고기 먹고
어진 이들 술지게미와 겨 먹으며,
예의 음악은 멸절되고
성인은 숨어 버리고
묵자(墨子)의 술법 행해지리라.

다스림의 중심은
예의와 형법일세.
군자는 이를 닦고
백성을 평안케 한다네.
덕 밝히고 형벌 신중히 하면
국가도 다스려지려니와
온 세상 평화로워지리라.

水至平, 端不傾. 心術如此, 象聖人. 人而有埶, 直而用抴, 必參天.
世無主, 窮賢良；暴人芻豢, 仁人糟糠；禮樂滅息, 聖人隱伏, 墨
術行.
治之經, 禮與刑. 君子以脩, 百姓寧. 明德愼罰, 國家旣治, 四海平.

〈부편〉에는   예의〔禮〕·지혜〔知〕·구름〔雲〕·누에〔蠶〕·바늘〔箴〕
을 읊은 다섯 편과 천하가 다스려지지 않고 있는 실상을 노래한 〈궤
시(佹詩)〉가 한편 들어 있다. 이는 《한서》〈예문지〉에 실린 《손경부
(孫卿賦)》 10편 중의 일부가 전해진 것일 것이다.
  순자의 부(賦)는 한부(漢賦)와는 반대로 문장이 소박하고 내용은
건실하다. 그리고 제목은 구름·누에·바늘 등의 물건을 읊은 듯하면
서도 실은 그와 관련된 이치를 논술한 운문이다. 이들 〈부〉는 모두

수수께끼식으로, 각각 그 물건의 특징과 원리를 얘기하면 그 말을 받아 그 물건의 원리를 풀어 그 물건을 알아맞히는 형식으로 되어 있다. 문제의 제기부분은 4언(言)이 중심을 이루는 운문이고, 해답 부분은 산문식으로 변화 있는 문장이나 모두 비교적 자유롭게 압운(押韻)하고 있다. 〈궤시(佹詩)〉도 사언이 중심을 이루고는 있지만 또 적지 않은 변화도 보여주고 있다.

보기로 구름을 읊은 부분을 읽어보기로 한다.

여기에 한 물건이 있는데
가만히 있을 적엔 빽빽하고 고요히 아래로 깔리고
움직이면 높이 솟아오르며 거대해진다.
둥근 것에도 꽉 차고
모난 것에도 꽉 차며,
위대하기 하늘과 땅 비슷하고
그 덕은 요(堯)임금 우(禹)임금보다 두텁다.
정미(精微)하기 가는 터럭과 같고
크기는 우주에 가득 찰 만하다.
갑자기 끝없이 멀리 가기도 하고
갈라져서는 서로 뒤쫓으며 되돌아오기도 한다.
까마득히 높이 있기만 하면 온 천하가 곤경에 빠지지만,
그 덕은 후박하여 만물을 버리지 않고,
오채(五彩)를 갖추고서 무늬를 이루기도 한다.
왔다갔다 날을 어둡게도 하는데
그 위대한 변화는 헤아릴 길이 없다.
들락날락 매우 바쁘지만
그것이 나오는 곳은 알 수 없다.
천하는 그것이 없으면 멸망하고

그것이 있어야 존속된다.

제자(弟子)는 불민하나
이에 대하여 알기 원하니
선생님께서 해설을 하시어
그 뜻을 헤아려 주소서.

그것은 크면서도 막힘이 없는 것이 아니겠는가?
우주에 가득 차면서도 빈틈이 없고
틈바구니와 구멍으로 들어가도 막힘이 없는 것이 아니겠는가?
멀리 빠른 속도로 가지만
소식 전할 것을 부탁할 수도 없는 것이 아니겠는가?
왔다갔다하며 만물을 가리지만
꽉 막을 수는 없는 게 아니겠는가?
사나운 우레로 만물을 살상하지만
예측하거나 꺼릴 수도 없는 게 아니겠는가?
공로는 천하에 두루 미치게 하지만
사사로이 치우치는 곳은 없는 게 아니겠는가?
땅에 의탁하여 우주에 노닐며
바람을 벗삼고 비를 자식 삼으며,
겨울엔 추위를 몰아오고
여름엔 더위를 몰아오는
헤아릴 수 없이 정묘하고 신령스런 것이니,
'구름'으로 귀착되는 수밖에 없구나!

有物於此,　居則周靜致下,　動則慕高以鉅：圓者中規,　方者中
矩：大參天地, 德厚堯禹, 精微乎毫毛, 而大盈乎大寓. 忽兮其極之

遠也, 攭兮其相逐而反也. 卬卬兮天下之咸蹇也, 德厚而不捐, 五采
備而成文. 往來惽憊, 通于大神；出入甚極, 莫知其門；天下失之則
滅, 得之則存.

弟子不敏, 此之願陳, 君子設辭, 請測意之.

曰：此夫大而不塞者與？　充盈大宇而不窕, 入郤穴而不偪者與？
行遠疾速而不可託訊者與？　往來惽憊而不可爲固塞者與？　暴至殺
傷而不億忌者與？　功被天下而不私置者與？　託地而游宇, 友風而子
雨；冬日作寒, 夏日作暑；廣大精神, 請歸之雲.

이는 전에 없던 새로운 문체이며, 정치나 이해(利害) 관계를 초월
한 새로운 문장 저작의 시도라 보아야 할 것이다.

초(楚)나라에 순자에 앞서 《초사(楚辭)》를 지은 굴원(屈原, 기원전
343~기원전 290?)[81]이 있었다 하나, 그의 생애가 전설적인 성격을
벗어나지 못하고 또 한대 이전에는 그러한 작품이 읽혔다는 증거도
전혀 없으므로, 《순자》의 〈성상편〉·〈부편〉은 중국문학사상 중시되
어야만 할 것이다. 이를 바탕으로 뒤에 한부(漢賦)가 발전하였고, 또
독자로서 왕후(王侯)와 귀족만을 의식하지 않는 개성적인 문장이 중
국에 발전할 수 있는 계기가 되었다고 생각되기 때문이다. 곧 《순
자》의 내용은 그 성분이 잡다하기는 하지만 문학면에서 볼 때 중국의
논설문을 완전히 한 단계 더 발전시켰고, 시가(詩歌)면에 있어서도
새로운 시체(詩體)와 개성적인 창작의 계기를 마련하였다고 할 수 있
을 것이다.

· 참 고 도 서 ·

《荀子(註譯)》韓國 金學主, 乙酉文化社, 서울, 2001.

---

81) 陸侃如《屈原評傳》및 《中國詩史》卷上 依據.

《荀子注》20卷, 唐 楊倞 撰.
《荀子箋釋》20卷, 淸 謝墉 撰.
《荀子補注》1卷, 淸 郝懿行 撰.
《荀子通義》4卷, 詩說 1卷, 淸 兪樾 撰.
《荀子集解》20卷, 淸 王先謙 撰.
《荀子簡釋》民國 梁啓雄, 商務印書館.

6) 《한비자(韓非子)》

《한비자》는 법가(法家)를 대표하는 한비(韓非, 기원전 280?~기원전 233?)[82]의 저서이다. 그는 한(韓)나라 제후의 아들로 뒤에 진(秦)나라 재상으로 활약한 이사(李斯)와 함께 순자(荀子)를 사사(師事)하였다 한다. 《사기》〈노장신한열전(老莊申韓列傳)〉에는 그의 전기가 실려 있다. 한비는 한나라의 국세가 날로 기울어지는 것을 보고서 부국강병책을 건의하였으나 받아들여지지 않자, 옛날 정치의 득실(得失)과 변화를 살피어 10여만언(十餘萬言)의 책을 지었다 한다. 그러나 이 명저 때문에 결국 친구인 이사의 모함으로 진(秦)나라에 와서 죽게 된다. 술수(術數)를 주장한 사람이 그 술수에 의하여 죽고 마는 것이다.

한비는 유가와 도가·묵가의 사상을 모두 공부한 위에 이를 비판적으로 흡수하고(특히 순자와 노자의 사상을 많이 취했다), 그보다 앞선 법가 계열의 오기(吳起)와 상앙(商鞅)이 주장하던 '법'에 의한 다스림, 신불해(申不害)가 내세우던 '술(術)'을 이용한 다스림, 신도(愼到)가 역설한 '세(勢)'에 의한 다스림 등의 이론을 종합하여 그 자신의 형명(刑名)과 법술(法術)의 학문적 이론 체계를 완성하였다.

---

82) 梁啓超 《先秦學術年表》 依據.

유가나 도가・묵가는 천하를 다스리는 데에 백성들의 입장도 반영하려고 노력하였으나, 법가는 백성보다도 통치자의 입장에서 정치론을 펴고 있다. 한편 법가의 창시자라 할 수 있는 정(鄭)나라의 자산(子産)과 신불해・한비가 모두 같은 나라 사람인데(한나라가 정나라를 멸망시켜 통합하였음), 동주(東周)시대에는 특히 정나라 사회가 가장 큰 변화를 겪어 새로이 경제와 정치를 지배하는 상인과 지주들이 생겨났으므로, 이들의 이익을 대표하는 학문으로 법가가 발전하였다고도 할 수 있다.

한비의 사상은 기본적으로 '법치(法治)'와 '술치(術治)'의 두 가지로 요약할 수 있다. '법'이란 통치자가 국민들에게 강요하는 규칙을 뜻하고, '술'이란 통치자가 권세를 이용하여 국민들을 다루는 방법을 뜻한다. 그러기에 그는 엄형(嚴刑)과 중법(重法)을 강조하는 한편, 임금이 신하에게 본 마음을 내보여서는 안된다는 무위술(無爲術), 신하의 이론과 행동이 부합되는가를 따지는 형명술(形名術), 남의 말만 듣지 말고 사실을 확인해야 한다는 참오술(參伍術), 신하들의 의견을 듣는 방법인 청언술(聽言術), 사람을 등용하는 방법인 용인술(用人術) 같은 술책을 도처에서 논하고 있다. 이것은 순자의 역사적인 인식과 현실적인 사상 및 성악론(性惡論)을 계승한 위에 노자의 도술(道術)을 법술에 응용하여 완성시킨 것이다.

《한서》〈예문지〉에는 《한자(韓子)》 55편이 수록되어 있고, 《수서(隋書)》〈경적지(經籍志)〉에는 《한자》 20권, 〈목(目)〉 1권이 수록되어 있는데, 지금 전하는 《한비자》도 20권 55편이니 대체로 한대(漢代)의 판본과 큰 차이는 없을 듯하다. 다만 책이름을 본시 《한자》라 불렀었으나 송(宋)나라 때부터 학자들이 당대(唐代)의 고문가(古文家)인 한유(韓愈)를 '한자'라 부르게 되면서 혼동을 피하기 위하여 이를 《한비자》라 바꾸어 부르게 된 것이다.

《한비자》는 이미 한비의 생전에도 퍽 널리 읽혀졌던 듯하다. 《사기》를 보면 진시황은 한비의 글 〈고분(孤憤)〉편과 〈오두(五蠹)〉편을 읽고 크게 감동하였다 하였고, 한비가 죽은 뒤엔 이사(李斯)와 진이세(秦二世)가 모두 그들의 글에 《한비자》를 자주 인용하였다.[83] 사마천(司馬遷)은 《사기》에 한비의 전기를 쓰면서 〈세난(說難)〉편을 수록하고 '한비는 과거 정치의 득실(得失)과 변화를 살피어 〈고분(孤憤)〉·〈오두(五蠹)〉·〈내외저(內外儲)〉·〈설림(說林)〉·〈세난(說難)〉 등 10여만언(十餘萬言)을 지었다'고 하였다.

여기에 보인 편들은 모두 지금 전하는 《한비자》 속에 들어 있으니 대체로 《한비자》는 한비가 지은 것이라 보아도 잘못이 없을 것이다. 《사고전서총목제요(四庫全書總目提要)》의 해설에 의하면 원(元)나라 지원(至元) 3년(1337)에 나온 하번본(何犿本)은 53편이었는데 〈간겁(姦劫)〉편과 〈설림(說林)〉 하편의 일부가 없어진 것이었다 한다. 그리고 옛 책에 인용된 《한비자》의 글 중에는 지금 우리가 보는 《한비자》에는 들어 있지 않은 글들도 꽤 있으니, 《한비자》의 내용에도 전승되어 오는 동안 혼란이 적지 않았음이 분명하다.

고형(高亨)은 《한비자보전(韓非子補箋)》 서문에서 《한비자》 중의 〈초현진(初見秦)〉·〈존한(存韓)〉·〈난언(難言)〉·〈애신(愛臣)〉·〈유도(有道)〉·〈식사(飾邪)〉의 여섯 편은 모두 한비가 직접 쓴 것이 아니라 후세에 《한비자》를 편집한 사람이 집어넣은 것이라 하며 그 증거를 상세히 논하고 있다.[84] 여섯 편은 또 완전히 그의 제자의 손에 의하여 이루어진 것, 그의 제자나 후세 사람들의 손질이 가해진 것 등 성질이 서로 다를 것이다.

《한비자》의 글은 대부분이 본격적인 논설문으로서, 비교적 길고 논리와 뜻의 표현에 충실하면서도 우미(優美)함도 지니고 있다. 이전

---

83) 《史記》 李斯傳 및 秦本紀 참조.
84) 특히 앞머리의 〈初見秦〉·〈存韓〉의 두 편은 그 이외에도 많은 학자들이 韓非가 쓴 것이 아님을 주장하고 있다.

의 《묵자》나 《맹자》·《순자》의 수법을 모두 종합한 수준이라 할 것이다. 다만 엄하고도 모가 나며 분명하고도 날카로운 느낌을 그의 글에서 받게 되는 것은 법과 형벌을 강조하는 글의 내용과 빈틈없고 예리한 논리 때문일 것이다.

그는 사람들의 심리와 논리에 대하여도 깊은 연구를 하고 있어서, 통치자들의 어떤 말에 대한 반응을 정확히 파악하고, 그 때의 일과 정황을 빠짐없이 분석하여 거기에 알맞은 시비를 따진 위에, 이론을 전개하고 있다. 그러기에 그의 문장은 분명하고 힘이 있으며 깨끗하고 빈틈없이 짜여져 있고, 변술(辯術)에 대하여도 연구를 하여[85] 그의 글이 화사하지는 않지만 수사(辭修)에도 소홀하지 않다.

〈오두(五蠹)〉편에서 한 대목을 보기로 든다.

요(堯)임금이 천하를 다스리고 있을 적에는 궁전인 초가 지붕 추녀도 가지런히 자르지 않고, 참나무 서까래는 끝을 다듬지도 못했으니, 거친 곡식 밥을 먹고 명아주와 콩잎 국을 마셨으며, 겨울철에는 새끼 사슴 갖옷을 걸치고 여름철에는 칡베 옷을 걸쳤었다. 비록 문지기의 생활이라 하더라도 이보다 못하지는 않을 것이다.

우(禹)임금이 천하를 다스리고 있을 적에는 몸소 쟁기와 가래를 들고 백성들의 앞장을 서서, 넓적다리에는 살이 없었고 정강이에는 털이 날 겨를이 없었다. 비록 노예의 수고로움이라 하더라도 이보다 더 괴롭지는 않을 것이다.

이로써 말한다면 옛날에 천자 자리를 양보한다는 것은 곧 문지기의 생활을 버리고 노예의 수고로움을 떠나는 셈인 것이다. 옛날에 천하를 물려준다는 것은 대단한 게 못되었다.

지금의 현령(縣令)들은 어느 날 자신이 죽어버린다 하더라도 자

---

85) 例로 〈說難篇〉 같은 것.

손들은 대를 이어 수레를 몰고 다니는 생활을 할 수가 있다. 그러므로 사람들은 이것을 중히 여기는 것이다. 그러므로 사람들이 사양을 하는 데 있어서 옛날의 천자 자리는 가벼이 떠날 수 있지만 지금의 현령 자리는 떠나기 어려운데, 그것은 박하고 후한 실속이 다르기 때문이다.

산속에 살면서 골짜기 물을 길어다 먹는 사람들은 2월달 누제(腰祭)나 섣달 납제(臘祭) 때에도 서로 물을 주고받지만, 택지(澤地)에 살며 물 때문에 고생하는 사람들은 일꾼을 사서 도랑을 튼다. 흉년이 든 해 봄이면 어린 아우까지도 밥을 먹여주려 들지 않지만, 풍년이 든 해 가을에는 관계없는 나그네에게까지도 반드시 밥 대접을 하려 든다. 그것은 골육을 멀리하고 지나는 나그네를 좋아하기 때문이 아니라 물자가 많고 적은 데 따른 마음이 다르기 때문일 것이다.

堯之王天下也, 有茅茨不翦, 采椽不斲, 糲粢之食, 藜藿之羹, 冬日麑裘, 夏日葛衣. 雖監門之服養, 不虧於此矣.

禹之王天下也, 身執耒臿, 以爲民先, 股無胈, 脛不生毛. 雖臣虜之勞, 不苦於此矣.

以是言之, 夫古之讓天下者, 是去監門之養, 而離臣虜之勞也. 古傳天下, 而不足多也.

今之縣令, 一日身死, 子孫累世絜駕, 故人重之. 是以人之於讓也, 輕辭古之天子, 難去今之縣令者, 薄厚之實異也.

夫山居而谷汲者, 腰臘而相遺以水, 澤居苦水者, 買庸而決竇. 故饑世之春, 幼弟不饟, 饟歲之秋, 疏客必食. 非疏骨肉愛過客也, 多少之實異也.

문제의 설명이 철저하고 논거가 확실할 뿐만 아니라 기지와 해학조차도 넘쳐흐르고 있다. 그리고 문장의 논리가 정연하고 짜임새도 빈틈이 없다.

이러한 《한비자》의 논설문은 대략 다음과 같은 네 가지로 나누어 볼 수가 있다.

첫째 ; 해석식(解釋式)으로 〈해로(解老)〉·〈난언(難言)〉·〈세난(說難)〉·〈팔간(八奸)〉·〈십과(十過)〉·〈망징(亡徵)〉 같은 편의 글이 이에 속한다.

둘째 ; 연역식(演繹式)으로 〈주도(主道)〉·〈유도(有度)〉·〈제분(制分)〉·〈고분(孤憤)〉·〈팔설(八說)〉·〈현학(顯學)〉 같은 편의 글이 이에 속한다.

셋째 ; 귀납식(歸納式)으로 〈내저설상(內儲說上)〉·〈외저설좌상(外儲說左上)〉·〈외저설좌하(外儲說左下)〉·〈외저설우상(外儲說右上)〉·〈외저설우하(外儲說右下)〉 등의 글이 이에 속한다.

넷째 ; 난변식(難辯式)으로 〈난일(難一)〉·〈난이(難二)〉·〈난삼(難三)〉·〈난사(難四)〉·〈난세(難勢)〉·〈문변(問辯)〉·〈문전(問田)〉·〈정법(定法)〉 같은 편의 글이 이에 속한다.[86]

특히 끝머리의 '난변(難辯)'은 먼저 역사적인 일이나 얘기에 대한 세상의 정론(定論)을 들고 다시 이를 비난(非難)하는 형식의 글이어서 특히 한비의 기지와 논리가 빛나는 대목들이다.

〈난이(難二)〉편에서 그 보기로 한 대목을 든다.

제(齊)나라 환공(桓公)이 술을 마시다가 취하여 그의 관을 잃고서 그것이 부끄러워 사흘 동안 조회(朝會)에 참석치 아니하였다. 관중(管仲)이 말하였다.

"이것은 나라를 다스리는 분의 치욕이 아닙니다. 임금님께서는 어찌하여 정치로써 그것을 씻지 않으십니까?"

---

86) 靑年文庫 《中國古典文學名著解題》 韓非子條, 참조.

환공은 옳은 말이라 하고는 창고를 열어 가난한 사람들에게 곡식을 나누어주고 감옥에 갇힌 사람들을 심사하여 풀어주거나 죄를 가벼이 하여 죽었다. 사흘이 지나자 백성들이 이런 노래를 하였다.

"환공이여, 환공이여!

어찌 다시 관을 잃어버리지 않으시나?"

어떤 사람이 말하였다.

"관중은 소인(小人)에 대하여는 환공의 치욕을 씻어주면서 군자(君子)에 대하여는 환공의 치욕을 늘여 주었다. 환공으로 하여금 창고를 열어 가난한 사람들에게 곡식을 내어 주고 감옥에 갇힌 사람들을 심사하여 풀어 주거나 죄를 가벼이 하여 주도록 한 것이 의로운 일이 못된다면 치욕을 씻고 의로워질 수가 없는 것이다. 환공이 본시 의로웠다 하더라도 관을 잃어버린 뒤에야 의로움을 행하였으니, 곧 그것은 환공이 의로움을 행한 것이 아니라 관을 잃었기 때문에 한 행동인 것이다. 이것은 비록 관을 잃은 수치를 소인들에게는 씻었다 하더라도, 또한 의로움을 저버린 수치를 군자들에게 산 것이 된다. 또 창고를 열어 가난한 사람들에게 곡식을 나누어 준 것은 공 없는 사람들에게 상을 내린 셈이 된다. 감옥에 갇힌 사람들을 심사하여 풀어주거나 죄를 가벼이 해 준 것은 곧 잘못을 처벌치 않은 셈이 된다. 공 없는 사람들에게 상을 주면 백성들은 구차히 요행을 바라면서 임금이 관을 잃기 바라게 된다. 잘못을 처벌하지 않으면 곧 백성들은 경계할 줄을 모르고 그릇된 짓을 하기 쉽게 된다. 이것은 혼란의 근본이다. 어찌 수치를 씻을 수가 있겠는가?"

齊桓公飮酒, 醉遺其冠, 恥之三日不朝.

管仲曰 : 此非有國之恥也. 公胡其不雪之以政?

公曰 : 善. 因發倉囷賜貧窮, 論囹圄出薄罪.

處三日而民歌之曰：公乎公乎, 胡不復遺其冠乎？

或曰：管仲雪桓公之恥於小人, 而生桓公之恥於君子矣. 使桓公發倉困, 而賜貧窮, 論囹圄, 而出薄罪, 非義也, 不可以雪恥, 使之而義也. 桓公宿義, 須遺冠而後行之, 則是桓公行義非, 爲遺冠也. 是雖雪遺冠之恥於小人, 而亦遺義之恥於君子矣.

且夫發困倉, 而賜貧窮者, 是賞無功也；論囹圄, 而出薄罪者, 是不誅過也. 夫賞無功, 則民偸幸而望於上；不誅過, 則民不懲而易爲非. 此亂之本也. 安可以雪恥哉！

《한비자》에는 또 논증을 위하여 많은 고사(故事)와 우언(禹言)을 동원하고 있다. '우언'의 활용은 《장자》만큼 철저하지는 않지만, 애기의 구성이 생동하고 내용이 다채로우면서도 짜임새가 있어 문학적인 성향이 두드러진다. 곧 《한비자》의 '고사'와 '우언'에는 특별한 풍취와 날카로운 풍자에다 풍부한 상상력까지 담기어 있는 것이다. 이것은 한비의 문장이 어떤 사건이나 애기의 서술에도 뛰어났음을 말해 주는 것이다.

또 한가지 《한비자》의 문장 중에서 그대로 보아 넘길 수 없는 것은 노자의 사상과 관계 있는 부분이다. 《한비자》에는 《노자》와 노자의 사상을 해설한 〈해로(解老)〉와 〈유로(喩老)〉의 두 편이 있고, 또 노자의 사상을 바탕으로 한 〈주도(主道)〉와 〈양각(楊權)〉의 두 편이 있다. 이들 《노자》와 관계 있는 부분의 문장은 많은 부분에 운(韻)을 밟고 있고 고색(古色)을 띠어 깊은 맛을 느끼게 하고 있다.

앞의 두 편은 《노자》를 해설하는 성격을 지닌 것이라 그 나름대로의 독특한 문체를 마음껏 살리지 못하고 있으나, 뒤의 두 편의 글에서는 《한비자》에서 개발된 또 다른 수준 높은 문체를 발견하게 된다. 〈주도편〉의 글은 구형(句形)에 변화가 많으면서도 압운(押韻)을 하고 있고 대부분 대구(對句)로 이루어져 있다. 후세의 변문(駢文)에

아주 가까운 글이라 할 것이다. 〈양각편〉의 글은 거의가 4언(言)으로
된 운어(韻語)로 이루어져 있어 더욱 정제한 운문에 가까워져 있다.
자신의 법술(法術)에 철학적인 도론(道論)을 끌어들이다 보니 이처럼
함축적이고도 미묘한 운문에 가까운 글로 변한 것이 아닌가 싶다.
  아래에 그 보기를 각각 한 대목씩 든다.

  도(道)란 만물의 시작이며 시비(是非)의 기준인 것이다. 그러므
로 명철한 임금은, 시작을 지킴으로써 만물의 근원을 알며, 기준을
다스림으로써 착함과 잘못됨의 발단(發端)을 안다. 그러므로 허정
(虛靜)함으로써 명령을 기다리게 되는데, 명칭에 관한 명령은 스스
로 내려지게 되고, 일에 관한 명령은 스스로 정해지게 되는 것이다.
허(虛)하면 실지 사정을 알게 되며, 정(靜)하면 움직임의 올바름을
알게 된다.
  말이 있는 자는 스스로 명칭을 만들게 되며, 일이 있는 자는 스
스로 형식을 만들게 되는데, 형식과 명칭이 서로 어울려야만 임금
은 곧 무사하게 되고, 그 참됨으로 돌아가게 한다. 그러므로 임금은
그가 바라는 것을 드러내 보여서는 안되니, 임금이 바라는 것을 드
러내 보이면 신하들이 자연히 겉치레로 아첨하게 되는 것이다. 임
금은 그의 뜻을 드러내 보여서는 안되니, 임금이 그의 뜻을 드러내
보이면 신하들은 자연 특별히 잘 보이려 들게 되는 것이다.

  道者, 萬物之始, 是非之紀也. 是以明君, 守始以知萬物之源, 治
紀以知善敗之端. 故虛靜以待令, 令名自命也, 令事自定也, 虛則知
實之情, 靜則知動之正.
  有言者自爲名, 有事者自爲形 : 形名參同, 君乃無事焉, 歸之其
情. 故曰 : 君無見其所欲, 君見其所欲, 臣將自雕琢. 君無見其意,

君見其意, 臣將自表異.(〈主道〉)[87]

　하늘에 대명(大命)이 있고 사람에게도 대명이 있다. 향긋하고 맛있는 좋은 술과 살진 고기는 입에는 달지만 몸에는 해로울 수 있으며, 아름다운 살갗과 흰 이의 미녀는 감정을 기쁘게 하지만 정력을 손상시킬 수 있다. 그러므로 심한 것을 버리고 지나친 것을 그만두면 몸에는 곧 해가 없게 될 것이다.

　권세는 드러내지 않으려 하는 것이니 본시 무위(無爲)한 것이기 때문이다. 일은 사방에 있지만 권요(權要)는 중앙에 있다. 성인은 권요를 잡고있어 사방 사람들이 따르고 본받게 되는 것이다. 허(虛)함으로써 대하면 그는 스스로 일하게 된다. 온 세상이 숨겨져 있으되 음(陰)을 통하여 양(陽)을 보게 된다. 좌우에 일할 사람을 세웠으면 문을 열고 맞아들여야 한다. 변화하지도 않고 바꾸지도 않으면서 그들과 함께 일을 행하되 끊임없이 행하는 것 이것을 이치를 실천한다고 말하는 것이다.

　天有大命, 人有大命. 夫香美脆味, 厚酒肥肉, 甘口而病形; 曼理皓齒, 說情而損精. 故去甚去泰, 身乃無害.

　權不欲見, 素無爲也. 事在四方, 要在中央; 聖人執要, 四方來效. 虛而待之, 彼自以之. 四海旣藏, 道陰見陽; 左右旣立, 開門而當. 勿變勿易, 與二俱行; 行之不已, 是謂履理也.(〈揚搉〉)

　《한비자》는 대체로 앞의 '기사(紀事)의 글' 중의 《전국책》과 비슷한 시대의 글인 듯하다. 이 두 책에는 여러 가지 같은 얘기들이 기록

____

87) ○標는 對句 표시, ◉標는 韻字.

되어 있을 뿐만이 아니라 문장도 한자로 이룰 수 있는 완성된 형태, 다양하면서도 우아한 성격을 보여주고 있기 때문이다.

《한비자》 이외에도 《한서》 〈예문지〉에는 법가(法家)에 이자(李子)·상군(商君)·신자(申子) 등 10가(家)가 수록되어 있으나 나머지는 모두 전하지 않는다. 지금 《상군서(商君書)》가 전해지고 있기는 하나 《순자》보다도 뒤늦게 전국시대 말엽에 위작(僞作)된 것임이 분명하고, 관중(管仲)이 지었다는 《관자(管子)》도 전해지고 있어 법가의 책으로 보려는 이가 있으나 이 역시 전국 말엽의 저작임이 분명한 것이다.[88] 그 위에 이들은 내용이나 문장 모두 별 특색도 없는 것들이다.

· 참 고 도 서 ·

《韓非子(註譯)》韓國 金學主, 大洋書籍《世界思想全集》), 서울, 1969.
《韓非子集解》 20卷, 淸 王先愼 撰.
《韓非子集釋》 民國 陳奇猷 撰, 中華書局.
《韓非子淺解》 民國 梁啓雄 撰, 中華書局.

Han Fei Tzu: Basic Writings, Burton Watson, Columbia University Press, New York, 1964.

7) 《여씨춘추(呂氏春秋)》

《순자》와 《한비자》가 문학적으로 천하 통일을 준비하는 저서의 성격을 띠었다면, 《여씨춘추》는 진(秦)나라의 천하 통일을 대표하는 저술이라 할 수 있다. 《여씨춘추》는 뒤에 진시황(기원전 246~기원전 210 재위)의 승상(丞相)을 지낸 여불위(呂不韋, ?~기원전 235)가 진

____

88) 梁啓超 《古書眞僞及其年代》 등 참조.

나라가 천하를 통일하기 직전에 자기 문하의 여러 학자들로 하여금 공동으로 저술 편찬케 한 책이다.

《여씨춘추》는 전체가 〈12기(紀)〉·〈8람(覽)〉·〈6론(論)〉으로 이루어져 있는데, 이는 각각 천(天)·지(地)·인(人)을 대표하는 숫자로서 천지 만물과 고금(古今)의 일에 관한 지식을 총괄(總括)하겠다는 포부 아래 세워진 체계이다.

〈12기〉는 사계절을 각각 맹춘(孟春)·중춘(仲春)·계춘(季春)식으로 나누어 1년을 대표하도록 짜였으며, 1기는 모두 5편으로 다시 나누어져 있는데 끝머리 계동기(季冬紀)에는 전체의 서(序)에 해당하는 〈서의(序意)〉편이 붙어 있어 도합 61편이다.

〈8람〉은 또 모두 8편으로 나누어져 있는데 첫 번째 유시람(有始覽)만은 7편이어서 도합 63편이다. 8은 8방(方)을 뜻하며, 땅을 대표하는 숫자이다.

〈6론〉은 다시 모두 6편으로 나누어져 도합 36편인데, 6은 천지 사방인 6합(合)을 가리키며, 사람을 대표하는 숫자이다. 이 책의 체계는 이처럼 방대하고 계획적이지만 내용은 그 이전에 존재했던 여러 학파의 이론을 모아 놓은 것이며, 여러 사람들의 손에 의하여 이루어진 것이라서 체계와 내용은 잘 어울리지 못한다 할 수 있다.

책의 내용은 정치문제와 관계되는 것이 가장 많은데, 매 편의 철학적인 관점은 서로 다른 경우가 많다. 이전 학파들의 이론을 모두 수합했다 하더라도 역시 유가의 이론이 가장 많으며, 다음으로 묵가·도가의 순이고, 또 맹춘기(孟春紀)의 〈본생(本生)〉·〈중기(重己)〉편과 중춘기(仲春紀)의 〈귀생(貴生)편〉처럼 극단적인 이기주의를 주장한 양주(楊朱)의 학설을 대표하는 부분도 있다.

여불위는 학파를 논한다면 법가에 속할 것이나 법가사상을 대표할 만한 내용은 극히 적고, 오히려 이속람(離俗覽)의 〈상덕(上德)〉편같은 데에서는 법가의 엄형(嚴刑)·중상(重賞)에 의한 정치 방법을 맹렬히 공격하고 있다. 이는 법형(法刑)에 의한 정치를 행하는 진(秦)나라에 있어서도 지식인들 중에는 이에 찬동하는 이가 극히 적었던 상황을 증명하는 것인지도 모른다.[89]

정치론 이외에도 맹하기(孟夏紀)의 〈권학(勸學)〉·〈존사(尊師)〉·〈무도(誣徒)〉·〈용중(用衆)〉 같은 편은 교육과 관계가 깊은 내용이고, 중하기(仲夏紀)의 〈대악(大樂)〉·〈치악(侈樂)〉·〈적음(適音)〉·〈고악(古樂)〉·계하기(季夏紀)의 〈음률(音律)〉·〈음초(音初)〉·〈제악(制樂)〉·〈명리(明理)〉 같은 편은 음악론이라 할 수 있는 내용이고, 맹추기(孟秋紀)의 〈탕병(蕩兵)〉·〈진란(振亂)〉·〈금새(禁塞)〉·〈회총(懷寵)〉, 중추기(仲秋紀)의 〈논위(論威)〉·〈간선(簡選)〉·〈결승(決勝)〉·〈애사(愛士)〉 등은 병법(兵法)에 관계되는 내용이며, 끝머리 사용론(士容論)의 〈상농(上農)〉·〈임지(任地)〉·〈변토(辨土)〉·〈심시(審時)〉편 등은 농사에 관한 기록이다. 곧 진나라 통일 이전의 여러 가지 중국인들의 지식이 종합되어 있는 셈이다.

사상뿐만이 아니라 문장에 있어서도 그 표현 기능은 이전의 문장들의 기능을 종합하고 있는 셈이다. 무엇보다도 우선 이 책의 〈12기〉·〈8람〉·〈6략〉의 체계적인 편집은 이제껏 나온 다른 전적에서는 볼 수 없었던 최고의 형식을 이룬 것이다. 이러한 체재는 곧 《예기(禮記)》·《회남자(淮南子)》·《사기(史記)》 등의 편집에 직접 영향을 끼쳤고, 육조(六朝)시대에 나온 유서(類書)인 《수문어람(修文御覽)》·《화림편략(華林徧略)》 같은 책의 편제까지도 《여씨춘추》를 본받은 것이라 할 수 있다.

그리고 그 문장은 장중하면서도 아름답고 광박하면서도 막힌 데가 없다. 글의 조리가 분명할 뿐만 아니라 앞뒤로 논리가 일관되어 있어,

---

89) 그래서 결국은 秦始皇에 의하여 焚書坑儒라는 暴政이 斷行케 되었을 것이다.

이전의 글들보다도 읽기 쉽고 똑똑히 뜻을 이해할 수가 있다. 게다가 문장의 표현에 기지가 번득이는 곳이 많고 궤변이라 볼 수 있을 만한 대목까지도 있지만 설복력이 매우 강하다.

진시황의 분서(焚書) 이후로 많은 중국의 전적들이 없어져 버렸으나 이 책을 통하여 전해지고 있는 유문구설(遺門舊說)들이 적지 않은 것도 《여씨춘추》의 가치를 높여 준다. 문자의 표현 기능을 통해서 보더라도 《여씨춘추》는 최초의 자체(字體) 통일을 뜻하는 소전(小篆)의 시대까지도 상징한다고 말할 수 있을 것이다. 다음 보기만 읽어보아도 그런 사실을 알 수 있을 것이다.

이익은 양립(兩立)될 수 없는 것이고, 충성은 아우를 수가 없는 것이다. 작은 이익을 버리지 않으면 큰 이익을 얻지 못하게 되고, 작은 충성을 버리지 않으면 큰 충성을 이루지 못하게 된다. 그러므로 작은 이익은 큰 이익의 해가 되고, 작은 충성은 큰 충성의 해가 되는 것이어서, 성인은 작은 것은 버리고 큰 것을 취하였다.

옛날에 초(楚)나라 공왕(龔王)과 진(晋)나라 여공(厲公)이 언릉(鄢陵)에서 싸워 초나라 군사가 패하고 공왕이 부상한 일이 있었다. 그때 싸움을 앞두고 초(楚)나라 장군 자반(子反)이 목이 말라 마실 것을 가져오도록 하였다. 수하의 양곡(陽穀)이 술통에 술을 갖다 바치자, 자반은

"안돼, 술을 물려라!"

하고 꾸짖었다. 그러나 양곡이

"술이 아닙니다."

고 하자, 자반은

"빨리 물려라!"

하고 말하였으나, 양곡은 또

"술이 아닙니다."

하고 말하였다. 그러자 자반은 그것을 받아 마셨는데, 자반은 사람 됨이 술을 좋아하여 단맛에 입을 떼지 못하여 취하고 말았다.

전쟁이 끝난 뒤 공왕은 다시 싸우고자 하여 사람을 보내어 장군 자반을 불렀다. 그러나 자반은 가슴이 아프다는 이유로 오지 않았다. 공왕이 수레를 몰고 가서 장막 속에 들어가 보니 술냄새가 났다. 그러자 돌아와서는

"오늘 전쟁에 내가 부상을 당하였으되 믿는 것은 장군이었는데, 장군은 또 이꼴이라니! 이건 초나라의 사직(社稷)을 잊고 우리 백성을 걱정치 않는 짓이다. 나는 다시 싸울 수가 없다."

고 말하고는 군사를 거두어 돌아가서 장군 자반을 참수(斬首)하였다.

그런데 수하인 양곡이 술을 올린 것은 자반을 취하게 하려는 게 아니라 그의 마음은 충성으로 그랬었다. 그런데 마침내 자기 상관을 죽게 하고 말았다. 그러므로 작은 충성은 큰 충성의 해가 된다는 것이다.

옛날에 진(晉)나라 헌공(獻公)은 순식(荀息)을 사신으로 우(虞)나라에 보내어 괵(虢)나라를 정벌하러 갈 길을 빌리도록 하였다. 그러자 순식이 말하였다.

"청컨대 수극(垂棘)의 구슬과 굴산(屈産)의 네 마리 말을 우공(虞公)에게 뇌물로 주며 길을 빌려 달라고 하면 꼭 얻을 수 있겠습니다."

헌공이 말하였다.

"수극의 구슬은 내 선군(先君)의 보물이고, 굴산의 네 마리 말은 내 수레를 끄는 말이오 만약 내 선물만 받고 우리에게 길을 빌려 주지 않으면 어떻게 하겠소?"

순식이 말하였다.

"그렇지 않습니다. 그가 만약 우리에게 길을 빌려 주지 않겠다면 반드시 우리 것을 받지 않을 것입니다. 만약 우리 것을 받고 우

리에게 길을 빌려 준다면 그것은 마치 내부(內府)의 것을 꺼내다
가 외부(外府)에 넣어 두는 것과 다름없고 또 안 마구간의 것을
끌어다가 바깥 마구간에 매어 두는 거나 같습니다. 임금님께서는
무얼 걱정하십니까?"

헌공이 허락을 하고 곧 순식으로 하여금 굴산의 말 네 마리를 우
나라 궁정으로 끌고 가게 하고 그 위에 수극의 구슬을 갖고 가서
우나라에게 괵나라를 치러 갈 길을 빌려 달라고 하였다.

우공이 보물과 말이 탐나서 응낙하려 하자 궁지기(宮之奇)가 간
하였다.

"응낙하셔서는 안됩니다. 우나라와 괵나라는 마치 어금니에 광대
뼈가 있는 것과 같습니다. 어금니는 광대뼈가 있어야 하고 광대
뼈도 어금니에 의하여 기능이 발휘됩니다. 우나라와 괵나라의 형
세도 그러합니다. 옛분들의 말에도 입술이 없으면 이빨이 시려진
다고 하였습니다. 괵나라가 망하지 않는 것은 우나라를 의지하기
때문이고, 우나라가 망하지 않는 것도 괵나라를 의지하기 때문입
니다. 만약 저들에게 길을 빌려 주어 괵나라가 아침에 망한다면
우나라도 그 저녁으로 망하게 될 것입니다. 어찌 저들에게 길을
빌려 줄 수가 있겠습니까?"

우공은 듣지 아니하고 진나라에 길을 빌려 주었다. 순식은 괵나
라를 쳐서 그들을 정복하고 돌아와서는 다시 우나라를 쳐서 정복하
였다. 순식은 구슬을 찾아들고 말을 다시 끌고 가서 이를 보고하였
다. 헌공은 기뻐하며 말하였다.

"구슬은 그대로이나 말의 이빨은 좀 더 자란 것 같구려!"

그러므로 작은 이익은 큰 이익의 해가 되는 것이라 한 것이다.

利不可兩, 忠不可兼. 不去小利, 則大利不得 ; 不去小忠, 則大忠
不至. 故小利, 大利之殘也 ; 小忠, 大忠之賊也. 聖人去小取大.

　　昔荆龔王與晋厲公戰於鄢陵, 荊師敗, 龔王傷. 臨戰, 司馬子反渴而求飮,　竪陽穀操黍酒而進之.　子反叱曰：麾退酒也.　竪陽穀對曰；非酒也.　子反曰；盃退却也.　竪陽穀又曰；非酒也.　子反受而飮之. 子反之爲人也嗜酒, 甘而不能絶於口, 以醉.

　　戰旣罷, 龔王欲復戰, 而謀使召司馬子反, 子反辭以心疾. 龔王駕而往視之, 入幄中, 聞酒臭而還, 曰；今日之戰, 不穀親傷, 所恃者司馬也. 而司馬又若此, 是忘荊國之社稷, 而不恤吾衆也. 不穀無與復戰矣. 於是罷師去之, 斬司馬子反以爲戮.

　　故竪陽穀之進酒也, 非以醉子反也. 其心以忠也, 而適足以殺之. 故曰；小忠, 大忠之賊也.

　　昔者晋獻公使荀息, 假道於虞以伐虢. 荀息曰；請以垂棘之璧與屈産之乘, 以賂虞公, 而求假道焉, 必可得也. 獻公曰；夫垂棘之璧, 吾先君之寶也；屈産之乘, 寡人之駿也. 若受吾幣而不吾假道, 將奈何？ 荀息曰；不然. 彼若不吾假道, 必不吾受也. 若受我而假我道, 是猶取之内府, 而藏之外府也；猶取之内皁, 而著之外皁也. 君奚患焉？ 獻公許之, 乃使荀息以屈産之乘爲庭實, 而加以垂棘之璧, 以假道於虞而伐虢.

　　虞公濫於寶與馬而欲許之. 宮之奇諫曰；不可許也. 虞之與虢也, 若車之有輔也；車依輔, 輔亦依車, 虞虢之勢是也. 先人有言曰；唇竭而齒寒. 夫虢之不亡也恃虞, 虞之不亡也亦恃虢也. 若假之道, 則虢朝亡而虞夕從之矣. 奈何其假之道也？

　　虞公弗聽而假之道. 荀息伐虢克之, 還反伐虞又克之. 荀息操璧牽馬而報. 獻公喜曰；璧則猶是也, 馬齒亦薄長矣.

　　故曰；小利, 大利之殘也.(愼大覽 〈權勳〉)

· 참 고 도 서 ·

《呂氏春秋》(註譯) 3冊, 韓國 金槿, 民音社, 서울, 1993.
《呂氏春秋注》26卷, 漢 高誘 撰(《四部備要》本).
《呂氏春秋集釋》民國 許維遹 撰, 文學古籍刊行社.

제 5 장

여론(餘論)

1. 서한(西漢) 학자들의 《시경(詩經)》 해설에 대한 새로운 이해 — 희곡(戱曲)의 시각(視角)에서

1) 서 론

《시경(詩經)》을 공부하면서 늘 마음속에서 떠나지 않는 큰 의문의 하나는 서한(西漢) 때에 나온 《모시(毛詩)》와 《삼가시(三家詩)》의 시 해설 내용이 왜 그러한가라는 문제이다. 《시경》에 관한 본격적인 연구는 서한으로부터 시작되고 있고, 서한의 시경학(詩經學)을 대표하는 저술이 《모시》와 《삼가시》이다. 그리고 이들 중 《삼가시》는 일찍이 위진대(魏晉代)에 이르러 거의 전해지지 않게 되었으나, 《모시》만은 동한(東漢) 정현(鄭玄, 127~200)의 《전(箋)》이 나오고 당(唐)대 공영달(孔穎達, 574~648)의 《정의(正義)》가 나오면서, 전통적인 《시경》 해설서로서 학계에 군림해 왔다. 그러나 송대(宋代)로 들어와서는 《모시》를 제쳐놓고 자기 뜻대로 《시경》을 해설하기 시작하고,1) 다시 《모시》에 대한 의문까지도 제시하는 학자들이 나오기 시작하였다.2) 그 결과 청대에 와서는 요제항(姚際恒, 1647~?)의 《시경통론(詩經通論)》이나 최술(崔述, 1740~1816)의 《독풍우지(讀風偶識)》처럼 《시경》연구의 중점을 《모시》의 시설(詩說)의 부정에 두었다고도 할 수 있는 저술까지도 나왔다. 결국 지금 와서는 《모시》의 시 해설을 그대로 믿는 사람은 극히 드문 형편이 되었다. 굴만리(屈萬里, 1906~1979)의 〈선진설시의 기풍과 한유의 시교설시의 우곡함(先秦說詩的風尙和漢儒以詩敎說詩的迂曲)〉《屈萬里先生文存》第一冊 所載) 같은 논문은 현대의 《시경》에 대한 학자들의 인식을 가장 잘 대표해 준다.

그러나 한대의 학자들이 단지 '시교관념(詩敎觀念)' 때문에 《시경》의 시의 뜻을 '우곡(迂曲)'시켜 해설했다고 단정해 버리는 것은 아무래도 속단(速斷)인 듯하다. 굴만리 교수가 '우곡한 설시(說詩)'의 보기로 들고 있는 〈관저(關雎)〉편의 경우를 보자. 우선 《노설(魯說)》로 다음 두 대목을 인용한 뒤 《제시(齊詩)》와 《한시(韓詩)》및 《모시》를 각각 한 대목씩 인용하고 있다.

주(周)나라가 쇠하여지자 시가 지어졌는데, 대체로 강왕(康王) 때였다. 강왕은 내방(內房)에서의 덕이 부족하여 대신이 조회(朝會)에 늦게 나옴을 풍자하려 하였으므로 시를 지었던 것이다.3)

옛날 주나라 강왕은 문왕(文王)의 성세(盛世)를 계승하였으나, 어느 날 아침 늦게 일어나 부인(夫人)은 패옥(佩玉)소리를 내며 움직이지 않고, 궁문(宮門)에서는 딱딱이를 치지 않자, 관저(關雎)의 작자가 잘못될 기미를 알고 지은 것이다.4)

---

1) 歐陽修의 《詩本義》, 蘇轍의 《詩集傳》 등.
2) 王質의 《詩總聞》, 鄭樵의 《詩辨妄》, 朱熹의 《詩序辨說》 등.
3) "周衰而詩作, 蓋康王時也. 康王德缺於房, 大臣刺晏, 故詩作."(王先謙 《詩三家義集疏》에 보임).

공자(孔子)는 시를 분류하면서 관저(關雎)로 시작을 삼았다. 그 것은 가장 위에 계신 분은 백성들의 부모이니, 후부인(后夫人)의 행실이 천지(天地)에 부합되지 못하면 곧 신령(神靈)스런 전통을 받들어 만물을 적절히 다스릴 수가 없게 되기 때문이었다. 그러므 로 시에서 "아리따운 얌전한 여인은 군자(君子)의 좋은 짝이라"고 한 것은, 그의 정숙(貞淑)함을 다하고 그의 절조(節操)를 바꾸지 아니하며, 정욕적(情慾的)인 감정을 용모와 몸가짐에 개입시키지 아니하고, 사사로이 즐기는 뜻을 행동에 드러내지 아니하게 되어야 만 지존(至尊)의 짝이 되어 종묘(宗廟)의 주인이 될 수 있음을 말 한 것이다. 이것이 기강(紀綱)의 으뜸이며 왕자(王者)로서의 교화 (敎化)의 발단인 것이다.5)

시인은 저구(雎鳩)가 정결(貞潔)하고도 짝을 짓는 데 신중하여 소리로써 추구하면서도 사람이 없는 곳에 숨어있음을 말하고 있는 것이다. 그러므로 임금이 조정에서 물러나 사궁(私宮)으로 들어가 도 후비(后妃)는 맞이하여 뵙는 데 법도가 있어, 응문(應門)에서 는 딱딱이를 치고 북잡이는 북을 울리어, 물러나 편안히 지냄에 몸은 편안하고 뜻은 밝게 되는 것이다. 지금 높은 사람들은 안으로 여색(女色)에 기울어져 있다. 현명한 사람이 그 싹을 보았기 때문 에 〈관저(關雎)〉를 읊어 숙녀(淑女)는 용모와 몸가짐을 올바로 해 야 함을 말함으로써 시대를 풍자한 것이다.6)

---

4) "昔周康王升文王之盛, 一朝晏起, 夫人不鳴璜, 宮門不擊柝. 關雎之人, 見幾而作."(上同).

5) "孔子論詩, 以關雎爲始. 言太上者, 民之父母 ; 后夫人之行, 不侔乎天地, 則無以奉神靈之統, 而理萬物之宜. 故詩曰: 窈窕淑女, 君子好仇. 言能致 其貞淑, 不貳其操, 情欲之感無介乎容儀, 宴私之意不形乎動靜, 夫然後 可以配至尊, 而爲宗廟主. 此紀綱之首, 王敎之端也."(上同).

끝으로 굴만리 교수가 인용하고 있는 〈모시서(毛詩序)〉는 다음과
같다.

〈관저(關雎)〉는 후비(后妃)의 덕을 노래한 것이다. 풍(風)의 시
작이어서, 천하 일을 풍자하고 부부관계를 바로잡는 근거가 된다.
……그래서 〈관저〉는 숙녀를 구하여 군자에 짝지어 주는 것을 즐
기는 것인데, 걱정은 현명한 이를 추천하는 데에 있고 여색(女色)
에 빠지는 것은 아니다. 충심으로 얌전한 이를 찾으며 현명한 재질
의 사람을 생각하되 훌륭함을 손상시키려는 마음은 없는 것이 바로
관저의 뜻인 것이다.[7]

이밖에도 왕선겸(王先謙, 1842~1917)의 《시삼가의집소(詩三家義
集疏)》에는 위에 인용한 것과 다른 《노설(魯說)》 4종이 더 모아져 있
다. 우리가 허심탄회(虛心坦懷)한 입장에서 〈관저〉를 읽어보면 분명
히 이는 젊은이가 이상적인 이성을 그리는 시이다. 곧 '요조숙녀는 군
자의 좋은 짝'이라는 구절이 시의 주제를 대표하고 있다. 그런데 《모
시》나 《삼가시》에서는 어찌하여 위와 같은 해설을 하고 있는 것일까?
서한(西漢)의 학자들은 어리석어서 그처럼 시의 뜻과 관계도 없는 우
곡한 해설을 하고 있다고 웃어넘겨도 되는 것일까?
이에는 필시 이유가 있었으리라 생각하는 것이 옳을 것이다. 다만
서한의 학자들이 그러한 풀이를 한 확실한 근거가 전하지 않기 때문

---

6) "詩人言雎鳩貞潔愼匹, 以聲相求, 隱蔽於無人之處. 故人君退朝, 入於私
   宮, 后妃御見有度, 應門擊柝, 鼓人上堂, 退反宴處, 體安志明. 今時大人,
   內傾於色. 賢人見其萌, 故詠關雎, 說淑女正容儀, 以刺時."(上同).
7) "關雎, 后妃之德也. 風之始也, 所以風天下而正夫婦也. …… 是以關雎樂
   得淑女, 以配君子 ; 憂在進賢, 不淫其色. 哀窈窕, 思賢才, 而無傷善之心
   焉 ; 是關雎之義也."

에 송대(宋代) 이후로부터 지금에 이르는 학자들은 〈모시서〉나 《삼가시》의 해설을 거의 무시하고 자기 나름대로의 시를 해석하고 있다. 그러나 그러한 옛 학자들의 업적의 경시는 결국은 시를 올바로 이해하지 못하고 마는 결과를 가져오게 될지도 모른다.

이 소론에서는 이들 서한 학자들의 설시를 합리적으로 받아들일 수 있는 길을 모색해 보려는 것이다. 무엇보다도 이들 시는 민간의 가요에서 나온 것이라는 전제 아래 옛날 중국 민간에 이들 가요들이 전해지던 상황을 상정하며 추구해 보려는 것이다. 무엇보다도 이들 서한의 《시경》 해설은 고사(故事)와 깊은 관련이 있다는 데 먼저 주목하였다. 중국 민간의 가요들은 설서(說書)나 가무희(歌舞戲) 같은 여러 가지 곡예(曲藝)와 함께 널리 유행하고 있다는 사실을 근거로 하여, 서한의 《시경》 해설도 그러한 희곡적인 민예(民藝)와의 관계 때문에 그런 해설을 하게 된 것이라고 추정하게 되었다.

따라서 〈모시서〉의 주남(周南) 해설이, 그 시들을 가무희에서 불리어지던 노래라는 사실을 전제로 한 것임을 주송(周頌)의 대무악장(大武樂章) 등을 참고로 하여 추정하게 되었다. 그리고 《시경》의 부(賦)에서 시작하여 초사(楚辭)와 한부(漢賦) 및 속부(俗賦)에 이르는 부(賦) 계열의 작품들도 모두 가무희적인 곡예(曲藝)와 관련이 많다는 사실에 착안하게 되었다. 이 소론은 이러한 서한 학자들의 《시경》 해설의 성격을 추리를 통해서일 망정 어느 정도 증명해 보려는 것이다. 이러한 노력이 《시경》의 시들을 올바로 이해하는 데에 큰 도움이 될 수 있기를 바란다.

2) 《모시》·《삼가시》와 고사(故事)

《시경》은 서정시(敍情詩)가 주류를 이루고 있는데도 〈모시서〉나 삼가의 남아 전하는 해설을 보면 상당히 복잡한 고사(故事)를 동원시키고 있는 경우가 많다. 이미 앞에서 든 〈관저〉시의 해설만도 좋은 보기가 된다. 왕선겸의 《시삼가의집소》에는 앞 서문에 인용한 것 이외에도, 또 다음과 같은 〈노설(魯說)〉네 조목이 더 보인다.

후비(后妃)가 일찍 죽고 오래 사는 것을 제어함으로, 나라가 다스려지고 어지러워지는 것과 흥하고 망하는 단서가 된다. 그러므로 후비가 늦게 일어나 패옥(佩玉)을 울리며 활동하자 관저의 작자는 그것을 탄식하며, 여색(女色)을 좋아하는 것이 본성을 손상시키고 목숨을 단축시키니 삶을 해쳐서는 안된다는, 법도에 어긋나는 것임을 알았다. 온 천하가 그 영향을 받아 혼란해질 것이기 때문에, 숙녀(淑女)가 임금의 짝이 되기를 바라는 것을 읊음으로써 충효(忠孝)를 독실히 하고 인후(仁厚)하여지라는 뜻에서 지은 것이다.8)

주나라가 점차 쇠하여지자 강왕(康王)이 늦게 일어나게 되었다. 필공(畢公)은 탄식을 하면서 옛날의 도를 생각하고, 저 관저의 새는 본성이 두 배필을 갖지 않으며, 주공(周公)을 구하여 얌전한 여자에게 짝지어 줌으로써 잘못되어지는 것을 막고 나빠지는 경향을 없앰으로써 임금을 풍자하여 일깨워주려 하였음에 감동하였다. 공자는 그런 점을 위대하게 여기어 책의 첫머리에 배열하였다.9)

주나라의 도가 무너지자 시인이 잠자리를 근거로 하여 관저를 지었다.10)

---

8) "后妃之制夭壽, 治亂存亡之端也. 是以佩玉晏鳴, 關雎歎之, 知好色之伐性短年, 離制度之生無厭, 天下將蒙化, 陵夷而成俗也. 故詠淑女, 幾以配上, 忠孝之篤, 仁厚之作也."

9) "周漸將衰, 康王晏起. 畢公喟然深思古道, 感彼關雎性不雙侶, 願得周公配以窈窕, 防微消漸, 諷諭君父 ; 孔氏大之, 列冠篇首."

주나라의 강왕 부인이 늦게 조정에 나왔는데, 관저의 작자는 그것을 예견하고 숙녀를 얻어서 군자에게 짝지어 주려 했던 것이다.[11]

해석이 각양각색이다. 대체로 《노시》에서는 주나라의 성왕(成王, 기원전 1115~기원전 1079 재위)의 뒤를 이은 강왕(康王, 기원전 1078~기원전 1053 재위)이 부인에게 빠져 늦잠을 자느라 조회에도 참석하지 못했던 일과 관련시켜 시를 해설하고 있는데, 문왕(文王)의 열다섯 번째 아들인 필공(畢公)까지도 등장하고 있다. 모두 어디에도 그럴 만한 근거라고는 찾아볼 수 없는 얘기들이다. 《한시》에서는 나라에 있어서 후비(后妃)의 행실의 중요성을 말한 뒤 '지금의 대인(大人)들이 안으로 여색(女色)에 빠져있어, 현인(賢人)이 그런 사실을 보고서 시세를 풍자하기 위하여 〈관저〉 시를 읊은 것'이라 설명하고 있다. 《제시》와 《모시》에서는 대체로 후비의 행실을 읊은 거라 말하고 있다. 모두 〈관저〉라는 시에서는 전혀 그런 근거를 찾아볼 수 없는 얘기들이다.

시 해설의 근거가 보이지 않을 뿐만 아니라, 짧은 노래 가사 해설치고는 관계가 전혀 없어 보이는 얘기들이 상당히 여러 가지로 인용되고 있다. 주남(周南)의 여덟 번째 시인 〈부이(芣苢)〉는 다음과 같은 시가 3장으로 되풀이되고 있는 간단한 시이다.

질경이를 캐고 캐세, 캐어 오세.
질경이를 캐고 캐세, 듬뿍 캐세.

采采芣苢, 薄言采之.
采采芣苢, 薄言有之.

---

10) "周道缺, 詩人本之袵席, 關雎作."
11) "周之康王夫人, 晏出朝, 關雎豫見, 思得淑女, 以配君子."

그러나 이 시에 대한 《노설》은 다음과 같다.

송(宋)나라 사람의 딸로 채(蔡)나라 사람에게 시집간 사람이 있었다. 채나라로 시집간 뒤에 그의 남편이 나쁜 병에 걸리어 그의 어머니가 딸을 개가시키려 하였다. 그러나 그 여자는 말하기를 '남편의 불행은 곧 저의 불행이기도 합니다. 어찌 그분을 떠날 수가 있겠습니까? 혼인의 도는 하나입니다. 그와 결혼식을 올렸다면 평생 바꿀 수가 없는 것입니다. 불행하여 나쁜 병에 걸렸다 하더라도 그 뜻을 바꿀 수는 없습니다. 또한 질경이 풀을 뜯고 또 뜯되, 비록 그 냄새가 나쁘다 하더라도, 처음에는 뜯고 따고 하는 일로 시작하여 끝에 가서는 품고 앞치마에 담고 하여 갈수록 더욱 친근히 하고 있습니다. 하물며 부부의 도에 있어서야 어떠해야 되겠습니까? 그분에게 큰 일이 난 것도 아니고 또 저를 쫓아내는 것도 아닌데, 어떻게 떠날 수가 있겠습니까?' 그리고는 끝내 그의 어머니 말을 듣지 않았다. 그리고는 〈부이〉 시를 지은 것이다.

군자가 말하였다. "송나라 여인의 뜻은 매우 정숙하고도 한결같다." 12)

《한설(韓說)》에도 다음과 같은 설명을 하고 있다.

부이는 택사(澤寫)이다. 부이는 냄새가 고약한 나물인데, 시인이 어떤 남편에게 나쁜 병이 생기어 부부관계가 잘 이루어지지 않고

---

12) "蔡人之妻者, 宋人之女也. 旣嫁於蔡, 而夫有惡疾, 其母將改嫁之. 女曰 ; 夫不幸, 乃妾之不幸也, 奈何去之? 適人之道壹, 與之醮, 終身不改, 不幸遇惡疾, 不改其意. 且夫采采芣苢之草, 雖其臭惡, 猶將始於扷采之, 終於懷襭之. 浸以益親, 況於夫婦之道乎? 彼無大故, 又不遺妾, 何以得去? 終不聽其母, 乃作芣苢之詩. 君子曰 ; 宋女之意, 甚貞而壹也."

자기 뜻대로 되지 않음을 가슴아파하고, 발분하여 일어나도록 일로써 자극한 것이다. 부이가 비록 냄새가 악한 풀이기는 하나 내가 뜯고 또 뜯기를 그치지 않는 것은 남편에게 비록 나쁜 병이 있다 하더라도 나는 그대로 지키며 떠나가지 않겠다는 것을 일깨운 것이다.13)

이처럼 매우 간단한 시의 해설에 다른 곳에서는 어떠한 근거도 찾아볼 수 없는 복잡한 얘기를 동원하고 있다는 것은, 옛날의 시들이 이러한 얘기와 어떠한 형태로든 관련이 있었다고 보아야만 할 것이다. 옛 학자들이 모두가 근거도 없는 말로써 시를 엉터리 해석했다고 단정할 수는 없는 일이기 때문이다.

또한 《모시》에 있어서는 〈국풍(國風)〉〈주남(周南)〉의 시 11편 모두를 후비(后妃, 文王의 妃)와 관계있는 작품으로 해설하고, 〈소남(召南)〉의 시 14편은 대부분의 시들을 모두 부인(夫人, 諸侯의 夫人)과 관계지어 해설하고 있다. 그리고 〈국풍〉 이하 〈소아(小雅)〉에서 〈송(頌)〉에 이르기까지 모든 시들의 해설을 보면 연이어 여러 편의 시들을 한 사람에 관한 얘기와 관련지어 해설한 곳이 많다.

보기를 들면 위(衛)나라의 시(邶·鄘·衛 등 세 〈國風〉)를 보면 〈녹의(綠衣)〉·〈연연(燕燕)〉·〈일월(日月)〉·〈종풍(終風)〉·〈격고(擊鼓)〉·〈고반(考槃)〉·〈석인(碩人)〉 등 여러 편을 위(衛)나라 장공(莊公)의 부인인 장강(莊姜)의 얘기와 관련시켜 해설하고 있고, 그 속에는 장공(莊公)과 대규(戴嬀)·완(完, 桓公)·주우(州吁)의 얘기도 엇섞여 있다. 다시 〈웅치(雄雉)〉·〈포유고엽(匏有苦葉)〉·〈신대

---

13) "采苢澤寫也. 采苢臭惡之菜, 詩人傷其君子有惡疾, 人道不通, 求已不得, 發憤而作. 以事興采苢雖臭惡乎, 我猶采采而不已者, 以興君子雖有惡疾, 我猶守而不去也."

〈新臺)〉·〈이자승주(二子乘舟)〉·〈순지분분(鶉之奔奔)〉·〈맹(氓)〉
등의 시에서는 선공(宣公)과 그의 부인 이강(夷姜)과 선강(宣姜) 및
두 아들 급(伋)과 수(壽)에 관한 고사를 해설에 인용하고 있다. 그밖
에 여러 시 해설에 허목부인(許穆夫人)·송환부인(宋桓夫人)·공강
(共姜)·여후(黎侯) 등에 관한 고사가 동원되고 있다.

　왕풍(王風)에　있어서는 〈군자우역(君子于役)〉·〈양지수(揚之水)〉·
〈갈류(葛藟)〉 등을 평왕(平王)을 풍자한 시로 해설하고 있다. 정풍
(鄭風)을 보면 〈치의(緇衣)〉·〈장중자(將仲子)〉·〈숙우전(叔于田)〉·
〈대숙우전(大叔于田)〉·〈준대로(遵大路)〉 등이　무공(武公)과　장공
(莊公) 부자의 얘기를 바탕으로 시를 해설하고 있고, 〈유녀동거(有女
同居)〉·〈산유부소(山有扶蘇)〉·〈탁혜(蘀兮)〉·〈교동(狡童)〉 등의
해설이 장공(莊公)의　세자(世子)였던 홀(忽)의 얘기를 근거로 하고
있다. 그밖에 문공(文公)과 고극(高克)의 고사도 시해설에 동원되
고 있다.

　제풍(齊風)에서는 〈계명(鷄鳴)〉과 〈선(還)〉을　애공(哀公)의　난
행, 〈남산(南山)〉·〈보전(甫田)〉·〈노령(盧令)〉·〈폐구(敝笱)〉·〈재
구(載驅)〉·〈의차(猗嗟)〉 등 여러 편을 제나라 양공(襄公)과 그의 누
이 문강(文姜)의 음행 등과 관련지어 해설하고 있다. 당풍(唐風)에서
는 〈산유추(山有樞)〉·〈양지수(揚之水)〉·〈초류(椒柳)〉·〈보우(鴇
羽)〉 등을 진(晉)　소공(昭公)의　얘기와, 〈무의(無衣)〉와 〈유체지두
(有杕之杜)〉는　진(晉) 무공(武公)의 얘기와, 〈갈생(葛生)〉과 〈채령
(采苓)〉은 진(晉) 헌공(獻公)의 얘기와 관련시켜 해설하고 있다.

　다시　진풍(秦風)을　보면 〈사철(駟驖)〉·〈소융(小戎)〉·〈겸가(蒹
葭)〉·〈종남(終南)〉은　양공(襄公)의　일과, 〈신풍(晨風)〉·〈위양(渭
陽)〉·〈권여(權輿)〉는 강공(康公) 및 그의 어머니의 일과 관련시켜
해설하고 있다. 다시 진풍(陳風)에서는 〈완구(宛丘)〉와 〈동문지분(東
門之枌)〉은 유공(幽公)의 음행, 〈주림(株林)〉과 〈택파(澤陂)〉는 영공

(靈公)과 하희(夏姬)의 음행에 관련시켜 해설하고 있다. 그리고 빈풍(豳風)은 여섯 편 모두를 주공(周公)의 업적과의 관계 아래 해설하고 있다.

〈소아(小雅)〉에는 선왕(宣王, 기원전 827~기원전 782 재위)을 찬미하고 유왕(幽王, 기원전 781~기원전 771 재위)을 풍자한 것이라고 해설한 시가 수십 편에 이르고, 〈대아(大雅)〉에는 문왕(文王, 기원전 ?~기원전 1135 재위)의 덕을 칭송했다는 작품에 이어 무왕(武王, 기원전 1134~기원전 1116 재위)과 성왕(成王, 기원전 1115~기원전 1076 재위)을 기린 시들에 이어, 여왕(厲王, 기원전 878~기원전 828 재위)을 풍자하고 선왕(宣王)을 찬미한 것이라는 작품들이 뒤를 잇고 있다. 〈송(頌)〉은 본시가 조상들의 공덕을 찬양하기 위하여 지은 시들이니 그것들이 여러 위대한 조상들의 고사와 관련이 있는 것은 당연하다.

따라서 이들 시는 비록 간단한 노래라 하더라도 상당히 복잡한 고사와 관련을 갖고 있다. 보기로 패풍(邶風)의 〈일월(日月)〉 시를 든다. 모두 4장으로 이루어진 시이나 대체로 아래의 첫 장과 같은 내용을 되풀이 노래한 시이다.

해와 달은 땅을 비추고 있네.
그런데 그분은 옛처럼 대해주지 않네요.
어찌하면 마음 잡을 수 있을까요? 나를 거들떠보지도 않네요.

日居月諸, 照臨下土.
乃如之人兮, 逝不古處.
胡能有定? 寧不我顧.

우리가 보기에는 남편에게 버림받은 부인이 자신의 시름을 노래한 시이다. 그러나 〈모시서〉에서는 다음과 같은 해설을 하고 있다.

　　위(衛)나라 장강(莊姜)이 자신을 슬퍼하는 것이다. 주우(州吁)의
난(難)을 당하여 자기가 선군(先君)으로부터 보답을 받지 못하고
곤궁하여진 것을 슬퍼한 시이다.14)

　　장강(莊姜)은 위(衛)나라 장공(莊公)의 부인이며 제(齊)나라 임금
의 딸인데, 현숙하면서도 자식을 낳지 못하였다. 진(陳)나라에서 온
대규(戴嬀)가 아들 완(完)을 낳아 장강은 그를 친아들처럼 길렀고,
장공이 죽은 뒤엔 뒤를 이어 환공(桓公)이 되었다. 그러나 첩의 아들
주우(州吁)가 평소에도 교만하였는데, 결국은 환공을 죽이고 자신이
권력을 장악하였다. 이런 혼란 속에 장강은 곤경에 처하게 된 것이다.
대강 이런 정도의 고사는 알아야만 위의 〈모시서〉의 해설을 이해할
수가 있다.
　다시 《노설(魯說)》에서는 이 시를 다음과 같이 해설하고 있다.

　　선강(宣姜)은 제(齊)나라 제후의 딸이며 위(衛)나라 선공(宣公)
의 부인이다. 본시 선공의 부인 이강(夷姜)이 급자(伋子)를 낳아
태자(太子)가 되어 있었다. 다시 제나라의 선강에게 장가들어 그는
수(壽)와 삭(朔)을 낳았다. 이강이 죽은 뒤에 선강은 수를 태자로
삼고자 하여, 수와 삭과 더불어 급자를 처치할 모의를 하였다. 마침
선공이 급자를 제나라에 사신으로 보내자, 선강은 곧 몰래 역사(力
士)들로 하여금 국경에 대기하고 있다가 그를 죽이도록 하면서, ‘흰
네 마리 말이 끄는 수레를 타고 흰 깃털을 꽂은 깃발을 갖고 오는

───────────

14) “日月, 衛莊姜傷己也. 遭州吁之難, 傷己不見答於先君, 以至困窮之詩
　　也.”

자가 있거든 반드시 죽이라'고 일렀다. 수는 이 말을 듣고 태자에게
로 달려가 '태자께서는 피하십시오'하고 알려주었다. 그러나 급자는
말하였다. '안되오! 아버지의 명을 버린다면 어찌 아들이라 할 수
있겠소?' 수는 태자가 틀림없이 그대로 갈 거라 생각하고, 태자와
술을 마시고는 그의 흰 깃털이 꽂힌 깃발을 갖고 자신이 갔다. 도
적들은 그를 죽였다. 급자는 깨어나서 흰 깃털이 꽂힌 깃발을 찾았
으나 찾지 못하자 급히 뒤쫓아 달려갔다. 가보니 수는 이미 죽어있
었다. 급자는 수가 자기를 위하여 죽은 것을 가슴아파 하며 곧 도
적들에게 말하였다. '너희들이 죽이고자 한 것은 바로 나이다. 이
사람이야 무슨 죄가 있느냐? 나를 죽여라!' 도적들은 그도 죽여
버렸다.

　두 아들이 죽은 뒤 삭이 마침내 뒤이어 태자가 되었다. 선공이
죽은 뒤 삭이 그 뒤를 이었는데, 그가 혜공(惠公)이다. 그는 끝내
후손이 없었고, 혼란은 오세(五世)를 두고 이어지다가, 대공(戴公)
때에 이르러서야 안정되었다. 《시경》에 읊기를 '그런데 그분은 소
문이 좋지 않네요'라 한 것은 이것을 두고 말한 것이다.15)

　시는 간단한데 사설이 무척 길다. 서한(西漢) 학자들의 대부분의
시 해설이 이러하다. 그런데 송대(宋代)의 구양수(歐陽修)·왕백(王

---

15) "宣姜者, 齊侯之女, 衛宣公之夫人也. 初宣公夫人夷姜生伋子, 以爲太子.
　　又娶於齊曰宣姜, 生壽及朔. 夷姜旣死, 宣姜欲立壽, 乃與壽及朔謀構伋
　　子. 公使伋子之齊, 宣姜乃陰使力士待之界上而殺之, 曰；有四馬白旄至
　　者, 必要殺之. 壽聞之, 以告太子曰；太子其避之. 伋子曰；不可. 夫棄父
　　之命則惡用子也? 壽度太子必行, 乃與太子飮, 奪之旄而行, 盜殺之. 伋
　　子醒, 求旄不得, 遽往追之, 壽已死矣. 伋子痛壽爲已死, 乃謂盜曰；所欲
　　殺者乃我也, 此何罪? 請殺我! 盜又殺之. 二子旣死, 朔遂立爲太子, 宣公
　　薨, 朔立, 是爲惠公, 竟終無後, 亂及五世, 至戴公而後寧. 詩曰；乃如之
　　人兮, 德音無良. 此之謂也."

柏)·주희(朱熹) 이후 〈시서(詩序)〉에 대한 의심이 보편화되면서 《시경》 연구는 이러한 서한 학자들의 고사를 이용한 해설이 부회(附會)임을 증명하려는 노력으로 크게 기울어졌다. 청대(淸代)에 와서는 요제항(姚際恒)이 《시경통론(詩經通論)》에서 〈모시서〉를 위설(僞說)이라 규정하고 시의 해석에 있어서 〈모시서〉의 망령됨을 증명하기에 힘쓰고 있고, 최술(崔述)의 《독풍우지(讀風偶識)》 같은 책은 거의 〈모시서〉의 부정, 특히 거기에서 시의 해설을 위하여 인용하고 있는 고사가 시와 아무런 관련도 없는 것임을 증명하기 위하여 쓰여진 것이라 하여도 좋을 것이다.

《독풍우지》의 〈통론시서(通論詩序)〉를 보면 〈모시서〉는 동한(東漢)의 위굉(衛宏, 25 전후)이 지은 것이라 단정하고, 《삼가시》에서도 특히 《노시》(孔子가 살았던 곳이라 하여)와 《제시》(孔子의 이웃 고장이라 하여)는 칠십자(七十子)로부터 전해진 것이며, '책이 일찍이 나와 그것을 본 사람들이 많아 부회(附會)를 하기가 비교적 어려웠다', 그러나 《모시》는 후세에 나온 것이어서 시 해석에 멋대로 부회를 하게 되었다는 것이다. 그는 '《모시》는 늦게 나와 《좌전(左傳)》이 이미 세상에 유행하고 있었으므로, 그것을 갖다가 억지로 맞추어 해석한 것이다. 그러나 《좌전》의 기록과 시에 대하여 말하고 있는 것을 고증(考證)하여 보면 전혀 서로 아무런 관련도 없는 것들이 있다.'[16]고 하면서, 〈모시서〉에서 얘기하고 있는 고사가 그 시의 내용과 전혀 관련이 없음을 증명하고 있다.

그러면서도 중국 학자들은 완전히 서한 학자들의 시 해설로부터 벗어나지는 못하고 있다. 예를 들면 패풍(邶風) 〈녹의(綠衣)〉를 해설함에 있어서는 요제항(姚際恒)까지도 그 시가 장강(莊姜)의 고사와 관

---

16) "毛詩之出也晚, 左傳已行於世, 故得以取而牽合之. 然考傳所記及詩所言, 往往有毫不相涉者."

련이 있음을 인정하고 있고, 최술(崔述)은 《삼가시》만은 받아들이려
는 태도이니 더 설명할 필요도 없다.

앞에서 인용한 〈관저(關雎)〉·〈부이(芣苢)〉·〈일월(日月)〉 시의
경우만을 놓고 보더라도, 《모전》이나 마찬가지로 《삼가시》에서 인용
하고 있는 고사도 시 본문과의 직접적인 관련 근거는 전혀 찾을 수가
없는 것이다. 아무래도 감히 서한 학자들이 아무런 이유나 근거도 없
이 그러한 시 해석을 했다고 단정하는 데에는 무리가 있으므로 그러
한 태도를 취하고 있는 듯하다. 좀 더 과감한 〈시서〉에 대한 부정과
시 본문에 따른 새로운 시의 해석은 주로 외국의 중국학자들에 의하
여 진행되고 있다.17) 그러나 서한의 학자들이 근거나 이유도 없이 시
의 해석에 그러한 고사나 설화를 인용했다고 볼 수는 없다.

《시경》의 시들은 틀림없이 여러 가지 고사나 설화와 관계가 있는
노래였다고 보는 게 옳을 것이다. 다만 이 시들이 고사와 어떻게 관
련이 되고 있느냐는 점이 문제이다.

3) 〈모시서〉의 주남(周南) 해설

우선 주남 11편의 〈모시서〉를 보기로 하자.

① 〈관저(關雎)〉 ; 후비(后妃)의 덕을 읊은 것이다. 풍(風)의 시작
이니, 천하를 풍(風)하고 부부를 바로잡는 근거인 것이다. 그러므로
그것을 향인(鄕人)들이 쓰고 나라에서도 쓰는 것이다. ……그리하
여 〈관저〉는 숙녀를 구하여 군자에 짝지어 주는 것을 즐기는 것이다.
걱정은 현명한 이를 추천하는 데에 있고 여색에 빠지지 아니하며, 충

---

17) 보기를 들면 日本 학자 白川 靜은 그의 《詩經硏究》(京都 朋友書店,
    1981) 第二章 說話詩의 硏究에서 《詩經》 해석에 인용되고 있는 西漢
    학자들의 여러 가지 說話나 史實이 모두 附會임을 증명하는 데 노력하
    고 있다.

심으로 얌전한 이를 추구하고 현명한 재질을 생각하여 훌륭함을 손상
케 하는 마음이 없는 것이다. 이것이 〈관저〉의 뜻이다.18)

②〈갈담(葛覃)〉; 후비(后妃)의 근본을 읊은 것이다. 후비는 부모
의 집에 있을 적에는 곧 뜻이 부녀자들의 일에 있었다. 몸소 검소하
게 절약하고 빨래한 옷을 입으며 스승을 존경하기 때문에 곧 근친
(覲親)을 하여 천하를 부도(婦道)로 교화(敎化)시킬 수가 있었던 것
이다.19)

③〈권이(卷耳)〉; 후비의 뜻을 읊은 것이다. 더욱이 군자(君子)를
보좌하여 현명한 이를 구하고 벼슬자리를 살핌이 마땅한 것이다. 신
하들의 수고로움을 이해하고, 속으로는 현명한 이를 추천할 뜻을 지
니되 바르지 않거나 사사로운 뜻으로 사람들을 대하는 마음을 갖지
아니하고, 아침저녁으로 생각하면서 걱정하고 부지런하게 행동하는
것이다.20)

④〈규목(樛木)〉; 후비가 아래의 첩들을 잘 살펴주는 것이다. 아래
의 첩들을 잘 살펴주면서 질투하는 마음이 없음을 말하는 것이다.21)

⑤〈종사(螽斯)〉; 후비가 자손이 많음을 읊은 것이다. 여치처럼 투
기를 하지 않음으로써 자손이 많다는 것이다.22)

⑥〈도요(桃夭)〉; 후비가 그렇게 만든 것이다. 투기를 하지 않으면
곧 남녀가 올바르게 되어, 제때에 혼인을 함으로써 나라에 시집 장가

---

18) "后妃之德也. 風之始也, 所以風天下而正夫婦也. 故用之鄕人焉, 用之邦
   國焉. ……是以關雎樂得淑女以配君子, 憂在進賢, 不淫其色, 哀窈窕, 思
   賢才, 而無傷善之心焉. 是關雎之義也."

19) 葛覃 ; 后妃之本也. 后妃在父母家, 則志在於女工之事, 躬儉節用, 服澣
   濯之衣, 尊敬師傅, 則可以歸安父母, 化天下以婦道也.

20) 卷耳 ; 后妃之志也. 又當補佐君子, 求賢審官. 知臣下之勤勞, 內有進賢
   之志, 而無險詖私謁之心, 朝夕思念, 至於憂勤也.

21) 樛木 ; 后妃逮下也. 言能逮下而無嫉妬之心焉.

22) 螽斯 ; 后妃子孫衆多也. 言若螽斯不妬忌, 則子孫衆多也.

못 드는 사람이 없게 되는 것이다.23)

⑦ 〈토저(兎罝)〉; 후비의 교화를 읊은 것이다. 관저의 교화가 행하여지니 모두가 덕을 좋아하게 되어 현명한 사람이 많아진 것이다.24)

⑧ 〈부이(芣苢)〉; 후비의 아름다움을 읊은 것이다. 평화스러워지면 부인은 자식이 있음을 즐기는 것이다.25)

⑨ 〈한광(漢廣)〉; 덕이 널리 미치게 된 것이다. 문왕(文王)의 도가 남쪽 나라에 퍼져, 아름다운 교화가 강수(江水)와 한수(漢水) 지역에도 퍼져, 예를 범하려는 이가 없게 되어 구애(求愛)를 해도 이루어질 수가 없게 된 것이다.26)

⑩ 〈여분(汝墳)〉; 도(道)의 교화가 행해진 것이다. 문왕의 교화가 여분의 나라에 행하여지니, 부인이 그의 군자를 생각하고 올바름으로써 면려(勉勵)하는 것이다.27)

⑪ 〈인지지(麟之趾)〉; 관저의 응험(應驗)이다. 관저의 교화가 행하여지니 곧 천하엔 비례(非禮)를 범하는 자가 없게 되어 비록 쇠하여 가는 세상의 공자(公子)라 하더라도 모두 신후(信厚)하기가 인지(麟趾)의 시대와 같다는 것이다.28)

완원(阮元, 1764~1849)은 〈석송(釋頌)〉이란 글29)에서 〈모시서〉의 '송이란 성덕을 찬미하는 형용(頌者美盛德之形容)'이라 한 말을 부연

---

23) 桃夭 ; 后妃之所致也. 不妬忌, 則男女以正, 婚姻以時, 國無鰥民也.
24) 兎罝 ; 后妃之化也. 關雎之化行, 則莫不好德, 賢人衆多也.
25) 芣苢 ; 后妃之美也. 和平則婦人樂有子矣.
26) 漢廣 ; 德廣所及也. 文王之道, 被于南國, 美化行乎江漢之域, 無思犯禮, 求而不可得也.
27) 汝墳 ; 道化行也. 文王之化行乎汝墳之國, 婦人能閔其君子, 猶勉之以正也.
28) 麟之趾 ; 關雎之應也. 關雎之化行, 則天下無犯非禮, 雖衰世之公子, 皆信厚如麟趾之時也.
29) 《揅經室一集》 卷一 所載.

하여 다음과 같은 이론을 전개하고 있다.

　　시는 풍·아·송으로 나뉘어지는데, 송을 "성덕을 찬미하는 것"
이라 풀이한 것은 여의(餘義)이며, 송을 "형용"이라고 풀이한 것이
본뜻인 것이다. 또한 송(頌)이란 글자는 곧 용(容)이란 글자이다.
……오직 삼송(三頌) 각 장은 모두가 무용(舞容)이기 때문에 송이
라 일컫는 것이다. 마치 원(元)나라 이후의 희곡(戲曲)에서 노래하
는 자와 춤추는 자가 악기와 더불어 다함께 움직이는 것과 같다.
풍·아는 다만 남송(南宋) 사람들이 악기로 절박(節拍)하며 사설을
노래하던 것과 같을 따름이어서 반드시 악기연주의 절박을 따라서
춤추지 않아도 되었다.30)

　　그가 송(頌)은 모두가 춤이 동반되던 시라고 주장했던 점은 뒤에
왕국유(王國維, 1877~1927)에 의하여 부정되지만,31) 송의 시들을
원잡극(元雜劇)이나 같은 성격의 것으로 보고, 풍·아의 시들을 남송
의 강창(講唱)이나 같은 성질의 것으로 본 것은 뛰어난 견해라고 본
다. 왕국유(王國維)가 송의 시들만이 모두 춤을 동반한 것은 아니었
음을 논증하며, 송과 풍·아의 차이는 춤이 있고 없는 데서 생긴 것
이 아니라 음악의 차이에서 온 것 같다고 논증한 것도 빼어난 견해라
할 수 있다. 곧 왕국유의 의견을 완원의 이론에 확대 적용시키면, 송
에도 원잡극 같은 성격의 노래뿐만이 아니라 남송의 강창 같은 성질
의 노래가 있고, 풍·아에도 남송의 강창 성질의 노래뿐만이 아니라

---

30) "詩分風雅頌, 頌之訓爲美盛德者, 餘義也 ; 頌之訓爲形容者, 本義也. 且
　　頌字, 卽容字也. …… 惟三頌各章, 皆是舞容, 故稱爲頌. 若元以後戲曲,
　　歌者舞者, 與樂記全動作也. 風雅則但若南宋人之歌詞彈詞而已, 不必鼓
　　舞以應鏗鏘之節也."

31) 〈說周頌〉(《觀堂集林》 卷二 所載).

원잡극 성격의 노래도 있었다는 말이 된다.

다시 왕국유는 〈주대무악장고(周大武樂章考)〉32)에서 주송(周頌) 중의 1) 〈호천유성명(昊天有成命)〉 2) 〈무(武)〉 3) 〈작(酌)〉 4) 〈환(桓)〉 5) 〈뇌(賚)〉 6) 〈반(般)〉의 여섯 편을 주(周) 무왕(武王)의 음악인 대무(大武)에서 노래 불려지던 악장이라 하였다.33)

《예기(禮記)》 권39 〈악기(樂記)〉를 보면 공자(孔子)는 빈모가(賓牟賈)와의 대화 속에서 대무(大武)의 연출을 다음과 같이 설명하고 있다.

악(樂)이란 것은 상징을 통하여 이루어지는 것이다. 방패를 들고 우뚝 서있는 것은 무왕의 일을 상징하는 것이요, 소매를 휘두르며 발을 구르는 것은 태공(太公)의 뜻을 상징하는 것이요, 춤추던 행렬이 어지러워지다가 모두 앉는 것은 주공(周公)과 소공(召公)의 다스림을 상징하는 것이다.

또한 무(武)를 추기 시작할 적에는 북쪽으로 나아갔다가, 재성(再成, 곧 第二章)에서는 상(商)나라를 멸망시키고, 삼성(三成, 第三章)에서는 남쪽으로 내려가고, 사성(四成)에서는 남쪽 나라들이 평정되며, 오성(五成)에서는 섬주(陝州)를 나누어 주공(周公)은 왼편을 소공(召公)은 오른편을 다스리게 되며, 육성(六成)에서는 다시 제자리로 돌아와 자리를 채우게 되는 것이다.

천자와 대장이 방울을 흔들며 춤을 지휘하여, 네 번 치고 찌르고 하는 것은 온 중국에 위세(威勢)가 극성함을 뜻하는 것이다. 부서에 따라 나누어져 나아가는 것은 일이 이미 다 끝났음을 뜻하는 것이다. 제자리에 오래 서 있는 것은 제후들의 내조(來朝)를 기다리

---

32) 《觀堂集林》 卷二 所載.

33) 明 何楷 《詩經世本古義》에서는 〈昊天有成命〉 대신 〈時邁〉를 취하고 순서도 달리하고 있으나, 王國維의 考證이 더 뛰어나다.

는 것이다.34)

  곧 왕국유는 앞에 든 여섯 편의 시들이 각각 이 육성(六成)의 대무(大武)에서 일성에 한 편씩 노래불려지던 것이라는 주장이다.

  〈모시서〉를 보면 이 중 〈무(武)〉에 대하여는 '대무(大武)를 연주(演奏)하는 것이다.'35) 〈작(酌)〉에 대하여는 '대무(大武)가 완성된 것을 고하는 것이다.'36)고 설명하고 있다. 다시 《좌전(左傳)》 선공(宣公) 12년을 보면, '무왕극상작송왈(武王克商作頌曰)'하고는 〈시매(時邁)〉의 시구를, '우작무(又作武)'하고 '기졸장왈(其卒章曰)' 아래 〈무(武)〉의 시구를, '기삼왈(其三曰)' 아래 〈뇌(賚)〉의 시구를, '기륙왈(其六曰)' 아래 〈환(桓)〉의 시구를 인용하고 있다. 〈모시서〉를 보면 〈호천유성명(昊天有成命)〉은 '천지에 교사(郊祀)를 지내는 것',37) 〈시매(時邁)〉는 '순수(巡狩)하다가 하늘과 산천(山川)에 고제(告祭)하는 것',38) 〈뇌(賚)〉는 '묘당(廟堂)에서 공이 있는 신하들을 제후에 봉하는 노래'39) 〈환(桓)〉은 '군사들을 훈련하고 하늘과 정벌할 땅에 대한 제사를 지내는 노래',40) 〈반(般)〉은 '순수(巡狩)하다가 사악(四嶽)과 하해(河海)를 제사하는 노래'41)라 설명하고 있다.

---

34) "夫樂者, 象成者也. 摠干而山立, 武王之事也. 發揚蹈厲, 大公之志也. 武亂皆坐, 周召之治也. 且夫武始而北出, 再成而滅商, 三成而南, 四成而南國是疆, 五成而分, 周公左, 召公右, 六成復綴而崇. 天子夾進之, 而駟伐, 盛威於中國也. 分夾而進, 久立於綴, 以待諸侯之至也."

35) "奏大武也."

36) "告成大武也."

37) "郊祀天地也."

38) "巡狩告祭柴望也."

39) "大封於廟也."

40) "講武類禡也."

41) "巡狩而祀四嶽河海也."

그러니 이들 여섯 편뿐만이 아니라 〈주송(周頌)〉의 다른 여러 시들도 대무(大武)를 연주할 때 노래불렀을 가능성이 많다. 곧 일성(一成)에 한 편의 시가 아니라 경우에 따라서는 여러 편의 시를 노래불렀을 가능성도 있다는 것이다.

또 〈주송(周頌)〉 첫머리 청묘지습(淸廟之什)의 앞 세 작품은 공축(工祝, 巫)과 문왕(文王)의 시(尸, 神保)의 대가(對歌)인 듯하다고 추리한 학자도 있다.[42] 곧 〈유천지명(維天之命)〉은 공축(工祝)이 노래한 것이고, 〈청묘(淸廟)〉는 그에 대한 답가(答歌)이며, 〈유청(維淸)〉은 다시 공축(工祝)이 그에 대하여 화답(和答)한 노래라는 것이다. 확실한 근거가 없으므로 이를 믿을 수는 없지만 《시경》의 시들 중에는 두 사람 이상의 사람들이 주고받으며 불렀다고 추측되는 시들도 있음을 알 수는 있다. 그것은 송(頌)만에 국한되는 문제가 아니라 풍·아에도 똑같이 적용되는 것이다.

앞에서 지적한 것처럼 서한(西漢) 학자들의 설시(說詩)가 고사 또는 설화와 관련이 많고, 궁정에서도 대무(大武)처럼 노래(여러 편의 시)와 춤으로 고사를 연출하는 가무희(歌舞戲) 같은 곡예(曲藝)가 연출되었음을 생각할 때, 〈주남〉 11편 시에 대한 《모전》이 모두 후비와 관련지어져 있다는 것은, 이들 시가 후비에 관한 고사를 연출하는 강창(講唱) 또는 희곡(戲曲) 형식에 동원되었던 노래들임을 뜻한다고 여겨진다. 《노시(魯詩)》에서 〈관저(關雎)〉 시를 강왕(康王)에 관련지어 해설한 것은, 노나라 지방의 가장 대표적인 곡예에서 그 시를 강왕의 일을 연출할 때 노래불렀기 때문에 그런 해설을 한 것일 것이다.

따라서 〈부이(芣苢)〉 같은 시는 노나라에 있어서는 채(蔡)나라로 시집간 송(宋)나라의 여인이, 자기 남편에게 나쁜 병이 생기어 그의 어머니가 개가(改嫁)할 것을 종용하는데도 불구하고 끝까지 정절을

---

42) 日本 目加田誠 譯 《詩經·楚辭》, 中國古典文學大系 15, 平凡社, 1969.

지키며 남편을 섬기는 얘기를 연출할 때 부르는 노래여서, 앞에 인용한 것과 같은 긴 얘기를 바탕으로 한 해설을 하고 있다는 것이다.

그래야만 〈관저〉 시는 내용이 이상적인 이성을 그리는 시인데도, 문왕이 덕이 많은 그의 후비를 구하여 결혼하는 과정을 연출하는 중에 부르던 노래여서 《모전》에서는 '후비의 덕을 노래하는 시'라 풀이하고 있음을 이해하게 된다. 〈권이(卷耳)〉 시 같은 것은 나랏일로 집을 떠나 있는 사람이 집을 그리는 시이지만, 문왕이 후비와 떨어져있을 동안의 일을 연출할 때 노래부르던 것이어서, 《모전》에서 '후비의 뜻을 노래부르는 시'라고 풀이한 이유를 이해하게 된다. 그밖의 시들도 모두 마찬가지이다.

《모전》에서 〈소남(召南)〉의 시 14편을 모두 제후의 부인과 관련지어 해설한 이유도 그처럼 이해할 수 있다. 그리고 그밖에 〈국풍〉들 중에는 앞에서 설명한 것처럼 한 사람의 고사와 관련된 시가 여러 편씩 연이어 있는 것도, 그 시들이 그 사람에 관한 고사를 연출하는 곡예(曲藝)에서 노래부르던 것이기에, 그러한 해설을 하고 있다고 보면될 것이다.

보기를 들면 〈빈풍(豳風)〉 7편은 《모전》에서 모두 주공(周公)과의 관련 아래 시의 뜻을 해설하고 있는데, 이것들은 《서경(書經)》〈금등(金縢)〉편의 얘기 같은 주공의 고사를 연출할 때 불려지던 노래였을 것이다.

시에 대한 이해가 지금 우리가 본문만을 읽고 이해하는 것과는 달랐기 때문에, 《의례(儀禮)》를 보면 향음주례(鄕飮酒禮, 第四)와 향사례(鄕射禮, 第五)·연례(燕禮, 第六) 등에서 음악연주와 노래를 통한 즐김이 무르익으면 끝에 가서 모두 〈주남(周南)〉의 〈관저(關雎)〉·〈갈담(葛覃)〉·〈권이(卷耳)〉와 〈소남(召南)〉의 〈작소(鵲巢)〉·〈채번(采蘩)〉·〈채빈(采蘋)〉을 합가(合歌)하고 있는데, 이런 연유 때문에 그런 노래들이 지금 우리의 견해와는 다른 뜻으로 해석되어 연주될 수가 있었을 것이다.

《시경》〈국풍〉은 흔히 여러 나라의 민요를 모아놓은 것이라 말하고 있지만, 지금 우리에게 전해지는 것은 순수한 민요의 모습 그대로라 할 수는 없다. 왜냐하면 시의 내용이 상당히 귀족화하여 있기 때문이다.

〈주남〉 11편의 시들을 먼저 검토해 보기로 한다. 〈관저〉에서는 '종(鐘)과 북을 울리며 즐긴다' 노래했는데, 종과 북은 귀족들의 아악(雅樂)에나 쓰이는 악기이다. 〈갈담〉 시의 여인에게는 귀족에게나 있었던 가정교사 비슷한 '사씨(師氏)'가 있다. 〈권이〉도 주인공이 말을 타고 하인을 거느리고 금 술잔과 쇠뿔 잔으로 술을 마시니, 집을 그리고 있다 하더라도 귀족의 무인(武人)이다. 〈규목〉 시도 아래의 사람들을 돌보아주며 복을 누리는 군자(君子)이니 귀족인 듯하다. 〈종사(螽斯)〉 시는 자손이 많은 것을, 〈도요(桃夭)〉는 화려한 결혼을, 〈토저(兎罝)〉는 스스로가 공후(公侯)의 심복(心腹)임을, 〈여분(汝墳)〉은 군자가 불타는 듯한 왕실에 대한 걱정을, 〈인지지(麟之趾)〉는 공자(公子)와 공족(公族)을 읊고 있으니 모두 순수한 민요 그대로의 모습이라 볼 수는 없다.[43]

선진시대(先秦時代)에는 한자의 자체도 통일되어 있지 않았고 글을 쓰는 용구도 매우 불편한 위에, 글은 실상 봉건 지배계급의 전유물이었다. 따라서 민간의 노래라 하더라도 그것을 전하는 사람, 그것을 베끼는 사람, 그것을 읽는 사람의 의식에 의하여 그 내용에 변화가 생기지 않을 수가 없었을 것이다. 따라서 《시경》의 시들이 민요의 본래 모습에서 약간 벗어나 귀족화된 현상을 보여주고 있다는 것은 당연한 일이다.

---

43) 屈萬里 〈論國風非民間歌謠的本來面目〉(《書傭論學集》 1969, 臺北 開明書局 所載) 참조.

그리고 《시경》은 누가 언제 편찬한 것인지 확실치 않지만, 적어도 그것이 공자(孔子, 기원전 551∼기원전 479)에 의하여 정리되어 만인의 교과서인 육경(六經)의 하나로 확정되었다. 한편 서한의 《시경》 연구와 그 시의 해석은 그러한 기초 위에 이루어진 것이다.

따라서 《모전》에 유가적인 윤리의식이 뚜렷이 드러나고 있는 것은 무엇보다도 당연한 일이라 할 수 있다. 《모전》에서 〈주남〉의 시들을 천자와 후비의 일에 연관시켜 해설하고, 〈소남〉은 제후와 그 부인, 그리고 나머지 대부분의 시들을 어떤 사람의 고사를 바탕으로 하여 그를 찬미하거나 풍자한 것으로 해석하고 있는 것은 그 때문이다.

그러나 실제로 민간에 있어서나 상류계층의 연예에 있어서도 이 시들은 더욱 다양하고 자유롭게 원용(援用)되었을 것이다. 지금도 중국 민간에 유행하고 있는 곡예로는 고사를 창(唱)으로 연출하는 탄사(彈詞)와 고사(鼓詞) 종류의 것들이 그 중심을 이루고 있으며,44) 도정(道情)이나 연화락(蓮花落) 같은 곡예를 보면45) 본시는 청창(清唱)에서 출발하여 노래로 불려지던 것이나 때와 장소에 따라 고사를 연창하기 시작하여 강창(講唱) 형식으로 연출되기도 하고, 또 경우에 따라서는 단(旦)·정(淨)·축(丑) 등 서너 명의 각색이 등장하여 고사를 연출함으로써 희곡 형식으로 발전한 것들도 있다. 곧 중국 민간에 있어서는 노래가 경우에 따라서는 고사를 바탕으로 하여 강창 또는 희곡의 형식으로도 연출된 것이다. 이미 《시경》의 시대부터 중국의 민간 연예는 그런 성질의 것이었다고 여겨진다.

앞에서 언급한 바와 같이 완원(阮元)은 삼송(三頌)은 원대(元代) 이후의 노래와 춤으로 고사를 연출하는 희곡과 같은 성격의 것이고,

---

44) 李廷宰 《鼓詞系講唱研究》(1999, 서울대 博士學位論文) 참조.

45) 〈中國의 民間 曲藝 道情에 대하여〉(高大 한국학연구소 《한국학연구》 8호, 1996 所載) 및 〈'蓮花落'의 形成과 發展〉(韓國中國戲曲研究會 《中國戲曲》 第3輯, 1995. 所載) 참조.

풍(風)·아(雅)는 남송(南宋) 때의 강창과 같은 것이라 하였다. 그러나 풍·아·송 모두가 간단한 노래로도 불려지고, 고사를 강창 형식으로 연출하는 데에 이용되기도 하고, 희곡 형식으로 연출하는 데에도 원용되었음이 분명하다.

《시경》 연구를 완전히 다른 각도에서 착수한 선구자는 프랑스 학자 Marcel Granet의 〈중국 고대의 축제와 노래(Fête et Chansons anciennes de la Chine, 1919)〉이다. 그는 운남(雲南)·귀주(貴州) 등 여러 지방의 민속 조사를 근거로 하여, 《시경》 특히 국풍 대부분의 시편(詩篇)은 본시 고대 농민들의 전원적(田園的)인 계절제(季節祭)에서 젊은 남녀들이 창화(唱和)한 연애가(戀愛歌) 또는 민요이다라고 전제하고, 그 시들을 해석하려 노력하였다.

그리고 근래에 와서는 일본 학자 전중일성(田仲一成)이 중국 향촌의 제사의식의 조사연구를 바탕으로 《중국연극사(中國演劇史)》(東京大學出版會, 1998)라는 책을 내고 있다. 모두가 획기적인 연구성과이다. 중국의 민간연예가 향리(鄕里)의 묘회(廟會)나 사화(社火) 등을 중심으로 하여 계승 연출되어 왔음을 생각할 때, 이런 중국 시가나 연극에 대한 사회학적인 접근 시도는 적절한 것이었다고 하여야 할 것이다.

여하튼 중국의 묘회(廟會)나 사화(社火)의 성격을 두고 볼 때 《시경》의 시들은 단순한 노래 가사일 뿐만이 아니라, 강창이나 희곡 형식으로 일정한 고사나 설화 같은 것을 연출할 때에도 원용되던 가사였다고 보아야 할 것이다. 그래야만 《모전》이나 《삼가시》의 시 해설을 제대로 이해하게 될 것이다.

4) 부(賦)에 대하여

주책종(周策縱)은 《고무의와 육시고(古巫醫與'六詩'考)》(臺北 聯

經出版事業公司, 1986)에서 시의 '육의(六義)' 또는 '육시(六詩)'라고 부르는 풍(風)·부(賦)·비(比)·흥(興)·아(雅)·송(頌)의 여섯 가지는 부(賦)·비(比)·흥(興)까지도 모두가 시체(詩體)였을 거라 추정하고,46) 이들 '육시'의 하나하나가 모두 옛 무(巫)에서 나왔음을 고증하고 있다. 풍(風)·아(雅)·송(頌)은 시체로서 지금도 우리가 보는 《시경》에 분류되어 있지마는, 부(賦)·비(比)·흥(興)은 지금 와서는 어떤 시체였는지 알 길이 없게 되었고, 일반적으로는 《모시정의(毛詩正義)》의 공영달(孔穎達, 574~648) 《소(疏)》에 인용된 동한(東漢)의 정현(鄭玄)·정중(鄭衆)의 해설 등을 근거로 시의 표현방법을 뜻하는 것이라 믿고 있다.

이 중 부(賦)만은 후세에 독특한 시체로 다시 발전하기 때문에, 부(賦)라는 시체의 성격은 어느 정도 추구해볼 수가 있을 것으로 믿는다.

주책종(周策縱)은 '육시' 중 풍(風)·부(賦)·비(比)·흥(興)은 모두 고무(古巫)인 무범(巫凡)·무비(巫比)·무반(巫盼)47)과 관계가 있는데, 부(賦)는 특히 무반(巫盼)과 관계가 깊으며 일종의 특수한 가무(歌舞) 형식을 갖춘 노래 가사(歌辭)라 하였다. 따라서 반고(班固, 32~92)가 '부라는 것은 고시(古詩)의 유파이다.'48)라고 말하고, 유희재(劉熙載, 1813~1881)가 '부는 시가 아닌 것이 없으나, 시는 모두가 부인 것은 아니다.'49)라고 말한 것은 모두 옳은 말이다.

다만 문제는 부가 어떤 종류의 시였느냐는 것이다. 먼저 옛 학자들

------

46) '六詩'는 모두가 詩體였기 때문에, 《周禮》를 보면 春官 大師에서 大師의 직무의 하나로 "六詩를 가르쳤다"하였고, 또 이것들을 모두 묶어 '六詩' 또는 '六義'라 불렀을 것이라는 것이다.

47) 《山海經》 海內西經·大荒西經, 《周禮》 春官 簭人 등에 보임.

48) 〈兩都賦序〉: "賦者, 古詩之流也."

49) 《藝槪》: "賦無非詩, 詩不皆賦."

의 부라는 말에 대한 해석을 살펴보자.

한대(漢代) 유희(劉熙)는 《석명(釋名)》에서 '그 뜻을 널리 펴는 것을 부라 한다.'[50]하였고, 《시경》〈대아(大雅)〉 증민(蒸民)의 《모전》에서는 '부는 펴는 것[布]'이라 하였고, 왕일(王逸, 89?~158?)은 《초사(楚辭)》 주에서 역시 '부는 펴는 것[鋪]'이라[51] 하였다. 이상은 모두 부(賦)라는 글자 뜻을 설명한 것이나, 육기(陸機, 261~303)는 〈문부(文賦)〉에서 본격적으로 문학의 한 종류인 부(賦)를 설명하여,

> 시는 감정을 따르는 것이어서 묘하고도 아름다우며, 부는 사물을 묘사하는 것이어서 밝고 분명하다.(詩緣情而綺靡, 賦體物而瀏亮.)

라고 하였는데, 이선(李善)은 주(注)에서 '부로서는 일을 서술하는 것이기 때문이다.'[52]고 설명을 덧붙이고 있다.

부라는 시체(詩體)는 물건을 펴놓듯이 사물을 묘사하는 문체라는 뜻으로 이상의 논의를 종합할 수가 있을 것이다. 그리고 그것이 무(巫)에서 나왔고, 가무(歌舞)하고도 관련이 있는 것이라면 그것은 가무희(歌舞戲) 또는 희곡적(戲曲的)인 연출과 관계가 깊은 시가였다고도 추측된다.

한편 반고(班固)는 《한서(漢書)》〈예문지(藝文志)〉에서 '노래는 하지 않고 읊는 것을 부(賦)라 하는데, 높은 곳에 올라가 부(賦)를 할 줄 알아야 대부(大夫)가 될 수 있다.'[53]하였는데, 주책종(周策縱)은 《고무의와 육시고(古巫醫與'六詩'考)》에서 《모전》의 '높은 곳에 올라가 부를 할 줄 알아야……대부(大夫)라 할 수 있다.'[54] 한 말을 인용하며,

---

50) "敷布其義謂之賦."

51) 九章 悲回風 注 : "賦, 鋪也."

52) "賦以陳事."

53) "不歌而誦, 謂之賦. 登歌能賦, 可以爲大夫."

'등고이부(登[升]高而賦)'55)는 옛 무당들의 전통이고 대부(大夫)는 본시 무(巫)를 가리키는 말이었음을 고증하고 있다.

다만 부는 '노래는 하지 않고 읊었다' 하였으니, 《좌전(左傳)》에 무수히 나오는 《시경》의 '모(某) 시를 부(賦)했다'는 표현은 시를 노래한 것이 아니라 특수한 방법으로 읊었음을 뜻한다. 그러나 그것이 무가(巫歌)에서 나왔고 어떤 사물을 펼쳐놓듯이 길게 묘사한 것이라면, 읊는 방식이 주라 하더라도 사설(辭說)과 창(唱)의 도움도 받는 강창(講唱) 형식의 연출방식이 주종(主宗)을 이루었을 가능성도 있다.

지금 우리에게 전해지는 무가에서 나온 최초의 부는 굴원(屈原, 기원전 339?~기원전 278?)의 이름 아래 전하여지는 《초사(楚辭)》에 실린 〈구가(九歌)〉인데, 이것은 왕일(王逸)이며 주희(朱熹, 1130~1200) 모두가 무가(巫歌)의 가사를 개작한 것이라 하였다.

그리고 일본 학자 청목정아(靑木正兒)가 〈초사구가(楚辭九歌)의 무곡적 결구(舞曲的結構)〉56)에서 〈구가(九歌)〉를 축무(祝巫)와 신무(神巫)가 대무(對舞)를 하면서 서로 주고받은 노래 가사라고 주장한 이래, 지금은 거의 모든 학자들이 그것은 무(巫)에 의하여 희곡적으로 연출되던 것임을 받아들이고 있다. 문일다(聞一多, 1899~1948) 같은 이는 〈구가〉 전체가 여러 명의 무격(巫覡)들에 의하여 춤과 노래로 연출되던 하나의 투곡(套曲)으로 해석하였다.57) 등야암우(藤野岩友)는 《초사》 전체를 무가(巫歌)라 규정하고 《무계문학론(巫系文學論)》(大學書房, 1951)이란 책을 썼다.

---

54) 鄘風 〈定之方中〉 《毛傳》: "升高能賦……可以爲大夫."

55) "升(一作陞)"은 周나라 때에는 山을 祭祀지내는 祭名이었으며, 뒤에 "高"자를 같은 뜻으로 쓰기도 하였다 한다(周策縱).

56) 《支那學》 第七卷 第一號 所載.

57) 〈什麼是九歌〉·〈怎樣讀九歌〉·〈'九歌' 古歌舞懸解〉《神話與詩》, 中華書局, 1956 所載) 참조.

등야암우는 이 책에서 굴원의 대표작이라 칭송되는 〈이소(離騷)〉도 무(巫)의 자서문학(自序文學, 祝辭系文學)으로 분류하고 있는데, 이름은 정칙(正則)이고 자(字)는 영균(靈均)이라는 무(巫)의 내력과 수양(修養) 및 이상(理想)을 노래한 강창(講唱) 형식으로 연출되던 작품이었을 가능성이 많다.

〈이소〉에는 자신의 자가 영균(靈均)이라 하고, 자신이 존경하는 선배로 영수(靈修)가 나오는데, 왕일(王逸) 스스로가 〈구가(九歌)〉의 주에서 '영(靈)은 무(巫)를 말한다', '초(楚)나라 사람들은 무(巫)를 영자(靈子)라 불렀다'58) 설명하고 있으니, 이들은 모두 무(巫)의 이름임이 분명하다.

다시 〈이소〉에는 신무(神巫)의 이름으로 영분(靈氛)과 무함(巫咸)이 등장한다. 그리고 끝머리에 '나는 팽함(彭咸)이 사는 곳으로 가서 함께 살겠다.'59)고 읊은 구절의 팽함(彭咸)에 대하여, 왕일(王逸)은 이들을 '은(殷)나라의 대부(大夫)로 임금을 간(諫)하다가 들어주지 않자 물에 투신자살(投身自殺)한 사람이다'60)고 굴원이 물에 투신자살하였다는 전설에 맞추어 설명하고 있는데, 근거 없는 말임은 이미 많은 학자들이 지적하였다. 그보다는 하천행(何天行)이 주장한 것처럼 《산해경(山海經)》 대황서경(大荒西經)에 보이는 십무(十巫) 중의 유명한 무팽(巫彭)과 무함(巫咸)의 두 사람을 가리키는 말일 가능성이 많다.

《순자(荀子)》의 〈성상(成相)〉·〈부(賦)〉 두 편의 작품은 가장 틀림없는 전국(戰國)시대의 작품이다. 노문초(盧文弨, 1717~1795)는 〈성상(成相)〉편에 주를 달면서 이렇게 설명하고 있다.

---

58) "靈, 謂巫也.", "楚人名巫爲靈子."
59) "吾將從彭咸之所居."
60) "彭咸, 殷賢大夫, 諫其君不聽, 自投水而死."

이 편의 음절(音節)은 바로 후세 탄사(彈詞)의 조상이다. 편 앞머리에 말하기를 "만약 장님에게 상(相)이 없었다면 얼마나 허전하겠는가?"라고 하였으니, 뜻이 이미 분명하다. 첫 구절에서 '청성상(請成相)'이라 한 것은 이 곡을 연주합시다 하는 뜻이다.[61]

〈부(賦)〉 편의 글도 〈성상〉과 큰 차이가 없으니 후세 탄사(彈詞) 형식으로 연주된 것임을 알 수 있다. 〈부〉 편은 수수께끼식의 대화로 주제(主題)를 알아맞히는 형식의 글로 이루어져 있는데, 예(禮)·지(知)·운(雲)·잠(蠶)·침(箴)의 다섯 가지가 주제이고, 끝머리에는 궤시(佹詩)가 한 편 붙어있다. 궤시는 천하의 치란(治亂)에 대하여 운문(韻文)으로 서술하고 끝머리에 '기소가왈(其小歌曰)'하고 《초사》의 '난왈(亂曰)'이나 같은 결말을 짓는 한 대목이 있으니, 모두 읊고 노래하는 형식으로 읽혔던 글인 듯하다. 순자(荀子, 기원전 298?~기원전 238?)는 유가의 교리를 쉽게 해설하여 선전할 목적으로 민간 곡예(曲藝)의 한가지 형식을 빌어 〈성상(成相)〉과 〈부(賦)〉 편을 썼던 듯하다.

지금 우리에게 전하는 본격적인 초기의 부(賦)라고 알려진 송옥(宋玉, 기원전 290?~기원전 223?)의 대표작인 〈고당부(高唐賦)〉·〈신녀부(神女賦)〉도 모두 문답체(問答體)로 산문(散文)과 운문(韻文)을 함께 써서 무산(巫山) 신녀(神女)의 전설을 바탕으로 한 얘기를 서술한 것이다. 문장의 형식이 강창체(講唱體) 또는 희곡체(戲曲體)라 할 수 있는 것이고, 고당(高唐)이나 무산(巫山)·신녀(神女) 등의 지명이나 등장인물이 무가(巫歌)와의 관계를 암시해 주고 있다.

한(漢) 초 가의(賈誼, 기원전 200~기원전 168)의 〈복조부(服鳥

---

61) 《荀子集解》成相篇注："此篇音節, 卽後世彈詞之祖. 篇首卽稱如瞽無相, 何倀倀, 義已明矣. 首句請成相, 言請奏此曲也."

賦)〉와 〈조굴원부(弔屈原賦)〉도 산문과 운문으로 이루어진 가공적인 얘기와 전설을 읊은 것이다. 사마상여(司馬相如, 기원전 179?~기원전 117)의 〈자허부(子虛賦)〉·〈상림부(上林賦)〉 등도 모두 희극적(戲劇的)인 구성의 작품이다. 자허(子虛)와 오유선생(烏有先生)·무시공(亡是公) 등 가공적인 인물들이 허구적인 얘기를, 산문과 운문을 섞어 사용한 것이다.

이 뒤로 이른바 문인들이 지은 부들은 차츰 희극적(戲劇的)인 성격이 약해지고 사물을 묘사하는 데에 보다 힘을 기울이게 된다.

《사기(史記)》〈혹리열전(酷吏列傳)〉의 장탕전(張湯傳)과 《한서(漢書)》〈주매신전(朱買臣傳)〉을 보면 주매신(朱買臣)은 초사(楚辭)를 잘함으로써 황제의 환심을 사서 출세했다는 기록이 있다.62) 서한(西漢) 때의 초사라는 말은 동한(東漢) 왕일(王逸, 89?~158?)의 《초사장구(楚辭章句)》의 경우와는 달리 '초성(楚聲)으로 하는 설서(說書)' 정도의 뜻을 지닌 말로, 초사를 잘했다는 것은 초사를 설서 형식으로 잘 읊고 노래한 것일 가능성이 많다.

《한서(漢書)》〈왕포전(王褒傳)〉에는 구강피공(九江被公)을 불러들여 초사를 송독(誦讀)케 했다는 얘기를 쓰면서 그 앞에 '기이한 좋은 것을 널리 모아들였다'는 말이 붙어있고,63) 《한서》〈지리지(地理志)〉에는 엄조(嚴助)와 주매신(朱買臣)이 출세함으로 말미암아 세상에 초사가 전해지게 되었지만 '그것은 너무 기교(技巧)에만 빠져서 믿음이 적었다'는 설명을 덧붙이고 있다.64) 초사를 송독(誦讀)하는 것

---

62) 《史記》酷吏列傳 張湯傳 ; "始長史朱買臣, 會稽人也, 讀春秋. 莊助使言買臣, 買臣以楚辭, 與助俱幸, 侍中, 爲太中大夫, 用事."
《漢書》朱買臣傳 ; "召見說春秋, 言楚辭, 帝甚說之."
63) 《漢書》王褒傳 ; "宣帝時, 修武帝故事, 講論六藝群書, 博盡奇異之好, 徵能爲楚辭, 九江被公, 召見誦讀."
64) 《漢書》地理志 ; "吳有嚴助朱買臣, 貴顯漢朝, 文辭幷發茂, 故世傳楚辭,

이 민간의 설서(說書) 같은 속된 방식이었기 때문일 것이다. 그리고
여기의 초사라는 말은 흔히 지금 우리가 읽고 있는 책으로서의 《초
사》와는 다른 '초(楚) 지방의 설서(說書)'라는 말과 비슷한 뜻이었을
것이다.

《사기》굴원가생열전(屈原賈生列傳)에서,

> 굴원(屈原)이 죽은 뒤에 초(楚)나라에는 송옥(宋玉)·당륵(唐
> 勒)·경차(景差)의 무리가 있어, 모두 사(辭)를 좋아하여 부(賦)로
> 서 이름이 났었다.65)

라고 하였는데, '사(辭)를 좋아하여 부(賦)로서 이름이 났었다'는 것은
초사(楚辭)의 작품을 잘 지었다는 것이 아니라 그것을 이용한 설서
(說書)를 잘하였다는 말로 이해하여야만 할 것이다.

《수서(隋書)》〈경적지(經籍志)〉에,

> 수(隋)나라 때에 도건(道騫)이란 중이 있었는데, 독(讀)을 잘하
> 고 초성(楚聲)을 할 줄 알았는데 음운(音韻)이 청절(淸切)하였다.
> 지금도 초사(楚辭)를 전하는 사람들은 모두 건공(騫公)의 소리를
> 조종(祖宗)으로 받든다.66)

란 기록이 보인다. 초사(楚辭)의 설서(說書)는 당대(唐代)까지도 이
어졌음이 분명하다. 그것은 뒤에 얘기할 속부(俗賦)의 존재 등을 통
해서도 알 수 있는 일이다.

其失巧而少信."
65) "屈原旣死之後, 楚有宋玉唐勒景差之徒, 皆好辭而以賦見稱."
66) "隋時有釋道騫, 善讀之, 能爲楚聲, 音韻淸切. 至今傳楚辭者, 皆祖騫公
之音."

그러나 이미 굴원(屈原)·순자(荀子)·송옥(宋玉)에서 시작하여 한대(漢代) 작가들이 지은 부는 모두 무가(巫歌)에서 나왔다고는 하지만 순수한 무가나 민간의 곡예 형식과는 상당히 멀어진 것으로 보아야 할 것이다.

순자(荀子)의 부는 유가사상을 선전하기 위하여 지은 것이고, 송옥(宋玉) 이하의 작가들 부는 귀족이나 황제를 위하여 지은 것이므로, 그 형식이나 문장도 귀족화하지 않을 수가 없었을 것이다. 귀족화란 민간의 희극적(戱劇的)인 성격의 상실을 뜻한다고 보아도 좋을 것이다.

따라서 민간에는 선진시대(先秦時代)로부터 후세에 이르도록 보다 희극적인, 곧 강창이나 희곡의 형식을 지닌 부가 유행하여 왔을 것이다.

후세 작가들의 부 중에서도 장형(張衡, 78~139)의 《촉루부(髑髏賦)》, 채옹(蔡邕, 133~192)의 《단인부(短人賦)》, 조식(曹植, 192~232)의 《요작부(鷂雀賦)》 등은 비교적 민간희의 문답(問答)과 조희(嘲戱)의 전통을 계승한 작품이라 여겨진다.

서견(徐堅, 659~729)이 편찬한 《초학기(初學記)》 권19에는 유밀(劉謐)의 〈방랑부(龐郎賦)〉를 인용하고 있는데, 그 시작이 다음과 같다.

자리의 여러 군자님들, 모두 귀기울여 들어주소! 내가 엮은 글 들으시라는 거죠, 하간(河間) 지방 일을 얘기한 것이라오.[67]

'귀기울여 들어달라' 하였으니, 분명히 이 부(賦)는 강창의 일종이다. 또 손광헌(孫光憲, ?~968)의 《북몽쇄언(北夢瑣言)》 권7에는 다

---

67) "坐上諸君子, 各各明耳聽. 聽我作文章, 說此河間事."

음과 같은 기록이 보인다.

피일휴(皮日休)가 귀융(歸融) 상서(尙書)를 뵈려 하였으나 만나지 못하게 되자, 〈협귀사부(挾龜蛇賦)〉를 지었는데, 그가 머리를 내밀지 않았다고 비꼰 것이다. 그러자 귀융의 아들도 〈피삽혜부(皮靸鞋賦)〉를 지어 서로 비방하였다.68)

부를 지어 거북이나 뱀처럼 '머리를 내밀지 않고' 만나주지 않았던 일을 비꼬고, 또 그러한 부를 지어 비꼰 것을 비방하는 부를 다시 지었다는 것을 보면, 지금 그 작품은 전하지 않고 있지만 강창(講唱) 형식의 우스갯소리를 위주로 하는 글이었다는 짐작이 간다.

마침 돈황문권(敦煌文卷) 속에서 변문(變文)과 함께 발견된 〈안자부(晏子賦)〉·〈한붕부(韓朋賦)〉·〈연자부(燕子賦)〉·〈다주론(茶酒論)〉 등의 속부(俗賦)들이 그런 성격의 강창이다. 〈차주론〉의 첫머리가 이렇게 시작되고 있다.

생각해 보건대, 신농(神農)께서는 모든 풀을 맛보시어 이에 오곡(五穀)을 가려내셨으며, 헌원(軒轅)은 의복을 만들어 후세 사람들에게 가르쳐 주셨으며, 창힐(倉頡)은 문자를 마련하셨고, 공자(孔子)는 유교의 교리를 밝히셨다. 처음부터 자세히 말할 수는 없으니 그 요점이 되는 부분을 추려 얘기하겠다.69)

그리고 〈연자부〉의 첫머리는 이렇게 시작되고 있다.

---

68) "皮日休曾謁歸融尙書, 不見. 因撰挾龜蛇賦, 譏其不出頭也. 而歸氏子亦
    撰皮靸鞋賦, 遞相謗誚."
69) "竊見神農曾嘗百草, 五谷從此得分 ; 軒轅制其衣服, 流傳教示後人. 倉頡
    致其文字, 孔丘闡化儒因. 不可從頭細說, 撮其樞要之陳."

이 노래는 몸이 스스로 들어맞아, 천하에 이보다 더한 것이란 없다네.

참새와 제비가 함께 본 노래를 지어 부르겠네.[70]

이상을 보면 사설과 창이 모두 동원되는 변문(變文)이나 같은 형식의 민간 곡예가 속부였음을 알 수 있다. 그리고 민간에는 줄곧 이런 형식의 부가 설창(說唱)되어 왔다는 사실을 확인할 수가 있다.

곧 부는 본시부터 시체(詩體)의 일종이었으며, 초(楚) 지방을 중심으로 한 민간에 강창이나 희곡과 같은 종류의 곡예로 유행해온 것임을 알게 된다.

5) 맺는 말

이상 《모전(毛傳)》과 《삼가시(三家詩)》를 중심으로 하는 서한(西漢) 학자들의 시 해설을 본다면, 그 내용이 모두 상당히 복잡한 고사(故事)와 밀접한 관계가 있다. 그것은 결국 서한 학자들이 시를 해설함에 있어 모두 복잡한 고사와의 관계 아래 진행된 것임을 짐작할 수가 있다. 그들의 해설이 '우곡(迂曲)한 것'이 아니라 그러한 해설을 하고 있는 까닭을 이해하여야만 한다. 간단한 시들이 복잡한 고사와 관계를 갖기 위하여는 고금의 중국 민간곡예의 일반적인 현상대로 그 시들이 설서(說書)를 하거나 희곡(戲曲)을 연출할 때 불려지던 노래의 가사일 수밖에 없다. 지금 일반적인 경향처럼 서한 학자들의 시해설이 모두 우곡하다 또는 엉터리라 단정하고 팽개치는 것은 오히려 후세 사람들의 잘못임을 알게 된다.

지금도 중국의 민간 곡예(曲藝)들을 보면, 거의 모든 종류의 것들

---

70) "此歌身自合, 天下更無過. 雀兒和燕子, 合作開元歌."

이 본시는 단순한 노래인 청창(淸唱)에서 출발하거나 그것을 바탕으로 한 것이나, 다시 거기에 고사(故事)가 보태어져 강설(講說)과 가창(歌唱)을 엇섞어가며 고사를 연출하는 이른바 강창(講唱) 형식으로 발전하기도 하고, 다시 같은 악곡으로 몇 명의 예인(藝人)들이 모여 함께 노래와 빈백(賓白)을 사용하여 연출하는 희곡(戲曲) 형식으로 발전하기도 하였다. 곧 한 종류의 곡예 속에는, 보기를 들면 앙가(秧歌)나 연화락(蓮花落)·도정(道情) 속에는 같은 호칭 속에 청창(淸唱)도 있고 강창(講唱)도 있고 희곡(戲曲)도 있다. 이러한 사정은 이미 선진시대(先秦時代)부터 시작되고 있던 것이 아닐까하는 추측을 낳게 한다.

《모전》이나 《삼가시》의 시 해설이 고사 또는 설화와 관련이 많다는 것은, 서한 초까지도 《시경》의 시들이 고사와 직접 연결되어 있는 시들이었기 때문이라 보아야 할 것이다. 이 《시경》의 시들은 서한 때까지도 여러 가지 고사를 연출할 때, 곧 고사나 설화를 강창 또는 희곡 형식으로 연출할 때 원용(援用)되기도 한 노래라는 것이다. 보기를 들면 〈관저(關雎)〉라는 시는 문왕(文王)의 후비(后妃) 얘기를 연출할 적에도 노래불려지고, 강왕(康王)이 결혼한 뒤 조회(朝會)에 늦게 나온 얘기를 연출할 적에도 노래불려진 노래의 가사여서, 《모시》와 《삼가시》는 각각 그러한 해설을 하고 있다는 것이다. 그리고 송(頌)의 시 여섯 편(또는 그 이상)은 대무(大武)를 춤출 때 노래부르던 시라고 하였는데, 풍(風)·아(雅)의 시들도 한 가지 고사를 연출하는 데에 여러 편이 함께 노래불려졌을 것이다.

보기를 들면 〈주남(周南)〉의 시 11편은 모두가 후비(后妃)에 관한 얘기를 연출할 때 노래불려지고, 〈빈풍(豳風)〉 7편은 모두 《서경(書經)》〈주서(周書)〉 금등(金縢)편 같은 주공(周公)의 얘기를 연출할 때 노래불려졌다는 것이다. 어떻든 이런 해설을 통해서 서한(西漢) 학자들은 시 본문 자체의 해석보다도 그러한 시의 활용을 통하여 사람들에게 공자가 《시경》을 산정(刪定)한 뜻을 알리려 했던 듯하다.

특히 '시의 육의(詩之六義)' 중에서도 부(賦)는 처음부터 희곡적인 성격이 두드러졌던 듯하다. 《초사(楚辭)》에서 시작하여 한부(漢賦) 및 후세의 속부(俗賦)로 이어지는 부(賦)라는 문학 형식은 분명히 무가(巫歌)에서 나온 것이며, 가무희(歌舞戲)의 형식을 그대로 보존하고 있던 곡예이다.

《묵자(墨子)》〈공맹(公孟)〉편을 보면 묵자의 말 중에 이런 대목이 보인다.

송시삼백, 현시삼백, 가시삼백, 무시삼백.(誦詩三百, 弦詩三百, 歌詩三百, 舞詩三百.)

이는 《시경》의 시들이 여러 가지 방식으로 연출되었음을 보여주는 실례라 생각된다. '송시(誦詩)'는 시를 특수한 방식으로 읊는 것이고, '현시(弦詩)'는 금(琴)으로 반주를 하며 시를 노래한 것이고, '가시(歌詩)'는 시를 노래하는 것이고, '무시(舞詩)'는 시의 노래와 음악에 맞추어 춤도 추던 것이었을 것이다.

이상을 종합해 보면 《시경》의 시들은 단순한 노래 가사였을 뿐만이 아니라, 고사를 강창 형식으로 연출하는 데에도 활용되었고, 심지어 고사에 얹히어져 희곡 형식으로 연출되는 연예에도 원용되었던 노래 가사이다. 그러니 《시경》은 중국문학사에 있어서 전통문학의 중심을 이루는 시가(詩歌)의 조종(祖宗)이라 받들고 있지만, 다른 한 편으로는 중국 소설 희곡의 조종도 되는 것이다.

이러한 성격을 올바로 이해하여야만 서한 학자들의 《시경》 해설을 올바로 이해하고, 《시경》의 시들을 제대로 읽고 이해할 수 있을 뿐만 아니라 중국 전통문학의 특징에 대하여도 올바른 이해를 할 수 있게 될 것이다.

2. 중국 고적(古籍)의 또다른 성격(性格)에 대하여

1) 서 론

중국의 선진시대(先秦時代)에는 지금도 우리가 쓰고 있는 한자(漢字)지만 그 자체(字體)가 통일되어 있지 않았고,[71] 글을 쓰고 읽는 것은 본시 사(史)·무(巫)·축(祝) 같은 전문가나 할 수 있는 일이었다. 그리고 글을 쓰는 연모도 매우 불편한 것이어서, 가장 일반적인 방법이 나무쪽이나 대쪽에 글을 쓴 다음 가죽끈으로 엮어 책을 만드는 것이었다. 따라서 책은 전문가가 아니면 다루기 어려운 것일 수밖에 없었다.
  책을 가지고 다닐 적에는 그것을 수레에 싣지 않으면 안될 정도였다. 《묵자(墨子)》를 보면 묵자가 여행할 적에는 수레에 많은 책을 싣고 다녔다는 기록이 보인다.[72] 한 수레에 지금의 책 한 권 분량도 다 싣지 못할 정도였을 것이다. 이런 점에서 중국의 고적(古籍)들은 우리가 지금 책에 대하여 상식적으로 생각하고 있는 것과는 다른 성격들을 지녔을 것이라 여겨진다. 이 글은 이러한 면에서 중국 고적들이 지녔던 독특한 성격을 추적해 보려는 것이다.

2) 책을 읽어주는 전문가

고대 중국에 있어서 제왕(帝王)이나 귀족들이 책의 독자였다 하더

---

71) 許愼 《說文解字》敍 ; 其後諸侯力政, 不統於王, 惡禮樂之害己, 而皆去
   其典籍. 分爲七國, 田疇異畝, 車涂異軌, 律令異法, 衣冠異制, 言語異聲,
   文字異形.
72) 貴義篇 ; "子墨子南游使衛, 關中載書甚多."

라도, 그 책이 매우 번중(繁重)한 것이었기 때문에 독자들이 직접 책
을 뒤적이며 읽기는 쉽지 않았을 것이다. 따라서 그 시대에는 글을
쓰는 전문가가 따로 있었을 뿐만이 아니라 책을 읽어주는 전문가도
따로 있어 독자들에게 그것을 읽어 주었을 듯하다.

　우선 《주례(周禮)》만을 보더라도 〈지관(地官)〉에는 송훈(誦訓)이
란 벼슬이 있는데,

　　사방의 기록들을 고함으로써 밝게 일을 살피게 하는 일을 관장
　한다.

하였고, 주(注)에,

　　사방에 기록되어 있는 오래된 일들을 임금에게 해설하여 보고함
　으로써, 널리 옛날의 기록들에 대하여 알게 된다.[73]

고 하였다. 같은 책 〈하관(夏官)〉 사마(司馬)의 훈방씨(訓方氏)는 임
금이나 제후를 위하여,[74]

　　사방의 정사(政事)와 위아래 사람들의 뜻을 말해주고, 사방의 오
　랫동안 전해 내려오는 고사(故事)들을 읊어주는 일을 맡는다.[75]

고 하였으며, 같은 〈하관(夏官)〉 사마(司馬)의 탐인(撢人)은 제후
들에게,

---

73) "誦訓 ; 掌道方志以詔觀事." 鄭玄注 : "說四方所識久遠之事以告王, 觀博
　　古所識."
74) 鄭玄 注 依據.
75) "訓方氏 ; 掌道四方之政事, 與其上下之志 ; 誦四方之傳道."

임금의 뜻을 읊고 나라의 정사(政事)를 말해주는 일을 맡는다.76)

고 하였다. 곧 옛날에는 기록을 윗사람에게 알려주는 일을 맡은 관리
가 있었는데, 이들은 써있는 기록을 읽기도 하였지만 많은 경우 읊었
다. 여기에서 '읊었다'는 것은 '송(誦)하였음'을 뜻한다.

　다시 같은 책 〈춘관(春官)〉 종백(宗伯) 하(下)의 대사악(大司樂)
대목을 보면 대사악이란 벼슬은 악덕(樂德)과 악어(樂語)와 악무(樂
舞)로 국자(國子)를 가르치는 일을 맡는데, 악어란 '흥(興)·도(道)·
풍(諷)·송(誦)·언(言)·어(語)'의 여섯 가지이다. 정현(鄭玄)의 주
(注)에 의하면 흥이란 훌륭한 일을 말하는 것, 도란 옛일을 설명하는
것, 풍은 글을 읽는 것, 송은 글을 읊는 것, 언은 어떤 일을 설명하는
것, 어는 물음에 대답하는 것이다. 곧 젊은이의 교육에 글을 읽는 것
과 글을 읊는 것이 있었다는 것이다.

　《좌전(左傳)》 양공(襄公) 14년의 기록에도 사광(師曠)이 하는 말
중에 이런 대목이 보인다.

　　사관(史官)은 글을 짓고, 고인(瞽人)은 시를 지으며, 악공(樂工)
　은 교훈이 되는 말을 읊고, 대부(大夫)는 교훈이 되는 말을 하며,
　사(士)는 훌륭한 말을 전한다.77)

　여기에서 악공(樂工)이 송(誦)했다는 잠간(箴諫)도 실은 대부분이
글이었을 것이다. 《좌전》에는 '부시(賦詩)'의 기록이 상당히 많이 나
오는데, '부(賦)'는 또 다른 방법으로 노래하거나 읊는 방식이었을 것
이다.

----

76) "撢人 ; 掌誦王志, 道國之政事."
77) "史爲書, 瞽爲詩, 工誦箴諫, 大夫規誨, 士傳言."

《국어(國語)》〈초어(楚語)〉 상(上)에는 좌사(左史)의 말 중에 이런 대목이 있다.

> 안석에 기대어 있을 적에는 악공(樂工)이 읊어주어 간(諫)하는 말이 있고, 잠자리에 들면 여관(女官)이 훈계가 되는 말을 일러주고, 정사(政事)에 임할 적에는 악관(樂官)과 사관(史官)의 교도(敎導)가 있고, 쉬고 있을 적에는 악관이 글을 읊어 줍니다. 사관은 기록을 빠트리지 아니하고, 악공은 글을 읊는 일을 빠트리지 아니함으로써 교훈(敎訓)이 되도록 하는 것입니다.78)

악관(樂官) 또는 악공(樂工) 및 사관(史官) 등의 중요한 역할이 임금에게 책을 읽어주되 주로 일종의 읊는 방식을 가장 많이 썼던 듯하다. 글을 읽어주기만 하면 그것을 듣는 윗사람은 곧 싫증이 날 것이기 때문에 그랬을 것이다. 따라서 글을 노래하는 방식으로 읽어주는 방법까지도 쓰여졌을 것임은 더 설명이 필요치 않을 것이다.

따라서 《시경(詩經)》·《서경(書經)》·《역경(易經)》 같은 옛 책들은 읽는 글로 쓰여진 책이라기보다는 읊고 노래하는 글로 쓰여진 책이라 보는 게 옳을 것이다. 《시경》의 시들이야 본시 노래 가사이니 두말할 필요도 없다. 《역경》도 황옥순(黃玉順)의 《역경고가고석(易經古歌考釋)》(巴蜀書店, 1995)과 장검(張劍)의 《주역가요파역(周易歌謠破譯)》(中國文學出版社, 1997) 등이 나와있고, 국내에서도 〈《역경(易經)》의 시가적(詩歌的) 성격(性格)에 관한 논의(論議)와 의미(意味)〉(《中國語文學》 第33輯, 1999)라는 논문이 나와 있다. 《역경》은 본시가 점책이므로 그 괘사(卦辭)나 효사(爻辭)는 모두 무당이나 점

---

78) "倚几有誦訓之諫, 居寢有褻御之箴, 臨事有瞽史之導, 宴居有師工之誦. 史不失書, 矇不失誦, 以訓御之."

쟁이들에 의하여 가송(歌誦)되었을 것이다.

그런데 이에 그치지 아니하고 산문으로 쓰였다고 여겨지는 《서경》 이하의 대부분의 고적(古籍)들도 모두 읽히기만 한 것이 아니라 노래 불려지고 읊어진 글이라는 것이다.

3) 송(誦)·가(歌)와 고적(古籍)

《순자(荀子)》〈권학(勸學)〉편을 보면 '학문은 어디에서 시작되고 어디에서 끝맺는가?'라는 질문을 던지고,

> 그 방법은 송경(誦經)에서 시작되고, 독례(讀禮)에서 끝맺게 된다.79)

고 대답하고 있다. 당대(唐代) 양경(楊倞)의 주(注)에 의하면 '송경'의 경(經)은 《시경》·《서경》을 뜻한다. '독례'의 예(禮)는 말할 것도 없이 예경(禮經)이다.

또 같은 편에,

> 그러므로 송수(誦數)하여 그것을 꿰뚫고, 사색(思索)함으로써 그것에 통달(通達)해야 한다.80)

고 하였는데, 양경(楊倞)은 주(注)에서 '송수(誦數)'란 '예악시서(禮樂詩書)의 이론을 익히는 것'이라 하였다. 여하튼 순자(荀子)에 의하면 공부를 한다는 것은 기본적으로 여러 가지 경전(經典)들을 읊어 그

---

79) "其數則始乎誦經, 終乎讀禮."
80) "故誦數以貫之, 思索以通之."

뜻을 꿰뚫는 것이다.

《사기(史記)》〈혹리열전(酷吏列傳)〉에선 주매신(朱買臣)이 '독춘추(讀春秋)'했다는 기록이 보이고, 같은 책 〈주매신전(朱買臣傳)〉에는 그가 '설춘추(說春秋)'했다는 기록이 《초사(楚辭)》를 잘하여 임금의 환심을 샀다는 기록과 함께 보인다.[81] 《초사》는 무가(巫歌)에서 나온 것이므로 '초사를 잘하였다'는 말은 '초사를 잘 창하였다'는 뜻으로 이해해도 큰 무리는 없을 것이다. 여기에서 중국의 고적(古籍)을 노래했다는 것을 뒷받침하기 위하여 《서경(書經)》을 중심으로 하여 중국 고적들의 희곡적(戲曲的)인 성격을 증명해보려 한다. 앞의 〈서한(西漢) 학자들의 《시경》 해설에 대한 새로운 이해〉에서, 《시경》의 시가들이 강창(講唱) 및 희곡(戲曲)과 직접적인 관련이 있음을 논증한 대목도 함께 참조해주기 바란다.

앞 본문에서 이미 《서경》·《좌전》·《국어(國語)》·《전국책(戰國策)》 같은 보통 사서(史書)라 생각되는 고적들 내용이 대부분 허구적(虛構的)인 고사를 바탕으로 이루어졌고, 선진(先秦) 전적들의 대부분이 허구적인 내용의 기록이어서, 소설사와 희곡사의 귀중한 자료가 됨을 지적하였다. 그리고 뒤에 실린 〈소설사 자료로서의 《서경》〉에서는 〈요전(堯典)〉과 〈금등(金滕)〉 두 편을 보기로 들어 그 소설적인 성격을 증명하였다.

여기에서는 똑같은 자료를 바탕으로 그 희곡적 성격을 증명하기에 노력해 보려 한다.

〈요전〉 첫머리는 요(堯)임금의 덕을 서술한 대목으로 시작되는데, 운문에 가까운 글이니 노래부르던 대목인 듯하다. 그 중 한 토막의 글을 인용한다.

---

81) (주) 62 참조.

큰 덕을 밝히시어, 온 집안을 화친케 하셨고,
온 집안이 화목해짐으로써, 백성들이 평화로워졌으며,
백성을 밝게 다스림으로써, 온 세상을 화평케 하시니,
만민이 감화를 받아 화합하게 되었다.

克明俊德, 以親九族
九親旣睦, 平章百姓
百姓昭明, 協和萬邦,
黎民於變時雍

그리고는 일어(日御)인 희화(羲和)의 전설이 이어지거니와, 희중
(羲仲)·희숙(羲叔)과 화중(和仲)·화숙(和叔)의 네 명에게 각각 동
서남북과 춘하추동을 나누어 관장케 하는 내용인데, 역시 노래였을
듯하다.

그리고는 현인(賢人)들과 순(舜)임금을 등용하는 장면으로 이어지
는데, 여기에 홍수(洪水) 신화와 순(舜) 및 요(堯)의 이녀(二女)의 전
설도 섞이어 나온다. 이 대목은 대화로 이루어지고 있다. 다음엔 여러
가지 순임금의 치적(治績)에 대한 서술이 이어지는데, 역시 노래로
연출되었을 것이다.

보기를 든다.

법으로 일정한 형벌 정하고, 귀양살이로 체벌(體罰)을 너그러이
했네.
회초리로 관청의 형벌 삼고, 종아리치기로 학교형벌 삼았으며,
돈으로 형벌 대속케 하였네.
재난과 실수는 용서하고, 끝내 나쁜 자는 사형에 처했네.
삼갈진저, 삼갈진저! 오직 형벌은 신중히 할진저!

象以典刑, 流宥五刑.
鞭作官刑, 扑作敎刑,
金作贖刑.
眚災肆赦, 怙終賊刑.
欽哉欽哉, 惟刑之恤哉 !

그리고 순(舜)임금이 등극(登極)하는 대목에 이어 현인을 등용하는 기록이 대화로 길게 이어진다. 그런데 대화에도 간혹 노래와 춤이 응용되었을 가능성이 많다.

보기로 기(夔)를 전악(典樂)에 등용하는 대목을 보자.

황제가 말하기를, 기여! 그대를 전악에 임명하니
나라의 맏아들들을 가르치어, 곧되 온화하며,
너그럽되 위엄 있고, 강하되 포학하지 않으며,
단순하되 오만치 않게 해주오.
시는 뜻을 말한 것이요, 노래는 말을 늘인 것이며,
소리는 가락을 따라야 하고, 음률은 소리가 조화되어야 하며,
여러 악기소리가 잘 조화되어, 서로 질서를 잃지 않으면
신과 사람이 음악에 화합될 것이오.

帝曰 : 夔 ! 命汝典樂,
敎冑子, 直而溫,
寬而栗, 剛而無虐,
簡而無傲.
詩言志, 歌永言,
聲依永, 律和聲.
八音克諧, 無相奪倫,

神人以和.

　삼박자로 이루어진 춤의 노래 가사인 듯하다.

　이상을 종합할 때 적어도 《서경》의 첫 장인 〈요전〉은 강창(講唱)이나 희곡(戲曲)의 방식으로 연출되던 놀이의 각본으로부터 발전한 것임을 짐작할 수가 있다.

　〈주서(周書)〉〈금등(金縢)〉편은 처음부터 끝까지 주공(周公)의 덕을 칭송하는 허구적인 얘기인데, 대체로 내용이 3막으로 이루어져 있다.

　제1막 ; 주나라 무왕(武王)이 은(殷)나라 주왕(紂王)을 쳐부순 다음 해, 무왕이 병이 났다. 소공(召公)과 태공(太公)은 점을 쳐보려 하였으나, 주공은 선왕(先王)들에게 도움을 청해야 한다고 주장하며 스스로 그 일을 맡았다. 주공은 태왕(太王)·왕계(王季)·문왕(文王)의 신을 모시고 제물을 갖춘 다음 사관(史官)에게 축문(祝文)을 지어 빌게 한다. "당신들 후손인 무왕에게 병이 났는데, 무왕은 주나라 천명(天命)을 이어갈 분이니 제〔周公〕 몸으로 무왕의 병이나 죽음을 대신하게 해주십시오."라는 내용이었다. 주공은 제사 뒤 그 축문을 쇠궤짝 안에 넣고 봉한 다음 그것을 잘 보관하도록 한다.

　제2막 ; 무왕이 죽고 그 뒤를 어린(13세) 성왕(成王)이 계승하고, 주공이 나라의 정사를 맡게 된다. 그러자 주공의 아우인 관숙(管叔)이 몇몇 형제들과 함께 주공이 천자의 자리를 넘본다고 뜬소문을 퍼뜨린다. 주공은 이들의 모함에 견딜 수가 없게 되자, 그들이 있던 은(殷)나라의 옛땅인 동쪽으로 그들을 치러 간다. 곧 관숙(管叔)은 채숙(蔡叔)과 함께 주(紂)의 아들 무경(武庚)을 앞세워 이른바 삼감지란(三監之亂)을 일으킨다. 주공은 3년만에 이들을 평정한다. 그러나 성왕의 의심이 가시지 않자 주공은 '치효(鴟鴞)' 시《詩經》豳風)를 지어 바친다.

제3막 ; 주공이 삼감지란을 평정한 해 가을 마침 풍년이 들었는데, 곡식을 수확하기 직전 폭풍우가 불어와 곡식이 모두 넘어지고 큰 나무들이 뿌리채 뽑히기도 하였다. 온 나라 사람들이 두려워 떨자, 성왕은 주공 때문인지도 모른다 생각하고 주공의 진의를 알아보기 위하여 전에 주공이 쇠 궤짝 안에 넣고 봉해두었던 축문(祝文)을 꺼내보기로 한다. 왕이 대부(大夫)들과 함께 궤짝을 열어보니 뜻밖에도 주공이 왕실을 걱정하며 무왕의 병과 죽음을 자신이 대신하도록 해달라고 빈 축문을 발견하게 된다. 성왕은 눈물을 흘리며 주공을 의심했던 일을 뉘우치고, 곧 친히 교외(郊外)까지 나가 주공을 맞아들인다. 곧 하늘에선 반대 방향의 바람이 일어 넘어졌던 곡식을 모두 일으켜 세워주고, 넘어진 나무들도 모두 일으켜 세우고 북을 돋우니, 나라엔 다시 큰 풍년과 평화가 돌아왔다는 것이다.

실제로는 있을 수가 없는 전설이다. 그리고 〈금등(金縢)〉편의 글은 서술문(敍述文)과 대화가 엇섞여 있어서 강창 또는 희곡 형식으로 연출되었던 것인 듯하다. 보기로 그 끝머리 대목을 인용한다.

왕이 글을 들고 울면서 말하였다.
그것은 삼가 점쳐볼 것도 없네.
옛날 공이 왕가를 위해 수고한 것, 오직 나만이 어려 몰랐네.
지금 하늘이 위엄 보이시어 주공의 덕 밝히셨으니,
이 소자가 그분을 친히 맞아들이리라.
우리 국가의 예로서도 그리함이 마땅하네.
왕이 교외로 나가시자, 하늘은 비를 내리시고
반대쪽 바람 일으키니, 곡식이 모두 일어섰다.
이공은 나라 사람들에게 명하여 모든 쓰러진 큰 나무들을
다 일으켜 세우고 북돋게 하니, 다시 큰 풍년이 들었다.

王執書以泣曰 :

其勿穆卜.

昔公勤勞王家, 惟予沖人不及知.

今天動威, 以彰周公之德.

惟朕小子, 其新逆,

我國家禮亦宜之.

王出郊, 天乃雨,

反風, 禾則盡起.

二公命邦人, 凡大木所偃,

盡起而築之, 歲則大熟.

　여기에서 빈풍(豳風)의 '치효(鴟鴞)' 시를 주공이 왕에게 지어 바쳤다 했는데, 〈금등편〉을 이런 각도에서 이해하고 보면 빈풍(豳風)의 시 7편의 《모전(毛傳)》도 실상은 이 〈금등편〉의 얘기를 희곡 형식으로 연출할 때 노래부르던 것을 근거로 지금 우리가 보는 것과 같은 해설을 하고 있는 듯하다.

　빈풍 7편의 〈모시서〉를 아래에 인용한다.

　　〈칠월(七月)〉 ; 왕업(王業)을 진술한 것이다. 주공이 변고(變故)를 겪은 뒤 후직(后稷)과 선공(先公)들이 풍속을 교화(敎化)하였던 과정을 진술함으로써, 왕업을 이루기가 어려움을 노래한 것이다.[82]

　　〈치효(鴟鴞)〉 ; 주공이 난을 구한 것을 노래한 것이다. 성왕은 주공의 뜻을 알지 못하니, 주공은 시를 지어 왕에게 바쳤는데, 그 제명을 치효라 한 것이다.[83]

------

82) 七月, 陳王業也. 周公遭變故, 陳后稷先公風化之所由, 致王業之艱難也.

〈동산(東山)〉; 주공의 동정(東征)을 읊은 것이다. 주공은 동정
(東征)한지 3년만에 돌아와, 돌아온 군사들을 위로하니, 대부
들이 그것을 찬미하여 이 시를 지은 것이다. 1장은 그것의 완
료를 노래했고, 2장은 그 때의 그리움을 노래했고, 3장은 그의
집안에서 그를 기다렸음을 노래했고, 4장은 남녀들이 제 때에
어울림을 즐거워한 것이다. 군자는 사람들에 대하여 그들의
정을 풀어주고 그들의 수고를 위로하여 그들을 기쁘게 한다.
기쁘게 해주고 백성을 부리기 때문에, 백성들은 그들의 죽음
도 잊게 되는 것인데, 그것은 바로 '동산(東山)'의 경우이다.84)

〈파부(破斧)〉; 주공을 찬미한 것이다. 주나라 대부들이 네 나라
(三監의 亂을 일으킨)를 미워했던 것이다.85)

〈벌가(伐柯)〉; 주공을 찬미한 것이다. 주나라 대부들이 조정에서
잘 알지 못함을 풍자한 것이다.86)

〈구역(九罭)〉; 주공을 찬미한 것이다. 주나라 대부들이 조정에서
잘 알지 못함을 풍자한 것이다.87)

〈낭발(狼跋)〉; 주공을 찬미한 것이다. 주공이 섭정을 하자, 멀리
는 네 나라에서 뜬소문을 퍼뜨렸고 가까이는 왕이 잘 알지를
못했으나, 주나라 대부들이 그가 성스러움을 잃지 않음을 찬미
한 것이다.88)

---

83) 鴟鴞, 周公救亂也. 成王未知周公之志, 公乃爲詩以遺王, 名之曰鴟鴞焉.

84) 東山, 周公東征也. 周公東征, 三年而歸, 勞歸士, 大夫美之, 故作是詩也.
一章言其完也, 二章言其思也, 三章言其室家之望女也, 四章樂男女之得
及時也. 君子之於人, 序其情而閔其勞,所以說也. 說而使民, 民忘其死,
其唯東山乎.

85) 破斧, 美周公也. 周大夫以惡四國焉.

86) 伐柯, 美周公也. 周大夫刺朝廷之不知也.

87) 九罭, 美周公也. 周大夫刺朝廷之不知也.

88) 狼跋, 美周公也. 周公攝政, 遠則四國流言, 近則王不知, 周大夫美其不失

이상을 살펴보면 대체로 〈금등〉의 고사와는 빈풍의 노래들이 배열 순서가 반대로 되어있는 듯하다. 곧 〈금등〉의 제1장에는 빈풍의 끝머리의 '낭발' 시가, 제2장에는 가운데의 다섯 편이 역순(逆順)으로 쓰이고, 첫째 '칠월(七月)' 시는 주나라에 풍년이 들고 평화가 찾아온 제3장에서 노래부르던 것인 듯하다.

중국의 고적들은 앞에서 지적한 것처럼 사서(史書)로 알려진 책들도 내용이 역사적인 사실을 빙자한 허구적인 얘기로 이루어진데다가, 글 속에는 《서경》의 경우처럼 운문으로 이루어진 것들이 많다.89)

보기로 책이 이루어진 시기가 가장 뒤진 《전국책(戰國策)》에서 한 대목을 든다. 권3에서 종횡가(縱橫家)인 소진(蘇秦)이 진(秦) 혜왕(惠王)에게 한 말 중의 한 대목이다.

옛날에는 사자들의 수레가 바퀴통을 서로 부딪치며 왕래하면서, 말로 언약을 맺어 천하를 통일하려 했습니다. 그래서 합종연횡(合從連橫)이 되어도 전쟁은 멎지 않았습니다. 문사(文士)들은 모두가 교묘한 말만을 늘어놓아 제후들은 혼란되고 미혹되었습니다. 온갖 사단(事端)이 다 생겨났지만 다 다스리는 수가 없었습니다. 법령이 다 갖추어진 뒤에는 백성들에게 거짓 행동을 하는 자들이 많아졌습니다. 공문은 남발되었고, 백성들은 궁해졌습니다. 위아래가 서로 원망하게 되고, 백성들은 의지할 곳이 없었습니다. 이론은 분명해지고 조리(條理)는 밝아졌지만, 전쟁은 더욱 잦아졌습니다. 변론을 하며 멋진 예복을 입었지만 침략전쟁은 멎지 않았습니다. 문장과 이론이 번거로워졌지만 천하는 잘 다스려지지 않았습니다. 혀가 닳고 귀가 먹도록 떠들어대도 아무런 일도 제대로 되지 않았습니다. 의

其聖也.
89) 拙著 《중국고대문학사》(신아사, 2000 개정판) 참조.

로움을 행하겠다고 약속이 맺어져도 천하는 서로 친해지지 않았습
니다.

> 古者使車轂擊, 馳言語相結, 天下爲一. 約從連橫, 兵革不藏. 文
> 士竝飭, 諸侯亂惑. 萬端俱起, 不可勝理. 科條旣備, 民多僞態. 書
> 策稠濁, 百姓不足. 上下相愁, 民無所聊. 明言章理, 兵甲愈起. 辯
> 言偉服, 戰攻不息. 繁稱文辭, 天下不治. 舌弊耳聾, 不見成功. 行
> 義約信, 天下不親.

위 글은 매 구절이 압운(押韻)된 문장이다. 대화로서 이런 말을 했
을 가능성은 매우 적다. 이런 글은 노래되거나 읊어졌기 때문에 이런
형식을 지니게 되었다고 여겨진다.

그밖에 제자서(諸子書) 중에도 운문이 많다는 것은 이미 널리 알려
진 사실이다. 심지어 병법(兵法)을 논한 《손자(孫子)》까지도 많은 내
용이 운문으로 이루어져 있다. 이것을 종합하면 삼경(三經)은 말할
것도 없고, 선진(先秦)의 대부분의 고적들이 옛날에는 많은 경우 강
창이나 희곡 형식으로 노래되고 읊어졌던 것들임을 짐작하게 된다.
곧 선진 고적들은 설서(說書)의 대본이나 비슷한 성격의 것이었다고
할 수 있다는 것이다.

4) 현가(絃歌)·송서(誦書)

《열자(列子)》〈중니(仲尼)〉편을 보면 자공(子貢)이 안회(顔回)의
깨우침으로 말미암아 다시 공자(孔子)의 문하로 되돌아가서,

> 금(琴)을 타고 노래하며 책을 읊기를 평생토록 중지하지 아니
> 하였다.[90]

고 하였다. 여기에서 '금을 타고 노래하며 책을 읊음(絃歌誦書)'이라
한 중에, '송서(誦書)'뿐만이 아니라 '현가(絃歌)'까지도 책을 읽고 공
부하는 방법이었을 가능성이 많다. 그리고 이때의 책이란 '읊고' '악기
로 반주하며 노래하는' 자료이기도 했음을 뜻하게 된다.
　《묵자(墨子)》를 보면 〈비유(非儒)〉편에서는 공자가,

　　용모를 성대히 수식하여 세상을 고혹(蠱惑)케 하고, 현가고무(弦
　　歌鼓舞)함으로써 무리를 모았다.

고 하였고, 〈공맹(公孟)〉편에서는 유가(儒家)란,

　　현가고무(弦歌鼓舞)하며 성악(聲樂)에 젖어있어 천하를 잃기
　　에 족하다.

고 말하고 있다.91) 여기의 '현가고무(弦歌鼓舞)'도 책을 읽는 방법이
었을 가능성이 많다. 곧 책을 읽는 행위가 노래와 춤과도 연결이 되
어 있다는 것이다. 그래서 옛 학자들은 '금서(琴書)를 가지고 스스로
즐겼다'는 말이 생겨났는지도 모른다.92)
　앞에 인용한 것처럼 《순자》〈권학(勸學)〉편에서 학문(學問)은,

　　그 방법이 송경(誦經)에서 시작되어, 독례(讀禮)에서 끝나게 된다.

고 말한 것도, '송(誦)'은 '독(讀)'과는 완전히 다른 것이며, 현가(絃

---

90) "絃歌誦書, 終身不輟."
91) "孔某盛容修飾, 以蠱世 ; 弦歌鼓舞, 以聚徒." "又弦歌鼓舞, 習爲聲樂,
　　此足以喪天下."
92) 《魏志》崔琰傳 ; "以琴書自娛." 陶淵明〈歸去來辭〉; "樂琴書以自娛."

歌)에 가까운 방법을 뜻한다고 할 수 있다. 어떻든 옛날에 책을 가지고 '현가(絃歌)' '송독(誦讀)' 또는 '고무(鼓舞)'하였다는 것은, 책을 읽는 방법이 강창(講唱)이나 희곡(戲曲)의 연출 방식과 같은 경우도 있었음을 뜻하는 것으로 여겨진다.

특히 《초사(楚辭)》에서 한부(漢賦) 및 후세의 속부(俗賦)로 이어지는 부(賦)라는 문학형식은 무가(巫歌)에서 나온 것이며, 기본적으로 가무희(歌舞戲)의 형식으로 연출되던 연예의 대본(臺本)이었다고 볼 수 있을 것이다.

5) 맺는 말

이상을 종합해보면 중국의 선진(先秦) 고적(古籍)들은 대체로 설서(說書)의 대본 같은 성격을 띤 것이었음을 알 수 있다. 지금 우리가 보는 책과는 전혀 다른 성격의 것이었다. 중국 민간에서는 지금도 탄사(彈詞)나 평서(評書)·평화(評話) 등을 강창하는 것을 '설서'한다고 한다. 따라서 설서장(說書場)이니 설서적(說書的)이란 말도 함께 쓰이고 있다. 선진시대부터의 책의 성격이 민간에 그러한 말을 남겨놓고 있는 듯도 하다.

이런 옛 책의 성격을 올바로 파악하여야만 옛글과 옛 책들을 올바로 읽고, 옛사람들의 생각도 올바로 파악할 수가 있게 될 것이다. 옛 고적을 놓고 근대적인 개념을 바탕으로 운문이니 산문이니 하고 얘기하는 것부터가 잘못임을 깨닫게 될 것이다.

특히 《시경》의 시들은 《묵자(墨子)》〈공맹(公孟)〉편에 '송시삼백(誦詩三百), 현시삼백(弦詩三百), 가시삼백(歌詩三百), 무시삼백(舞詩三百)'이란 말이 보이니, 일반적으로 '독(讀)'하기보다는 '송(誦)'과 '현(弦)'과 '가(歌)'와 '무(舞)'와 관계가 많은 것이었던 것으로도 이해된다.

그리고 우리는 지금 근대적인 소설과 희곡의 개념을 바탕으로, 중국에는 본시 소설이나 희곡이 없었던 것으로 치부하고 있지만, 이상의 중국 고적의 성격을 바탕으로 할 때 그 고적들은 모두가 중국 소설사(小說史)와 희곡사(戲曲史)의 자료가 되기도 한다는 것을 깨달아야 할 것이다. 이는 전체적인 중국 전통문학의 특징을 다시 올바로 파악하게 됨을 뜻하기도 하는 것이다.

3. 소설사 자료로서의 《서경(書經)》

1) 머리말

《서경(書經)》·《좌전(左傳)》·《국어(國語)》·《전국책(戰國策)》 같은 일반적으로 사서(史書)라 생각되는 책들의 내용은 대부분이 허구적인 얘기로 이루어졌고, 심지어 선진 전적들의 거의 모든 책의 내용이 허구적인 성분을 많이 지니고 있다. 따라서 이것들은 모두가 소설사와 희곡사의 귀중한 자료가 되므로, 이를 바탕으로 《중국소설사》나 《중국희곡사》가 다시 쓰여져야만 할 것이다.

본문 '제3장 《서경》 3. 《서경》의 문장과 특징'에서도 《서경》의 내용에 허구적인 글이 많고 소설적인 부분이 들어 있음을 지적하였다.

여기에서는 그 중에서도 옛부터 가장 경으로 존중해온 《서경》을 들어 좀더 구체적으로 앞에 든 책에서의 주장을 증명해 보려는 것이다.

본론은 '2. 〈요전(堯典)〉의 예'와 '3. 주서(周書) 〈금등(金縢)〉편'의 두 절로 이루어져 있는데, 〈요전〉을 통해서는 앞으로 중국고대의 신화전설연구에 《서경》을 좀더 적극적으로 활용하도록 하고, 〈금등〉편을 통해서는 한 걸음 더 나아가 중국고대소설사의 자료를 《서경》에서 발굴하는 한편 중국소설의 성격을 새로운 각도에서 다시 조명하도록 하려는 것이다. 그러면 다른 선진(先秦) 전적의 소설사 자료로서의 활용은 아무런 문제가 없이 활발해지리라 여겨진다.

이미 적지 않은 중국신화연구에 관한 전저(專著)와 중국소설사가 나왔지만 아직 중국의 경전이나 제자서(諸子書)를 신화나 소설연구에 적극적으로 활용한 예는 찾아보기 힘들다. 경전이나 제자서의 품위를 손상시키게 된다고 생각되는 것도 그 이유의 하나였을 것이다. 일본 학자 백천정(白川靜)이 《중국신화(中國神話)》란 그의 저술에서 《서경》을 약간 활용한 것도 그가 외국 사람이었기에 가능하였는지 모른다.

이 논문은 《서경》과 제자서(諸子書)를 소설사의 자료로 보다 적극적으로 이용하고, 또 중국소설을 좀더 거시적인 입장에서 연구하도록 하려는 것이다.

청대(淸代)의 전대흔(錢大昕, 1728~1804)이,

옛날에는 유(儒)·불(佛)·도(道)의 세 가지 교(敎)가 있었는데, 명(明) 이래로 또 한 가지 교가 늘었으니 곧 소설이라는 것이다. 《소설연의(小說演義)》란 책은 스스로 교라 생각한 적은 없으나, 사대부와 농부·공인·상인들이 이를 익히고 듣지 않는 이가 없으며, 아이들이나 부녀 같은, 글씨를 모르는 자들에 이르기까지도 모두 그것을 들어서 본 것이나 같으니, 그 교는 유·불·도에 비하여 더욱 넓은 것이 되었다.93)

---

93) 錢大昕《潛研堂文集》卷17 正俗 ; "古有儒釋道三教, 自明以來, 又多一教, 曰小說. 小說演義之書, 未嘗自以爲教也, 而士大夫農工商賈, 無不習聞之,以至兒童婦女不識字, 亦皆聞而如見之, 是其教較之儒釋道而更廣也."

라 하였고, 명대(明代) 풍몽룡(馮夢龍, ?~1645)은 그의 《삼언소설
(三言小說)》을 《유세명언(喩世明言)》·《경세통언(警世通言)》·《성
세항언(醒世恒言)》이라고 제목을 붙인 이유를 설명하여,

　　명(明, 明言의)이란 것은 그것이 어리석음을 인도할 수 있다는
데서 취한 것이고, 통(通, 通言의)이란 것은 그것이 세속에 통할
수 있다는 데서 취한 것이고, 항(恒, 恒言의)이란 것은 그것은 익혀
도 싫증나지 않고 전하여져 오래 갈 수 있다는 것이다. 세 가지 책
이 이름은 다르지만 그 뜻은 하나인 것이다.94)

고 하였다. 후대의 중국소설이 그처럼 사회에 큰 영향을 주었고 또
도우이속(導愚移俗 또는 勸善懲惡)의 성격도 지녔던 것이라면, 경전
(經傳)이나 제자서 등을 근거로 하여 시의 '풍유론(諷諭論)'이나 고문
(古文)의 '재도론(載道論)'에 상응하는 전통문학으로서의 중국소설의
성격도 구명해 봄직하다고 여겨진다.

2) 〈요전(堯典)〉의 예

① 희화(羲和)

《서경》 첫머리 〈요전(堯典)〉을 보면 앞의 제요(帝堯)의 성덕을 칭
송한 57자로 이루어진 첫 대목부터가 신화적인 기록이다. 그러나 이
기록을 지나면 바로 본격적인 신화라 할 수 있는 희화(羲和)의 얘기
가 나온다.

---

94) 馮夢龍 《醒世恒言》序 ; "明者取其可以導愚也, 通者取其可以通俗也, 恒
　　則習之而不厭, 傳之而可久. 三刻殊名, 其義一耳."

곧 희화에게 명하여 하늘을 공경히 따르고 해와 달과 별과 별자리를 잘 관찰하여 사람들에게 때를 삼가 알려주게 하였다.

희중(羲仲)에게 따로 명하여 우이(嵎夷)에 살게 하니 양곡(暘谷)이라 불렀으며, 해가 뜨는 것을 공손히 인도하고, 봄 농사가 고루 되게 하였다. 낮과 밤의 길이가 같은 것과 오성(烏星)으로 한 봄을 바로잡으면, 백성들은 들로 나가고 새와 짐승은 교미를 하고 새끼를 쳤다.

희숙(羲叔)에게 다시 명하여 남교(南交)에 살게 하니 명도(明都)라 불렀으며, 여름 농사가 고루 되게 하고 경건히 하지(夏至)의 제사를 지내게 하였다. 낮이 긴 것과 화성(火星)으로 한 여름을 바로잡으면, 백성들은 옷을 벗고 일하며, 새와 짐승은 털과 깃을 갈아 성글게 하였다.

화중(和仲)에게 따로 명하여 서방(西方)에 살게 하니 매곡(昧谷)이라 불렀으며, 해가 지는 것을 공손히 전송하고 가을 곡식이 고루 여물게 하였다. 밤과 낮의 길이가 같은 것과 허성(虛星)으로 한 가을을 바로잡으면, 백성들은 기뻐하고 새와 짐승은 털과 깃을 갈았다.

화숙(和叔)에게 다시 명하여 북방(北方)에 살게 하니 유도(幽都)라 불렀으며, 겨울 밭갈이를 잘하게 하였다. 낮이 짧은 것과 묘성(昴星)으로 한 겨울을 바로잡으면, 백성들은 방 안으로 들어가고 새와 짐승들에게는 솜털이 많이 났다.

임금이 말씀하였다.

"아! 그대들 희(羲)와 화(和)여! 1년은 366일이며 윤월(閏月)이 있음으로써 사철이 1년을 이루도록 정해져야만, 모든 관직이 잘 다스려져 여러 가지 공적이 모두 빛나게 될 것이다."95)

---

95) 〈堯典〉: "乃命羲和, 欽若昊天, 曆象日月星辰, 敬授人時. 分命羲仲, 宅嵎夷, 曰暘谷, 寅賓出日, 平秩東作. 日中, 星烏, 以殷仲春, 厥民析, 鳥獸

이 희화의 전설은 다양하게 발전하고 있다. 《초사(楚辭)》에는 〈이소(離騷)〉에 '오령희화미절혜(吾令羲和弭節兮)', 〈천문(天問)〉에 '희화지미양(羲和之未揚), 약화하광(若華何光)'이란 말이 보이는데, 동한(東漢) 왕일(王逸, 89?~158?)은 그의 《초사장구(楚辭章句)》에서 두 곳 모두 '희화는 일어(日御)이다'고 설명하고 있다.

송(宋) 홍흥조(洪興祖, 1090~1155)의 《초사장구보주(楚辭章句補注)》에서는 또 《회남자(淮南子)》〈천문훈(天文訓)〉의 '원지희화(爰止羲和), 원식육리(爰息六螭)'란 말에 대한 허신(許愼, 98 전후)의 주에서 '해를 수레에 태우고 여섯 마리 용을 매어 끌게 하고 희화가 그것을 몰았다'96)고 한 말을 인용하고 있다.

《산해경(山海經)》에 보이는 희화의 얘기는 이것과 또 다르다.

동남해(東南海)의 밖, 감수(甘水)와의 사이에 희화의 나라가 있는데, 희화라는 여자가 있어서 늘 감연(甘淵)에서 해를 목욕시켰다. 희화라는 이는 제준(帝俊)의 처로 열 개의 해를 낳았다.97)

이에 따르면 희화는 제준의 처로 열 개의 해를 낳았고, 또 해를 주관하는 신이다. 곽박(郭璞)의 주에서는 '희화는 천지가 처음 생겨날

萃尾. 申命羲叔, 宅南交, 曰明都, 平秩南訛, 敬致. 日永, 星火, 以正仲夏, 厥民因, 鳥獸希革. 分命和仲, 宅西, 曰昧谷, 寅餞納日, 平秩西成. 宵中, 星虛, 以殷仲秋, 厥民夷, 鳥獸毛毨. 申命和叔, 宅朔方, 曰幽都, 平在朔易. 日短, 星昴, 以正仲冬, 厥民隩, 鳥獸氄毛. 帝曰:咨, 汝羲暨和! 朞三百有六旬有六日, 以閏月, 定四時成歲, 允釐百工, 庶績咸熙."

96) 洪興祖는 虞世南의 인용을 인용하고 篇名은 밝히지 않았으나 《初學記》의 인용도 참고하였고, 注를 쓴 사람도 許愼이라 밝히고 있음. 注:"日乘車, 駕以六龍, 羲和御之."

97) 〈大荒南經〉:"東南海之外, 甘水之間, 有羲和之國, 有女子曰羲和, 方浴日於甘淵. 羲和者, 帝俊之妻, 生十日."

때 해와 달을 주관한 사람'이라 설명하고 있다. 같은 〈대황서경(大荒西經)〉에는 제준의 처 상희(常義)가 있는데 열두 개의 해를 낳았고, 늘 달을 목욕시킨다는 얘기가 있어, 곽박은 주에서 달까지도 희화에게 연결시켜 설명하였던 듯하다.

아무튼 이는 모두 〈요전〉의 희화가 희중·희숙·화중·화숙의 네 사람이고, 이들이 각각 동서남북과 춘하추동의 일을 분장하고 일력(日曆)을 주관하던 현신(賢臣)들이라는 내용과는 다르다. 그것은 요(堯) 자체가 전설적인 인물이어서, 그의 덕을 설명하는 데에도 신화를 변형시켜 응용하지 않을 수 없었을 것이다.

그러나 〈요전〉의 희화 얘기가 반드시 《초사》나 《산해경》의 것보다 뒤진 것이라 단언할 수는 없다. 다만 동방의 양곡(暘谷)은 양곡(崵谷) 또는 탕곡(湯谷)이라고도 쓰고, 《회남자》〈천문훈(天文訓)〉·〈추형훈(墜形訓)〉·〈설림훈(說林訓)〉·〈주술훈(主術訓)〉 등과 《초사》〈천문(天問)〉에도 보이는 해가 뜨는 고장의 이름이며, 북방의 유도(幽都)는 《회남자》〈추형훈〉·〈주술훈〉·〈수무훈(脩務訓)〉 등과 《초사》〈초혼(招魂)〉에도 보이는 북쪽 끝 또는 땅 밑에 있는 지명으로서 전설적으로 널리 알려진 곳이다. 북쪽과 땅 밑은 모두 '음기가 모이는 유명(幽冥)한 곳'이므로 공통점이 있다.

이에 비하여, 남쪽의 명도(明都)와 서쪽의 매곡(昧谷)은 다른 전적에는 잘 보이지도 않고, 다만 명(明)은 유(幽)의 반대 뜻이고 매(昧)는 양(暘)의 반대의 뜻 글자이니, 그 글자의 뜻을 따라 새로 만든 것이어서, 이 얘기 전부가 비교적 후세에 만들어진 것인 듯한 낌새를 느끼게 한다.

《위고문(僞古文)》이기는 하지만 하서(夏書) 〈윤정(胤征)〉편은 하(夏)나라 중강(仲康, 禹의 손자, 太康의 아우, 기원전 2159~기원전 2147경 재위)이 희화가 그의 직책을 제대로 수행하지 않아 윤후(胤侯)로 하여금 그를 정벌케 하는 내용이다. 희화는 그들의 할 일을 제쳐놓고 술에 빠져 어지러워져서 일식(日蝕)이 일어난 것도 모를 정도로 천상(天象)에 대하여 혼미하여 주벌(誅伐)해야 한다고 설명하고 있다.

여기의 희화는 옛날 주석가(註釋家)들이 〈요전〉에 보이는 희씨와 화씨의 자손이라 하였지만, 이미 《산해경》이나 《초사》의 경우처럼 한 사람으로 변한 듯하고, 천자(天子)가 육사(六師)를 통솔하던 윤후를 시켜 정벌케 한 것을 보면 〈요전〉의 경우처럼 단순한 신하도 아닌 듯하다. 〈요전〉과 〈산해경〉에 각각 보이는 희화의 중간 형태의 인물로 변한 것인 듯도 하다.

② 홍수(鯀·禹)

희화의 얘기에 뒤이어 곧 곤(鯀)과 우(禹)의 부자(父子)가 관련되는 홍수 전설이 이어진다. 요임금은 사악(四岳)에게 홍수를 다스릴 일을 맡을 사람으로 누가 적격자인가 물으면서, 그때의 홍수를 다음과 같이 형용하고 있다.

　넘실거리는 홍수가 널리 해를 끼치고, 질펀히 산을 삼키고 언덕을 잠기게 하여, 큰 물이 하늘에 닿을 듯하다.98)

이러한 홍수의 형용은 뒤 고요모(皋陶謨, 《僞古文》 益稷)의 우(禹)의 말에도 그대로 쓰여 '큰 물이 하늘에 닿을 듯이 질펀히 산을 삼키고 언덕을 잠기게 한다' 하였다.

여기에서 요는 불만족스러움을 나타내면서도 곤에게 홍수를 다스리는 일을 맡긴다. 그러나 뒤에 순임금에 의하여 곤이 우산(羽山)에서 사형을 당하는데, 곤이 어떤 짓을 하였기에 처형을 당했는지는 분명

---

98) 〈堯典〉: "湯湯洪水, 方割, 蕩蕩懷山襄陵, 浩浩滔天."

치 않다. 요가 곤을 평하여 '성질이 비뚤어졌으니, 명을 태만히 하여 착한 사람들까지도 해를 입을 것이다(咈哉, 方命圮族.)'고 하면서도 치수(治水)를 하는 요직에 임명한 것도 의문이고, 또 치수에 실패하여 처형당한 사람의 아들인 우를 다시 그 직책에 등용한 것도 납득이 되지 않는다.

《위공전(僞孔傳)》에서 곤을 숭백(崇伯)이라 한 것도 후세의 《국어(國語)》〈주어(周語)〉를 근거로 한 것이라 믿기 어렵다. 또 우와의 관계 때문에 '극(殛)'은 죽였다는 뜻이 아니고 유배(流配)를 뜻한다고 억지 해석을 하는 이들도 있으나, 뒤의 〈홍범(洪範)〉에는 '곤이 극사하고, 우가 그를 이어 일어났다(鯀則殛死, 禹乃嗣興.)' 하였으니 '극'은 사형임이 분명하다. 또,

공공(共工)을 유주(幽州)로 유배하고, 환두(驩兜)를 숭산(崇山)으로 추방하고, 삼묘(三苗)를 삼위(三危)로 몰아내고, 곤(鯀)을 우산(羽山)에서 처형하여, 이들 네 사람을 죄 주자 천하가 모두 복종하게 되었다.99)

라고 하였다. 공공은 앞에서 환두가 요임금에게 대신으로 천거했던 사람이고, 환두는 사악(四岳)과 함께 요임금의 대신임용을 의논하였던 신하이다. 삼묘(三苗)는 뒤에도 계속 임금의 명을 거스렸던 종족이라100) 그럴 듯하지만, 나머지 세 신하들을 처벌한 게 천하가 안정되는 원인이 되었다는 것은 그 이유가 분명치 않다.

곤의 아들인 우는 결국 순에 의하여 사공(司空)에 임명되는데, 우에 관한 얘기는 〈고요모(皋陶謨)〉와 〈우공(禹貢)〉에 주로 보인다. 〈고요

---

99) 〈堯典〉: "流共工于幽州, 放驩兜于崇山, 竄三苗于三危, 殛鯀于羽山, 四罪而天下咸服."
100) 〈堯典〉 이외에 〈大禹謨〉(僞古文)에도 보인다.

모〉에서는 우 스스로 순 앞에서 치수의 업적을 얘기하는데, 그는 장가
든 지 나흘 뒤에 강물을 다스리러 갔었는데, 얼마 뒤에 집 앞을 지나다
아들이 태어나 우는 소리를 들으면서도 집에 들어가 아들을 보지 못했
다고 말하고 있다.

《맹자(孟子)》에는 우는 치수를 하는 동안 세 번이나 집 앞을 지나
면서도 집에는 들어가 보지 못했었다 말하고 있다.[101] 그리고 뒤에는
‘10년 동안 집에 들어가 보지도 못하였고, 손에는 손톱이 자라지 못하
였으며, 정강이에는 털이 나지 못하였고, 너무 돌아다니느라 발병이
나서 절름거렸다’[102]는 따위의 많은 전설이 불어나게 된다.

〈우공(禹貢)〉은 중국 땅을 구주(九州)로 나누고 각 주의 산과 강물
을 다스린 업적을 기록한 것이 주 내용인데, 우의 치수전설을 바탕으
로 후세에 이루어진 글일 것이다. 어떻든 곤·우를 중심으로 한 옛
치수 전설은 〈요전〉에 그 뿌리를 두고 있음을 알 것이다.

③ 순(舜)

〈요전〉(《僞古文》의 끝머리)에서 요에게 임금자리를 계승하게 할만
한 사람으로 여러 신하들에 의하여 처음으로 순(舜)이 추천되어 등장
한다. 여기에서 사악은 순을 ‘장님(또는 장님 같은 사람의) 자식으로,
아비는 어리석고 어미는 미련하며 아우인 상(象)은 오만한데, 효성으
로 이들을 화해시키어 아름답게 다스리고 간악함을 크게 바로잡았다
합니다’[103]라고 소개하고 있다.

《사기(史記)》〈오제본기(五帝本紀)〉에는 이에 관하여 대체로 다음

---

101) 〈離婁〉 下 : "禹稷當平世, 三過其門而不入."
102) 《荀子》〈非相〉편 "禹跳"에 대한 楊倞의 注에 《尸子》를 인용하여 "禹
    之勞十年, 不窺其家, 手不爪, 脛不生毛, 偏枯之病, 步不相過, 人曰禹
    步."라 설명하고 있다.
103) "瞽子, 父頑, 母嚚, 象傲, 克諧以孝, 烝烝乂, 不格姦."

과 같은 얘기를 전하고 있다.

순의 아버지 고수(瞽叟)는 장님이었는데, 순의 어머니가 일찍 죽어 고수는 다시 장가들어 아들 상(象)을 낳았다. 고수는 상을 사랑하여 후처 모자와 함께 늘 순을 죽이려 했으나, 순은 그 때마다 죽음을 피하면서도 부모에 대한 효도를 게을리하지 않고 아우에게는 우애를 다했다.

심지어 고수는 순에게 창고에 올라가 지붕을 고치라 하고는 사다리를 치우고 아래에서 불을 질러 태워 죽이려 하였으나, 순은 두 개의 삿갓을 들고 뛰어내려 무사하였다. 뒤에 고수는 또 순으로 하여금 샘 안으로 들어가 샘을 치게 하고는, 순이 깊이 들어가자 상과 함께 위에서 흙으로 샘을 메워 버렸다. 그러나 이 때에도 순은 옆으로 난 틈을 이용하여 밖으로 빠져나올 수가 있었다 한다.

이처럼 부모와 이복 동생은 순에게 고약하게 굴었으나 순의 효도와 우애는 조금도 흔들림이 없었다는 것이다.

다시 《위고문》舜典 앞머리에) 요임금은 순을 시험하기 위하여 사나운 비바람이 불고 천둥 번개가 몰아치는 날 깊은 숲속으로 그를 몰아넣었으나, 순은 전혀 방향을 잃지 않고 빠져나왔다고 한다.[104]

이상의 전설들이 모두 현실적인 일들과는 상당한 거리가 있는 것들이다. 이 밖에도 요임금이 순에게 자기 두 딸을 아내로 주어 그를 살피게 했다는 얘기에서 시작하여 선양(禪讓)이나 여러 가지 치적에 관한 기록들도 모두 전설을 근거로 보태어지거나 다시 꾸며진 것임을 느끼게 한다.

현주(玄珠)의 《중국신화연구(中國神話硏究)ABC》(民國48年　世界書局 刊) 제2장 보존여수개(保存與修改)의 다음 말은 이를 이해하는 데 많은 도움이 될 듯하다.

---

104) "納于大麓, 烈風雷雨, 不迷."

최후로 역사가가 있다. 이들 원시적 역사가(예를 들면 그리스의 헤로도토스 같은)는 신화 속의 신들을 모두 고대의 제왕이라 보고, 그 신화들을 역사로 알고 기록하였다. 그러므로 그들은 신화를 보전하였다. 그들이 기록해 놓을 적에 손이 닿는 대로 몇 군데 고쳐 놓았는지는 모르지마는, 그러나 대체로 본래의 모습을 크게 잃지는 않았을 것이다.

그러나 원시적 역사가 이후로 반개명(半開明)된 역사가가 나왔다. 그들은 이러한 신화로부터 변화 발전한 사료들을 펴들고는 이맛살을 찌푸렸다. 그들은 곧 멋대로 깎아내고 고치고 하여 결국 그들 생각으로 그래도 사람들에게 보일 만한 역사라고 생각되는 기록을 이루어 놓았다. 그러나 그것은 실제로는 참된 역사도 아니려니와 또 참된 신화도 잃게 되는 결과를 낳았던 것이다. 그래서 그들은 오직 신화를 개작하여 신화를 소멸시켰던 것이다. 중국신화의 대부분은 아마도 이렇게 붓을 잡고 있었던 태사공(太史公)들에 의하여 소멸되었을 것이다.

《서경》〈요전〉도 현주가 말한 '반개명된 역사가의 기록'으로 본다면(물론 현주는 《서경》을 두고 한 말은 아니었지만), 여기에서 우리는 고대소설사의 자료로서의 신화전설의 본시 모습을 어느 정도 더듬을 수 있게 될 것이다.

3) 주서(周書) 〈금등(金縢)〉편

이 〈금등(金縢)〉편은 앞의 제2절에서도 이미 지적한 바와 같이 허구(虛構)임이 분명한 극적인 구성으로 이루어진 글이다. 그 내용은 대체로 4막(幕, 또는 場)으로 이루어져 있다.

제1막 : 때는 주(周) 무왕(武王)이 은(殷)나라 주왕(紂王)을 쳐부순 다음해(기원전 1121), 마침 무왕이 병이 나자 소공(召公)과 태공(太公)은 점을 쳐보려 한다. 이때 주공(周公)은 선왕(先王)들에게 도움을 요청해야만 한다고 주장하며, 스스로 그 일을 맡는다.

주공은 세 개의 제단[三壇]을 마련하여 그들의 선왕인 태왕(太王)·왕계(王季)·문왕(文王)의 신을 모시고 제물을 갖춘 다음 사관(史官)에게 축문(祝文)을 지어 빌게 한다.

이때 축문의 중요한 내용은,

　　당신들의 후손인 무왕이 병이 났는데, 제(주공) 몸으로 무왕의 병이나 죽음을 대신하게 해주십시오.

하고 비는 것이었다. 무왕은 주나라의 천명을 이어갈 분이기 때문이라는 것이다.

주공은 제사가 끝난 뒤 축문을 쇠로 봉한 궤짝 안에 넣어 보관케 한다. 그 결과 무왕의 병은 다음날로 완쾌된다.('旣克商二年'부터 '翼日乃瘳'에 이르는 대목)

제2막 : 무왕이 작고하고 뒤를 어린(13세) 성왕(成王)이 잇자(기원전 1115), 주공이 재상 직위에서 섭정(攝政)을 하게 된다.

이때 주공의 아우인 관숙(管叔)이 몇몇 형제와 함께 주공이 왕위를 넘보고 있다고 뜬소문을 퍼뜨린다. 이에 주공은 모함을 견디지 못하고 결국 동쪽으로 이들을 치러 간다. 곧 관숙은 채숙(蔡叔)과 함께 주(紂)의 아들 무경(武庚)을 앞세워 이른바 삼감지란(三監之亂)을 일으키는데, 주공은 3년만에 이들을 평정한다.

그래도 성왕의 의심이 가셔지지 않자 주공은 자기의 진정을 노래한 〈치효(鴟鴞)〉(《詩經》 豳風) 시를 지어 바친다.('武王旣喪'부터 '王亦未敢誚公'에 이르는 대목)

제3막 : 주공이 삼감지란을 평정한 해 가을, 마침 풍년이 들어 곡식이 잘 여물었는데 수확하기 직전에 폭풍우가 불어와 곡식이 모두 넘어지고 큰 나무들이 뿌리채 뽑히기도 한다.

온 나라 사람들이 두려워 떨자, 성왕은 주공에 대한 자신의 의심 때문인지도 모른다고 생각하고 주공의 진의를 알아보려고, 전에 주공이 쇠로 봉한 궤짝 안에 넣어 두었던 축문을 꺼내 보기로 한다. 왕이 대부들과 함께 궤짝을 열어보니 거기에는 주공이 왕실을 걱정하며 무왕의 병 대신 자기 몸을 바치겠다고 빈 글이 나온다.

성왕은 이를 보고 눈물을 흘리며 주공을 의심한 자신을 뉘우치고, 친히 주공을 맞아들이기로 한다.('秋, 大熟未穫'부터 '我國家禮亦宜之'에 이르는 대목)

제4막 : 즉시 성왕이 주공을 맞아들이려고 교외로 친히 나가자 비가 내리며 전과 반대 방향의 바람이 불어와 넘어졌던 곡식들이 모두 일어선다. 소공과 태공은 곧 백성들에게 명하여 넘어진 큰 나무들도 모두 일으켜 세우도록 하니, 온 나라에는 다시 큰 풍년이 들고 평화가 찾아온다.('王出郊'부터 '歲則大熟'에 이르는 대목)

이상 〈금등〉편의 내용을 훑어보았는데, 이것이 얼마나 소설에 근접한 글인가를 알 수 있을 것이다.

왕이 주공을 의심한다고 해서 다 익은 곡식들이 폭풍우에 넘어지고 큰 나무들이 뿌리채 뽑혔다가, 주공에 대한 의심을 풀고 왕이 친히 그를 맞아들이려 하자 다시 반대 방향에서 바람이 불어와 넘어졌던 곡식들을 모두 일으켜 세우고 뽑혔던 큰 나무들이 다시 살 수 있게 되었다는 것은 현실적으로 있을 수 없는 일이다.

또 시까지 동원하여 얘기의 극적 효과를 강조하려 하고 있지만, 이 '치효' 시가 주공의 작품이라는 확증도 없다. 전편이 후세에 주공의 전설을 바탕으로 하여 꾸며낸 얘기임이 분명하다. 이러한 허구적인 성향은 〈금등〉 한 편뿐만이 아니라 《서경》 각 편 어디에서나 느껴지게 되는 것이다.

4) 맺는 말

〈요전〉에서도 희화에 관한 기록이나 홍수 전설 및 순(舜)의 사적 등은 그 중에서도 신화전설의 성격이 가장 두드러진 것들임은 다시 말할 것도 없다. 그러나 일어(日御)로서의 희화의 신화나 순의 사적 및 그의 이비(二妃)에 관한 여러 가지 전설도 신화와 밀접한 연관이 있음을 생각해 보면, 《서경》의 기록 앞뒤로 더욱 풍부했을 신화나 전설의 존재를 상상할 수 있게 된다.

물론 〈하서〉보다도 후세의 얘기에는 신화적인 성격이 보다 엷어지고는 있다고 할런지는 모르지만 〈주서〉에 이르기까지 특출한 인물들과 관련된 전설은 계속 이어지고 있다. 노신(魯迅, 1881~1936)이 그의 《중국소설사략(中國小說史略)》 제3편에서 신화와 전설을 다룬 이후로 많은 학자들이 서양의 연구방법을 동원하여 중국신화의 성격을 밝히려 노력을 하여 왔다.

그러나 거의 모든 분들의 자료가 《산해경》·《초사》 등이 중심을 이루었는데, 앞으로는 좀더 적극적으로 이보다 시대가 앞선 경전이나 제자서(諸子書)의 활용까지도 시도되어야 할 것으로 믿는다.

더욱이 〈금등〉에서 볼 수 있는 것처럼 《서경》에도 신화·전설을 넘어선 소설적인 글조차도 들어있는 것이다. 이것은 선진(先秦)의 전적들이 시문을 중심으로 하는 전통문학의 자료가 될 뿐만이 아니라 소설사의 자료도 될 수 있음을 뜻하는 것이다.

중국에서는 옛날에 문학이 다른 학문 분야로부터 독립되어 있지도 않았고 심지어 시문(詩文)의 구분도 뚜렷하지 않았다면, 소설이란 글만이 두드러지게 독립되었기를 바랄 수 없는 것이다.

반고(班固, 32~92)의 《한서(漢書)》〈예문지(藝文志)〉 제자략(諸

子略)에는 이미 소설가(小說家)가 버젓이 들어 있다. 우리는 여기의 소설이 현대소설의 개념과 다른 것이라 하여 간단히 내칠 것이 아니라, 중국고대문학에 있어서의 소설의 개념을 올바로 추구한 위에, 이를 바탕으로 새로운 중국소설사의 체계를 이룩하도록 노력하여야만 할 것이다.

4. '중국문학사'에 있어서의 《초사(楚辭)》의 문제

1) 머리말

지금까지 나와있는 《중국문학사》를 보면 거의 모든 책이 《초사(楚辭)》를 전국시대의 위대한 작가이며 애국시인인 굴원(屈原, 기원전 339?~기원전 278)[105]에 의하여 창작된 새로운 시가(詩歌)로서, 《시경》과 거의 대등한 자리에 놓고 이를 다루고 있다. 곧 《시경》은 서주(西周)시대에 나온 중국의 북방문학을 대표하는 사화집(詞華集)인데 비하여, 《초사》는 동주(東周)시대에 나온 중국의 남방문학을 대표하는 시가집(詩歌集)이라는 것이다. 중국의 학자들은 한대(漢代) 사마천(司馬遷, 기원전 145~기원전 86?)의 《사기(史記)》와 왕일(王逸, 89?~158?)의 《초사장구(楚辭章句)》 이후로 현대에 이르기까지 중국과 대만을 막론하고 굴원을 '위대한 애국시인'이라고 보는[106] 선입견

---

105) 郭沫若의 推定年代(《楚辭硏究論文集》 1957, 作家出版社, 등에 실린 그의 論文 의거).

106) 《楚辭硏究論文集》(1957, 作家出版社)만 보더라도 첫머리 郭沫若의 〈偉大的愛國詩人 ― 屈原〉이란 논문을 비롯하여, 앞머리 10여 편의 글이 모두 그가 戰國時代 작가로서 愛國的이고 人民的인 詩人이었음을 강조하는 논문이다.

때문에 《초사》를 《시경》 못지 않게 높이는 수밖에 없었던 것이다.

그러나 냉정한 입장에 설 수 있는 우리로서는, 전국시대에 《초사》 같은 작품이 나올 수가 있었는가, 지금 우리에게 전해지고 있는 《초사》는 어떤 뜻을 지닌 어떤 성격의 책인가, 실제로 굴원이란 작가가 전국시대에 생존했던 인물이라 하더라도 그것을 전국시대의 문학이라 할 수가 있는가 라는 등의 문제를 따져볼 필요가 있다고 생각된다. 이 글은 이러한 문제들에 대한 필자의 견해를 밝히기 위한 것이다.

2)《초사(楚辭)》와 굴원부(屈原賦)·한부(漢賦)·사부(辭賦)

《초사》란 본시 '초(楚)나라의 시가' 또는 '초족(楚族)의 시가'란 뜻의 말이다. 《한서》〈지리지(地理志)〉에,

처음에 초나라의 현신 굴원이 참소를 당하여 추방당하자 〈이소(離騷)〉 등의 부를 지어 스스로를 상도(傷悼)하였다. ……그러므로 세상에 《초사》가 전한다.

始楚賢臣屈原, 被讒放流, 作離騷諸賦以自傷悼 …… 故世傳楚辭.

하였고, 《수서(隋書)》〈경적지(經籍志)〉에서도,

《초사》란 굴원이 지은 것이다. ……굴원이 초나라 사람이기 때문에 그것을 《초사》라 하였다.

楚辭者, 屈原之所作也. ……蓋以原楚人也, 謂之楚辭.

라고 말하고 있다.

　　그런데 《시경》 속에는 이미 〈국풍(國風)〉의 '이남(二南)' 등에 옛 초나라 지방의 노래가 분명한 작품들이 들어 있고, 《논어》·《맹자》·《좌전》·《장자》 같은 옛 전적 속에는 초나라 사람들의 노래가 인용되어 있다.107) 그러나 불행히도 한(漢)나라 이전의 기록에는 이를 '초사'라 부른 예를 찾아볼 수가 없다.

　　'초사'란 말은 한나라 문제(文帝, 기원전 179~기원전 157 재위) 무렵부터 유행된 듯하며, '초사(楚辭)' 또는 '초사(楚詞)'로 썼다.108) 그리고 이것이 '초나라의 시가'를 뜻하는 일반명사였다면, 한나라 초기부터 크게 유행하였던 '초가(楚歌)' 또는 '초성(楚聲)'109)과 어떻게 다른 것이었는지도 알 길이 없다. 다만 지금 우리에게 전하는 '초가'는 길이가 짧은 노래의 가사이고, '초사'는 그보다 길이가 긴 작품이라는 정도의 차이가 있으나, 한대부터 그런 구별이 분명하였는지는 알 길이 없다.

　　그리고, 서한(西漢) 때에 쓰인 '초사'라는 말이 '전국시대 굴원에 의하여 창시된 새로운 형식의 시가'를 뜻하는 말이란 증거는 없다.

　　《초사》는 책이름이기도 하다. 우리에게 전하는 최초의 《초사》란 책은 동한(東漢) 왕일(王逸, 89?~158?)이 지은 《초사장구(楚辭章句)》이다. 《후한서(後漢書)》〈왕일전(王逸傳)〉에 의하면, 그가 순제

---

107) 《論語》〈微子〉편의 楚狂 接輿의 노래, 《孟子》〈離婁〉편의 孺子歌, 《左傳》宣公 12年의 楚箴, 《莊子》〈人間世〉편의 接輿歌 등, 이밖에도 상당히 많다.

108) 《史記》〈張湯傳〉; "(朱)買臣以楚辭, 與(莊)助俱幸, 侍中, 爲太中大夫, 用事." 《漢書》〈朱買臣傳〉; "會邑子嚴助貴幸, 薦買臣, 召見, 說春秋, 言楚詞, 帝甚說之." 《漢書》〈王褒傳〉; "宣帝時, 修武帝故事 …… 徵能爲楚辭, 九江被公, 召見踊讀."

109) 《史記》〈項羽本紀〉; "夜聞漢軍皆楚歌." 同〈留侯世家〉; "上曰; 爲我楚舞, 吾爲若楚歌." 《漢書》〈禮樂志〉; "高祖樂楚聲." 同〈韓延壽傳〉; "望見延壽車, 嗷咻楚歌."

(順帝, 126~144 재위) 때에 시중(侍中)으로 있으면서 《초사장구》를 지었다고 하였다. 그리고 《초사장구》에는 서한의 유향(劉向, 기원전 77~기원전 6)이 이것을 편집했다고 제(題)하고 있고, 〈서(叙)〉에서도 '유향이 경서를 전교(典校)하면서 나누어 16권으로 하였다'고 말하고 있다. 곧 그는 유향이 편찬한 《초사》를 근거로 하여 《초사장구》를 지었다는 것이다.

현재의 《초사장구》는 17권인데, 끝머리 제17권은 왕일 자신의 〈구사(九思)〉이니, 그 나머지는 유향이 편찬한 체재를 따른 것이라고 보아야만 할 것이다. 그런데 《한서》〈예문지(藝文志)〉는 유향의 아들 유흠(劉歆, 기원전 53?~기원후 23)이 쓴 《칠략(七略)》을 근거로 한 것인데도, 거기에 그의 《초사》는 들어 있지 않다.

그리고 왕일은 서(叙)에서 서한의 회남왕안(淮南王安, 기원전 178~기원전 122)이 《이소경장구(離騷經章句)》를 지었다 하였는데,110) 본시 《이소(離騷)》란 굴원의 작품에는 '경(經)'자가 붙어 있지 않았을 뿐더러, 《한서》〈예문지〉는 물론 다른 어떤 기록에도 그런 책이 있었다는 말이 없다. 또 동한에 와서는 반고(班固, 32~92)와 가규(賈逵, 30~101)도 각각 장제(章帝, 76~88 재위) 때 《이소경장구(離騷經章句)》를 지었다 했는데, 《후한서(後漢書)》의 이들의 전(傳)에는 전혀 그런 기록이 보이지 않는다.111)

지금의 《초사장구》에는 굴원의 〈이소(離騷)〉·〈구가(九歌)〉·〈천

---

110) 《漢書》〈淮南王安傳〉에는 "使爲離騷傳, 旦受詔, 日食時上."이라 하였는데, 王念孫은 "傳"은 "傅"의 잘못이며, "傅"는 "賦"의 古字로서 通用되었으니, 劉安이 지은 것은 〈離騷賦〉라 論하고 있다(《漢書補注》, 《讀書雜志》).

111) 《後漢書》〈班固傳〉에는 오히려 "所學無常師, 不爲章句, 擧大義而已."라 하였고, 班固는 屈原을 "露才揚己"하고 "苟欲求進, 强非其人."한 형편없는 人物로 깎아내리기도 하였다(見 王逸 《楚辭章句》 叙).

문(天問)〉·〈구장(九章)〉·〈원유(遠遊)〉·〈복거(卜居)〉·〈어부(漁父)〉와 송옥(宋玉)의 〈구변(九辯)〉·〈초혼(招魂)〉, 굴원 또는 경차(景差)가 지은 〈대초(大招)〉 이외에도, 한대의 가의(賈誼, 기원전 201~기원전 169)의 〈석서(惜誓)〉, 회남소산(淮南小山)의 〈초은사(招隱士)〉, 동방삭(東方朔, 기원전 161?~기원전 87?)의 〈칠간(七諫)〉, 엄기(嚴忌)의 〈애시명(哀時命)〉, 왕포(王褒, ?~기원전 61)의 〈구회(九懷)〉, 유향(劉向, 기원전 77~기원전 6)의 〈구탄(九歎)〉과 왕일 자신의 〈구사(九思)〉까지도 들어 있다. 그러니 《초사》란 말 속에는 '한부(漢賦)'까지도 포함되어 있는 것이다.

한편 《한서》〈예문지〉의 시부략(詩賦略)을 보면 부(賦)에 '굴원부(屈原賦) 25편'이 첫머리에 놓이고 다시 '당륵부(唐勒賦) 4편'·'송옥부(宋玉賦) 25편'으로 이어지며, '굴원부' 계열에 20가(家), 육가(陸賈)부 계열에 21가, 손경(孫卿)부 계열에 25가, 잡부(雜賦) 계열에 12가를 수록하고 있다.

이에 따르면 한대 학자들은 굴원의 작품이나 한대의 부(賦)를 모두 같은 계열의 작품으로 보았음이 분명하다. 아무래도 후한에 왕일의 《초사장구》가 나온 이후로부터 굴원의 작품은 '이충피참(履忠被讒)'의 뜻을 읊은 청고(淸高)히고 위대한 글이라 하여 특별한 대우를 받기 시작하였던 것 같다.

뒤의 소통(蕭統, 501~531)이 《문선(文選)》에서 부(賦)와 소(騷)[112]·칠(七)[113]·대문(對問)·설론(設論)·사(辭)[114] 등으로 나

---

112) '騷'에는 屈原의 〈離騷〉·〈九歌〉·〈九章〉·〈卜居〉·〈漁父〉와 宋玉의 〈招魂〉, 劉安의 〈招隱士〉가 配列되어 있음.

113) '七'에는 枚乘의 〈七發〉, 曹植의 〈七啓〉, 張協의 〈七命〉이 들어 있음.

114) '對問'에는 宋玉의 〈對楚王問〉, '設論'에는 東方朔의 〈答客難〉, 揚雄의 〈解嘲〉, 班固의 〈答賓戲〉, '辭'에는 漢武帝의 〈秋風辭〉, 陶淵明의 〈歸去來〉가 들어 있음.

누고, 유협(劉勰, 464?~520)이 《문심조룡(文心雕龍)》에서 소(騷)와 부(賦)를 구분한 것도[115] 그 때문이다. 그러나 이는 지나친 분류임에 틀림없으며, 《초사》나 굴원의 작품도 모두 '부'임에 틀림없는 것이다.

한대에는 '사부(辭賦)'란 말도 많이 쓰였다.[116] 그것은 후세에까지도 쓰여져 청대 요내(姚鼐, 1731~1815)의 《고문사유찬(古文辭類纂)》에서도 '사부' 속에 《초사》의 작품은 물론 한부(漢賦) 등을 다 포함시키고 있다.[117] 그런데 근세에 와서는 굴원부 계통의 서정적인 작품이 '사(辭)'이고, 사마상여(司馬相如, 기원전 179~기원전 118)의 〈자허부(子虛賦)〉 같은 서사적인 한부(漢賦)가 부(賦)이며, 이들을 합쳐 '사부'라 부른다고 억지 해석을 하는 경우도 있게 되었다. 본시는 그런 구별 없이 '부'와 같은 뜻으로 '사부'란 말을 썼음이 분명하다.

3) 굴원(屈原)과 송옥(宋玉)의 작품 성격

《초사》란 책에는 10명의 작가 이름과 17편의 작품이 들어 있지만, 그 중 중국문학사에서 진정한 《초사》의 작가로 떠받들어 오는 작가는 굴원과 송옥이고, 작품은 굴원의 〈이소(離騷)〉·〈구가(九歌)〉·〈천문(天問)〉·〈구장(九章)〉의 4편과, 송옥의 〈구변(九辯)〉·〈초혼(招魂)〉의 2편 및 굴원 또는 당륵(唐勒)의 작품이라고 한 〈대초(大招)〉의 1편, 모두 합쳐 7편이다.[118]

---

115) 《文心雕龍》에 〈辨騷〉·〈詮賦〉편이 각각 따로 있다.

116) 《史記》〈司馬相如傳〉; "會景帝不好辭賦.", 《漢書》〈揚雄傳〉; "顧嘗好辭賦.", 《魏志》〈陳思王傳〉; "年十餘歲, 讀詩論及辭賦."

117) 《古文辭類纂》에는 後世의 文賦(騷賦·律賦와 對가 되는)도 包含되어 있다.

118) 司馬遷이 《史記》〈屈原賈生列傳〉에서 "余讀離騷·天問·招魂·哀郢,

왕일은 〈원유(遠遊)〉·〈복거(卜居)〉·〈어부(漁父)〉도 굴원의 작품이라 하였으나, 곽말약(郭沫若) 등 굴원이 실존 인물임을 주장하는 학자들까지도 모두가 이 작품들은 한대의 위탁(僞託)이라 믿고 있다. 그리고 이 중의 〈구가〉와 〈천문〉·〈구장〉에 대하여는 완전한 굴원의 작품이 아니라고 보는 학자들이 있다. 따라서 《초사》 중에서도 가장 중요한 작품은 굴원의 〈이소〉 한 편이 남는 것이다.

어떻든 중국의 학자들은 중국이나 대만을 막론하고 모두 굴원을 전국시대의 '위대한 애국시인'이라 떠받들고 있다. 굴원의 전기는 《사기》의 〈굴원가생열전(屈原賈生列傳)〉과 유향(劉向)의 《신서(新序)》 〈절사(節士)〉편이 가장 자세한 기록인데, 이 두 가지 전기는 서로 어긋나는 대목도 있고 하여 《사기》나 《신서》의 기록을 그대로 다 받아들이는 학자는 거의 없다. 이것은 굴원에 관한 기록이 의심스러운 점이 많고 또 너무 간략한 때문이기도 하다.

또 한대 이전의 글에는 굴원에 대하여 쓰여 있는 곳이 전혀 없다. 이 때문에 청(淸) 말의 요평(廖平, 1852~1932)이 《초사강의(楚辭講義)》119)에서 가장 먼저 굴원의 존재를 부정하였고,120) 뒤이어 하천행(何天行)은 《초사작어한대고(楚辭作於漢代考)》란 책121)에서 굴원을 완전히 부정하며 〈이소〉는 회남왕(淮南王) 유안(劉安, 기원전 178?~기원전 122)이 지은 유선시(遊仙詩)이고, 그밖의 작품들도 모두 한대에 이루어진 것임을 고증하였다.

그 뒤로 위취현(衛聚賢)·정적호(丁迪豪) 등이122) 하천행의 설에

悲其志"라고 말했다 하여 〈招魂〉도 屈原의 作品이라 주장하는 이들이 적지 않다(林雲銘 《楚辭燈》, 蔣驥 《山臺閣注楚辭》 등).

119) 《六譯館叢書》, 1921年, 四川 存古書局 刊本.

120) 그는 〈離騷〉는 秦始皇의 博士들이 지은 '仙眞人詩'로 求仙魂游를 노래한 것이라고 주장하였다.

121) 上海 中華書局 刊, 1948年.

동조하였다. 그밖에도 호적(胡適, 1891~1962)은 〈독초사(讀楚辭)〉
(《胡適文存》 二集)에서 굴원과 《초사》에 대한 의문을 제기하였고,
허독인(許篤仁)은 〈초사지의(楚辭識疑)〉(《浙江省圖書館館刊》 4卷 4
期)에서 〈이소〉는 회남왕(淮南王)의 작품임을 논증하였다.

  최근에는 주동윤(朱東潤)이 하천행과 비슷한 입장에서 〈이소〉는
회남왕 유안의 작품이고 그 나머지 것들도 모두 한대 작품임을 고
증하고 있다.123) 하천행과 주동윤의 고증은 상당한 근거가 있으나
그렇다고 굴원이 가설적인 인물임을 완전히 증명했다고 할 수는
없다.

  굴원의 제자라는 송옥(宋玉, 기원전 290?~기원전 223?)에 대하여
는 몇 군데에 단편적인 기록밖에 전하는 것이 없어 그의 생애에 대
하여는 거의 알 길이 없다. 그의 작품은 《초사장구》에 실린 〈구
변〉과 〈초혼〉 이외에도 양(梁)나라 소통(蕭統, 501~531)의 《문선
(文選)》에 〈풍부(風賦)〉·〈고당부(高唐賦)〉·〈신녀부(神女賦)〉·〈등
도자호색부(登徒子好色賦)〉·〈대초왕문(對楚王問)〉, 당대(唐代)에 나
온 《고문원(古文苑)》에 〈적부(笛賦)〉·〈대언부(大言賦)〉·〈소언부
(小言賦)〉·〈풍부(諷賦)〉·〈조부(釣賦)〉·〈무부(舞賦)〉 등이 실려
있다.

  그러나 《초사장구》에 실린 두 작품 이외의 것들은 거의 모든 학자
들이 한대 이후의 작품이라 보고 있다.124) 그리고 굴원이 실제로 존
재했던 인물이 아니라면 송옥이 가탁된 인물임은 더 말할 나위도 없

---

122) 衛聚賢 〈離騷的作家 — 屈原與劉安〉, 丁迪豪 〈離騷的時代及其他〉
     (두 篇 모두 《楚辭研究》, 1937年, 吳越地史研究會 刊 所收).
123) 朱東潤 〈楚歌及楚辭〉·〈離騷底作者〉·〈淮南王安及其作品〉·〈離騷
     以外的屈賦〉《楚辭研究論文集》 作家出版社, 1957 所收, 본시는 1951
     年 光明日報 《學術》에 각각 發表).
124) 拙稿 《宋玉 作品의 檢討》(《中國文學》 第7輯, 1980) 참조.

다. 사마천(司馬遷, 기원전 145~기원전 86?)도 《사기》 〈굴원가생열전〉에서,

> 굴원이 죽은 뒤 초나라에 송옥(宋玉)·당륵(唐勒)·경차(景差) 같은 무리가 있어 모두 문사(文辭)를 좋아하여 '부'로 이름이 났었다. 그러나 모두 굴원의 멋진 사령(辭令)만을 본떴지 끝내 감히 직간(直諫)은 못하였다.125)

는 간단한 말만을 하고 있다.

전국시대 중엽에 초나라에 굴원과 송옥의 작품 같은 뛰어난 문장이 있었다면, 그보다 분명히 뒤에 나왔고 부까지 지은 순자를 비롯하여 《한비자》·《전국책》·《여씨춘추》 등에 그들의 문학에 관한 얘기가 전혀 없다는 것은 이상하다.

그리고 그 시대의 글을 쓰던 여건도 다시 한번 생각해 볼 필요가 있다. 아직 한자의 자체도 통일되지 않았던, 문자학사에서 보면 고문자시대(古文字時代)였던 그 때에 그처럼 고도의 수사(修辭)가 발휘된 문장이 이루어질 수가 있었겠는가? 그리고 서사(書寫)의 방법도 매우 불편하고 대쪽인 죽간(竹簡)으로 이루어지는 책은 무척 번중(繁重)했을 것인데, 강호(江湖)를 유랑하는 사람이 순전한 개인의 분만이나 감정을 그처럼 방대한 글로 적을 수가 있었겠는가?

전국시대에 개인적인 저술이 나왔다고 하지만 아직도 그것들은 어지러운 천하에 대한 걱정을 바탕으로 한 글이고, 세상을 다스리는 왕후(王侯)나 귀족들에게 읽혀지기를 바라는 것들이었다. 아직도 순전히 개인의 감정을 토로하기 위해서 책을 짓는다는 것은 그 시대 여건

---

125) "屈原旣死之後, 楚有宋玉唐勒景差之徒者, 皆好辭, 而以賦見稱. 然皆祖屈原之從容辭令, 終莫敢直諫."

으로 보아 불가능한 일이었을 것이다.

한나라 초기에는 항우(項羽)나 유방(劉邦)이 모두 초가(楚歌)를 지었고[126] 초나라 문화의 영향이 현저했었음을 생각할 때, '굴원부'는 한부(漢賦)의 선성(先聲)으로 한초(漢初)에 대두했던 문학일 가능성이 많다. 송옥(宋玉)의 '부'나 사마상여(司馬相如)·동방삭(東方朔)·양웅(揚雄) 등의 '한부' 작가들까지도, 제왕들의 후원에 힘입어 '부'의 창작이 가능했다고 할 수 있다.

4) 《초사》의 특징

어떻든 《초사》라는 시가가 《순자(荀子)》〈부(賦)〉편을 두고 보더라도 전국시대에 생겨난 것임에는 틀림이 없다. 그리고 그것은 옛 책들에 인용된 초나라의 노래나 한나라 초기의 초가(楚歌) 등을 놓고 보더라도 '초나라의 노래'임도 틀림이 없는 사실이다. 또한 중국문학 사상으로 볼 때 그것이 전통적인 《시경》의 노래들과는 형식도 다르고 내용 성격도 다른 것이어서, 한대 이후 중국문학 발전에 크게 공헌하였다는 것도 부인할 수가 없는 사실이다.

그러나 여기에서 크게 문제가 되는 것은 두 가지가 있다. 첫째는 《초사》의 창시자라고 내세우는 굴원이 중국학자들이 말하는 것처럼 '위대한 애국시인'인가, 다시 말하면 《초사》에 실린 그의 작품이 정말로 '위대한 애국시인가'하는 문제이고, 둘째로는 이 《초사》를 과연 전국시대 작품이라 할 수가 있는가 하는 문제이다.

《초사》 중에서도 초나라 지방 민가(民歌)의 모습을 가장 많이 간직하고 있는 작품이 〈구가(九歌)〉라는 것은 모든 학자들의 공통된 의견이다. 호적(胡適) 같은 이는 앞에서도 인용한 그의 〈독초사(讀楚

---

126) 項羽의 《垓下歌》, 劉邦의 《大風歌》·《鴻鵠歌》 등이 있다.

辭)〉란 논문에서 굴원의 실존여부를 의심하면서 〈구가〉는 《초사》 중에서도 '가장 오래된 작품'이라고 하였다. 그것은 〈구가〉에는 왕일(王逸) 이래로 강조되어 온 초나라 임금에 대한 '충성풍간(忠誠諷諫)'의 뜻은 찾아볼 길이 없고, 그 내용은 분명한 초나라 민간의 무당이 여러 신들을 제사지낼 때 부르던 제가이기 때문이다.

왕일도 《초사장구(楚辭章句)》의 〈서(敍)〉에서,

〈구가〉는 굴원이 지은 것이다. 옛날 초나라 남영(南郢)의 고을과 원수(沅水)·상수(湘水) 사이에서는 그 풍속이 귀신을 믿고 제사지내기를 좋아하였다. 그들은 제사를 지낼 적에 반드시 노래를 하며 음악을 연주하고 춤을 추어 여러 귀신을 즐겁게 하였다. 굴원은 쫓겨나 그 지방에 숨어 지내다가 …… 나가서 지방 사람들이 제사를 지내는 의식과 노래하고 춤추는 음악을 구경하였는데, 그 가사가 비루(鄙陋)하여, 그것을 근거로 〈구가〉의 노래를 지었다.127)

라 하였고, 주희(朱熹, 1130~1200)도 그의 《초사집주(楚辭集註)》 권 2에서 〈구가〉를 해설하면서 이렇게 말하고 있다.

옛날 초나라 남영의 고을과 원수·상수 사이에서는 그 풍속이 귀신을 믿고 제사지내기를 좋아하였다. 그들이 제사를 지낼 때에는 반드시 무격(巫覡)으로 하여금 음악을 연주하고 노래하고 춤을 추면서 귀신을 즐겁게 하였다. 남만의 초나라 지방은 습속이 비루하여 가사도 속되고 천하거니와 …… 굴원은 쫓겨나 있었으나 그것을 보고서 느낀 바가 있었기 때문에 그 가사를 많이 개정하며 너무 심

---

127) 九歌者, 屈原之所作也. 昔楚國南郢之邑, 沅湘之間, 其俗信鬼而好祀. 其祀必作歌樂鼓舞, 而樂諸神. 屈原放逐, 竄伏其域, ……… 出見俗人祭祀之禮, 歌舞之樂, 其辭鄙陋, 因爲作九歌之曲.

한 곳을 없애 버렸다.128)

이로부터 〈구가〉가 무가(巫歌)라는 것을 부인하는 학자는 거의 없게 되었다.

일본 학자 청목정아(靑木正兒)가 〈초사 구가의 무곡적(舞曲的) 결구(結構)〉(《支那文學藝術考》에 실림)라는 논문에서, 〈구가〉의 노래들은 모두가 신을 대신하는 신무(神巫)와 신을 즐겁게 하며 사람들의 소원을 전하는 축무(祝巫)가 대무(對舞)하며 대창(對唱)한 노래 가사로 해석한 이래로, 거의 모든 학자들이 〈구가〉의 노래의 성격을 그렇게 이해하고 그 글을 그런 방향에서 해석하고 있다.

초나라 지방은 전국시대에도 민간에 무속(巫俗)이 특히 성행하였던 지방이다. 반고(班固, 32~92)의 《한서(漢書)》〈지리지(地理志)〉에도,

초나라 사람들은 무당과 귀신을 믿고 음사(淫祀)를 중히 여겼다.129)

고 말하고 있다. 〈구가〉는 본시 초나라 민간에서 무당들이 신에게 제사지낼 적에 부르던 노래 가사였던 것이다. 다만 그 가사가 너무나 이속(俚俗)하여 굴원 또는 어떤 지식인이 그것을 글로 옮길 적에 그 가사를 손질한 것이다. 어떻든 이렇게 하여 초나라 지방의 무가(巫歌)가 중국의 새로운 시가로 등장하게 된 것이다.

따라서 《초사》라는 책에 실린 모든 작품들이 앞서고 뒤지는 차이만이 있을 뿐 모두 '무가'로부터 나온 것이다. 《초사》를 순전한 '무가'

---

128) 昔楚南郢之邑, 沅湘之間, 其俗信鬼而好祀. 其祀必使巫覡作樂歌舞而
　　娛神. 荊蠻陋俗, 詞旣鄙俚, …… 原旣放逐, 見而感之, 故頗爲更定其
　　詞, 去其泰甚.
129) 楚人信巫鬼, 重淫祀.

로 보고 정리 해석한 업적으로는 일본학자 등야암우(藤野岩友)의 《무계문학론(巫系文學論)》(東京 大學書房, 1951)이 있다. 그는 《초사》의 굴원의 작품으로 알려진 것들을 (1) 설문문학(設問文學−卜問系文學)−〈천문(天問)〉, (2) 자서문학(自序文學−祝辭系文學)−〈이소(離騷)〉·〈구장(九章)〉·〈원유(遠遊)〉, (3) 문답문학(問答文學−占卜系文學)−〈복거(卜居)〉·〈어부(漁父)〉, (4) 신무극문학(神舞劇文學)−〈구가(九歌)〉, (5) 초혼문학(招魂文學)−〈초혼(招魂)〉·〈대초(大招)〉의 다섯 가지로 분류하고, 모두가 '무가'에서 나온 것이라 하였다.

굴원의 작품 중에서도 〈이소〉를 대표작으로 치며, 〈이소〉야말로 그의 애국적인 열정을 잘 표현한 작품이라는 것이 일반적인 중국학자들의 견해이다. 그러나 〈이소〉를 모두 188행(行)으로 정리해 놓았을 때, 그 내용을 보면 1행으로부터 12행까지는 작자의 자기 소개(이름이나 자 모두 굴원이 아니다), 13행으로부터 53행까지는 자신의 실의(失意)와 염세(厭世)를 노래한 내용이고, 54행부터 71행까지는 내용의 전환부분으로 앞부분에서는 자기의 이상을 추구하기 위하여 원유(遠遊)할 뜻을 읊고, 뒷부분에서는 여수(女嬃)라는 여인의 작자에 대한 충고가 노래되고 있다. 다시 72행으로부터 127행에 이르기까지는 순(舜)에게 진사(陳詞)를 한 뒤 1차 2차에 걸친 환상적인 유람을 하는 내용이고, 다시 128행으로부터 185행까지는 영분(靈氛)에게 점을 친 뒤 점괘에 따라 다시 환상적인 세계를 환상적인 방법으로 유람하는 내용을 하는 내용이다. 그리고 186행으로부터 188행까지가 '난왈(亂曰)' 이하 결미(結尾)부분이다.[130] 따라서 〈이소〉는 대부분의 내용이 환상적인 유람을 노래한 것이다.

자세히 보면 그것은 무(巫)의 환상을 바탕으로 한 유람이다. 왕국유(王國維, 1877~1927)가 그의 《송원희곡사(宋元戲曲史)》 제1장에

---

130) 拙稿 〈離騷의 性格〉(《東亞文化》 第16輯, 1979) 참조.

서 지적하고 있듯이 옛날의 무(巫)를 초나라 사람들은 흔히 "영(靈)" 이라 불렀다. 〈구가〉 동황태일(東皇太一)의 '영언건혜교복(靈偃蹇兮 姣服)'과 운중군(雲中君)의 '영연권혜기류(靈連蜷兮旣留)'의 주에서, 왕일(王逸)은 모두 '영(靈)은 무(巫)를 뜻한다'고 설명하고 있다. 그밖 에도 여러 곳에 보이는 '영(靈)'에 대하여는 '신(神)'을 뜻한다고 하였 으나, 중국의 무습(巫習)에 있어서는 신이 무당에게 내리어 신무(神 巫)가 축무(祝巫)와 함께 푸닥거리를 했다는 것을 생각할 때, '신'이 라는 것도 '무'라는 말과 같은 뜻이 된다.

그런데 〈이소〉에도 '영(靈)'은 여러 곳에 보인다. 우선 첫머리에서 작자가 자기 소개를 할 때 자기의 자는 '영균(靈均)'이라 하였고, 작자 가 존중하는 사람으로 '영수(靈修)'가 보이고, 신령스런 고장으로 '영 쇄(靈瑣)'가 나오는데, 왕일의 설명과는 달리 이는 모두 '무(巫)'와 관 련이 있는 것이 아닐까 한다. 그리고 환상적인 유람을 떠나기에 앞서 '영분(靈氛)'에게 점을 치는데, 그는 점을 잘 치는 무당이었음에 틀림 이 없고, 또 그와 함께 옛날의 신무(神巫)라는 '무함(巫咸)'도 등장하 고 있다. 또 작자가 모범으로 받들고 있는 인물로 '팽함(彭咸)'이 두 번 이나 등장하는데, 왕일은 '은(殷)나라의 현명한 대부로 그의 임금에게 간하다가 들어주지 않자 몸을 물에 던져 죽은 사람'131)이라고 하며, 굴 원이 강물에 투신자살했다는 전설과 결부시켜 주고 있다. 그러나 이것 은 전혀 근거 없는 말이고, 오히려 하천행(何天行)이 《초사작어한대고 (楚辭作於漢代考)》에서 《산해경(山海經)》·《여씨춘추(呂氏春秋)》 등에 보이는 옛날의 신무(神巫)인 '무팽(巫彭)과 무함(巫咸)'이라 주 장한 쪽이 그럴싸하다. 어떻든 〈이소〉도 무가임에 틀림이 없다.

〈이소〉 중에 약간의 정치적인 얘기, 특히 요(堯)·순(舜)·우(禹)· 탕(湯)·문왕(文王) 같은 성왕들의 치적이 언급되고 있는 것은 초나

---

131) 殷賢大夫, 諫其君不聽, 自投水而死.

라의 이 작품을 노래한 무당이 모시는 신(神) 가운데 순(舜)이 있었기 때문인 듯하다. 〈이소〉에서 제1차 환유(幻遊)를 떠나기 전에,

 원수(沅水)와 상수(湘水)를 건너 남쪽으로 가서, 순(舜)에게 찾아가 진사(陳詞)하네.

 濟沅湘而南征兮, 就重華而敶詞.

하고 노래하고 있듯이, 자기의 큰 결심을 가장 먼저 순에게 아뢰고 있는 것이다. 순이 순수(巡狩)를 하다가 장강(長江) 남쪽의 초나라 땅인 창오지야(蒼梧之野)에서 죽어 구의산(九疑山)에 묻혔고(《史記》五帝紀), 두 부인 아황(娥皇)과 여영(女英)은 상수(湘水) 가에서 순을 기다리다가 순이 돌아오지 않자 상수의 여신이 되었다는 전설 같은 것도 초나라 무당들이 만들어 낸 얘기임에 틀림이 없다. 순의 시대에 남만(南蠻)의 땅인 그곳을 순이 순수했을 리가 없는 것이다.
 그밖에 〈구장(九章)〉은 〈이소〉와 비슷한 성격의 것이고, 〈천문(天問)〉은 옛 '무'의 우주관을 드러내는 작품이고, 〈초혼(招魂)〉과 〈대초(大招)〉는 무당들의 노래임을 설명할 필요조차도 없는 것이다.
 굴원의 작품을 뒤있는 송옥(宋玉)의 작품과 한부(漢賦)도 모두 '무가'에서 나온 《초사》와 같은 성격의 것이다. 소통(蕭統, 501~531)의 《문선(文選)》에 실린 〈고당부(高唐賦)〉·〈신녀부(神女賦)〉·〈등도자호색부(登徒子好色賦)〉 등의 형식은 물론, 거기에 등장하는 무산(巫山)이며 신녀(神女)와 호색(好色)의 문제 등 모두가 무속(巫俗)과 관계가 있는 것이다.
 이미 《초사》에 실린 한부(漢賦)는 굴원의 부와 다를 것이 없는 성격의 글임은 설명할 필요도 없고, 사마상여(司馬相如, 기원전 179~기원전 118)·양웅(揚雄, 기원전 53~기원후 18)을 비롯하여 동한(東

漢)의 여러 부 작가들의 작품까지도, 문장의 성격은 《초사》와 조금도 다르지 않다. 다만 한대에 와서는 부의 작가들이 대부분 황제를 위하여 글을 지었다는 차이가 있을 뿐이다.

한나라는 초나라 문화의 영향이 뚜렷했던 왕조인데, 특히 무습(巫習)도 그대로 이어받았던 듯하다. 한 고조(高祖)는 재위 6년(기원전 201)에 장안(長安)에 사당을 세우고 축관(祝官)과 여무(女巫) 등을 둔다. 그 중 양무(梁巫)는 천(天)·지(地)·천사(天社)·천수(天水)·방중(房中)·당상(堂上) 같은 종류를 제사지내게 하고, 진무(晉巫)는 오제(五帝)·동군(東君)·운중(군)〔雲中(君)〕·사명(司命)·무사(巫社)·무사(巫祠)·족인(族人)·선취(先炊) 같은 종류를 제사지내게 하고, 진무(秦巫)는 사주(祠主)·무보(巫保)·족류(族纍) 같은 것을 제사지내게 하고, 형무(荊巫)는 당하(堂下)·무선(巫先)·사명(司名)·시미(施糜) 같은 종류를 제사지내게 하고, 구천무(九天巫)는 구천(九天)을 제사지내게 하였는데, 모두 세시(歲時)에 궁중에서 제사지내었다. 그리고 하무(河巫)는 임진(臨晉)에서 하(河)를 제사지내고, 남산무(南山巫)는 진중(秦中)에서 남산을 제사지내었다.132) 이런 분위기라면 《초사》가 노래불려질 만하다고 여겨진다.

그리고 〈구가〉에 보이는 운중군과 사명 같은 신의 이름도 우리의 눈길을 끈다. 다시 《사기》의 〈악서(樂書)〉에는 "한나라에서는 늘 정월 상신(上辛)날 태일(太一)과 감천(甘泉)을 제사지내었다."하였고, 같은 책 〈봉선서(封禪書)〉에서는 '천신귀자태일(天神貴者太一)'이라 하였는데, 〈구가〉에 보이는 동황태일(東皇太一)이다.

---

132) 《史記》〈封禪書〉; 長安置祠祝官·女巫. 其梁巫, 祠天·地·天社·天水·房中·堂上之屬, 晉巫, 祠五帝·東君·雲中(君)·司命·巫社·巫祠·族人·先炊之屬, 秦巫, 祠社主·巫保·族纍之屬, 荊巫, 祠堂下·巫先·司名·施糜之屬, 九天巫, 祠九天, 皆以歲時祠宮中. 其河巫, 祠河於臨晉, 而南山巫, 祠南山秦中.

이상과 같은 분위기에서 '무가'에서 나온《초사》가 한나라 초기에 대두되어 한부(漢賦)가 발전하였던 것이다. 따라서 굴원의 작품이라는 여러 편의 부들이 '위대한 애국시'라는 것은 받아들일 수가 없는 견해이다. 곽말약은 앞에 든 논문에서 굴원은 '자기가 태어난 초나라를 뜨겁게 사랑하였고, 조국인 중국을 또 사랑하였다.'고 논하고 있는데, 그 시대 사람들에게 지금과 같은 조국의 개념이 있었다고는 생각되지 않는다. 자기 이상을 추구하기 위하여 여러 나라를 돌아다닌 공자를 비롯한 많은 옛사람들이 변절자가 되지 않을까 걱정도 된다.

다음에는《초사》를 과연 전국시대의 작품이라 할 수가 있는가 따져보기로 한다.《초사》라는 책에 실린 작품은 한대 사람들의 것이 더 많은 형편이니, 전국시대 작품이라 할 수가 없다.《초사》 중에서도 굴원의 작품이라고 전해지는 〈이소〉·〈구가〉·〈천문(天問)〉·〈구장(九章)〉·〈원유(遠遊)〉·〈복거(卜居)〉·〈어부(漁父)〉 등이 문제이다.

우리가 문학사에 있어서 한 작품을 어느 시대의 작품이라 하기 위해서는 적어도 다음과 같은 세 가지 조건이 충족되어야 할 줄로 믿는다.

첫째 ; 그 작품이 그 시대에 활동하였던 작가에 의하여 그 시대에 창작된 것이라야만 한다.

둘째 ; 그 작품이 그 시대 사람들에게 알려지고 읽혀졌어야 한다. 그 시대에는 그런 작품이 나왔다는 것을 아무도 모르고 또 그것을 읽은 사람이 하나도 없다면 그것을 그 시대 작품이라 할 수는 없다.

셋째 ; 그 작품의 형식이나 내용이 그 시대 작가나 다른 사람들에게 영향을 주었어야 한다. 그 작품이 그 시대 문학이나 문화에 아무런 영향도 끼치지 못했다면 문학사에서 그것을 그 시대 문학으로 다룰 이유가 없다.

《초사》에 실린 굴원의 부는 위 세 가지 조건 중에서 첫째 조건만이 의심스러운 대로 약간 충족될 뿐이고, 둘째 셋째 조건은 전혀 충족될

수가 없다. 한대 이전에는 《초사》나 굴원의 존재를 안 사람이란 하나
도 없었고, 전국시대의 어떤 글도 《초사》의 영향을 받은 흔적이 없다.

그 위에 앞에서도 이미 얘기한 것처럼, 전국시대 문장의 성격 및
자체도 통일되어 있지 않았던 그 시대의 한자의 발달 상황과 불편
한 서사(書寫)의 방법 등으로 볼 적에도, 강호(江湖)를 방랑하던 사
람이 《초사》 같은 글을 쓸 수는 없는 형편이었다. 따라서 중국문학사
에서 《초사》는 한부(漢賦)의 선성(先聲)으로 '한부'에 붙여 다루는
게 옳은 방법이라 여겨진다.

5) 맺는 말

이상을 종합하여 우리는 문학사에 있어서의 《초사》의 성격과 시대
를 다시 한번 정리해 볼 필요가 있다. 《초사》를 '초나라의 시가' 또는
'초족(楚族)의 시가'란 방향에서 받아들인다 하더라도 문학사상 전국
시대의 초나라의 시가라고 규정지을 수는 없다. 그보다는 순자(荀子)
의 '부'를 비롯한, 앞에서 이미 간단히 지적한 여러 전적(典籍) 속에
실려있는, 그와는 다른 성격의 초나라의 노래들에 주의를 기울여야
할 것이다.

설사 굴원이란 사람이 초나라에 실제로 존재했다 하더라도, 그의
작품에 대하여 안 사람이나 그것을 읽은 사람은 물론 그 영향을 받은
사람이 전국시대에는 한 사람도 없었다. 따라서 굴원의 작품이라 전
하는 '부'들을 전국시대 작품이라 할 수는 없다.

David Hawkes는 The Legacy of China[133])의 문학부문에 실린
논문에서,

---

133) Edited by Raymond Dawson, Oxford University Press, 1964.

굴원의 시는 무(巫)의 주어(呪語)로부터 약간 변형된 것에 지나
지 않는다.

고 설명하고 있다. 굴원의 이름 아래 전해져 온 초나라의 '무가'를 한
나라 초기에 한 문인이 다시 손질하여 전국시대의 작품이라 내세우며
세상에 내놓은 것임에 틀림이 없다. 하천행(何天行) 같은 사람의 주
장대로 회남왕(淮南王) 유안(劉安, 기원전 178?~기원전 122)이 초
나라 '무가'의 형식을 본떠서 지은 것일 가능성도 많다.

무엇보다도 확실한 것은 《초사》는 한대에 와서 비로소 사람들에게
읽혀지고 지어지기 시작한 새로운 형식과 내용을 지닌 글이라는 것이
다. 따라서 《초사》란 바로 한부(漢賦)인 것이다. 《한서(漢書)》〈예문
지(藝文志)〉에서 굴원부(屈原賦)와 송옥부(宋玉賦)를 순경부(荀卿賦)
및 한부(漢賦)와 함께 모두 '부'로 정리하고 있는 태도가 옳은 것이다.

이전의 사언(四言)을 기저로 한 단조로웠던 중국의 시가는 이러한
'부'의 발전을 통해서 다양한 변화를 일으키게 되고, '부'에 있어서의
수사(修辭)의 추구를 통하여 한대의 문인들이 새로운 문학의 가능성
을 자각하게 되는 것이다. 동한(東漢)에 가서 생겨나는 오언시(五言
詩)와 칠언시(七言詩)도 여기에서 계발되는 것이다.

그리고 글의 내용에 있어서도 '부가'가 지니는 환상적이고 초현실
적인 성격은 중국문학의 내용을 풍부하게 해준다. 따라서 《초사》와
한부가 중국문학 발전에 끼친 영향은 매우 크다. 그러나 왕일(王逸)
의 《초사장구(楚辭章句)》 이래로, 굴원의 이름 아래 전해지는 작품들
을 《시경》과 쌍벽을 이루는 전국시대 작품으로 보고 또 그 내용을 애
국시라고 보는 태도는 지양되어야 할 것이다. 그래서 이 책에서는 《초
사》를 고대문학으로 다루지 않은 것이다.

5. 중국 고대문학의 성격

1) 종합적 특징

중국 고대문학사를 주(周)나라 초기에서부터 논술을 시작한다고 하였지만, 실제로 지금 우리에게 전해지는 자료란 서주(西周)시대에 이미 완성된 것은 하나도 없다. 《시경》과 《서경》에는 서주시대의 자료가 담겨져 있는 것은 사실이나, 그것들이 완전한 전적(典籍)으로 정리 편찬된 것은 동주(東周)로 넘어와 공자에 의하여 이루어진 것이라 생각된다.

그리고 서주 초기부터 기록들이 있었다 하더라도 그때에는 한자의 자체(字體)가 번잡하고 통일되지 않았었기 때문에, 선왕(宣王, 기원전 827~기원전 782) 때에 태사(太史) 주(籀)가 대전(大篆)을 만들어 자체를 통일하려고 노력했을 무렵에 그 기록들은 일차적으로 정리되었을 것이다.

그러나 앞에서 이미 얘기한 바와 같이 전국(戰國)시대 이전에는 개인적인 저술이 전혀 없었으므로, 그밖의 고대문학 자료들은 모두 전국시대에 이루어진 것들이다.

'기사(紀事)'의 글에서 논한 《좌전》·《국어》·《전국책》은 전국시대 문장의 발달 단계를 잘 보여주는 자료들이다. 《좌전》의 문장은 《서경》보다는 발전하였지만 대화체(對話體)를 응용하는 단계를 크게 벗어나지 못하였고, 거기에 비해 《국어》에서는 좀 더 긴 논설문(論說文)들이 발달하고 있으며, 《전국책》에 와서야 대화나 서술 또는 논설 등의 갖가지 문장 기교가 고루 발달하고 있다.

'입언(立言)'의 글 중 《논어》는 《좌전》과 비슷한 전국 초엽을 대표한다면, 《묵자》·《맹자》·《장자》는 《국어》와 대응되고, 《순자》·《한비자》는 《전국책》과 맞먹는 전국 말엽의 글들이라 여겨진다. 그러나 이 모든 자료들은 전국 말엽까지도 여러 가지 학파의 사람들 손에 의하여 계속 수정과 보충이 가하여져 이루어진 것이라 여겨진다. 그리고 이 모든 자료들은 한대(漢代)에 들어와 예서(隷書)로 한자의 자체가 통일된 뒤에 다시 한인(漢人)들에 의하여 편정된 것이다. 따라서 책의 체재는 물론 그 문장에까지도 한인들의 의식이 적지 않게 보태어졌을 것이다.

한편 '입언'의 글들을 놓고 보면 《논어》·《묵자》·《맹자》 같은 것은 전국시대 중국 문화의 기반을 이룬 저서들이라 할 수 있고, 《장자》와 《노자》·《열자》 같은 것은 새로이 중국 문화권으로 들어온 남쪽 초(楚)나라 문화를 대표하는 저서들이어서, 이들 새로운 성격의 글들은 전국시대 문화 발전에 큰 자극이 되었을 것이다.

그리고 《순자》·《한비자》 같은 글은 정치적으로나 문화적으로나 천하통일을 준비하는 흐름을 대표하는 것이고, 《여씨춘추》는 천하통일의 완숙을 대표하여 문자학사에 있어서는 소전(小篆)과 비슷한 위치를 차지하는 글이라 할 수 있다.

2) 고대의 문장 의식(意識)

한편 전국(戰國) 이전에 개인적인 저술(著述)이 없었다는 것은, 그때의 글을 쓰는 사람들은 글의 전문가인 사관(史官)이었고, 사관들의 글은 모두 천자(天子)가 정치를 하는 참고자료로서만 가치가 인정되었기 때문이다. 이 때는 글자의 자체도 복잡한 위에 통일되지도 않았고, 문장의 표현 기능도 아직 초보 단계였기 때문에 글을 쓰는 일은 전문가가 아니면 불가능한 것이었다.

그리고 이들이 쓴 글의 독자는 천자 한 사람이었고 책은 매우 번중

(繁重)했기 때문에 책을 읽어주는 전문가가 따로 있었다. 따라서 그 시대의 문장이나 책은 지금 우리가 생각하고 있는 것과는 큰 차이가 있었다. 춘추(春秋)시대에는 여러 나라들이 서로 싸우기는 하였지만 아직 천하의 질서의 대표자로서 천자를 모시고 있던 때라 개인적인 저작의 필요성이 크게 절실하지 않았던 것이다.

전국 이전에 글을 쓰던 사관(史官)은 대대로 그 집안에 전해지던 전문적인 가업(家業)이어서, 그 전문성을 발달시킨 나머지 그 때의 문장은 일상용어와는 다른, 어렵고도 아름답고 미묘한 것으로 발달하였던 것이다.

중국은 이미 주나라 시대에도 서로 언어가 다른 여러 민족이 모여서 이루어진 나라였다. 말이 서로 다른 여러 민족 사이에 쓰이는 글이라, 중국문장은 중국사람들의 말과는 다르게 발전할 수밖에 없었을 것이다. 또 그것은 한자가 본시 뜻을 표현하는 상형문자(象形文字)라는 특성과, 천자가 읽는 글이므로 장중(莊重)하고 의식적(儀式的)일 필요가 있었다는 점도 문장이 그러한 성격을 지니는 데 크게 작용했을 것이다.

따라서 이 때의 글을 쓰는 사람들이나 읽는 사람들은 그 글이 뜻을 잘 표현하고 있는가, 아름답고 미묘하게 문장이 이루어져 있는가 등에만 관심이 있었지, 그것이 운문(韻文)인가 또는 산문(散文)인가, 실용문(實用文)인가 비실용문(非實用文)인가, 또는 정치·경제·사회 등 어떤 분야에 속하는 글인가 따위에 대하여는 관심을 지닐 여유도 없었다. 그저 정치의 참고자료로서 필요하니 글을 쓰는 것이고, 그 글을 쓰는 것은 집안의 전문적인 직업이니 되도록 아름답고 멋지게 글을 구성하여야겠다는 생각만이 작용했을 것이다.

전국시대는 천자의 위치는 무시한 채 일곱 나라들이 제각기 자기 나라의 이익을 위하여 싸운 시대였으므로, 여기에서 제각기 다른 지역의 이익을 대표하는 여러 사상가들이 나와 자기네 사상을 체계화하여 글로 표현하게 된다.

춘추시대부터 중요한 문화권의 한 지역으로 발전한 노(魯)나라에서는 새로 일어난 지배층의 이익을 대표하는 유가(儒家)가 나온다. 망한 은(殷)나라의 후손을 봉한 송(宋)나라에서는 억압받는 계층과 서민층의 입장을 대표하는 묵가(墨家)가 나온다. 정(鄭)나라를 중심으로 발전하기 시작한 법가는 서쪽의 진(秦)나라의 부국강병책(富國强兵策)과 부합되어 천하통일의 정책을 뒷받침해 준다. 남쪽의 기후가 온화하여 물산이 풍부한 초(楚)나라에서는 어지러운 현실을 초극(超克)하려는 낭만적인 기질의 도가(道家) 사상을 발전시킨다.

이렇게 하여 이들은 제각기 《논어》·《맹자》·《묵자》·《장자》·《순자》·《한비자》 등의 저술을 낳게 되고, 마침내 진(秦)나라에서는 천하통일 직전에 《여씨춘추》를 이룩한다. 이들에게 이르러서 저자는 사관뿐만이 아닌 일반 사대부(士大夫)로 확대되고, 독자도 천자나 왕후(王侯) 이외에 사대부들까지도 가담하게 된다.

이미 문장을 읽고 정리하는 작업에 사대부들이 가담하기 시작한 것은 춘추시대이나, 전국시대에는 나라들의 싸움이나 마찬가지로 이러한 여러 학파들 사이의 경쟁도 치열하였으므로 상대방을 비판하고 자기의 이론을 강화시키기 위하여 사대부들은 본격적으로 남의 글도 읽고 공부하는 한편 자기 사상을 문장으로 체계화시키게 되었던 것이다.

또 이 여러 학파들의 저술은 지금 모두 어느 개인의 이름 아래 전해오고 있지마는 그것들은 결코 한 사람에 의하여 한 시기에 저작된 것이 아니다. 모두 그 학파의 여러 사람들이 전국시대 말엽에 이르도록 수정과 첨삭(添削)을 가한 것이다. 그러나 이 글들이 모두 천하를 올바로 다스리는 방법이나 사람들이 올바로 살아가는 길을 제시하여야만 한다는 목표만은 뚜렷이 지니고 있다.

또 전국시대의 정치적인 혼란은 문장의 형식이나 한자의 자체에까지도 큰 혼란을 가져와, 이 제자(諸子)들은 지역에 따라 제각기 다른 자체의 한자와 제각기 다른 문법 또는 언어를 바탕으로 한 글을 썼다. 이들이 여러 가지 자체와 여러 가지 형식의 문장으로 자기네 생각을 체계적으로 표현하려는 노력은, 결국 중국 문자와 문장이 크게 발전할 수 있는 소지를 마련하는 계기가 되었을 것이다. 중국은 현대에 이르기까지도 북쪽과 남쪽이 전혀 서로 의사가 통하지 않는 언어를 사용하고 있음에도 불구하고, 진한대(秦漢代)에 이미 천하의 문자와 문법을 통일할 수 있었던 것은 이 전국의 혼란과 지역에 따른 다양한 노력의 결과가 크게 기여했다고 보아야만 할 것이다.

이들은 여러 지역에 따라 문장의 표현 기교에 있어서도 다양한 노력을 기울였기 때문에, 이 때에는 문장의 형식이 여러 가지로 분화되지 않았지마는 이미 후세에 나온 모든 문체(文體)가 시험되고 응용되었다. 운문의 기교뿐만이 아니라 산문의 기교도 상당한 수준으로 발전을 이룩하였고, 소설적인 허구성이나 희곡적인 입체성도 모두 뚜렷이 드러내 보이고 있다. 이 시대에는 순수문학의 가능성이나 필요성 같은 것은 전혀 깨닫지 못하였지마는, 수사(修辭)를 통하여 현실적인 가치를 초월하는 아름다움을 추구할 수 있는 터전을 마련한 시대라고 할 수는 있을 것이다.

따라서 중국의 '고대문학사'의 시기는 본격적인 중국문학 발전을 위한 기반을 조성한 시기, 또는 중국문학의 요람기(搖籃期)라 할 것이다. 그리고 그 발전은 주(周)나라 중에서도 동주(東周), 동주 중에서도 전국시대(戰國時代)를 중심으로 하고 있다.

그 때의 문학을 '요람기'라 하였지만 그 문장은 결코 유치한 수준은 아니다. 어려운 한자를 사용하는 문장은 이미 수천 년의 경험을 쌓아 매우 우아(優雅)하고 아름다운 고급의 문장을 이루고 있다. 곧 그 문장 자체는 거기에 담겨 있는 내용과는 상관없이 상당히 예술적인 수준의 것으로 발달해 있다는 것이다. 이것이 외국의 문장이나 문학과 중국의 것을 완전히 다른 성격의 것으로 발전시킨 요인인지도 모른다.

3) 중국 전통문학의 형성과 발전

앞에서 중국 고대문학의 시기는 중국문학의 '요람기'라 하였다. 이 고대에는 실용문(實用文)과 비실용문(非實用文)도 구분치 못하고, 운문과 산문도 구별 못하던 시기이다. 그러나 그 '요람기'에 이미 중국의 전통문학이 시를 중심으로 하여 발전할 소지가 마련되는 것이다.

그것은 중국의 여러 옛 전적들 중에서도 《시경》이 가장 존중되고 널리 읽혔다는 데에도 원인이 있을 것이다. 제자(諸子)의 글을 보면 심지어 유학(儒學)을 맹렬히 공격하던 묵자(墨子)까지도 자신의 이론을 주장하면서 그 논거로 흔히 《시경》을 인용하고 있는 정도이다.

그리고 시를 중심으로 하여 문학이 발전한 나머지 서사(敍事)조차도 모두 시로써 흡수하였다. 곧 고사(故事)나 전설도 시로써 기록하게 되었다는 것이다. 따라서 민간에 유행한 고사를 연출하는 연예(演藝)들도 고대부터 창(唱)이 매우 중시되는 설창(說唱)이나 희곡(戲曲) 형식으로 발전하였다. 그 때문에 중국에는 고대에 소설이나 희곡이 존재하지 않았다고 믿는 경향이 일반화되기도 하였다.

앞에서도 얘기했듯이 한자의 성격 자체가 시적인 글을 발전시키게 하였다고도 볼 수 있다. 한자는 본시 상형문자(象形文字)여서 그림과 같은 감각을 바탕으로 이루어졌기 때문에 글이라는 뜻의 '문(文)'자도 본시는 '무늬[紋]'의 모양을 나타내는 글자이며, 한자가 모여 이루는 글도 '무늬'나 같은 성질의 것이라 여겨져 '문(文)'이라는 글자를 글의 뜻으로 쓰게 되었을 것이다. 무늬처럼 아름다운 글이란 자연히 시에 가까운 모양의 글이 되지 않을 수가 없다.

게다가 한자는 모든 글자의 독음이 한 음절로 이루어져 있고, 독음에는 성조(聲調)가 있어서, 두 개 이상의 한자가 합쳐져 글을 이룰 적에는 독음이 잘 어울리어 듣기에 좋은 결합이 되어야만 하였다. 그리고 상형문자이므로 글자의 모양도 문장을 이룰 때 글자의 결합에 따라 보기 좋은 모양이 될 수도 있고, 보기에 좋지 않은 모양이 될 수도 있었다. 글을 쓰는 데 있어서 독음이 잘 어울리도록 배려하고, 글자의 모양도 잘 어울리도록 배려해야 하니, 그 글은 자연히 시와 같은 글이 될 수밖에 없는 것이다.

옛날에 글을 쓰는 용구나 글을 쓰는 방식조차도 한자로 쓰는 글들은 시의 형식에 가까워지지 않을 수가 없게 하였다. 옛날에는 글을 나무쪽〔木牘〕이나 대쪽〔竹簡〕에 써서 그것들을 끈으로 엮어 책으로 만들었다. 나무쪽이나 대쪽은 너비와 길이가 일정하여 우선 글귀를 일정한 길이로 제약하는 경향이 있었을 것이고, 글을 쓰는 용구도 불편한 것이어서 되도록 글을 줄여서 간략하게 쓰려 했을 것이니 글은 시적인 것으로 발전할 수밖에 없었을 것이다.

그 때문에 중국의 글은 산문조차도 시적인 글로 발전한다. 후세의 변려문(騈儷文)은 실상 글을 이루는 글귀들의 글자수와 각 글자들의 독음의 해화(諧和)까지도 따진, 다른 어떤 나라들의 운문보다도 더 시적인 글이라 할 수 있다. 고문(古文)에 있어서도 읽어서 독음이 아름답도록 글이 이루어져야 좋은 글이라 여겨졌다.

한대(漢代)에 이르러 사부(辭賦)가 발달하면서 문인들이 수사(修辭)를 위주로 한 문학의식을 각성하게 된다. 한대에 와서 이전의 글을 바탕으로 하는 학문까지도 다 포함하는 '문학(文學)'이란 말에서 '문(文)'과 '학(學)'이 분리되는데, 한대 사람들에게 있어서 '문'이란 바로 '부(賦)'를 뜻하는 것이었다.

우리가 보기에 '부'는 분명한 운문으로 시 속에 그것을 포함시켜야 할 것 같은데, 중국학자들은 보통 그것을 산문 또는 고문으로 분류해 온 것도 그러한 전통적인 문장의식의 차이로 말미암는 것일 것이다.

어떻든 중국의 전통문학은 한대에 와서 '부'의 수사(修辭)를 통하여 비로소 문학의 가능성을 깨닫게 된다. 그리고 그 영향으로 중국문학은 시에 있어서 오언시(五言詩)와 칠언시(七言詩)가 이루어져, 시를 중심으로 하여 발전하게 되는 것이다. 그리고 고사(故事), 곧 얘기가 바탕이 되는 문학인 소설과 희곡조차도, 시에서 그것을 흡수하게 된다. 따라서 얘기도 원칙적으로는 노래를 통해서 표현하게 되고, 연극도 시적인 방법인 노래와 춤을 통하여 이루어지게 된다. 곧 중국의 전통문학은 시를 중심으로 발전하였다고 하지만, 말을 바꾸면 시와 소설 및 희곡의 구별이 없는 문학으로 발전하였다고도 할 수 있는 것이다.

4) 맺는 말

중국의 고대문학은 실상 운문과 산문의 구별도 뚜렷하지 않았고, 시를 중심으로 하여 발전하여 왔다. 그런 중에 소설이나 희곡 같은 문학까지도 시 쪽에 흡수되어, 얘기도 시적인 방법에 의하여 표현되어 왔다. 따라서 중국문학은 근본적으로 근세의 문학 개념과는 여러 모로 다르다. 운문과 산문의 개념부터 다르고, 서설과 희곡도 근대적인 소설이나 희곡과는 전혀 다르다. 이러한 중국문학의 특징을 명확히 한 위에 중국문학은 제대로 이해할 수가 있게 될 것이다.

그리고 이후 2000여 년의 중국문학사를 통하여 볼 때, 그들은 문학론에 있어 전통적으로 글이란 사회에 기여하여야만 한다는 이른바 '풍유(諷諭)'를 강조하면서도, 실제로는 '수사'를 중심으로 그것을 발달시켜 왔다고 해도 과언이 아니다. 지금까지도 중국문학을 감상하는 많은 사람들이 그 글의 내용과는 상관없이 그 글 짜임을 통해서 이루어지는 묘미에 더 심취하는 경우가 많다. 시나 산문의 명구(名句)들은 그 작품의 내용과는 관계없이 그 한두 구절을 읽어봐도 아름답고 묘한 맛을 느끼게 한다. 이런 것은 다른 나라 문학에서는 있기 어려운 현상이다. 이러한 중국 문학의 특징도 이미 고대문학에 그 바탕이 다 갖추어져 있는 것이다.

6. 한자와 그 서사방법(書寫方法)의 발달을 통해 본 《중국 고대문학사》의 시대구분

1) 종래 문학사에 있어서의 '고대'의 개념

이제까지 나온 여러 《중국문학사》에 있어서 '고대'의 개념은 대체로 다음과 같은 세 가지로 나누어 이해할 수 있다.

첫째는 '근대' 및 '현대'와 대가 되는 개념으로 '고대'란 말을 사용하는 경우이다. 이 때 '고대'와 '현대'의 분계점(分界點)은 청(淸)나라 말엽 아편전쟁(阿片戰爭)을 전후한 시기(1840~1842)가 되며, '고대'가 봉건사회(封建社會) 시기를 뜻한다면 현대는 봉건사회의 붕괴시기를 뜻한다고 할 수 있다.

한편 봉건사회 시기란 중국의 전통문학이 이루어져 꾸준한 발전을 하였던 시기이고, '근대'와 '현대'는 서양 제국주의자들의 침략으로 말미암아 중국 문학이 서양의 개념을 따라 크게 바뀌어진 시기를 뜻한다고도 생각하였다. 그리고 이 경우 '고대'는 다시 상고(上古)·중고(中古)·근고(近古)로 구분하는 것이 보통이다. 사무량(謝无量)의 《중국대문학사(中國大文學史)》(上海, 中華書局, 1918)가 그 보기이며, 황공위(黃公偉)의 《중국문학사》(臺北, 帕米爾書店, 1967)처럼 '상고' 위에 '원고(遠古)'를 하나 덧붙인 경우도 있다.

둘째는 중국의 전통문학의 역사만을 대상으로 하여, 고대(古代)·중세(中世)·근대(近代)로 나누는 경우이다. 이 때의 '고대'는 문학사가 본격적인 전개를 보기 이전의 생성시기 또는 초막시기(初幕時期)를 가리킨다. 정진탁(鄭振鐸)의 《삽도본중국문학사(揷圖本中國文學史)》(北平, 文學古籍刊行社, 1932), 조경심(趙景深)의 《중국문학사》

(北新書局, 1936), 차상원(車相轅)의 《중국문학사》(서울, 東國文化社, 1958) 등이 그 보기이다. 이 때의 '고대'는 대체로 선진시대(先秦時代)를 가리키는 경우가 많은데, 혹 한대(漢代)까지 거기에 포함시키는 경우도 있다.

셋째는 전체 《중국문학사》를 북송(北宋) 말년(1126)을 기준으로 하여, 크게 '고대'와 '근대'의 두 시기로 나누는 경우이다. '고대'는 중국의 전통문학이 시를 중심으로 이루어져 계속 발전한 시기이고, '근대'는 시를 중심으로 하는 전통문학의 발전은 정체(停滯)되고, 소설과 희곡의 창작이 문학창작의 중심으로 바뀐 시기이다. 필자의 《중국문학사》(신아사, 1998 개정판)가 그 보기이다.

이밖에도 여러 가지 시대구분의 방법이 있겠으나, 대체로 위 세 가지 기본개념을 바탕으로 한 것들이다. 이 가운데 첫째의 '현대' 및 셋째 '현대'에 대가 되는 개념으로서의 '고대'는 실상 중국 전통문학사의 전체적인 시대를 가리킨다. 따라서 여기에서 논하고자 하는 '고대'의 성격과는 맞지 않음으로 논외로 친다.

《중국문학사》에 있어서 이 '고대'가 어떤 의의를 지니고 있느냐는 문제는 사람에 따라 견해가 같지 않을 것이다. 그 시대를 보면 어떤 학자는 그 시작을 까마득한 황제(黃帝) 또는 요순시대(堯舜時代)에서 잡는가 하면 하(夏)·상(商) 또는 주(周)로 잡기도 하며, 끝머리도 진(秦)·한말(漢末)·건안(建安) 등 일정치 않다.

'고대'의 출발점의 차이는 대체로 문학사 자료의 범위 또는 그것에 대한 견해의 차이에서 말미암을 것이며, 또 그 끝머리에 차이가 나는 것은 중국문학사가 언제부터 본격적인 전개를 시작하고 있는가, 또는 본격적인 전개를 시작하는 시기를 '고대'로 보는가 '중세'로 보는가 하는 따위의 차이로 말미암는 것이다. 어떻든 문학사에 있어 '고대'에 어떤 의의를 부여하는가 하는 문제는 문학사 전체의 성격에도 결정적인 영향을 끼칠 것이다.

2) 문학사에 있어서의 '고대'와 '고문자(古文字)시대'

중국문학은 세계 다른 곳에 유례(類例)가 없는 독특한 한자(漢字)를 사용하고 이루어 발전한 것이다. 한자는 상형문자(象形文字)여서 글자마다 특유한 형체와 구체적인 뜻을 지니고 있고, 또 글자마다 단음절(單音節)로 된 독음(讀音)을 지니고 있다. 중국의 문장은 이처럼 제각기 독립된 뜻과 독특한 모양과 독음을 지닌 문자들의 결합으로 이루어지는 것이므로 표음문자(表音文字)로 적는 다른 나라의 문장과는 그 성격이 달라지지 않을 수가 없다.

첫째 ; 한자는 상형문자이며 글자의 모양이 복잡하여 사람들의 일상용어를 그대로 적기에는 불편한 글자이다. 따라서 중국의 문장은 중국어가 문자의 뼈대가 되었겠지만 자연히 뜻의 축약(縮約)된 표현에 노력하게 되어 거의 처음부터 일상용어와 문장은 그 성격이 다를 수밖에 없었다.

그것은 서로 언어가 다른 여러 종족들이 같은 한자를 사용하여 같은 문장을 지어 온 역사적 배경에도 원인이 있을 것이다. 한자는 본시 중국의 문자라기보다는 천하(天下)에 통용되던 문자인 것이다. 여하튼 뒤에는 한자 사용으로 말미암은 문자의 성격이 오히려 중국어에 영향을 끼쳤다고 할 수 있을 정도이다.

둘째 ; 한자는 자형(字形)이 복잡하고, 옛날에는 자체(字體)가 통일되지 않은 위에 서사용구(書寫用具)도 발달하지 못했으므로 글자를 쓴다는 것은 매우 힘든 전문적인 일이었다. 그리고 한 글자 한 글자를 많은 정력과 공을 들여 썼으므로, 글자를 쓴다는 그 자체가 예술적인 성격을 띠게 되었다. 그리고 한자의 복잡한 자형은 이것들을 결합시켜 문장을 이룰 때 구성을 통한 형식미(形式美)에 관심을 갖지 않을 수 없도록 하였다.

셋째 ; 한자는 제각기 독립된 독음(讀音)을 지니고 있고 또 성조(聲調)의 변화가 많았기 때문에, 이들 한자를 두 자 이상 결합시킬 적에는 독음의 해화(諧和)를 고려하지 않을 수가 없게 된다. 따라서 중국 문장은 뜻의 표현과 문법 이외에도 독음에 대한 배려가 문장을 이루는 한 가지 중요한 요소가 되고 있다. 이것은 곧 중국에 있어서는 수사(修辭)에 있어 음악적인 요소가 매우 중시되지 않을 수 없었음을 뜻하는 것이다.

넷째 ; 주(周)나라 때만 하더라도 책을 읽어주는 전문가가 따로 있었으므로, 그들은 글을 되도록 아름답고 듣기 좋게 읊을 필요가 있었다. 그리고 민간에서는 얘기도 모두 노래를 중심으로 하여 설창(說唱)되었다. 중국 글의 수사에 음악적인 요소가 중시된 또 다른 이유의 하나가 될 것이다.

다섯째 ; 중국에 있어 한자의 발명과 사용은 거의 중국 역사의 시작 및 그 발전과 때를 같이하고 있는 듯하다. 그러나 선진시대(先秦時代)만 하더라도 한자는 자체도 통일되어 있지 않았고, 종이도 없어 서사용구는 매우 불편한 것이었다. 따라서 글을 쓴다는 것은 매우 어렵고 힘든 일이 아닐 수가 없었으므로 문장은 되도록 축약시켜 간단한 몇 글자로써 풍부한 뜻을 표현하도록 노력하였을 것이다. 그리고 그 글은 흔히 제한되고 일정한 면(面)을 지닌 대쪽인 죽간(竹簡)과 나무쪽인 목독(木牘)에 가장 많이 썼을 것이므로 문구의 길이도 일정한 것이 편리하였을 것이다. 이 때문에 중국문장은 형식이 처음부터 시적(詩的)인 성격의 것으로 발달하지 않을 수가 없었을 것이다.

이상과 같은 몇 가지 특징만을 놓고 보더라도 한자는 중국 문장의 성격이나 중국문학의 발달에 결정적인 영향을 끼쳤다고 볼 수 있을 것이다. 따라서 중국문학의 특징을 이해하기 위해서는 이러한 한자의 영향을 먼저 생각하여야만 할 것이다.

여기에서는 한자가 중국 문학의 발전에도 '고대'에는 특히 많은 영향을 끼쳤을 것이라는 가정 아래, 한자와 그 서사방법의 발전을 중심으로 문학사의 시대구분 문제를 생각해 보려는 것이다.

문학사의 시대구분을 반드시 그 나라 문자의 발달과의 연결 아래에서만 생각할 이유는 없지만, 특히 중국문학사에 있어서는 한자가 문학에 끼친 영향이 크므로 이는 합리적인 시대구분을 위한 좋은 자료가 될 수 있을 것이다.

한자를 중심으로 하여 문학사의 시대를 생각할 때, 그 '고대'는 대체로 문자학(文字學)상의 고문자(古文字)시대에 합치하는 것으로 볼 수 있다. 당란(唐蘭)은 그의 《고문자학도론(古文字學導論)》(p.4)에서 소전(小篆)까지를 고문자(古文字 : 近古文字라 부를 수도 있다 하였지만)라 보고, 예서(隷書)에 이르러서야 근대문자(近代文字)의 개산시조(開山始祖)가 되고 있다 하였다.

지금까지 알려진 고문자로는 소전(小篆) 이전에 옛날의 여러 가지 금석문(金石文)과 상(商)대의 갑골문(甲骨文) 및 주서(籀書) 또는 대전(大篆) 등이 있다. 따라서 '고문자시대'는 상고(上古)시대로부터 진시황(秦始皇)에 이르는 시대가 되는 것이다.

다만 근대문자가 예서(隷書)에서부터 시작되고 있고, 또 본격적인 근대문자의 정착은 해서(楷書)부터라고 볼 때 문학사에서 본격적인 문학사의 전개가 막 시작된 시기까지를 '고대'로 보는 견해에 상응시킨다면 그것은 '예서'가 만들어진 진나라 시대까지가 되고, 또는 '해서'가 만들어진 동한(東漢) 장제(章帝)의 건초(建初) 연간(76~83)까지로 연장시켜 생각할 수도 있다.

3) 한자 및 그 서사방법을 통해 본 문학사의 시기

① 고문자(古文字) 시대

(가) 주(周) 선왕(宣王)(기원전 827~782) 태사(太史) 주(籒) 이
    전의 상(商)·주(周)시대

이 시기의 한자로는 종정문(鐘鼎文) 등이 남아 있다. 갑골문(甲骨
文)은 이미 상당히 발전한 수준의 문자임에 틀림이 없고, 상대(商代)
에는 가무(歌舞)도 상당히 발달하였다. 따라서 이미 그 시대에 상당
히 발달한 가요(歌謠)나 설화(說話)가 존재하였을 것이다.

그러나 지금 우리에게 전해지는 자료 중에는 문학사에서 다룰 만한
상대 이전의 작품이란 한 편도 없다. 명대(明代) 양신(楊愼)의 《풍아
일편(風雅逸篇)》과 풍유눌(馮惟訥)의 《풍아광일(風雅廣逸)》 및 《시
기(詩紀)》 전집(前集) 10권 고일(古逸) 속에는 신농씨(神農氏)의 사
사(蠟辭 : 《禮記》 郊特牲), 황제(黃帝) 때의 탄가(彈歌 : 《吳越春
秋》)·유염씨송(有焱氏頌 : 莊子》 天運)·유해시(游海詩 : 王嘉《拾
遺記》), 소호(少昊) 때의 황아가(皇娥歌 : 同上)·백제가(白帝歌 : 同
上), 요(堯)임금 때의 격양가(擊壤歌 : 《論衡》 藝增)·강구요(康衢
謠 : 《列子》 仲尼), 순(舜)임금 때의 경운가(卿雲歌 : 《尙書大傳》)·
남풍가(南風歌 : 《孔子家語》 辯樂解)·우제가(虞帝歌 : 《尙書》)를
비롯하여 하(夏)·상(商)대의 가요들이 모아져 있지만, 모두 그것들의
출전(出典) 자체가 주(周) 이후의 책들임이 분명하다.

그리고 《서경》의 〈요전(堯典)〉·〈순전(舜典)〉·〈하서(夏書)〉·〈상
서(商書)〉들도 모두 주(周) 이후에 이루어진 기록이고, 《시경》의 〈상
송(商頌)〉도 후세 송(宋)나라의 노래이다.

서주(西周)시대의 작품임이 거의 틀림없는 《시경》의 〈주송(周頌)〉
을 비롯한 여러 편과 《서경》의 〈주서(周書)〉의 여러 편 등도, 실은
이미 서주시대에 지금 우리에게 전해지는 형태로 기록된 것은 아니다.
서주시대에도 한자는 자체가 통일되어 있지도 않았고 문자의 통용 범
위도 매우 좁았다.

선왕(宣王) 때의 태사(太史)가 발명하였다는 주서(籒書)에 관한

전설은 이 시대의 자체(字體) 통일의 노력의 표현이라 할 수 있으며, 〈주서〉가 나온 뒤에야 서주시대의 자료들이 정리되기 시작하였던 듯하다.

서사 방법도 크게 발전하여 지금 우리에게 전하는 것은 갑골(甲骨)·금석(金石)뿐이나, 대쪽인 죽간(竹簡)과 나무쪽인 목독(木牘)도 많이 사용되었을 것이며, 그와 함께 필묵(筆墨)도 한 단계 더 발전했었을 것이다.

(나) 주서(籀書)시대

주(周) 선왕(宣王) 때로부터 공자(孔子, 기원전 551~479)에 이르는 시대, 곧 서주 말엽에서 춘추시대(春秋時代)에 걸친 기간이다. 문체통일의 노력으로 말미암아 공자에 이르러 비로소 '육경(六經)'의 편정이 가능해졌을 것이다. 그리고 문체가 다듬어진 정도로 필묵 같은 것도 이전에 비하여 발달했을 것이다.

이 시대는 옛부터 전해 오던 자료들을 다시 정리하고 편찬하는 일을 하기는 하였지만, 작자는 여전히 사관(史官)을 중심으로 한 일부 전문가들이고 독자는 그대로 천자(天子)였다. 따라서 일찍이 나근택(羅根澤)이 〈전국전무사가저작(戰國前無私家著作)〉(《古史辨》第4冊)이란 논문에서 논증했듯이, 이 시대엔 개인적인 저술이란 아직도 존재할 수가 없었다.

(다) 분열(分裂)시대

대체로 전국(戰國)시대(기원전 453~247)와 맞먹는 시기이다. 전국의 시대상황과 마찬가지로 문자도 여러 나라가 제각기 다른 자체를 발전시켜 자체와 문장에도 큰 혼란이 있었던 시대이다. 그러나 각 지역마다 제각기 다른 입장을 대변하는 제자(諸子)라 부르는 사상가들이 나와 제각기 자기 사상을 선전하고 체계화하기 위하여 글을 썼다. 이것들이 여전히 제후나 귀족 같은 지배층(支配層)을 독자로 의식한 글이기는 하지만 여기에서 중국에 개인적인 저술이 비롯되고 있다.

다만 《한서》〈예문지〉에서 제자의 원류를 논하면서 유가는 사도지관(司徒之官), 도가는 사관(史官), 법가는 이관(理官), 명가는 예관(禮官) 등에서 나왔다는 식으로 제자들이 모두 관(官)에서 나왔다고 말하고 있는 것은, 아직도 이들이 완전히 개인적인 성격의 글로 발전하지는 못했음을 뜻하는 것이라 볼 수 있다. 어떻든 제각기 다른 자체를 사용한 다양한 문장의 저술은 결국 중국의 자체와 문장이 크게 발전할 수 있는 기틀이 되었다.

이 분열을 통해서 소전(小篆)에 의한 자체의 통일이 준비되었고, 중국 문장은 여러 가지 서술이나 논설의 능력 등이 고루 갖추어지게 되었던 것이다. 또 지역에 따라 다양한 서사방법이 시도되어 필묵이 크게 발전하였을 것이며, 백서(帛書)도 이 시기에 처음 사용되기 시작한 듯하다(근래 楚墓에서 발견). 그리고 정치적으로 전국(戰國)이 진시황(기원전 246~210 재위)의 천하통일로 결말이 나듯, 문자의 혼란도 거의 같은 때에 소전(小篆) 또는 진전(秦篆)에 의한 통일로 매듭지어진다.

그리고 진나라의 통일이 오래 가지 못하였듯이, '소전'의 사용도 얼마 가지 못하고 본격적인 문자의 통일은 예서(隷書)에 미루지 않으면 안되게 된다. 어떻든 이 시기는 '육경(六經)'을 비롯하여 제자서(諸子書) 및 사서(史書) 등 우리에게 전해지고 있는 중국고대문학사의 자료들이 정리되고 저술되고, 또 지식인들 사이에 그것이 널리 읽혀지기 시작한 시대이다. 중국의 개인적인 사가(私家)의 저술이 이 시대에 시작되었으므로 본격적인 중국문학의 시원(始源)은 이 때에 준비되었다고 할 수 있다.

② 근대문자(近代文字) 시대
(가) 예서(隷書)시대
진시황 때로부터 동한(東漢) 장제(章帝, 76~88 재위)에 이르는 시대이다. 일단 소전(小篆)에 의하여 자체가 다듬어지고 간화(簡化)되어 통일되었다는 한자는 예서(隷書)에 의하여 완전한 통일을 누리게 된다. 자체의 통일로 문장이 비로소 보편화되어 사부(辭賦)·악부(樂府) 등 완전히 개인적인 성격을 띤 문장이 이때부터 지어지게 된다.

이 시대에 옛날부터 전해오던 전적들도 다시 한번 정리되어 비로소 지금 우리에게 전해지고 있는 것과 같은 형식을 지니게 되어, 이른바 경(經)·사(史)·자(子)·집(集)이 갖추어진다. 죽간(竹簡)·목독(木牘) 이외에 비단도 더욱 널리 쓰이고, 자체의 정리와 통일에 따라 필(筆)·묵(墨)·연(硯) 등도 비로소 현대의 것들에 가까운 형태를 지니게 된다.

그리고 글을 쓰는 사람들은 문장의 정치적·사회적 효용 이외에도 수사(修辭)를 통한 새로운 미(美)의 추구의 가능성을 확인하게 된다. 따라서 작가들이 자기의 이름을 내걸고 개성적인 문장을 쓰기 시작하는 것은 이 시대이다. 중국문학사는 여기에서 본격적인 전개를 시작하고 있다고 보아야만 할 것이다.

(나) 해서(楷書)시대

동한(東漢) 장제(章帝) 때에 왕차중(王次仲)이 해서(楷書)를 창제한 이후 현대에 이르는 시기이다. 유덕승(劉德昇)에 의한 행서(行書)의 창제와 채륜(蔡倫)에 의한 종이의 발명도 이로부터 몇년밖에 뒤지지 않는다. 여기에서 문장 또는 문학은 보편화되고 서사용구도 지금과 같은 형태를 갖추게 되는 것이다. 따라서 '해서시대'는 어느 모로 보더라도 '고대'에 포함시킬 수가 없는 시기이다.

4) 결 론

이상 한자와 그 서사방법을 중심으로 문학사의 시기를 구분해 보았다. 이에 의하면 '고문자 시대'인 ㉮ 주(周) 선왕(宣王) 때 태사(太史)

주(籒)가 '주서'를 발명하기 이전의 시대는 문학사의 준비시대라 할 수 있다. 문학의 원조라 할 만한 시가나 문장이 상당히 발달하기는 하였지만 문학사에서 다룰 만한 본격적인 자료들은 아직도 완성된 게 없었다.

㉯ '주서'시대는 자체 통일 노력의 성과로 비로소 이전의 자료들을 정리하여 '육경'이 편정될 수 있었던 시대이다. 따라서 이 시기에 중국문학사의 기초가 이루어진 것이다. 그러나 아직도 개인적인 저술은 없었기 때문에 본격적인 문학이 생겨났다고 하기는 어렵다.

㉰ '분열'시대에 이르러 자체는 더욱 혼란해졌지만 개인적인 저술이 유행하여 비로소 문학사의 자료들이 쏟아져 나오게 된다. 그러나 이 때의 글도 모두 정치적·사회적 효용을 위한 문장들이어서 문학의 완성을 위한 과도기적 성격을 지니었던 시대이다.

그리고 '근대문자'시대의 ㉮ '예서'시대에 이르러 비로소 중국의 문자는 자체의 통일을 이루고 문학의 가능성을 의식하고 본격적인 문학사를 전개시키게 된다.

따라서 중국의 '고대' 문학사는 일반적으로 상(商)대 이전부터 논술을 시작하고 있으나 서주(西周)로부터 시작되고 있다고 보아야 할 것이다. 그리고 그 '고대'는 진시황의 시대까지로 보는 게 가장 합리적일 것이다. 그러나 문학사를 보는 입장에 따라 동한(東漢) 장제(章帝) 때에 '고대'가 마무리되는 것으로 보는 수도 있을 것이다.

그리고 문학사상 변혁의 매듭은 서주(西周) 선왕(宣王) 때, 공자 때, 진시황 때, 동한 장제 때 등이 될 것이다.

이러한 한자 및 그 서사방법에 따른 중국고대문학사의 시대구분은 물론 절대적인 기준이라 우길 수는 없다. 그러나 현재 우리에게 전해지고 있는 문학사의 자료의 정리와 정치적·사회적 여건 등을 아울러 고찰할 때 보다 합리적인 시대구분을 할 수 있는 중요한 자료가 될 수 있을 것이다.

인명 색인

서명(書名)·사항 색인

[ㅇ]

中國古代文學史

修訂增補版 印刷●2003年	3月	20日
修訂增補版 發行●2003年	3月	31日

著　者●金　學　主

發行者●金　東　求

發行處●明　文　堂

서울특별시 종로구 안국동 17～8

대체　010041-31-001194

전화　（영）733-3039, 734-4798
　　　　（편）733-4748

FAX 734-9209

Homepage www.myungmundang.net

E-mail mmdbook1@myungmundang.net

등록　1977. 11. 19.　제1～148호

●낙장 및 파본은 교환해 드립니다.

●불허복제.

값 20,000원

ISBN 89-7270-728-7　93820

中國學 東洋思想文學 代表選集

공자의 생애와 사상　金學主 著 신국판
공자와 맹자의 철학사상　安吉煥 編著 신국판
老子와 道家思想　金學主 著 신국판
自然의 흐름에 거역하지 말라 莊子　安吉煥 編譯 신국판
仁과 中庸이 멀리에만 있는 것이드냐 孔子傳　김전원 編著
백성을 섬기기가 그토록 어렵더냐 孟子傳　安吉煥 編著
영원한 신선들의 이야기 神仙傳　葛洪稚川 著 李民樹 譯
中國現代詩研究　許世旭 著 신국판 양장
白樂天詩研究　金在乘 著 신국판
中國人이 쓴 文學槪論　王夢鷗 著 李章佑 譯
中國詩學　劉若愚 著 李章佑 譯 신국판 양장
中國의 文學理論　劉若愚 著 李章佑 譯
梁啓超　毛以亨 著 宋恒龍 譯 신국판 값 4000원
동양인의 哲學的 思考와 그 삶의 세계　宋恒龍 著
東西洋의 사상과 종교를 찾아서　林語堂 著·金學主 譯
中國의 茶道　金明培 譯著 신국판
老莊의 哲學思想　金星元 編著 신국판
原文對譯 史記列傳精解　司馬遷 著 成元慶 編譯
新譯 史記講讀　司馬遷 著 진기환 譯 신국판
新完譯 淮南子(上中,下)　劉安 編著 安吉煥 編譯 신국판
論語新講義　金星元 譯著 신국판 양장
人間孔子　李長之 著 김전원 譯

改訂增補版 新完譯 論語　張基槿 譯著 신국판
中國古典漢詩人選❶ 改訂增補版 新譯 李太白　張基槿 譯著
中國古典漢詩人選❷ 改訂增補版 新譯 陶淵明　張基槿 譯著
개정증보판 中國 古代의 歌舞戲　金學主 著 신국판 양장
중국고전희곡선 元雜劇選　(社)한국출판인회의 이달의 책 선정도서(2002.1·2월호) 金學主 編譯 신국판 양장 값 20,000원
修訂增補 樂府詩選　金學主 著 신국판 양장
修訂新版 漢代의 文人과 詩　金學主 著 신국판 양장
漢代의 文學과 賦　金學主 著 신국판 양장
改訂增補 新譯 陶淵明　金學主 譯 신국판 양장
改訂增補版 新完譯 書經　金學主 譯著 신국판
改訂增補版 新完譯 詩經　金學主 譯著 신국판
修訂增補 墨子, 그 생애·사상과 墨家　金學主 著 신국판 양장
중국의 희곡과 민간연예　金學主 著 신국판 양장
改訂增補版 新完譯 孟子(上·下)　車柱環 譯著 신국판
新完譯 論語 -경제학자가 본 알기쉬운 논어-　姜秉昌 譯註 신국판
新完譯 한글판 論語　張基槿 譯著 신국판
국내최초 한글판 완역본 코란(꾸란:이슬람의 聖典)　金容善譯註 신국판
戰國策　김전원 編著 신국판
宋名臣言行錄　鄭鉉祐 編著
基礎漢文讀解法　제34회 문화관광부 추천도서(2001.11.6) 崔完植·金榮九·李永朱·閔正基 共著
漢文讀解法　崔完植·金榮九·李永朱 共著 신국판
基本生活漢字　제33회 문화관광부 추천도서(2000.11.17) 최수도 엮음 4·6배판
東洋古典41選　安吉煥 編著 신국판
東洋古典解說　李民樹 著 신국판 양장